JOHANNES EHRMANN

Großer Bruder Zorn

Bitte beachten Sie, dass Rezensionen nicht vor dem 11. März 2016 erscheinen sollen. Wir bitten um Einhaltung der Sperrfrist. Vielen Dank.

Bitte geben Sie dieses Leseexemplar auch an Ihre Kolleginnen und Kollegen weiter.

Gelesen von	Datum

JOHANNES EHRMANN

GROSSER BRUDER ZORN

Roman

Unverkäufliches
Leseexemplar

eichborn

MIX
Papier aus verantwortungsvollen Quellen
FSC www.fsc.org
FSC® C083411

Dieser Titel ist auch als E-Book und Hörbuch erschienen.

Eichborn Verlag
in der Bastei Lübbe AG

Originalausgabe

Lektorat: Dominique Pleimling
Umschlaggestaltung: Massimo Peter
Einband-/Umschlagmotiv: © Dominique Pleimling
Satz: hanseatenSatz-bremen, Bremen
Gesetzt aus der Adobe Garamond Pro
Druck und Einband: CPI books GmbH – Leck, Germany

Printed in Germany
ISBN 978-3-8479-0601-8

5 4 3 2 1

Sie finden uns im Internet unter www.eichborn.de
Bitte beachten Sie auch www.luebbe.de

Für C.

Bevor es losgeht.

Glaub nicht, dass es hier was zu sehen gibt.

Mach dich klein, wenn du schon hier rumhängen musst. Beweg dich langsam. Fang nicht an zu rennen. Kein Fahrrad. Schon mal einen von uns auf dem Fahrrad gesehen? Stell dich am besten hinter den Baum. Tu, als wärst du nicht da. Halt den Mund. Fass nichts an.

Wenn du glaubst, das hier ist ein Zoo, kriegst du eine.

Wenn du glaubst, du bist die Heilsarmee, kriegst du eine.

Wenn du glaubst, du bist Gandhi, gibt's richtig.

Wir sind, wer wir sind. Normale Leute. Nichts Besonderes. Was soll schon sein.

Is was?

War was?

Was, was?

Glaub nicht, dass es hier was zu holen gibt. Gibt hier nichts. Du brauchst hier nicht viel. Ordentliches Shirt, paar Nike-Treter, Original-Kopie aus Lichtenberg, und die Assis erkennst du an den Victorys.

Wenn du was hast, dann zeig's nicht, ist besser so. Und den Jungs mit den Camp-David-Hemden in den dicken Karren nimmst du besser nichts weg, eh klar.

Die Dinge sind hier was anderes wert, verstehst du. Döner zweifünfzig, Tee ein Euro, die Pornos gebrannt, die Pall Mall aus Polen, die BVG für umme, wenn du schnell genug bist. Und wer ist nicht schneller als die Scheiß-BVG.

Jeder ist sein eigenes Krickelmännlein. Ein hingewichstes Tag an der nächstbesten Mauer. Schnell weiter. Die Grenzen unsichtbar, aber unübersehbar, und die großen Linien gibt's nur hinten im Klo. Also lass die Schablonen mal schön im Malkasten. Und das ist der letzte Tipp für heute.

Ist nicht alles gut hier, aber zeig mir ein Viertel, wo alles gut ist und man leben kann, ohne sich tot zu fühlen.

Und wenn du echt nicht anders kannst, wenn du's wirklich nicht lassen kannst, dann, Meister, chill halt noch kurz.

Aber geh uns nicht auf den Sack. Halt die Füße still. Guck ein bisschen zu. Versuch nicht, uns zu verstehen.

Und dann Abflug.

Sonst, wie gesagt, Maul.

MONTAG

I

Da liegst du morgens im Bett, hast einen Mordskater und weißt nicht woher.

Schöne Scheiße.

Weniger der flaue Magen, der Aris zu schaffen macht. Mehr so das Ziehen über dem Nacken. Die enge Mütze.

Aris rollt sich zur Seite, die Augen halb offen. Langsam rantasten. Schlitzsicht. Halbe Wand. Halber Rollständer mit den Anzügen. Halbe Küchentür mit dem Muhammad-Ali-Poster. Halber Ali mit halbem Slogan. Float like … Sting like … Dann: schwarz.

Feine Kopfschmerzen, das muss man sagen. Wo auch immer sie herkommen. Das Ziehen wird zu Klopfen. Die Augen klopfen mit. Alles wird matt, alles wird klar. Matt. Klar. Matt. Klar. Lustig.

Das Klopfen wird langsam zu Peitschen. Klatsch. Klatsch. Klatsch. Schöne Peitsche. Cowboy im Hirn. Klatsch. Ahhh.

Aris wälzt sich auf den Bauch.

Kann dir wirklich den Morgen vermiesen, wenn du mit einem beeindruckenden Kater aufwachst, obwohl du seit anderthalb Jahren keinen Tropfen Alkohol angerührt hast. Offiziell trocken seit 18. Februar 2013, denkt Aris, heiliges Datum, danach nicht mal ein kleines Pils. Stein und Bein.

Und jetzt das. Kann dich durcheinanderbringen, dir Angst machen, dich aus dem Bett werfen. Wenn du es zulässt.

Aber Aristoteles Andreadakis, Box-Promoter von dreiundvierzigeinhalb Jahren, dreht sich lieber noch mal um.

Musst es nur zu nehmen wissen, denkt sich Aris. Nimm es als das, was es sein könnte, ein schöner Moment irgendwo im Nirgendwo, ein Moment zwischen Nacht und Tag, zwischen den Peitschenschlägen. Unten brüllt ein Säufer, die Sonne scheint schräg durch die Gardinen, es ist zehn, vielleicht elf, ein Morgen, schon wieder ein neuer Tag, welcher eigentlich? Sonntag? Montag? Keine Ahnung, egal, später. Jetzt erst mal die Äuglein wieder zu, das Kissen aufs Ohr und an nichts denken.

Denk an original gar nichts, sagt sich Aris. Kriegst du hin.

Beziehungsweise, na ja.

Geht schlecht, an nichts denken. Und so kommt Aris, Kopf im Kissen, Schweiß im Nacken, dann auch gleich der nächste Gedanke quer. Ein Satzfetzen, tief aus dem Früher. Fast schon vergessen.

Denk nich am Schmerz.

Auja.

Mannes Mantra. Guter alter Manne. Gutes altes Training im Viktoria-Gym. Sprossenwände und Sandsäcke, Liegestütz und Sit-ups. Und wenn du Glück hattest, ging es am Ende noch für ein paar Runden in den Ring. Grundlagen schaffen, so hat es Manne immer ausgedrückt, und wehe, du hast schlappgemacht. Denk nich am Schmerz. Denk nich am Schweiß. So hat er es gebellt, wie nur er es bellen konnte. Die T-Shirts nassgeschwitzt, Ajax und Achsel in der Luft, Dienstag, Donnerstag, Freitag ab sechs. Denk nich am Schmerz! Denk nich am Schweiß! Denk, weeß ick, am Strand, an Frauchen oder ne andere. Heiseres Manne-Bellen. Und nochmal zwanzig, los! Komm, komm, Kinderchens! Zehn, fünf, drei, zwei, eins. Und Zeit.

Denk nich am Schmerz.

Leicht gesagt, alter Manne. Ging früher irgendwie besser.

Aris dreht sich auf die linke Seite. Blick jetzt zum Fenster mit den schiefen Jalousien, davor der Schreibtisch mit den offenen Leitz-Ordnern und den ungeöffneten Briefen, mit der Jeans von letzter Woche und dem vollen Aschenbecher, ganz oben auf dem Misthaufen.

Dann denk halt am Schmerz, sagt sich Aris. Wenn's eh nicht anders geht. Die Peitsche knallt, und Aris duckt sich weg. Na also, schau an, klappt schon mal ganz okay. Die Peitsche knallt, aber du kannst sie antizipieren, kannst die Deckung hochziehen, dich wegducken, pendeln, ein bisschen Zeit gewinnen. Das Licht kommt in schmalen, grellen Streifen durch die kaputten Lamellen, die Nacht ist vorbei und Aris ist alleine mit dem Kopfcowboy, dem halben Ali an der Tür und den verschwitzten Laken, oben im vierten Stock über dem Bellermannplatz. Unten brüllen die Penner, am Fenster fighten zwei Fliegen, und es wird langsam ein bisschen stickig hier drinnen.

Denk nich am Schmerz. Denk nich am Schmerz. Denk nich.

Und dann ist doch alles wieder da.

Im Peitschentakt kommen sie, die Dinge, mit jedem Knall eins, und jedes beschissener als das davor.

Die Formulare.

Das Amt.

Die Fight Night.

Die Kohle.

Achim.

Simple Ausgangslage, eigentlich.

Achim hat die Kohle, die Aris dringend braucht. Sonst kann er die Fight Night vergessen. Und er will sie ja nicht mal geschenkt. Aber sag ihm das mal, dem feinen Herrn Bruder, dem Immobilien-King von Nord-Berlin. Da fehlt ihm wohl die Provision oder was, bei der ganzen Sache.

Und wenn Achim dann mit seinen Lieblingsthemen anfängt, so wie gestern Abend, Privatinsolvenz hier, beste Lösung da, gute Regelung und so weiter, und dann noch Mamá und Besuchszeiten und wie lange schon nicht mehr, da weißt du, dass es vorbei ist.

Oh Mann, denkt Aris und wischt sich den Schweiß von der Stirn. Was für ein Terz. Was für ein riesiger Monsterterz.

Klar: Wenn sich zwei Fremde streiten, dauert's normal, bis die Fetzen fliegen. Zwei Fremde, die ziehen erst nach und nach die Nase in den Himmel. Da dauert's, bis es richtig steil geht. Aber wenn sich zwei Brüder streiten, da ist von vornherein die Deckung unten, da geht es direkt los wie bei anderen erst in der zehnten oder zwölften Runde. *Toe to toe. Blow by blow.*

Aber bevor dann noch wirklich die Fäuste geflogen sind, ist Achim lieber abgehauen. War besser so, hat er auch gemerkt.

Hölle. Ein Bruder hilft dem anderen, egal was kommt? Oder wie? Gebt, dann wird auch euch gegeben werden? Wo steht das noch mal?

Ach, weißt du. Fuck you, Bruder.

Wäre ja nur für eine Woche gewesen. Ein paar Tage. Ist das schon zu viel verlangt?

Aris spürt der Wut nach, die er gestern Abend nach Hause mitgebracht hat. Bruderwut, Geldwut, Lebenswut. Und jetzt weiß er auch, wo der Cowboy herkommt mit seiner miesen Peitsche. Er hört es jetzt wieder, das Türknallen von gestern Abend, heftige Nummer, Putz von der Wand, und fast wäre Poster-Ali flattern gegangen.

Aber da, wo gestern die Wut gewesen ist, in den Beinen und den Armen, da ist jetzt nur noch Blei.

Die nächsten Schritte, wiederholt Aris die Bruderworte und atmet ins Kissen.

Privatinsolvenz. Auja. Das klingt ja schon so richtig schön deutsch. Und das hast du dann eben davon. Da ist am Ende alles ordentlich vorgegeben. Jeder Schritt ein Blatt. Anlage 2, Bescheinigung über das Scheitern. Anlage 2A, Gründe für das Scheitern. Anlage 3, Abtretungserklärung nach Paragraph 287.

Aris macht die Augen auf, dreht den Kopf und schaut hoch zur Decke. Ist da im alten Wasserschaden nicht was zu erkennen? Irgendwas in den braunen Rändern, kleines Zeichen, unauffälliger Richtungshinweis, wie's weitergeht? Ist doch eine alte Sache eigentlich, Vogelflug, Kartenschau, Kaffeesatz, da sind die Griechen doch immer ganz vorne mit dabei gewesen. Da muss doch auch was aus dem Deckenfleck zu holen sein, oder wie.

Aber die große braune Wolke da oben pulst einfach nur im Takt der Peitsche.

Wird ein bisschen größer.

Und dann wieder ein bisschen kleiner.

Aber dann sieht Aris doch noch was.

Eine kleine Erkenntnis, immerhin.

Montag.

Hatte er sich doch gedacht.

2

Serdar steht unten im Späti und fragt sich, was los ist. Schon ein bisschen bescheuert, weil das ja genau die Frage ist, mit der alles losgegangen ist. Der Tag. Die Woche. Das Drama.

Was ist los?, sagt Serdar in den leeren Laden. Was ist eigentlich los? Was?

Die Antwort ist ein höllisch lautes Piepen, draußen vor der Tür. Serdar schaut hoch und sieht, wie Getränke-Tommy seinen Transporter zurücksetzt.

Nachschub für die Durstigen vom Bellermannplatz.

Wobei. Ein Kunde hat sich in der letzten halben Stunde eher nicht blicken lassen. Montag, halb elf, da ist es ruhig im Späti. Die Arbeitstätigen sind schon durch und die Assis kommen erst später. Müssen sich erst mal irgendwo was pumpen. Das Wochenende ist teuer, und am teuersten ist es eh immer für die, die nichts haben.

Serdar geht um die Verkaufstheke, schnappt sich den Holzkeil aus dem Regal und klemmt ihn unter die Eingangstür.

Hey, Tommy.

Tag schön, Schrödi.

Getränke-Tommy, ein Marzahner Riese mit tätowierten Waden, ist allgemein ein okayer Kerl. Hat im Prinzip nur eine ungute Angewohnheit. Er will und muss und wird dir auf den Sack gehen, permanent, von A bis Z. Fängt schon mit der Begrüßung an. Je nach Tageszeit: Morgen schön, Tag schön, Abend schön.

Wer bitte redet so?, denkt Serdar, als ihm Tommy den Lieferschein rübergibt.

Alles dagehabt, Schrödi, sagt Getränke-Tommy und trägt drei gestapelte Beck's-Kisten in den Laden, als wären es Styropor-Kartons. Alles da, brauchst nicht checken.

Natürlich muss Tommy ihn auch unbedingt mit seinem Nachnamen anreden, Schrödi, Schröder, obwohl er genau weiß, wie sehr er das hasst. Serdar Schröder. Wie das schon klingt. Scheiße klingt das. Und wer in dieser Welt findet schon den Nachnamen von seinem Stiefvater cool? Da muss der gar nicht mal so ein Idiot sein wie Uwe Schröder, Lord Wichtig von Spätkaufs Gnaden, der wahrscheinlich gerade zuhause bei einem Käffchen noch mal die Beine hochlegt. Die faule Sau.

Serdar geht langsam raus zum Wagen. Es ist jetzt klar, und Tommy ist der letzte Beweis. Die neue Woche ist unterwegs.

Und nichts, um sie aufzuhalten.

Kickstart, sagt Serdar in den offenen Transporter.

Kickstart. Fickstart.

Wie?, fragt Getränke-Tommy, der schon wieder zurück ist und mit einem Satz auf die Ladefläche springt. Scheint ihm gar nichts auszumachen, die Schlepperei den ganzen Tag. Tier.

Serdar schnappt sich eine einzelne Sterni-Kiste und wuchtet sie Richtung Eingang. Es ist Montag, okay, aber das ist es nicht. Mit den Frühstartern wird er fertig und mit den paar Abgebrannten, für die hat er ja extra die offenen Camel neben der Kasse liegen, 20 Cent das Stück oder auch mal 20 weniger, danke, Meister, biste heut Abend noch hier?, dann hab ich wieder, dann kriegste, weißt ja, komm doch immer her.

Serdar fängt an, die Sternis in den Kühlschrank zu sortieren. Tommy flitzt schon wieder nach draußen. Auch mit Tommy wirst du fertig, denkt Serdar. Geht schon klar.

Der Kühlschrank brummt, viel zu laut, ist das Ding jetzt auch noch kaputt oder was?, und dann kracht es schon und Serdar sieht die Splitter auf dem Boden und es sprudelt.

Bierbrunnen auf den Fliesen. Keine Ahnung, ob das jetzt Getränke-Tommy gewesen ist, der sich gerade mit den letzten Kisten an ihm vorbeigedrückt hat, oder was auch immer. Tommy glotzt durch die offene Kühlschranktür.

Montag, hm?

Ja, sagt Serdar. Montag.

Ist aber nicht das Problem. Wie gesagt.

Das Problem ist gut zu sehen gewesen, von weitem schon, als es noch auf der anderen Seite vom Platz gewesen ist. Hosenanzug und Pferdeschwanz, bedrohliches Wackeln, und Serdar hat das Problem als solches schon quer über den Platz erkannt, allein am Gang. Der war anders als sonst, die Schritte größer, breiter, fast ein Stampfen, kurz dachte er, ihre Absätze auf dem Pflaster hören zu können, aber das ist natürlich Blödsinn, auf die Entfernung, durch die geschlossene Tür.

Auf dem Weg ins Büro vorbeischauen, das ist neu, das hat sie, wenn überhaupt, schon Jahre nicht mehr gemacht. Das ist normal gar nicht ihr Weg. Da ist also die Kacke schon am Dampfen gewesen, da war sie noch gar nicht durch die Ladentür, Montagmorgen um kurz nach halb neun am motherfucking Bellermannplatz.

Getränke-Tommy ist fertig. Er schmeißt die Transportertür zu und haut zum Abschied noch ein paar Mal auf die Hupe.

Ist gut, Tommy. Ist ja gut.

Serdar zieht den Keil aus der Tür und lässt sich auf den Bürostuhl hinter der Theke fallen.

Mach mal schön ruhig jetzt. Ist das einzig Richtige.

Aber ruhig ist anders.

Serdar denkt an Ella.

An ihre Worte.

Ihre letzten drei Worte.

3

Jessi sitzt an der Drei und will keine Pause.

Seit vier Stunden haben sie offen, ein Morgen auf Autopilot. Tschüss, schönen Tag noch. Hallo. Die Kunden fließen ineinander. Geht alles wie von selbst: die linke Hand vor zum Band, Artikel greifen, Artikel drehen, Artikel mit dem Code nach unten über den Scanner ziehen, pibb, Artikel mit der Rechten rüberschieben, während die andere Hand schon nach dem nächsten greift. Pibb, pibb, pibb. Dreizehn einundfünfzig, bitte. Fünfzig, danke. Und sechsunddreißig neunundvierzig zurück. Tschüss, schönen Tag noch. Hallo.

Die Bewegung ist immer die gleiche, der Text ist immer der gleiche und das Blickfeld an der Drei auch.

90 Grad, so in etwa.

Links die Kunden mit ihren Einkaufswagen, das Warenband, die Last-Minute-Auslagen: CD-Rohlinge, 700 MB, Brillenputztücher, Fünferpack, Lesehilfe, 1 bis 3,5 Dioptrien, Zigarettenfilter, Power 200 Kingsize. Das Fach mit den Hausfrauen-Postillen: Meine Familie und ICH. Lust auf GENUSS.

Ich. Genuss. Haha.

Das Ich ist der Kunde, und Jessi sieht aus wie alle Kollegen. Sie schaut an sich herunter und zieht die Ärmel ihres Polo-Shirts ein Stückchen hoch. Langarm in Netto-Rot, Einheitskluft. Jessis Netto ist ein roter Netto, kein gelber Netto. Der gelbe Netto ist der mit dem Scottie. Wie oft die Kunden einen da wohl nach Hundefutter fragen, aber gut.

Das Namensschild trägt Jessi oben links über der Brust, und

die zwei Kragenknöpfe, die hat sie immer zu, so wie sie die Haare immer oben trägt, wie sieht das sonst aus, klar, ein bisschen ordentlich präsentieren musst du dich schon. Sind ja eigentlich auch okay die Shirts, könnte alles schlimmer sein, überleg mal, die hellblauen Aldi-Kittel, mein Gott.

So sitzt sie da, rotes Shirt, blonder Dutt, und in Sitzrichtung kommt die Zwei, an der normal die Müllersche sitzt, und dahinter kommt die Eins, logisch, aber die ist jetzt noch unbesetzt. Dann die Recycling-Boxen und dahinter der Eingangsbereich, ein durchsichtiger Glaskorridor. Rechts ist nur die Wand.

Wo bleibt der?

Jessi hat ein Auge auf den nächsten Kunden und ein Auge auf den Eingang. Der Rest geht von alleine, erst mal.

Die Ersten sind wie immer schon um Viertel vor sieben da gewesen, haben schon gewartet, die Nase an der Schiebetür, die Rentner und die Rastlosen. Das sind eher noch die Normalen. Kurz danach sind die anderen gekommen, die Hängemäuler, so nennt Jessi die, die den Hass haben und den Hass mitbringen, Dauerhass, und wer weiß schon warum, Frau weg oder Job, Kater oder Charakter. Oder alles auf einmal.

Du erkennst sie an den Mundwinkeln. Die hängen auf halb acht. Und so kommen sie dann an, jeden Tag, irgendwann kommen sie und treten in Aktion. Heute hat einer drei Tüten voll in den Leergutautomaten gestopft, gab Stau, klar, rotes Lämpchen. Und dann wie immer das Gezeter, hallo, he, könnse ma, na Sie ham ja die Ruhe weg, watn Drecksladen. Dann knallt es hinten an der Aktions-Insel, ein Penner mit Hose in den Kniekehlen zupft sich zitternd am Bart, Frau Müller kommt mit dem Kehrblech, es riecht bis vor zur Drei. Royal Prima Sprit, 69,5 Prozent, 9,99 Euro. Der absolute Renner, seit sich das rumgesprochen hat, draußen am Platz.

Günstiger wird's nicht, klar. Aber genug Power, um die Pulle aus dem Regal zu nehmen, brauchst du schon noch.

Tschüss, schönen Tag noch. Hallo. Jessi denkt an Line und

ans Wochenende, das eigentlich nur ein Tag gewesen ist, mal wieder, ein mickriger Tag. Nur der Sonntag, um genau zu sein. Willkommen bei Netto, Ihrem Marken-Discount am Bellermannplatz, immer zu Ihren Diensten, Montag bis Samstag von 7 bis 22 Uhr.

Morgens haben sie das neue Malbuch ausprobiert, dazu ein paar alte Folgen Benjamin Blümchen gehört. Kassette, was ist das, Mama? Dann eine Runde auf dem Spielplatz gedreht, hinterher zwei Kugeln bei Janny's, Erbeer-Vanille mit Schokostreuseln. Abends dann Fischstäbchen mit Ketchup, Lines Lieblingsessen, und dann ist Mama direkt auf der Couch eingeschlafen.

Und jetzt ist der Montag auch schon wieder vier Stunden alt, und die Müllern hat sich eben ziemlich gewundert, dass Jessi sie diesmal zuerst in die Pause geschickt hat, kannst gehen, Frau Müller, ich mach nachher nur kurz, nee, wirklich, geh mal ruhig.

Lange kann es ja nicht mehr dauern.

Wo steckt der bloß?

He! Hallo!

Ein Kunde wedelt mit einem Papierfetzen vor Jessis Gesicht herum. Hagerer Typ, rotes Gesicht.

Halten Sie mal still, bitte, sagt Jessi.

Der ist gar nicht von hier.

Ja, genau, nur das, nuschelt der Typ. Hab nur das hier.

Wedeln.

Ja, also nein, sagt Jessi. Der ist von Aldi.

Aldi, sagt der Typ, genau.

Ja. Aber wir sind Netto. Jessi versucht, ruhig zu bleiben.

Äh?

Wir sind ein Netto. Kein Aldi.

Jessi zieht jede einzelne Silbe in die Länge. Der Typ glotzt.

Genau, Aldi, sagt er.

Nein, nein. Jessi guckt rüber zum Eingang.

75 Cent, sagt der Typ mit dem Aldi-Pfandbon. 75 Cent Pfand.

Ja, sorry, sagt Jessi. Kann ich nicht annehmen. Müssen Sie zu Aldi.

Aldi, sagt der Typ und es klingt grade nicht so, als ob er wüsste, was das Wort bedeutet.

Jessi fängt an, den nächsten Kunden zu bedienen. Was willst du machen.

Und einmal Pall Mall, die Roten, sagt der Kunde, während er den Aldi-Typen sachte wegschiebt, sorry, hallo, darf ich mal.

Jessi steht auf und greift nach den Kippenpäckchen in ihrer ovalen Box. Über jeder Kasse hängt eine davon, graue Klappe, Traubenstöcke aus Hartplastik.

Jessi schaut dem Pfandbontypen nach, wie er langsam rüber zur Glastür schlurft.

Nichts zu sehen.

Er ist echt spät dran.

4

Kasse ist Kasse. Von daher gibt es auch im Späti nicht viel mehr, was du machen kannst, wenn das Bier weggewischt ist, als auf den nächsten Kunden zu warten.

Bis dahin kannst du vielleicht ein bisschen auf Facebook rumlungern oder bei Youtube, aber irgendwann hast du alle Ali-Kämpfe gesehen und die von De la Hoya und Chavez und Sugar Ray auch.

Meistens macht Serdar also nicht sehr viel. Denkt an dies und das. Ans nächste Training. Geht im Kopf vielleicht ein paar Kombinationen durch. Links-links-Cross. Links-rechts-Körperhaken. Daddelt ansonsten ein bisschen rum. Versitzt die Zeit.

Aber wenn du so einen Start gehabt hast wie Serdar heute, dann ist nichts mit dies und das. Dann ist die Denkrichtung für den Tag schon so ziemlich vorgegeben.

Kickstart, wie gesagt.

Mit der Begrüßung hat Ella sich gar nicht groß aufgehalten.

Und?, hat sie nur gefragt.

Was hätte er da groß antworten sollen außer: Was, und?

Richtig weitergebracht hat das die Unterhaltung nicht, und sie hat dann ein paar Sekunden an ihm vorbeigeguckt, schräg hinter die Theke, rüber zur roten Langnese-Eistruhe.

Genug geschlafen?, hat sie dann gefragt.

Hm?

Am Wochenende. Genug geschlafen am Wochenende?

Ja, ich weiß, hat er gemurmelt. Ist ein bisschen später geworden. Weißt ja, wie das ist beim Pokern.

Ja, nein, whatever, hat sie gesagt. Das mein ich gar nicht.

Er hat erst mal gar nichts verstanden und sie angeguckt. Sie hat diese Lauerstellung draufgehabt, den Kopf ein bisschen nach unten, die Augen ein bisschen verengt, und wie sie so lauernd-drohend da gestanden hat in ihrem dunklen Blazer und der Büro-Frisur, die Haare straff nach hinten, da hat Serdar sie schon ziemlich heiß gefunden, kein Scheiß. Hat er dann aber erst mal für sich behalten.

Sind sie das?, hat sie ihn gefragt und auf den Stapel Papiere auf der Eistruhe gezeigt. Aber natürlich hat sie genauso gut gewusst wie er, dass die Scheiß-Bewerbungen zuhause auf dem Küchentisch liegen.

Ja, hat er trotzdem gesagt, weil es jetzt auch egal gewesen ist. Ja, das sind sie. Mach ich heut Abend fertig. Vorher schaff ich's nicht.

Aha. Zu viel los hier, wie?, hat sie gesagt und mit dem Zeigefinger einen Kreis in den leeren Laden gemalt. Und da hat schon ziemlich viel Wut drin gesteckt, in dem Kreis und in der Frage, eigentlich schon in dem einen Wort. Aha. Erstaunlich, wie viel Wut und Spott und was nicht alles in so ein kleines Wort reinpassen.

Die Stille danach ist dann eher so eine unangenehme Stille gewesen. Aber was willst du machen. Raus kommst du aus so einer Nummer nicht so schnell. Sie hat da gestanden, zwischen Theke und Tür, Hände in den Hüften, Kopf schief, und erst mal nichts gesagt.

Diese Stille.

Ziemlich lang.

Was ist los mit dir?, hat sie dann endlich gefragt. Und damit ist, wie gesagt, alles erst so richtig losgegangen.

Was soll los sein?, hat er geantwortet. Wichtig und richtig natürlich: Verteidigungshaltung. Lernst du ja gleich am Anfang, Rechte ans Kinn, Linke bisschen vor.

Hab ich doch gesagt, heute Abend.

Darauf hat sie nichts gesagt, erst mal.

Was willst du?, hat er nachgeschoben, und das ist vielleicht ein bisschen viel gewesen. Den Satz hätte er sich sparen können, das ist ihm jetzt klar, als er noch mal drüber nachdenkt. Aber gut, hätte das irgendwas geändert?

Heute Abend, hat sie gesagt, heute Abend, morgen Abend, nächstes Jahr Abend. Bullshit. Ist doch echter Bullshit.

Nächste Warnung. Solche Wörter gibt's bei ihr sonst nicht. Bullshit und so. Ist nicht ihre Sache eigentlich, so ein Geschimpfe. Aber Warnung hin oder her, es war schon *on*, und wenn es *on* ist, tja, was willst du dann anderes machen als mitmachen.

Ey, hat er gesagt, denkst du, ich lüg dich an?

Er hat versucht, das enttäuscht klingen zu lassen, aber es ist dann eher so ein bisschen aggressiv rübergekommen.

Und sie hat wieder nichts gesagt, und das ist es dann gewesen, diese Stille, die sich breit gemacht hat, das war wieder so eine Stille, die alles abgesenkt hat auf ein paar Grad unter null, eine echte Langnese-Stille, die hat alles eingefroren, die allgemeine Lebensfreude, den ganzen zwischenmenschlichen Shit, sogar die Temperatur im Laden, so hat es sich zumindest angefühlt. Da sind direkt die blauen Orbit vor ihr im Thekenregal eingefroren und die Snickers und die Mr. Tom's, alles nur von Ellas Eisesstille.

Ella, hör mal, hat er es dann noch mal versucht, diesmal auf die süße Tour. Ella, hat er gesagt, ich mach das. Wirklich. Okay?

Aber sie hat weggeschaut, links rüber zu den Pringles und raus zu den klapprigen Holzbänken und den besprühten Stromkästen. Quer über den Platz ist Ellas Blick gegangen, bis hinten zum Netto, der rotgelb ins Montagsgrau geleuchtet hat. Und vielleicht noch ein bisschen weiter.

Denkst du, hat er gesagt, als er ihrem Blick mit seinem gefolgt ist, denkst du, Schatz, ich will hier alt werden?

Und da hat sie den Kopf wieder zu ihm hingedreht, aber ihr

Blick ist durch ihn durch gegangen, durch ihn und die West Bigpacks und die gelben und roten und grünen American Spirit im Kippenregal hinter ihm. Und wieder diese Stille.

Sag was, hat Serdar gedacht. Egal was. Bitte.

Ich weiß nicht, hat sie dann endlich gesagt und ihn angeschaut. Und das ist schon nicht mehr ihr Wutblick gewesen, sondern ein ganz anderer, auch neu, hatte er noch nie gesehen bei ihr. Ein Blick, als würde sie gar nicht mehr ihn angucken, sondern irgendwen anders.

Ich weiß nicht, hat sie noch mal gesagt. Manchmal …

Manchmal was?, hat er sie unterbrochen, ein bisschen aggro und ein bisschen traurig, es hat jetzt nichts mehr geholfen, es ist jetzt nicht mehr gegangen, nichts ist mehr gegangen, an diesem Montagmorgen, der eigentlich kein schlechter gewesen war, bis Ella reingeplatzt kam und die Eiszeit ausgerufen hat.

Manchmal, hat sie also noch mal gesagt, und die Genervtheit ist wieder komplett da gewesen, manchmal glaub ich …

Glaubst du was, hm? Was?

Er hat es nicht lassen können. Er ist jetzt in Fahrt gewesen. Nach vorne. Rauf. Attack. Links-links-Cross.

Sie hat eine kurze Pause gelassen, schön dosiert, bis er am liebsten schon auf die Kasse eingekloppt hätte, einfach um irgendwas zu machen, aber dann hat sie doch noch was gesagt.

Dass es dir am Ende hier doch am liebsten ist.

Und das ist natürlich schon der erste richtige Hammer gewesen, wenn er jetzt so drüber nachdenkt. Ein Wirkungstreffer. Aber gut, was machst du, wenn du getroffen bist, erste, einfachste Regel? Schauspielern. Ali gegen Frazier I, elfte Runde.

Ja genau, hat Serdar deshalb gleich über die Theke geknallt, ja genau, Ella, ich steh hier in zehn Jahren einfach immer noch hinter der Scheißkasse und verticke den Pennern ihre Sternis und den Assis aus der Klause ihren Krauser. Genau so machen wir das.

Muss aber sitzen, die Performance.

Deswegen hat Serdar eine kurze Pause eingelegt und Luft geholt. Und dann hat er gesagt, schon ziemlich laut:

Meinst du das eigentlich ernst? Merkst du nicht, wie HOHL das klingt?

Aber sie ist jetzt auch in Stimmung gewesen. Ich WEISS, wie hohl das klingt, hat sie direkt zurückgefeuert, MIR brauchst du das nicht zu sagen.

Da war sie schon kurz vor dem Explodieren, das hat er gewusst, das hat er jetzt wieder gekannt an ihr. Hat man schon an den BETONUNGEN gemerkt, mit denen ihre Wörter rechts von ihm in die Gizeh-Filter und die OCBs reingehämmert sind.

Ist ja richtig, hat er gesagt. Meinst du nicht, ich hab auch was Besseres vor? Was Besseres als den Dreck hier?

Und jetzt hat er, Stichwort: Betonung, mit der flachen Hand den Plastikbecher mit den Kronkorken von der Theke gefegt, volle Power, das Ding ist haarscharf an ihr vorbei und in den Zeitungsständer neben dem Eingang geflogen.

Viel Eindruck hat das allerdings nicht gemacht.

Alles klar, hat Ella nur gesagt, und das *klar* ist ihr schon so halb nach unten weggekippt, während sie sich zum Ausgang gedreht hat. Alles klar, ich muss los, hat sie gesagt, aber nicht Richtung Serdar, sondern Richtung Tür. Bin eh schon zu spät.

Nee, zu früh bist du, deutlich zu früh, hat Serdar gedacht und er hatte schon halb ausgeatmet, aber dann hat sie sich in der Tür noch einmal umgedreht, auf den Absätzen ihrer dunklen Büroschuhe, und hat noch was in den Verkaufsraum gesagt. Einen letzten Satz noch, ganz ruhig diesmal. Da war klar, den hat sie sich aufgehoben, den hat sie mitgebracht, ein Satz wie eine Kombination Todesschläge, drei Worte nur, zwei zur Vorbereitung, zum Antitschen, und dann die rechte Gerade, butz, mittenrein.

Und weil er vieles hat kommen sehen, aber nicht das, nicht diese Kombi, nicht diesen Satz, die drei Worte, versucht er seitdem, seit diesem Moment, als die Tür hinter Ella zugeschlagen ist, über die Zeit zu kommen, mehr nicht, er versucht nur wieder klarzusehen, die Beine festzukriegen, aber die Runde hört nicht auf, sie läuft einfach weiter, immer weiter, und gerade hat Serdar dem Dönermann von nebenan schon fünf Euro zu viel auf seine Marlboro rausgegeben.

Und jetzt sieht er Ivo und den dicken Lexi über den Platz laufen, von der S-Bahn kommen sie, ziemlich schnell. Der dicke Lexi hängt ein bisschen zurück, und die beiden Deppen schleppen irgendwas vor sich her.

Wahrscheinlich den nächsten Ärger.

5

Montag also.

Immerhin.

Da weiß er jetzt doch, was ihm helfen kann.

Im Bad bindet sich Aris seine paar Haare zusammen und schippt sich eine Handvoll Wasser ins Gesicht. Im Spiegel ein alter Boxer mit Halbglatze, großer Nase und hinten einem Pferdeschwanz. Sieht im gesprungenen Glas fast nach Kunst aus. Picasso-Style. *Old boxer in bathroom.* Oder so.

Wasser, Sprühdeo, von beidem nicht zu viel. Handtuch. Aris schnüffelt an seinen Achseln. Kann erst mal so durchgehen.

Was folgt, wird sich zeigen, sagt Aris feierlich in den Spiegel. *Tha doume, file mou.* Jetzt erst mal Hemd drüber, Runde über den Platz, Leergut abgeben und dann … Na, wie gesagt.

Aris schnappt sich die Tüte mit den leeren Flaschen und macht auf dem Weg nach unten das Handy an. Verpasster Anruf, Achim.

Leck mich, Bruder. Handy auf lautlos.

Vor der Haustür steckt sich Aris eine an und guckt sich um. Außer ihm sind auch sonst schon ein paar wach.

Links buckelt Serdar eine volle Bierkiste in den Späti. Dahinter stellt Hassan vom Anayurt die Plastikstühle raus. Die Klause hat die Läden unten. Vor dem Internet-Café lungern die Rumänen. Am Brunnen hockt eine Mutter mit Kleinkind und atmet Rauch. Ein paar Meter weiter pisst ein Penner gegen den Baum. Im Hintergrund knallt die S-Bahn vorbei.

Schön hier.

Hey, Aris!

Kevin, Junge. Was läuft?

Kevin, der da hinter Aris im Türrahmen aufgetaucht ist, wohnt im Zweiten. Schlaues Kerlchen in Röhrenjeans. Macht grad das Abi nach. Will mal Designer werden. Bis dahin hilft er Aris mit den Plakaten. Ehrenamtlich, versteht sich. Von wegen Referenzen.

Hab die Entwürfe fertig. Willste sehen?

Logo. Zeig her den Scheiß.

Kevin wischt auf seinem iPhone herum.

Ist das das Fünfer?, fragt Aris beiläufig.

Nee, das 4S. Gebraucht über Ebay. Hier, da sind sie. Guck mal.

Kevin zieht mit zwei Fingern die Ansicht größer.

Wild Wild Wedding?

Klingt doch geil, oder nicht?

Kevin guckt groß.

Klingt eher wie ein Scheiß-Will-Smith-Film.

Hm, macht Kevin. Kann ich nochmal ändern.

Mach mal, bitte. Fight Night. Einfach Fight Night. Fight Night Wedding. Sonst denken die Leute noch, wir machen Oben-Ohne-Rodeo oder was.

Okay. Kein Ding. Ist easy.

Aber Kevin klingt jetzt ein bisschen down.

Sonst sieht's echt geil aus, sagt Aris schnell.

Ja?

Ja, sagt Aris und zieht an seiner Kippe.

Kann ich dann heute Nachmittag drucken lassen. 100 Stück?

Mach mal gleich 150, bitte. In A1. Wird groß diesmal.

Kevin zögert.

150 Mal A1? Du weißt, was das kostet?

Logo. Wird groß, wie gesagt.

Aris, Mann …

Was denn?

Ich kann das nicht alles auslegen.

Hm?

Das Geld für die Druckerei, ich hab nicht so viel.

Ist doch nur bis Freitag. Dann kriegst du's wieder.

Kevin sieht nicht happy aus.

Ach, komm, sagt Aris. Kannst du nicht deine Eltern fragen? Ich hab schon die ganzen Boxergagen an der Hacke, was meinst du, was die alle kosten?

Na ja, ich könnte …

Siehste. Wird ne gute Sache!

Aris haut Kevin auf den schmalen Rücken. Klatscht ordentlich.

Glaub mir, das wird groß. Und vergiss nicht, alle einzuladen, ja? Deine ganzen Hipster-Kumpels. Sind geile Kämpfe diesmal. Also, reingehauen!

Aris hält die flache Hand hin, Kevin haut rein und schon steuert Aris dem Netto entgegen, Lucky im Mundwinkel, 1,75 Euro Plastikpfand am Handgelenk und die Hoffnung im Bauch, dass er sie gleich sehen wird.

6

Der Flaschenfascho ist auch schon fit.

Hat sein Wägelchen die Schulstraße runtergeschoben, einmal quer über den Leopoldplatz, hat den Lausepark abgegrast, die Büsche rings ums Arbeitsamt und dann noch die Bahnhofshalle. Zwanzig Glaspullen und ein paar Plastik. Nicht schlecht für einen Montagmorgen, und an der Panke ist er noch gar nicht gewesen.

Jetzt erst mal Päuschen. Geht am besten auf dem kleinen Betonpodest, den Bahndamm im Rücken. Da gehen dir die Büsche nur bis zur Brust, wenn du grade sitzt, und der Flaschenfascho sitzt immer grade.

Offenes Gelände ist ungünstig für die Tarnung und möglichst auszusparen. Wichtig ist der freie Blick, geradeaus über den Platz und linker Hand zum S-Bahn-Ausgang. Da schwärmen sie aus, die Eilfertigen, die Zivilisten-Parade, den ganzen Morgen. Pah.

Der Flaschenfascho setzt sein Berliner an und trinkt – vorsichtig, damit kein Bier auf den Kragen seiner M44 tropft, für die er sich heute entschieden hat, Feldbluse in Erbsentarn, fünffarbig, zwei praktische Taschen an der Vorderseite, offener Kragen. Es soll warm werden.

Voraussetzung für einen guten äußeren Eindruck ist immer ein ordentlicher Anzug.

Du brauchst Prinzipien im Leben, und der Flaschenfascho hat, beruflich gesehen, vor allem eins: Er achtet die Weddinger Außengrenzen. Plötzensee, Englisches Viertel, Wollank, Bösebrücke, Bernauer, Nordbahnhof, Fennbrücke. Bis dahin wird gesammelt und keinen Meter weiter.

Ist immer noch ein ziemlich großes Gebiet, wenn du zu Fuß unterwegs bist mit einem klapprigen Netto-Einkaufswagen mit der einen oder anderen bunten Tüte dran. Wenn du das mal probierst, wirst du merken, dass es ein paar Gegenden in der Stadt gibt, die da doch ein bisschen dankbarer sind. Tiergarten, Warschauer, Ostkreuz, oder auch am Stadion, wenn da grad mal was ist, klar.

Wenn du es stattdessen hier probierst, Prinzenallee, Pankstraße, Sprengelkiez und so weiter, wirst du schnell eins merken. Dass nämlich der Weddinger und sein Frauchen, die Weddingerin, sich selbst dann noch für arme Schlucker halten, wenn sie's längst zu einem 40-Zoll-Plasma und einer Surround-Anlage von Real gebracht haben. Und das heißt, dass sie ihr Leergut immer selbst zurück zum Späti tragen, Flasche für Flasche. Und vorher schön austrinken.

Aussichtslos ist es trotzdem nicht, im Gegenteil. Bin ja nicht wenig dämlich, wie der Flaschenfascho gerne sagt. Kannst schon was finden, musst nur wissen, wo. Musst eben einen Plan haben.

Und der Flaschenfascho, alter Hase der Kunst, hat einen guten Plan.

Und der basiert dann wieder auf anderen Prinzipien. Ortskenntnis. Disziplin. Hygiene. Das sind schon mal ein paar. Reinigen des gesamten Körpers mindestens einmal täglich. Tägliches Wechseln von Unterwäsche und Strümpfen. Ausbürsten und Ausklopfen der Oberbekleidung nach Benutzung.

Gib den anderen keinen Anlass, wofür auch immer.

Grüß die Penner und trag eine Wehrmachts-Uniform.

Die richtige Mischung aus Freundlichkeit und Terror, das hat er lange begriffen, die ist der Schlüssel zu diesem Stadtteil. Und ein *Alles marsch, zu den Waffen!*, in der richtigen Lautstärke, hat noch so manchen Konflikt rund um den Bellermannplatz im Keim erstickt.

Der Flaschenfascho setzt das leere Berliner ab und guckt über den Platz. Spähtrupp zu Fuß. Mögliche Aufgaben: Stärke, Gliederung, Ausrüstung und Verhalten des Feindes in einem bestimmten Raum feststellen; Objekte überwachen; Gelände erkunden; Fühlung halten. Spähen in Längsrichtung.

Der Flaschenfascho starrt in die Baumkronen, ob zwischen den Zweigen da irgendwas zu sehen ist, denn, weißt du's, ist alles schon da gewesen.

Die Kastanien schwanken leicht im Wind. Oberer Bereich, alles klar. Muss nichts heißen. Weiter unten, in den dicken Ästen, da ist was, da hängt was, was ist das, ein alter Schuh? Feindmaterial. Muss er nachher mal unauffällig begutachten, im Vorbeigehen.

Spähtrupps sollen viel sehen und hören, ihre Beobachtungen schnell melden und vom Feinde unerkannt bleiben.

Auf der Bank drüben hockt Eberhard, der alte Suffki. Ansonsten streunen nur ein paar Zigeuner herum. Sonst alles ruhig. Muss nichts heißen. Der Flaschenfascho schmeißt sich ein Fisherman's ein und kneift das Auge unter der Augenklappe zusammen.

Jeder Soldat muss zu jeder Zeit, in jeder Lage und überall mit Beobachtung und Aufklärung durch den Feind rechnen.

Müsst ihr schon früher aufstehen, ihr Lappen, sagt der Flaschenfascho laut zu sich selbst. Er steht auf und wirft sich in die Brust. Onkel Walter ist schon seit sieben auf dem Posten. Montagspatrouille. Routine. Und beim Gehen immer schön das Köpfchen hoch. Beobachten. Pirschhaltung.

Da entgeht dir nichts.

Nicht auf meiner Wacht, grummelt der Flaschenfascho, streicht seine Feldjacke glatt, stellt das leere Berliner zu den anderen Pullen in den Wagen und marschiert los, den Spätkauf Schröder im Visier.

Erst mal Kasse machen.

7

Unten in seiner Werkstatt wartet Heinz Hönow auf die Zeit.

Er hat die zweite Kanne Kaffee in Arbeit, der Filter der Maschine broddelt vor sich hin. Draußen über den Lichtschächten ist es hell geworden, aber hier unten an der Werkbank ist es wie immer angenehm dämmrig.

Heinz Hönow spürt mit der Handfläche der Struktur der Werkbank nach, Kiefernholz, massiv, 1969 angeschafft, im März. Weiß er alles noch. Was er bestellt hat und wann und wo, das meiste bei Schula in Lübeck: den Furniturenschrank, Nadelholz, 19 nummerierte Laden, außen brauner Samt, innen weiße Kunstseide, die Karatwaage, Sauter 414, mechanisch, 0,5 bis 1000 Karat, immer pünktlich geeicht, alle zwei Jahre. Aber wie lange ist das letzte Mal her? Heinz Hönow weiß es nicht.

Die Tage sind lang, seit er nicht mehr schläft. Länger als früher. Heinz Hönow hört dem Kaffeefilter zu und betrachtet sein Leben. An der Tür hängt die Arbeitsschürze, Rindsleder, daneben die alte Schutzbrille mit den runden Gläsern. Die Türen der Panzerschränke sind nur angelehnt.

Heinz Hönow wischt mit der Hand über die Lötstation, Lötstar 141, Gasgenerator, Flüsterkühlkreis, niedrige Betriebskosten. Eine Staubschicht bleibt an seinem Finger hängen. Heinz Hönow pustet den Staub rüber zur Wand, wo die Feilen und die Hämmerchen hängen, schön nach Größe sortiert, unter der Sparkassen-Uhr mit dem zittrigen Sekundenzeiger.

Manchmal, wenn er lange genug hinschaut, glaubt Heinz Hönow, dass der Zeiger rückwärts geht. Aber wenn er dann die

Augen zugemacht hat und wieder auf, merkt er, dass das nicht stimmt.

Durch die Lichtschächte kommt leises Kindergeschrei, wie durch einen langen, weiten Tunnel.

Heinz Hönow ist heute noch nicht draußen gewesen. Wird er auch vermeiden, wie gestern schon und vorgestern auch. Essen hat er noch für zwei Wochen da, mindestens. Verschiedene Konserven, Ravioli, Hühnersuppe, Heringsfilets, ein paar Packungen eingefrorenes Bauernbrot, vorgeschnitten, dazu jede Menge Kaffeepulver plus Filter, und das Wasser kommt eh aus der Leitung.

Wozu raus?, denkt Heinz Hönow. Was sollte das noch?

Und außerdem, da draußen ist es nicht gut. Da draußen sind die anderen. Und die will er nicht sehen, noch nicht. Er weiß noch nicht wie, und so lange bleibt er schön hier drinnen, hier unten, im angenehmen Halbdunkel seines Lebens. Hier unten ist es ruhig und gut und friedlich und jetzt, da der Kaffee durchgelaufen ist, ist es auch wieder ganz still.

Heinz Hönow holt die Kanne, schenkt sich Kaffee nach und blättert in einer alten B. Z., die Augen geschlossen. Er mag das Rascheln des Papiers, es beruhigt ihn, stellt er sich vor.

Er ist schon auf den letzten Seiten angekommen, da, wo die Anzeigen stehen, Berlin diskret, Agentur Liberty, Heiße Nixen in kühlen Suiten, Karl und Andrea feiern 50. Hochzeitstag, als das Telefon klingelt.

Heinz Hönow reißt die Augen auf.

Er hat es immer schon gehasst, das schrille Geräusch. Früher hat er es in Kauf genommen, Klingeln hieß Kundschaft und Kundschaft war gut, so gesehen, aber jetzt spielt das alles keine Rolle mehr und er hasst es nur noch. Warum er die Strippe noch nicht aus der Wand gerissen hat, weiß er selbst nicht.

Das Telefon klingelt weiter.

Nach dem achten Klingeln nimmt er ab.

Hönow.

Ja, hallo. Bin ich da richtig beim Juwelier?

Korrekt, sagt Hönow mit tiefer Stimme. Am Apparat.

Prima, sagt der Anrufer. Ich müsste einen Ring verkleinern lassen. Machen Sie so was?

Mach ich, sagt Hönow nach einer kurzen Pause.

Ah fein …

Beziehungsweise, fällt Heinz Hönow dem Anrufer jetzt ins Wort, beziehungsweise, würd ich gern.

Es wird kurz still in der Leitung.

Würden Sie gern? Ich verstehe nicht ganz …

Heinz Hönow lässt sich Zeit. Er hört das leise Rauschen in der alten Leitung. Er mag das Rauschen.

Sehen Sie, sagt Heinz Hönow schließlich. Es gibt da ein Problem.

Der Anrufer sagt eine Weile nichts. Heinz Hönow glaubt, ihn atmen zu hören. Er scheint ein bisschen schneller zu atmen.

Ah, ja?, sagt der Anrufer.

Ja, sagt Heinz Hönow ruhig.

Er hört den Mann atmen.

Welches Problem denn?, fragt der Anrufer.

Ich bin tot.

8

Die Trümmerklause hat also noch zu.

Die kleine Kneipe schläft ihren Rausch aus.

Aber sie ist natürlich trotzdem da. Sie ist ja immer da. Die Klause gehört zum Bellermannplatz und der Bellermannplatz gehört zur Klause. Ist so. Ist immer so gewesen. Da kommst du nicht drumherum.

Beziehungsweise, nur unter Mühen.

Denn wenn du vom Bellermannplatz runterwillst, also zum Beispiel rüber in die Reinickendorfer, zur Post oder zum Lottoladen, da steht dir die Klause im Weg. Weil sie genau da steht, wo der Platz spitz zuläuft, da, wo eigentlich ein Durchgang sein müsste, ein kleiner Weg, ein Pfad wenigstens.

Aber da ist stattdessen nur die Klause.

Musst du also ganz außenrum, hilft nichts, am Gartenzäunchen und dem Fahrradständer mit den rostigen Gestellen, bis hinten zur Ecke. Wenn die Trümmerklause eine Hintertür hätte, dann wäre das optimal, da könntest du direkt quer durch, da wäre für einige der Heimweg nicht halb so beschwerlich, für Harry von der Aral zum Beispiel oder für Renten-Reiner, der schon seit 53 einen auf lau macht, Moped-Unfall, offiziell. Aber eine Hintertür hat die Trümmerklause nicht. Wird sie auch so schnell nicht kriegen, von wegen Brandschutz.

Außerdem, was da los wäre. Wenn der schnellste Weg in die Reinickendorfer plötzlich mitten durch die Klause führt. So eine Laufkundschaft will ja dann auch keiner haben. Bleibt also alles so, wie es ist, und das muss ja nicht immer die schlechteste

Lösung sein. Bisschen Bewegung schadet ja nicht, auch nicht nach acht Bierchen und fünf Korn.

Natürlich steht aber nicht nur die Klause im Weg und das Zäunchen mit den rostigen Kleppern davor, am einen Ende vom Bellermannplatz. Da sind schon noch fünf Stockwerke grauer Altbau drüber.

Und im ersten wohnt Ilona.

Ilona schmeißt den Laden. Musst du wissen. Musst du respektieren. Du kannst dir viel erlauben unterm Pernod-Schirm, im gelben Schein der Deckenlampen, kannst auf deine Nachbarn schimpfen und die Frauen oder die Männer, je nachdem, auf Obama und Putin, den Islamischen Staat oder die Illuminaten. Nur auf Ilona darfst du nicht schimpfen. Weil Ilona weiß, was hier für alle das Beste ist.

Und keine Widerrede.

Dafür kriegst du bei ihr in der Klause das, was du brauchst. Eine warme Stube im Winter, Schatten im Nacken im Sommer und ein kaltes Schultheiss das ganze Jahr. Das und die Gewissheit, dass über dem kalten Mauerwerk noch eine Schicht Fichtenpaneel liegt und dein Nebenmann am Tresen den gleichen Mist am Hacken hat wie du und wie alle anderen, das reicht meist schon, um dich sicher in den nächsten Tag zu bringen. Der oft genug entweder gleich hier in der Klause anfängt oder zumindest wieder hier endet. Wenn noch Geld da ist. Und wenn nicht und Ilona gut drauf ist, lässt du deinen Deckel erst mal da. Aber auch wenn nicht, es hat am Ende noch jeder sein Bier gekriegt. In der Kugel oder im Henkel, das ist die einzige Frage, der du nicht ausweichen kannst.

Das Henkel ist schwerer, dafür hat es einen Griff, an dem du dich festhalten kannst.

So ist das hier, wo sich die Männer von ihren Frauen erholen und die Deutschen von den Türken, so wie die sich von den Deutschen erholen, drüben im Anayurt Café, bei Chai und den gleichen Gedanken, nur in einer anderen Sprache. Und die Griechen oder die sich für Griechen halten, erholen sich am Freitagabend im Ypsilon, unten am Kleistpark, wo die Bouzouki den großen hellenischen Blues herbeispielt und der vierte Whiskey nach Thymian schmeckt. Und am Montagmorgen steigen sie wieder alle zusammen in den Ring, nächste Station Westhafen.

Die Trümmerklause ist also kein sauberes, gut beleuchtetes Café wie bei Hemingway, eher ein mittelsauberes, ordentlich verdüstertes Sauflokal. Aber wenn du Kellner willst, die auf Spanisch über die Einsamkeit philosophieren, dann hock dich eben in die U8 und fahr runter nach Neukölln.

9

Was soll das, ihr Spinner?

Halt mal die Tür auf, Serd!

Ivo. Der hat noch mal seine ganz eigene Variante für Serdars Namen drauf. Kürzer. Mit knalligem Ende. Klingt ein bisschen wie: Serdsch. Hrvatska-Style.

Ivo drückt sich an Serdar vorbei in den Späti, drei große Pakete in Plastikhülle vor die Brust gepresst. Sieht aus wie verpackte Autoreifen.

Was ist das? Was soll das? Hier ist kein Platz dafür. Ey, Ivo!

Ivo ist schon bis ins Lager durchmarschiert.

Ivo. Eher so der sehnige Typ. Guter Fußballer, wie die meisten Jugos, klassische Prosinecki-DNA. Hat ihn bis in die A-Jugend bei den Füchsen gebracht, ein vielversprechender Außen, haben sie damals gesagt, aber die Biere haben ihm eben auch schon ziemlich früh ziemlich gut geschmeckt, und da war das mit dem Gras noch gar nicht richtig losgegangen. Und doch trägt Ivo noch den Leistungsgedanken von damals in sich, irgendwo, auch wenn du's nicht immer gleich siehst. Ivos Tagesablauf, einigermaßen geregelt, Halbtagsstelle oben in Tegel, Security, und ansonsten schaut er mal.

Läuft ja meist irgendwas über den Weg.

Serdar kriegt von hinten einen Stoß. Er dreht sich um. Der dicke Lexi, Schweißbäche, Krebsgesicht, auch er ein Paket vor dem Bauch. Serdar geht zur Seite, und Lexi wankt in den Laden. Die Hose ist ihm beim Schleppen runtergerutscht, man sieht seine Arschritze.

Schön ist anders.

Aber was ist schon schön an diesem Montag? Serdar muss wieder an Ellas Worte denken, seit heute morgen kommen sie ihm immer wieder quer, ploppen über ihm auf oder neben ihm, wie eine hartnäckige Comic-Sprechblase. Aber jetzt ist hier noch was ganz anderes am Start.

Ivo und der dicke Lexi, denkt Serdar und geht ihnen kopfschüttelnd nach. Dreamteam.

Der dicke Lexi: Eher nicht so der Leistungstyp. Die Hauptschule hat er vermasselt, aber nicht, weil er irgendwie doof wäre oder so, er ist einfach nur der faulste Mensch vom ganzen Bellermannplatz. Wobei, faul. Sagen wir: bequem. Sagen wir: Der dicke Lexi tut keinen Schritt, wenn du ihn nicht dazu zwingst. Wenn Ivo ihm nicht hin und wieder eine Schelle androht. Weshalb man den dicken Lexi selten alleine sieht und oft mit Ivo.

Ivo ist es auch gewesen, der ihn damals mit nach Tegel geschleppt hat. Werd mal erwachsen, hat Ivo zum dicken Lexi gesagt, auch schon wieder zwei, drei Jahre her jetzt. Ich hab was für dich geklärt, Gepäckband, Terminal 2, sicheres Ding, 8,50 die Stunde, hat Ivo damals gesagt und gleich noch die flache Hand gehoben, weil Lexi schon wieder nur so halb begeistert geguckt hatte.

Und so ist es dann tatsächlich dazu gekommen, dass der dicke Lexi anderthalb Tage Rollkoffer und Rucksäcke und Reisetaschen vom Hänger aufs Laufband gewuchtet hat, beziehungsweise, na ja, mehr oder weniger, also eher weniger als mehr, Stichwort Raucherpause. Dabei raucht der dicke Lexi normalerweise gar nicht, jedenfalls keine Zigaretten, aber gut. Am zweiten Tag hat er sich dann ja eh krankschreiben lassen, akute Rückenschmerzen. Hat er bei allen groß als Morbus Scheuermann verkauft, fortgeschrittenes Stadium. Bei Google macht dem dicken Lexi nämlich keiner was vor. Hat selbst den Arzt beeindruckt damals, Lexis Rundrücken, und ein paar Atteste später hat dann auch Ivo nicht mehr nachgefragt. Und der dicke Lexi hat irgendwann auch wieder aufgehört, wie der Glöckner von Notre Dame rumzukrauchen.

Jetzt steht er schnaufend im Späti, und Serdar kann es immer noch nicht fassen. Mächtig Krach im Lagerraum. Klingt, als ob Ivo da hinten massenweise Getränkekisten umstapelt. Serdar sprintet durch den Laden.

Alter, WAS machst du hier?

Hm?, macht Ivo, so als würde er einfach nur ein bisschen Leergut einsortieren.

Was machst du mit den Kisten?, sagt Serdar lauter.

Platz schaffen. Müssen die Dinger hier zwischenlagern.

Zwischenlagern? Wir sind kein Autoteile-Versand. Schaff die Reifen hier raus.

Sind keine Reifen. Sind nur Felgen.

Scheißegal. Raus damit!

Ist ja nicht für lang, sagt Ivo und wischt sich mit dem Unterarm den Schweiß von der Stirn. Ansonsten ist er die Ruhe selbst.

Ab der Kreuzung hab ich drei geschleppt, sagt Ivo und lacht. Weil Schwabbel nicht mehr konnte.

Serdar dreht sich um. Der dicke Lexi steht mit nassem T-Shirt vor dem offenen Kühlschrank und hat sich eine Flasche Sprite aufgemacht. Immerhin hat er sich die Hose ein bisschen hochgezogen.

Was für Felgen sind das überhaupt?, fragt Serdar ihn. Von euch hat doch keiner eine Karre.

Der dicke Lexi hebt die Schultern und rülpst.

Sind nicht unsere, sagt Ivo von hinter den Bierkisten. Also, jetzt schon. Aber halt nur kurz.

Ivo, mach mal Sinn, bitte, sagt Serdar, der jetzt am liebsten irgendjemanden würgen würde. Wo sind die Dinger her?

Devils, schnauft Ivo.

Die sind von den DEVILS?

Serdars Stimme überschlägt sich.

Ja, na ja, sagt Ivo. Aus dem Hof von denen.

Serdar macht einen Schritt und zieht Ivo an der Schulter.

Okay, Moment, Stopp. Kurze Pause. Ihr habt die DEVILS beklaut?

Ivo guckt den schreienden Serdar an. Klauen ist nur, sagt er im Lehrerton, wenn es einem anderen schadet. Dann fängt er an, die verpackten Felgen in die Nische zu stapeln, die er zwischen den Bierkisten freigeräumt hat.

Bist du jetzt der Robin Hood vom Wedding, oder was?

Ivo stapelt weiter.

Serd, meinst du etwa, die Devils haben die Teile bezahlt?

Ihr habt die Devils beklaut, sagt Serdar, mehr zu sich selbst als zu irgendwem sonst. Ihr habt echt die Rolling Devils beklaut. Seid ihr noch ganz DICHT?

Haben die gar nicht mitgekriegt. Haben noch gepennt. Der Rocker an sich pennt gern lang, weißt du. Hat echt keiner mitgekriegt.

Hat keiner MITGEKRIEGT? Ihr schleppt am helllichten Tag vier riesige Fantasiefelgen quer durchs Viertel, und das soll keiner mitgekriegt haben?

Serdar ist voll auf Touren jetzt, was du schon daran merkst, dass er beim MIT von MITGEKRIEGT die flache Hand auf die Seite einer Mate-Kiste haut.

Beruhig dich. Ist doch kaum was los gewesen draußen. Und die paar Penner werden uns schon nicht verpfeifen. Jetzt einen Tag hier Zwischenlager, vielleicht zwei Tage, maximal. Bis wir einen Abnehmer haben.

Ivo klingt wie der Hehlerkönig von Berlin.

Serdar guckt ihn an. Verdammter Ivo. Hat schon wieder das Glänzen in den Augen, das von früher, das er immer hatte, bevor er beim zwei gegen zwei im Käfig an dir vorbeigezogen ist. Und keine Chance, ihn zu stoppen.

Ich dachte immer, versucht es Serdar noch ein letztes Mal, ich dachte immer, Rocker fahren Motorrad.

Ja, klar, sagt Ivo und drückt die vier Felgenpakete mit dem

Bein und dem angelegten Arm bis dicht hinten an die Wand. Aber die brauchen natürlich auch ein paar Limos, mit Kofferraum und so. Wie sollen die sonst ihre Wummen transportieren?

Ach so, ja, klar.

Serdar guckt an die Decke. Keine weiteren Fragen. Ist jetzt eh zu spät. Alles zu spät. Oder sollen sie die Teile noch ein zweites Mal durch den halben Wedding schleppen, sie den Rockern drüben vor ihr Hauptquartier stapeln, vielleicht noch ein Post-it dran, sorry, war nicht so gemeint, bleiben wir Freunde, ja?

Nein. Serdar muss jetzt hoffen, dass die Dinge wieder gut werden, irgendwie. Serdars Hoffnung ist die gleiche Hoffnung wie immer: Ivo wird einen Plan haben. Ivo hat immer einen Plan, zumindest gibt er dir das Gefühl, auch wenn er eigentlich gar nichts hat außer seiner Frechheit. Das war schon als Fußballer sein Trick. Als Gegner hast du immer geglaubt, dass er weiß, was er macht, du hast geglaubt, jetzt muss der vierfache Übersteiger kommen, irgendwas Irres, nie Dagewesenes, und dann zieht der Typ einfach nach rechts, zack, Ball durch die Beine und ab die Post. Schneller war sowieso keiner.

Serdar zuckt mit den Schultern, lässt Ivo weiter Kisten stapeln und geht vor in den Verkaufsraum. Der dicke Lexi hockt hinter der Theke am Rechner und hat sein Facebook offen.

Serdar geht neben ihm in die Hocke und hält sich mit beiden Händen an der Theke fest.

Wer bitte hat euch auf diesen Irrsinn gebracht?

Der dicke Lexi deutet mit dem Daumen nach hinten.

Ivo hat anscheinend einen Abnehmer.

Und du musstest unbedingt mitmachen.

Hatte gerade nichts Besseres zu tun, ehrlich gesagt. Und bisschen Extrakohle ist immer okay.

Der dicke Lexi ist nicht aus der Ruhe zu bringen. Ist eine Lebenshaltung bei dem.

Was denn, sagt Serdar mit bösem Unterton, ist der Schwarzmarkt eingebrochen?

Der dicke Lexi glotzt unbeirrt auf den Bildschirm. Als hätte er gar nicht hingehört. Seit seinem Gastspiel am Flughafen hartzt er wieder, Kohle für umme, ein Deal wie geschaffen für ihn, geht ja alles automatisch ein, die Miete für seine Einzimmer-Buchte, 252 Euro warm, plus 391 Euro für alles andere. Das ist das, wovon der dicke Lexi lebt.

Beziehungsweise, na ja.

Aber das mit den Schwangeren-Pornos müssen die vom Amt ja nicht unbedingt wissen.

10

Tschüss, schönen Tag noch. Hallo.

Die gleichen Worte, aber der Sound ist ein anderer. Ein bisschen lauter, vor allem das *Tschüss* und der *Tag*, ein bisschen zu viel Betonung drin, wie wenn der DJ plötzlich den Regler hochreißt. Klingt vielleicht ein bisschen komisch, gut, aber lieber so, als dass dir mitten im Satz die Stimme wegbricht.

Jessi hofft, dass er es nicht merkt.

Den ersten Blick hat er wie immer schon durch die Glastür rübergeworfen, ein schneller Blick über die linke Schulter, schön unauffällig, und Jessi hat wie immer zurückgeguckt, weil sie ihn natürlich schon hat kommen sehen und seinem Gang gefolgt ist, halb durch die Wimpern, und dann hat er schnell wieder weggeguckt und so getan, als ob gar nichts wäre. Und sie hat den Zwanziger genommen, den der Kunde ihr schon ein paar Sekunden hingehalten hatte, und bitte, acht dreizehn zurück, danke, Ihnen auch.

Ein Ritual, kann man es so nennen?

Musst du den anderen nicht gut kennen, damit sich sowas entwickeln kann? Musst du nicht wenigstens mal drüber gesprochen haben? Keine Ahnung.

Jessi sitzt an der Drei, wartet, dass der nächste Kunde seinen PIN-Code eingibt, und fährt sich mit der Hand hinters linke Ohr, unwillkürlich, obwohl die Haare natürlich noch gut sitzen, drei Klammern auf jeder Seite, da passiert nichts.

Gleich ist er dran.

Sie guckt rüber zum Ende des Laufbands, wo das Bitte-nichtmehr-anstellen-Schild hinter seinen Sachen herfährt, immer ein kleines Stückchen weiter, mit jedem Kunden ein paar Zentimeter in ihre Richtung.

Klar, normalerweise hätte sie die Kasse nicht unbedingt zumachen müssen, aber die Müllern ist eh aus der Pause zurück, es ist gerade einigermaßen ruhig, und manchmal, findet Jessi, musst du dem Schicksal eben ein bisschen auf die Sprünge helfen.

Noch zwei vor ihm. Als Jessi eine Küchenrolle über den Scanner zieht, guckt sie schnell mal rüber. Er guckt auch, hat er wohl schon eine Weile, und jetzt kommt ein bisschen Panik in seine Augen, das sieht Jessi, und er guckt blitzschnell runter auf seine Schuhe, zieht sein Handy aus der Hosentasche und fängt an, wild darauf herumzudrücken.

Jessi muss lachen, sie lacht leise, aber sie lacht, und der nächste Kunde, der denkt, dass sie sich irgendwie über seine Anwesenheit freut, lacht auch.

Als sie den zerknitterten Zehner nimmt, den ihr der Kunde hinhält, schaut sie noch mal schräg übers Laufband. Er hat aufgehört zu tippen und starrt immer noch auf sein Handy, die geschwungenen Brauen in der Mitte zusammengezogen, den Mund schmal, die breiten Schultern scheinen sich unter der Trainingsjacke anzuspannen.

Diesen angestrengten Blick hat er schon ziemlich gut drauf.

Jessi gibt Wechselgeld raus, tschüss, schönen Tag noch, der Kunde dreht sich zum Ausgang und stoppt mitten in der Bewegung, oh, Verzeihung, da quetscht sich einer an ihm vorbei, sorry, danke, Pferdeschwanz und Trainingsjacke, er würdigt sie keines Blickes, während er sich an den Kunden und der Kasse vorbeidrängelt, und Jessi starrt ihm nach, wie er mit großen Schritten Richtung Ausgang stapft, den Blick immer noch auf dem Handy, das er in einer Hand vor sich herträgt wie eine matschige Tomate, und dann guckt sie aufs Band zu seinen verlassenen Sachen vor dem Schild.

Eine Packung Golden Toast. Salami. H-Milch.

Bitte nicht mehr anstellen.

Was war das denn?

Jessi merkt, wie es hinter dem linken Ohr brennt, wie ihr das Blut durch den Kopf schießt. Sie kassiert den letzten Kunden ab, dann schließt sie die Kasse und bleibt noch kurz alleine an der Drei sitzen.

Der sah ja aus, als hätte er einen Geist gesehen.

Hat sie sich das doch alles eingebildet? Von wegen Ritual und so? Ist das irgendwie doch alles Zufall gewesen, viele dumme Zufälle, die sie sich zusammengeklaubt hat zu einem hübschen Puzzle, bei dem nur noch ein Teil gefehlt hat?

Tja, sagt Jessi, atmet aus, steht auf, geht um die Kasse herum und schnappt sich seine Sachen.

Vergiss den mal, sagt sie auf dem Weg nach hinten vor sich her, und eine Kundin guckt sie fragend an.

11

Geh mal weiter runter. Die hier?

Nee, die sind grauschwarz, nicht schwarz.

Cayenne stimmt aber.

Lexi googelt nach den Felgen. Ivo hat es eilig.

Hier! Ivo tippt mit dem Zeigefinger auf den Bildschirm. Die sind's. Die schwarzen. Oder? 958, Cayenne, Winterfelgen. Die Artikelnummer stimmt. Was kosten die?

Warte doch mal. Lexi stöhnt, ihm geht Hektik auf die Nerven. Immer.

Klick doch mal drauf da!, brüllt Ivo ihm ins Ohr.

Chill mal. Er lädt.

Habt ihr's bald? Es gibt hier auch so was wie Kundschaft.

Serdar hat langsam die Schnauze voll. Nicht genug, dass die beiden Vögel hier mitten am Tag mit Hehlerware reingeplatzt kommen, nein, es muss auch noch Hehlerware sein, die den motherfucking Rolling Devils gehört, der Weddinger Antwort auf die Hells Angels. Die Devils, das sind die asozialsten Jungs der Gegend, alle hier um den Bellermann aufgewachsen. Drogen, Knast, Gewalt, alles dabei, Biografien wie Gestrüpp am Straßenrand, bis sie sich dann alle zusammengefunden und einen Club gegründet haben, mit Satzung und Regeln und allem. Wichtigste Regel, sie machen sich nicht mehr gegenseitig fertig wie früher. Stattdessen bündeln sie die Kräfte. Die Devils gegen den Rest ihrer Welt, das ist das Motto. Seitdem siehst du besser zu, dass du ihnen aus dem Weg gehst, selbst wenn sie dir im Harley-Korso auf dem Gehweg entgegengeschossen kommen, was schon mal vorkommt. Wenn einer Geburtstag hat oder so.

Die Devils sind die Chefs hier. Und wenn du den Wikinger siehst, glaubst du's gerne. Stichwort Stiernacken.

Komm ihnen nicht quer. Haben sie nicht so gerne. Es ist das alte Berliner Motto: Lass sie machen, misch dich nicht ein. Ist besser, sonst geht es dir wie dem Typen von der B. Z., bei dem eine Woche nach seiner großen Doppelseite (KINGS OF KIEZ: Das Rolling Devils Tagebuch) mitten in der Nacht die Bude gebrannt hat. Blödes Ding, aber hey, den Sprung aus dem dritten Stock hat er immerhin noch ganz glimpflich überstanden. Oberschenkelhalsbruch.

Macht jetzt Lokalsport.

Ist Ivo also völlig geisteskrank?

Ja. Ivo ist völlig geisteskrank.

Und da gibt es wenig dran zu rütteln, ebenso wenig wie an der Tatsache, dass er der beste Kumpel von Serdar ist und echte Kumpelschaft rar gesät ist, hier wie anderswo, das gibst du nicht von heute auf morgen auf, geklaute Devils-Felgen hin, geklaute Devils-Felgen her. Beste Kumpels fallen nicht von den Kastanien, das hätte sich rumgesprochen, draußen vor dem Späti stehen ja reichlich davon rum.

Und es ist ja bislang immer alles gut gegangen.

Alter Verwalter! Serd. Zieh's dir rein! 2300 Euro.

Ivo hüpft neben Lexi auf und ab.

Shhhhht. Geht das auch ein bisschen leiser? Serdar hält sich den Zeigefinger vor den Mund.

Aber Ivo ist in Fahrt jetzt. 2300, brüllt er durch den Späti und klatscht gleich noch als Zugabe ein paarmal die Hände zusammen. 2300, minus Straßenpauschale, rechnet er im Kopf aus, das macht dann so 1300, 1200 … Da kriegen wir also immer noch alle drei gute 400 raus.

Wie, alle drei?, sagt Serdar perplex. Ich hab damit nichts zu tun. Lass mich mal schön raus aus deiner Rechnung.

Hä, na, du bist doch Ehrenbruder, Serd. Außerdem ehrenhafter Herbergsvater für unsere vier kleinen Chromfreunde da hinten. So viel übrigens zum Thema Nichts-damit-zu-tun. Also, Serd: Klar geht das durch drei.

Nee, Ivo. Echt nicht.

Serdar macht ein paar Schritte zur Tür, als würde er jetzt ernsthaft abhauen und die beiden im Späti sitzenlassen.

Was los?, fragt Ivo. Hast du Schiss, dass dein Alter die Dinger entdeckt? Der lässt sich doch eh nur alle paar Tage zur Abrechnung blicken. Bis dahin sind die Dinger längst weg.

Jaja, sagt Serdar. Er will jetzt nur noch seine Ruhe haben, und auf die große Familiendiskussion hat er schon gar keinen Bock.

Na, sehen wir ja dann, sagt Ivo, der schon wieder ganz woanders zu sein scheint. Ich muss dann auch mal los, Freunde. Tegel calling. Da weiß ich auch schon, wen ich fragen kann. So ein Tuner-Fritze aus der Pampa. Denke, morgen, spätestens übermorgen sind wir die Dinger los.

Ivo ist schon an der Tür.

Was mit dir, Lexer?

Der dicke Lexi stemmt sich ächzend hoch und watschelt zur Tür. Auf dem Weg guckt er Serdar an, zieht die Schultern hoch und setzt seinen Was-soll-ich-machen-wir-kennen-ihn-beide-Blick auf.

Tschau, Serdi.

Serdar lässt sich auf den Stuhl fallen, schaut den beiden Patienten hinterher und fragt sich, was eigentlich gewesen wäre, wenn er heute Morgen einfach liegengeblieben wäre.

Dann wäre jetzt alles so wie immer. Oder?

Stattdessen hockt er jetzt da, mit seinen sieben Sachen.

Den vier Felgen von den Devils und den drei Worten von Ella.

Die hat er noch ganz gut im Ohr.

12

Es gibt News und es gibt News. Und es gibt Scheiß-News.

So Preisklasse World Trade Center, zweites Flugzeug.

Da kannst du dich noch so gut gefangen haben nach dem Aufstehen, kannst deine Wasserflaschen abgegeben und dir zwei, drei Sachen aus dem Regal geschnappt haben, da kannst du dich angestellt und ein, zwei kleine Blicke riskiert haben, und dann macht sie auch noch die Kasse hinter dir dicht, das nächste gute Zeichen. Jetzt nur ruhig bleiben, easy, Aris, nüchtern und logisch rangehen und nicht zu auffällig rüberglotzen, am besten Mal kurz das Handy raus, zur Tarnung, klar. Das alles kannst du machen und innerlich brennen und hoffen, so viel du willst.

Aber das wird dir alles nichts mehr bringen, wenn du kurz vor dem Abkassieren erfährst, dass dir gerade der Hauptkampf weggebrochen ist.

Da lässt du schon mal deinen Montagseinkauf liegen.

Da brauchst du erst mal frische Luft. Frische Luft und guten Empfang.

Aris läuft Slalom um die Baumstämme. Er hat nicht mal dran gedacht, sich eine Kippe anzumachen. Er hält das Handy vor sich wie eine entsicherte Handgranate und wartet darauf, dass was passiert. Dass es knallt. Dass sich die SMS selbst löscht. Oder dass eine hinterherkommt, haha, noch mal Momo hier, warn Witz, natürlich bin ich noch dabei, Freitag um sechs dann, aber gib's zu, da hatt' ich dich kurz!

Nur ist Momo jetzt nicht direkt der humorvolle Typ.

Die witzige Art hilft dir auch nicht weiter, wenn du gegen

den Wikinger in den Ring steigen willst. Und groß zu spaßen ist mit den Devils eh noch nie gewesen.

Momo gegen den Wikinger, denkt Aris. Das wäre Ihr Match gewesen. Der Mega-Fight.

Gut, Momo hat fünf, acht Kilo Fett um die Hüften, er ist einen Kopf kleiner als der Rocker-Boss und hätte ab der dritten Runde die Backen aufgeblasen wie ein Frosch, aber der Mann kann und will immer noch einen Kampf liefern. Und er weiß auch wie. Nach 181 Amateurkämpfen und noch ein paar hintenraus als Profi macht dem keiner was vor, den hätte der Wikinger sich erst mal zurechtlegen müssen, und das auch noch gegen die komplette Halle, weil Momos Clan ihn dabei eher nicht angefeuert hätte. Und die anderen ohne Kutte auch nicht. Momo ist eine Legende hier.

Und jetzt? Wen zur Hölle sollen die Türken jetzt anfeuern? Wer soll jetzt überhaupt noch kommen am Freitag? Wenn sich das rumspricht, ist das Ding durch, bevor es losgegangen ist.

Es ist ja so: Wenn du schon bei den Vorkämpfen die üblichen Kompromisse eingehen musst, die so genannten Aufbaukämpfe, die Mauscheleien mit den Tschechen, wo dann gerne mal einer im Ring steht, der am Tag vorher noch Tankwart irgendwo hinter der Grenze war und der sich auch schon beim ersten Körpertreffer hinlegt, dann ist das zwar nicht geil, aber du nimmst es in Kauf. Umso wichtiger ist es, dass du im weiteren Verlauf des Abends noch ein bisschen Action hast. Richtige, harte Action.

Momo-Style.

Und dazu brauchst du einen Hauptkampf, der zieht. Du brauchst Gegensätze. Bullig gegen schlank. Slugger gegen Boxer. Kroate gegen Serbe. Oder eben Rocker gegen Türke. Da ist Stimmung.

Du brauchst ein Match, das elektrisiert. Hat immer schon so funktioniert. Die Jungs haben hier doch immer schon auf die großen Dinger hingefiebert, Hagler gegen Hearns, Leonard gegen Duran, von Tyson gegen Holyfield mal ganz abgesehen, der Fight war ja schon Monate vorher Thema, das war eine Glaubensfrage bis zum Schluss, die Kneipen alle rammelvoll, mitten in der Nacht, und draußen haben sich noch die Taxifahrer die Hälse verrenkt. Und als die Amis sich alle gegenseitig weggebissen hatten, da haben sie sich die Highlights eben selbst gemacht, paar Anrufe haben immer gereicht, um eine Crowd zusammenzubringen, wie damals am Uferpark, als Karate-Kemal gegen den irren Asiaten vom Sparrplatz angetreten ist, wie hieß der noch, Wu oder so. Mein Gott, was war da los, schon als die beiden sich warmgemacht haben, da standen selbst auf der anderen Flussseite noch 150 Mann, und an die verdammten Handys hat da noch gar keiner gedacht.

Die Erinnerungen fliegen jetzt immer schneller auf Aris zu, wie ein Hagel von Fäusten, er fängt fast schon mit Meidbewegungen an, er denkt an die Fight Night, an die Kohle, an Achim, an die Devils, die auch nicht wirklich happy sein werden über die News. Aris denkt an die Plakate, an den Slogan, der draufsteht, KAMPF DER KULTUREN, und dahinter ein fettes Ausrufezeichen, denn du musst ein bisschen auf den Putz hauen, als Box-Promoter sowieso. Das erwarten die Leute.

Die Plakate. Er muss Kevin anrufen.

Nein, stopp, erst muss er Momo anrufen. Das kann doch alles nicht wahr sein.

Tutet sogar.

Momo! Hör zu … Was? … Ja, hab ich bekommen. Aber pass auf … Wie? Ja … Nein, nein … Ja, aber Momentchen mal … Momo, Alter, hör mir mal kurz zu, bitte. Also, ich brauch wirklich … Bitte? … Nein, ich brauch jetzt, am Freitag … Ja, aber wenn du doch heute noch … Nein, hey, wenn die dich heute noch operieren, dann bist du doch … Was? Momo, Mann, was ist los mit dir? … Mir bricht da jetzt echt alles … Geht doch nur um ein paar … Ja, Alter, ja … Wie auch immer, Momo. Tschau. Bin ich eben im Arsch.

Erster Reflex: Das Handy einmal quer über den Platz feuern. Aris holt aus und merkt dann gerade noch rechtzeitig, dass da jetzt auch niemand so richtig was von hat.

Da setzt er sich stattdessen mal auf die nächste Bank, versucht ruhig zu atmen wie in der Rundenpause und guckt sich durch seine Oberschenkel die Pflastersteine an.

Kein Gegner für den Wikinger. Keine Fight Night. Keine Potte. Kein Aris. Das Leben kann ziemlich einfach sein, in seinen beschisseneren Momenten.

Aris schüttelt den Kopf.

Blinddarm-Entzündung!

Nicht zu fassen.

Es haben schon welche mit gebrochenen Händen geboxt.

13

Jetzt nur noch nach Hause.

Jessi beeilt sich, die Plastiktüten schneiden ihr in die Hände, aber bis zum U-Bahnhof ist es nicht weit. Drei Stationen, Kurzstrecke, und dann noch ein paar Meter zu Fuß, und vielleicht sind die beiden ja schon da und sie hört sie schon, wenn sie die Tür aufschließt. Vielleicht hört sie das Kinderlachen oder den Fernseher, montags wird Line immer von Omi abgeholt, geht nicht anders.

Jessi duckt sich beim Gehen unter die vorstehenden Balkone. Es hat sich zugezogen, die Sonne ist weg, es ist dunkel, zu dunkel für die Tageszeit, die Wolken hängen tief über den Hausdächern, und Jessi versucht, den Tag hinter sich zu lassen.

Normal kein Problem.

Normal würde sie jetzt nur an zuhause denken und an Line und sich freuen, dass es jetzt bald nur noch sie beide gibt, nur Lini und Mama, bis zum Schlafengehen, und keine Stornos und Flaschenstaus und Alki-Fahnen und hinterfotzige Kolleginnen.

Zum Feierabend hat sie schnell das Nötigste zusammengesucht und bei der Müllerschen bezahlt, Kartoffeln, Milch, einen Kopfsalat, ein paar Flaschen Wasser, eine Packung Schoko-Bons für Line. Dann hat sie sich hinten im Klo den Dreck des Tages von den Fingern gewaschen, gründlich, aber nicht so gründlich wie sonst, da wird sie zuhause noch mal mit der Nagelbürste ranmüssen.

Wahnsinn, wie dreckig Geld ist.

Ekelhaft.

Und dass das keinen stört.

Dass da immer noch kaum jemand mit Karte zahlt, und hier in der Ecke schon mal eh nicht. Hier zählt nur, was du in der Hand hast, sonst stehst du da, Zahlung nicht möglich, ja, scheiße, wer hat da schon wieder was abgebucht, gestern ging's noch. Kennt man ja.

Am schlimmsten, denkt Jessi, als sie über die Ampel geht, am schlimmsten sind die Kupfermünzen, die sind manchmal schon so schwarz, dass du sie nur noch an der Größe erkennst.

Aber er zahlt nicht mit Münzen. Nie. Immer mit einem Schein, meist ein Zehner, manchmal ein Zwanziger, in der Mitte gefaltet und zwischen Zeigefinger und Mittelfinger geklemmt, so hält er ihn ihr hin und zieht dabei die Stirn hoch, als ob er sich irgendwie bei ihr entschuldigen müsste, dafür, dass er wieder nur so wenig kauft, es wieder nicht klein hat und sie wieder nicht auf beiden Armen hier raustragen wird.

Ja, klar.

Nur in deinem Kopf.

Vergiss es, vergiss es einfach, es wird nicht passieren, nie und nimmer.

Jessi geht unter den grauen Balkonen, es ist drückend, drückend und schwül, aber ihr ist kalt, kalt und ein bisschen schlecht. Nichts gegessen seit heute Morgen, das wird's wohl sein.

Wenn du Glück hast, kommt die U-Bahn gleich und ist nur halbvoll.

Jessi geht die Hauptstraße lang, und je näher sie dem U-Bahnhof kommt, desto schlechter wird ihr. Sie spürt kalten Schweiß auf der Stirn. Sie hat ein komisches Gefühl, es kommt aus den Beinen, aus Kniehöhe, und von da kriecht es langsam nach oben.

Das Gefühl, dass da was ist.

Hinter ihr. Irgendwas. Irgendjemand.

Jessi geht noch ein bisschen schneller, eine der Tüten schlägt ihr gegen das Bein, sie fühlt, wie die Panik in ihr hochsteigt, grundlose Panik, klar, was soll schon sein, nichts ist, mach mal langsam, bleib locker, sie versucht sie wieder runterzuschlucken, die Angst, und läuft mit schlenkernden gelben Tüten auf die Häuserecke zu, von der aus der U-Bahn-Eingang nur noch ein paar Meter weg ist, zehn, vielleicht fünfzehn Meter, nur ein paar schnelle Schritte, und dann ist sie endlich da, an der Ecke, sie biegt scharf ab, hinter die schützende Hauswand, aber vorher riskiert sie noch einen kurzen, schnellen Blick über die Schulter.

Jessi guckt sich um, sie sieht es weiß aufblitzen, und irgendwas in ihr drinnen sagt ihr, dass sie losrennen soll. Aber sie rennt nicht los. Mach jetzt keinen Scheiß, sagt sie sich. Bleib ruhig.

Sie dreht den Kopf schnell wieder nach vorne und geht noch einen Tick schneller. Vielleicht hat er mich gar nicht gesehen, denkt sie, vielleicht ein Zufall, vielleicht, vielleicht, sie sieht das blaue Schild, die Treppe, die Stufen, das Zwischengeschoss, rein in die heiße Tunnelluft, Jessi streift Leute, die sich in Zeitlupe nach ihr umdrehen, zweimal links und dann steil zum Bahnsteig runter, ein paar Stufen auf einmal, rotes Leuchten schon über den Türen, Jessi springt mitten ins Abfahrtssignal, die Tür schlägt hinter ihr zu und der Zug fährt langsam an, na komm, los, mach schon.

Dann schluckt sie endlich der Tunnel.

Jessi lehnt sich an die Trennscheibe, Schweißtropfen laufen ihr in die Augen, sie macht die Augen zu. Die U-Bahn fährt im Kreis.

Es kann nicht sein, es darf nicht sein. Sie sagt es leise vor sich her, mit geschlossenen Lidern, und alles dreht sich.

Es geht nicht. Wie soll das gehen?

Aber sie ist sich sicher. Sie hat sie ja genau gesehen.

Die weiße Kappe. Die weiße Baseball-Kappe.

Sein verdammtes Basecap.

Nein, sagt Jessi. Unmöglich.

Wie soll er das gemacht haben?

14

Mülleimer, klar.

Viel Fantasie brauchst du dafür nicht direkt. Da kommst du schnell drauf. Ist ja der Klassiker. Und das ist das Problem. Da wühlt doch mittlerweile jeder zweite Studi drin rum. Da ist viel zu viel Konkurrenz. Zu viele Amateure.

Nein. Du musst einen Schritt weiter sein als die anderen. Mach es anders. Mach nicht das, womit alle rechnen.

Denn was erwartest du, wenn du aufrecht und gut sichtbar die Hauptstraße runtermarschierst, was anderes erwartest du als Feuer. Feuer von allen Seiten. Da bist du Freiwild. Da kannst du gar nicht schnell genug in den Graben hüpfen, logisch.

Die Büsche.

Unter die Büsche musst du. Gerade am Montag.

Unterschätzen die meisten, die Büsche.

Der Flaschenfascho hockt im plattgedrückten Gras, die Panke im Rücken, und angelt mit dem Spazierstock nach zwei Sternis. Der Stock ist aus Holz, solide Fertigung, hat er mal auf einer Parkbank gefunden. Er hält ihn verkehrt rum und zieht mit dem geschwungenen Griff die leeren Pullen zu sich ran. Klappt prima.

In die Büsche knallen sie die Pullen am liebsten, wenn sie fertig sind. Dann sind sie aus der Welt. Aus ihrer kleinen Plüschtierwelt.

Der Flaschenfascho streckt den Arm und angelt nach der zweiten Flasche.

Gestern war gutes Wetter. Da haben sie hier wieder in Massen gelagert, im hohen Gras, kannst du ja heute noch sehen, alles platt, haben ihre Deckchen ausgebreitet, die Mollen rausgeholt und die blassen Neesen in die Sonne gestreckt. Die Langhaarigen. Die Druffis. Die Träumer.

Na, macht mal, denkt der Flaschenfascho, stellt die beiden Sternis in den Wagen und hängt den Stock mit dem runden Ende wieder an die Querstrebe.

Leichte Übung.

Gestern war Sonntagswetter, aber am Montagmittag sind natürlich nur noch die Junkies übrig. Hinter den Birkenstämmchen gehen sie ihren Geschäften nach, da hinten stehen zwei und hinten an der Brücke garantiert auch ein paar, da muss er gar nicht erst nachgucken gehen.

Und auf den Bänken ein paar vereinzelte Sprittis. Erholen sich hier, im Grünen, vom Palaver der Stadt, vom Sozialquatsch oben am Platz. Da oben gönnen sie dir keine Pause, klar. Da stehst du ständig unter Beobachtung. Aber hier unten kommen sie mal zur Ruhe, strecken sich, dösen ein bisschen weg. Da fällt auch die eine oder andere Buddel ab, im wahrsten Sinne.

Der Flaschenfascho schiebt seinen Wagen durchs Gras rüber zu den Forsythien. Absolutes El Dorado, die Panke. Hier versammeln sie sich alle, die arbeitsscheuen Elemente, so haben sie die früher genannt.

Und heute sind sie seine Geschäftsgrundlage.

So kann's gehen. Darfst du aber nicht zu lange drüber brüten. Sonst kommen dir am Ende noch Gedanken.

Wichtig ist nur eins. Dass du nicht untergehst. Wichtig ist, dass du den Kopf immer knapp überm Wasser hältst, oder zumindest den Mund. Notfalls auch nur die Nasenlöcher.

Sonst Gluckgluck.

Und wen hat man nicht schon alles abnippeln sehen? Menschen, haufenweise. Ideen, auch ein paar. Und mit den beiden sind dann ganze Länder runter. Da musst du gar nicht so weit zurückgehen und so weit weg. Einmal hinten über die Brücke, da kannst du ja jetzt sogar die Tram nehmen. Der Flaschenfascho ist damals noch zu Fuß gegangen, aber das war ja auch die andere Richtung. Klar. Sonst wäre er ja jetzt nicht hier.

Sonst wäre er vielleicht in der Zwischenzeit auch abgenippelt. Wie so viele. Da kannst du ja Bücher mit füllen. Wenn dir denn danach ist.

Aber dem Flaschenfascho ist jetzt nicht danach. Wie ihm überhaupt ganz selten nach den großen Gedanken ist. Der Flaschenfascho will jetzt einfach in Ruhe weiterbüscheln, seine tägliche Panke-Wanderung, Busch für Busch absuchen, den Stock immer parat. Da entgeht dir nichts, hohes Gras hin oder her. Und die Hundescheiße trocknet ja auch irgendwann und du kannst sie wieder aus der Sohle kratzen.

Der Soldat muss in der Lage sein, bei jedem Wetter und auch abseits von Straßen und Wegen zu marschieren.

Und den Kopf immer oben.

Sonst, wie gesagt.

15

Pah. Pah-pah.

Serdar schlägt beim Gehen Kombinationen in die Luft. Die Schläge kommen einigermaßen schnell, links, links-rechts, in die Rechte legt er die Schulter, dreht den hinteren Fuß und atmet automatisch durch den Mund aus. Pah-pah. Die Schläge sind okay, aber sein Rücken fühlt sich steif an, bretthart, null beweglich, das verdammte Sitzen den ganzen Tag.

Da muss noch was passieren bis Freitag.

Serdar schüttelt im Gehen die Arme aus. Es ist still und der Bellermannplatz ist menschenleer.

Als hätten sich alle verzogen.

Ist vielleicht gar nicht verkehrt. Ist vielleicht sogar das Beste, was du machen kannst. Wegkriechen. Dich einigeln. Für manche ist das sicher die beste Lösung.

Für den dicken Lexi zum Beispiel, der macht das so. Eiskalt. Tür zu, Rechner an, und dann siehst du den manchmal tagelang nicht mehr.

Wegkriechen. Und dann?

Bewirb dich. Mach was. Tu dies. Tu das. Blablabli. Blablablubb.

Pah-pah-pah-pah-pah.

Serdar feuert Aufwärtshaken in die Abendluft. Er merkt, wie sein Puls hochzieht. Fühlt sich gut an.

Ein vernünftiges Training, das bräuchte er jetzt, zehn Runden am Sack, dann noch für ein paar in den Ring, wenn sich ein anderer findet, und meistens findet sich einer, klar.

Die Leichtigkeit, die braucht er jetzt, dieses Körpergefühl, dass du nur nach einem guten Training kriegst, diese komplette Leere, die es bei keinem anderen Sport gibt. Wenn du richtig trainiert hast, fühlt es sich an, als würden dir die Arme und Beine im Weltall rumbaumeln.

Sandsackarbeit bis zur Erschöpfung, schöne Geräterunden, das wär's jetzt, denkt Serdar, das ist das Ding, danach noch dehnen und mal sehen, was der Rücken sagt.

Aber montags hat das Gym zu.

Montags geht Manne zum Skat.

Training erst Dienstag wieder, morgen kann er durchziehen und Donnerstag noch mal ein bisschen anschwitzen, und dann kann der Kampf auch schon kommen.

Den wird er gewinnen, klar, sein Gegner kann nichts, den kennt er aus dem Gym, Hamid Irgendwas, Afghane ist der oder Armenier, keine Ahnung, wo Aris den aufgetrieben hat, egal, ein langer dünner Bursche mit Segelohren, mit dem Serdar schon ein paar Mal Sparring gemacht hat, den kannst du leicht beeindrucken, hat er gleich gemerkt. Dem setzt du zu, wenn du ihm keinen Raum gibst, wenn du ihm auf die Pelle rückst, nah ran, Kopf auf die Brust, dann kriegt er Schiss und klammert, aber vorher drückst du ihm noch schnell die Haken rein, links und rechts zum Körper, popp-popp, und immer mal einen seitlich zum Kopf, pah, und dann, in der zweiten, dritten Runde, wenn er nicht mehr damit rechnet, weil du ihn nur seitlich bearbeitet hast, wenn er schon schnauft und die Lücke zwischen seinen Armen aufgeht, und sie wird aufgehen, sie geht immer auf, früher oder später, dann schießt du, pamm!, den Uppercut durch. Voll unters Kinn.

Und das war's dann.

Siebter Kampf, siebter Sieg. Vorzeitig am besten, klar. Ist gut für die Bilanz. Weiße Weste. Noch vier, fünf klare Siege, und dann nimmt ihn im nächsten Jahr Edelmann unter Vertrag, der sitzt nur so auf der Kohle, was meinst du, was die ganzen Autohäuser abwerfen, das willst du gar nicht wissen, da wird dir schlecht. Edelmann hat schon mal Interesse gezeigt, und Edelmann weiß, wie das Business läuft, der fasst nichts an, was sich nicht rentiert, bei dem kriegt Serdar dann einen richtigen Trainer, kann jeden Tag ins Gym, da geht es dann noch mal richtig nach oben, ein paar Aufbaukämpfe, gute Siege, klare gute Siege gegen gute Leute, und dann …

Champ.

Irgendwann, denkt Serdar. Irgendwann. Bald.

Edelmann hat schon ein paar groß gemacht aus der Gegend, vier, fünf Kämpfe noch, dann kann's losgehen, hat er ihm neulich gesagt, im Vertrauen, Serdar, Hand drauf, und wenn einer wie Horst Edelmann das sagt … Der Mann weiß, wovon er spricht, da kannst du alle fragen.

Pah-pah. Pah.

Serdar hat sich einmal quer über den Platz geboxt, er ist schon kurz vor der Ampel, als es ihm einfällt.

Halt, stopp. Gedankenfalle.

Serdar hält an und lässt die Hände sinken. Da hat er jetzt automatisch die falsche Richtung eingeschlagen. Die, die nach Hause führt. Aber da kann er auf keinen Fall hin.

Nach Hause geht nicht. Nach Hause, zu Ella, das heißt mehr Terror. Und mehr Terror geht heute nicht mehr.

Serdar macht kehrt und läuft Richtung S-Bahnhof.

Er pennt lieber erst mal bei Ivo auf der Couch. Ist besser. Auch wenn er den am liebsten auf den Mond schießen würde gerade, aber da denkt er jetzt lieber nicht dran. Lässt er jetzt erst mal hinter sich. Die Felgen sind im Späti, und Serdar ist nicht mehr im Späti, das muss für den Moment reichen. Außerdem, wo soll er sonst hin? Zu Lexi? Na, die Bude musst du dir mal anschauen.

Zu Ivo ist okay, zu Ivo kann er immer, den Schlüssel hat er ja.

Serdar läuft an der Apotheke vorbei mit ihren hellen Schaufenstern, er schlägt einen halbherzigen Cross, aber er merkt, dass ihm der Puls wieder weggesackt ist auf den letzten Schritten.

Serdar bleibt stehen und schlägt sich mit der geballten Rechten in die flache Linke.

Das ist deine Woche, sagt er zu sich. Konzentrier dich auf Hamid. Sechs-Runden-Kampf, dein erster. Das machst du nicht einfach so, nicht im Vorbeigehen, auch wenn der andere noch so ein Schisser ist.

Du packst ihn, klar. An normalen Tagen vorzeitig.

Aber in dieser Woche ist schon der erste Tag direkt nicht so normal gewesen.

Eher so ziemlich beschissen unnormal.

Was für ein Timing, echt.

Dienstag, Donnerstag Training. Freitag Kampf.

Das war der Plan.

Und jetzt ist Ella schwanger.

DIENSTAG

16

Er ist kaum durch die Drehtür, da weiß Aris auch schon wieder, warum er nie herkommt.

Nicht die Eingangshalle mit ihren gelben Deckenlichtern und den fleckigen Fliesen. Nicht der Automat in der Ecke, Kopfhörer in Plastiktüten. Nicht die plaudernden Hemdträger, die mit ihren weißen Kaffeetassen vorbeischlendern, nicht die Omas mit ihren Rollwagen, nicht die ewig feixenden Arbeiter mit ihren blauen Latzhosen und der lauten Kumpellaune, Mensch, Micha, wat machst DU'N hier?, na wat'n.

Nein, es sind nicht mal die Pflasterhälse in ihren Trainingsanzügen und den Jeansjacken über dem Nachtzeug, die Aris fertigmachen.

Dieser Geruch.

Den hast du gleich wieder in der Nase, süß und schwer, schon unten in der Halle, als würde er den Leuten in den Klamotten kleben, in all den Strickjacken und Ballonseidehosen und hellblauen Kitteln, die aus dem Aufzug kommen und links und rechts aus den Schiebetüren.

Der Geruch ist da. Er ist da, und du wirst ihn nicht los, egal, wie lange du wartest.

Aris nimmt den Aufzug in den vierten Stock. Er läuft den Gang runter, an offenen Türen vorbei. In einem Zimmer sitzt ein kleiner Junge, vielleicht vier oder fünf, in Socken sitzt er auf dem Bett und schaut raus zu Aris, neugierige Kinderaugen, und die Schuhe, die ihm seine Mutter hinhält, scheint er gar nicht zu sehen.

Und Aris sieht sie wieder, er hat sie wieder vor sich, die anderen Kinder in ihren stillen weißen Bettchen. Er sieht ihn, den Mond. Den hellen Mond. Wie hell der Mond gewesen ist, denkt Aris, so hell wie vorher nie und später auch nicht. Zum ersten Mal dieser Mond. Zuhause hatte es den nie gegeben, zuhause, da gab's Rollläden, schwere Dinger, die immer gequietscht haben, wenn Mamá sie runtergelassen hat. Und dann plötzlich der Mond, der zwischen den Vorhängen durchschien, viel zu hell. Wer da keinen Mordsschiss kriegt, mit vier Jahren oder fünf.

Kinder fürchten sich im Dunkeln, heißt es, und wer kennt das nicht, bitte lass die Tür auf, ja, so ist gut, okay, aber nicht weiter, jetzt schlaf aber gut.

Und dann dieser eine, erste Moment, in dem du merkst, dass du eigentlich viel mehr Angst vor dem Hellen hast.

Vielleicht nur die Gedanken, die nachts immer greller sind. Die Fragen. Was wenn sie nicht mehr kommen? Wenn sie sich stattdessen ein schönes Leben machen, ein Erwachsenenleben ganz ohne Stress und Kindergeschrei und Sorgen um kleine Schisser ohne Mandeln?

Was wenn sie einfach gar nicht mehr kommen?

Wer singt dir dann abends das Lied vom Fengaráki vor?

Aris hört die Fragen, hingemurmelt in die grelle Dunkelheit, er hört die Stimme, seine Stimme, und das Atmen der anderen Kinder, ahnungslos und stumm, alle am Schlafen, und niemand außer ihm sieht, wie sich draußen das weiße Auge langsam von der einen Fensterseite zur anderen schiebt, groß und weiß wie das Auge des alten Säufers, der immer mit seinem Kindl am Kiosk an der Ecke steht und ihm so unheimlich zunickt, vor seinen Stiefeln der schlafende Schäferhund. Dass du dem bloß nicht in die Augen guckst, hat Mamá gesagt und ihn fest an der Hand weitergezogen, sonst kriegst du das später auch.

Aris biegt rechts ab und drückt die Schwingtür auf. Er kennt den Weg, auch wenn es ein bisschen her ist. Er kommt von einer Station in die nächste, das Licht ändert sich, aber der Geruch ist der gleiche, immer noch der gleiche, nach all den Jahren.

Der erste Schultag, denkt Aris beim Gehen, das Ende der Sommerferien, zum ersten Mal allein mit der U-Bahn, alles Quatsch.

Eine helle Nacht in einem weißen Bett, in der du merkst, das war's, da ist sonst keiner, keiner außer dir selbst, und wenn du brüllst, kommen höchstens die Falschen. Das ist er, der Moment, in dem alles losgeht.

Aris hält vor Zimmer Nummer 320, er geht dicht an die graue Tür und drückt die Klinke runter, ganz langsam und leise.

Ja, sie sind wiedergekommen, das schon, am nächsten Tag waren sie wieder da, ein Lächeln im Gesicht, als ob nichts wäre, sie haben ihn wieder mitgenommen, zu Achim und dem Fengaráki-Lied und den Rollläden, aber die Dinge sind anders seitdem.

Seit der Nacht im Gitterbettchen damals, mit den stummen Kindern, dem einsamen Mond und dem Geruch, den du sogar auf der Zunge spüren kannst, süß und schwer und schlimm.

Riechst du das auch?

Hm?

Mamá?

Ti káneis?

17

Du trinkst auch einen, oder?

Ja.

Ich mach einen starken.

Jessi löffelt Pulver in den Filter, bis er halbvoll ist. Krönung, die grüne Packung, 4,49 im Angebot. Jessi lässt Wasser in die Kanne laufen und gießt es hinten in die Maschine.

Mutti sitzt am Küchentisch und raucht West.

Groß ist Jessis Küche nicht. Da bist du im Grunde in drei Schritten schon einmal durch, also, in drei so mittelgroßen Schritten. Quer schaffst du nicht mal zwei. Viel passt hier nicht rein. An der einen Längsseite die Pressholzschränke und die Arbeitsplatte, vor dem Fenster ein schmaler Tisch, das war's auch schon. Damit ist die kleine Neubau-Küche so ziemlich vollgestellt. Aber gut, sie sind ja auch nur zu zweit.

Jessi startet die Kaffeemaschine und schnappt sich eine West vom Tisch. Sie raucht kaum noch, eigentlich gar nicht mehr, wegen Line und der Gesundheit und dem Erwachsenwerden und überhaupt. Aber jetzt macht sie sich auch eine an.

Eine zum Runterkommen.

Jessi hört das Feuerzeug ratschen, zweimal, dreimal, sie sieht die wacklige Flamme vor ihrer Nase und dahinter das Profil der Mutter, ihr ewigbraunes Gesicht mit den hundert Falten, die sie immer noch versucht zu überschminken, ihre straff zurückgebundenen Wasserstoffhaare, den dünnen Hals.

Mutti raucht und guckt angestrengt aus dem Fenster. Groß zu sehen gibt's da eigentlich nichts.

Nichts außer der Hauswand gegenüber, hellgrauer Putz und ein paar Fenster mit Rüschenvorhängen, kleine Fenster mit schmalen Bänken drunter, an deren Enden der Regen dunkle Streifen in die Hauswand gewaschen hat.

Traurige Münder, findet Jessi, das sind die Fensterbänke.

Sie nimmt einen Zug von ihrer Zigarette, spürt das Kratzen im Hals und pustet den Rauch durch den Mundwinkel hoch Richtung Decke. Sie guckt rüber zu Mutti, die hinter dem Qualm ihrer West am Tisch sitzt und aus dem Fenster guckt, als ob gar nichts wäre, aber natürlich ist was.

Mutti wartet auf eine Erklärung. Schon klar. Da muss sie jetzt gar nichts groß sagen. Sie wartet auf eine Erklärung für eben.

Eine Erklärung für Jessis Blick. Für Jessis Blick eben beim Reinkommen.

Jessi überlegt.

Was kannst du sagen?

Ganz vergessen, dass heute Dienstag ist, ganz vergessen, dass wir heute hier verabredet waren, die vielen Schichten, Line, du weißt ja, wie das ist. Das alles kannst du sagen und noch mehr, ja, sorry, du hattest es einfach kurz nicht auf dem Schirm, das mit dem Zweitschlüssel, ja, mein Gott, wenn du ganz in Gedanken bist, da kannst du dich ja schon mal erschrecken, oder nicht?

Ja, so könntest du es probieren. Aber ganz ehrlich. Wem willst du hier eigentlich was vormachen?

Okay, mal angenommen. Nur mal angenommen, es wäre bloß der Blick gewesen, Jessis Blick, als sie eben in ihre Wohnung gekommen ist. Sie hat ihn ja selbst nicht sehen können, aber dem ist das Entsetzen sicher schon so ziemlich anzusehen gewesen, dem Blick, und zwar mehr noch das Entsetzen darüber, DASS da jemand an der Spüle stand. Weil es ja eh ein paar Sekunden gedauert hat, bevor sie überhaupt gecheckt hat, WER da eigentlich an der Spüle stand, Schwamm und Teller in der Hand, Schaum an den Plastikhandschuhen. Aber wer hätte es auch sonst sein sollen, mal im Ernst?

Wer bitte schön sonst?

Selbst mal angenommen, es wäre nur der Blick gewesen und nichts weiter, ändern würde das gar nichts, die Frau kümmert sich x-mal die Woche um deine Tochter, die geht hier ein und aus, ihr wart einwandfrei verabredet und selbst wenn nicht, selbst wenn du deine Mutter bei dir zu Hause in der Küche stehen siehst, dann wirst du normal nicht zu Hui Buh. Da macht dein Gesicht in der Regel nicht einen auf Leichentuch.

Und den Zitterich wie ein Fixer auf Turkey kriegst du da schon mal gar nicht.

Also lass den Blödsinn weg. Sag ihr, wie's ist.

Jessi drückt ihre Kippe aus und guckt zu Mutti rüber.

Ich hab ihn gesehen.

Ihre Mutter dreht den Kopf und guckt sie an.

Gestern, sagt Jessi. Ich hab ihn gestern gesehen, nach der Arbeit, am U-Bahnhof. Glaub ich.

Mutti nimmt einen Zug.

Also, das heißt, ich bin mir sicher. Es war seine Kappe. Weißt du? Die, die er immer aufhat. Sein dummes weißes Basecap.

Die Mutter dreht sich wieder zum Fenster. Sie raucht mit zusammengekniffenen Augen.

Ich bin mir sicher, Mutti, ich bin mir echt sicher. Also. So ziemlich.

Jessi versucht, im Gesicht der Mutter eine Reaktion zu erkennen. Aber da ist nichts. Sie sitzt da und raucht, wie sie immer raucht, in tiefen, langen Zügen, sie bläst den blauen Westqualm schräg nach oben weg und scheint über irgendwas nachzudenken.

Wobei, eigentlich, sagt Jessi, eigentlich weiß ich's auch nicht. Ich meine, kann irgendwie nicht sein, oder? Kann er doch eigentlich gar nicht gewesen sein. Oder?

Die Mutter drückt ihre Kippe im Ascher aus und angelt sich

eine neue aus der Packung. Sie nimmt das Feuerzeug vom Tisch und guckt wieder raus ins Grau des Tages. Der Kaffee blubbert hinter Jessis Rücken durch den Filter.

Kann er doch nicht sein, sagt Jessi ein bisschen lauter. Hörst du? Der sitzt doch noch. Mutti?

Na ja, sagt die Mutter und pustet eine Rauchwolke bis zur Spüle rüber.

Was na ja?

Na ja, sagt die Mutter noch mal. Der ist draußen.

Der Boden bewegt sich. Jessi hört das Kaffeeblubbern hinter sich, es wird lauter. Alles wird lauter. Sie tastet mit der Hand nach der Kante der Arbeitsplatte.

Ja, sagt die Mutter ruhig, der ist wieder draußen. Tagsüber jedenfalls. Hat Freigang. Seit Juni.

Jessi starrt die Mutter an.

Jetzt spring mir nicht gleich an den Hals.

Jessi umkrallt die Arbeitsplatte. Sie nimmt einen tiefen Zug. Sie muss husten.

Die Mutter klemmt ihre Kippe in den Ascher. Sie steht auf, geht an Jessi vorbei und holt zwei Tassen aus dem Geschirrschrank.

Ja, na ja, sagt sie. Ist so. Gute Führung. Hat mir Dieter neulich erzählt.

Dieter. Muttis Bekannter bei der Bullerei. Also, Bekannter. Ihr Ex. Ihr Immer-mal-wieder. Wie auch immer. Egal.

Ah ja, schön, sagt Jessi. Dieter. Neulich. Und wann wolltest du MIR das mal sagen?

Jessi drückt ihre Zigarette aus und wirft der Mutter einen bösen Blick zu. Wie sie das hasst. Dieses Gehabe. Diesen Mutterblick. Diesen Ach-Kindchen-Blick. Dieses Ich-weiß-eh-was-am-besten-für-dich-ist-Getue. Jessi merkt, dass sie kurz davor ist, rumzubrüllen.

Warum, hört sie die Mutter sagen, warum hätte ich es dir denn sagen sollen? Du siehst doch, was dann passiert.

Und das sagt sie jetzt in einem Ton, der so richtig zu ihrem Blick passt. In so einem betont beruhigenden, auch ein bisschen herablassenden Ton, so einem richtig beschissenen MUTTER-TON. Als wäre Jessi wieder fünf, als wäre sie so alt wie Line und hätte gerade gefragt, warum Erwachsene rauchen dürfen und Kindergartenkinder nicht.

Er ist tagsüber draußen, das schon, sagt die Mutter und nimmt die Kaffeekanne aus der Maschine. Aber das kann er nicht gewesen sein.

Aha, na fein. Und woher willst DU das so genau wissen?

Er weiß doch gar nicht, wo ihr wohnt. Er weiß nicht, wo du arbeitest. Und auch nicht, wo …

Jessis Mutter spricht den Satz nicht zu Ende, aber Jessi weiß auch so, wie er weitergeht.

Wo Lines Kita ist.

Ah ja. Das weiß er alles nicht, sagt Jessi. Weil du das so vermutest. Und wenn doch? Was wenn DOCH?

Jessis Mutter schüttelt den Kopf, schmeißt zwei Stückchen Zucker in jede der beiden Tassen und gießt ein.

Wie soll er das gemacht haben?

Keine Ahnung, sagt Jessi, woher soll ich das wissen? Und wenn er es irgendwie von irgendwoher mitbekommen hat? Wenn er mich auf der Straße gesehen hat, auf dem Weg zur Arbeit, in der U-Bahn, ein blöder Zufall, ein blöder Scheiß-Zufall, die Stadt ist groß, aber so groß jetzt auch wieder nicht!

Ach was, sagt die Mutter, nimmt ihre halb gerauchte Kippe aus dem Aschenbecher und rührt in ihrem Kaffee.

Jessi guckt raus in den Flur. Sie sieht die Garderobenhaken mit ihrem grauen Kapuzenpulli und darunter halb verdeckt Lines hellgrüne Regenjacke. Man sieht sie kaum unter dem Pulli, so klein.

Was wenn doch, denkt Jessi. Was dann?

Trink einen Schluck.

Die Mutter schiebt Jessi die Kaffeetasse hin.

Jessi schnappt sich die Tasse vom Tisch und nimmt einen kleinen Schluck. Stark. Stark und süß.

Tja. Was wenn doch?

Was dann?

Jessi denkt an Lines Regenjacke draußen im Flur, die winzige Regenjacke mit der Schildkröte vorne drauf, sie denkt an Line und ihr neues Leben zu zweit, an den Tag, als sie die Kleine auf den Arm genommen, die Tür zum Treppenhaus aufgemacht und nicht mehr zurückgeschaut hat.

Jessi spürt, wie der heiße Kaffee das Kratzen im Hals wegspült, sie denkt an Line und an ihre drei Leben, das vor Line und das nach ihm und das dazwischen, sie denkt an den Freitagabend, als sie raus ist ins Treppenhaus, den Atem der Kleinen im Ohr, und dann merkt sie, dass sie die ganze Zeit auch an jemand anderen denkt.

Und sie fragt sich, was er gerade macht und ob sie ihn noch mal zu Gesicht bekommt, und sie hofft, dass es das nicht schon gewesen ist, das kann ja nicht alles gewesen sein, die seltsame Nummer an der Kasse gestern.

Aber das erzählt sie Mutti jetzt mal lieber nicht.

Da schwirrt der eine Schläger irgendwo da draußen rum, mit wer weiß was für Absichten, und seine waren selten gut, und du verguckst dich direkt in die nächste Boxernase.

18

Das Piepen. Die Schläuche.

Klein und durchsichtig, einer links, einer rechts, eingehängt hinter den Ohren.

Luft aus Schläuchen, denkt Aris. Aus Plastikschläuchen. Plastikluft.

Wahnsinn.

Dabei war sie es doch, die morgens immer die Fenster aufgerissen hat, gleich als Erstes, Sommer wie Winter, in allen Zimmern. Die Welt hereinlassen, so hat sie es genannt, na, lasst sie doch rein, *paidia mou*, wir haben doch nichts zu verstecken, und dann hat sie nur den Kopf geschüttelt, über ihre verwöhnten Stadtkinder, die sich die Decke über den Kopf gezogen haben.

Sie selbst wäre am liebsten den ganzen Tag draußen gewesen, im Freien, auf der Bank vor dem Haus oder dem Mäuerchen im Hof, mit ein paar Bröseln für die Spatzen in der Schürze, sie, der Landmensch, im Bauernbett geboren, auf dem Acker groß geworden, auf Feldwegen und unterm Olivenbaum, das bleibt dir, das hält, auch in vier Jahrzehnten Stadtleben hat sie nie eine Tütensuppe angefasst, nie irgendwas tiefgefroren oder auch nur einen einzigen eingeschweißten Apfel gekauft.

Und jetzt ist alles künstlich.

Selbst die Haut an ihren Armen, wie aus Folie, die Hände, früher immer dunkel und kräftig von der Sonne und der Hausarbeit und all der frischen Luft, sind jetzt seltsam blass. Wie dünner Kaffee, in den jemand zu viel Milch geschüttet hat.

Das zweite Bett ist leer. Aris ist alleine mit der Mutter. Er zieht den Hocker unter ihrem Bett hervor und setzt sich. Er schaut ihr ins Gesicht, fährt mit den Augen ihre Falten nach, tief sitzen sie in der Stirn und in den Wangen, sie scheinen tiefer als früher, tiefer als beim letzten Mal, wie lange ist das her? Vier Wochen, sechs? Länger?

Keine Ahnung.

Aris hört das Keuchen der Pumpen und das Piepen, das ein Puls sein soll, er will durch die Geräusche durchhören, er will nur noch das Atmen hören und den Herzschlag, den normalen dumpfen Schlag, aber es geht nicht, es keucht und piept und keucht und piept und jedes Geräusch kommt von den Wänden wieder wie ein kaltes Echo.

Aris sitzt neben dem Bett, den Kopf auf die Faust gestützt, er denkt an die schlafende Mutter zur Mittagszeit, an ihre tiefen Atemzüge damals auf dem alten grünen Sofa, die müden Füße auf der Armlehne, das Zucken ihrer Lider, und er hat immer gedacht, dass das die Figuren aus ihren Träumen sind, die auf den Augen tanzen.

Aris guckt der Mutter ins Gesicht, er sieht den stummen Mund, die geschlossenen Augen. Er beobachtet ihre Lider. Nichts.

Was ist das für ein Leben, die Luft aus Plastik, der Puls ein elektronisches Signal.

Was ist das für ein Leben? Hm?

Träumst du noch?

Hörst du, Mamá?

Aris nimmt die Hand der Mutter, sie ist warm, und aus irgendeinem Grund beruhigt ihn das. Er senkt den Kopf und hält ihre Hand.

Wie geht's dir, Mamá? Nicht so gut, hm? Ging schon besser. Viel besser. Ich weiß. Ich weiß, Mamá.

Aris macht die Augen zu, er hält ihre Hand.

Ich bin hier. Mamá. Jetzt bin ich da. Ich bin hier, und es ging schon mal besser. Viel besser, und wer kann schon sagen, warum. Ich nicht, ich kann es nicht, hörst du?

Wie? Was? Was sagst du, Mamá? Was meinst du? Warum? Warum jetzt und heute? Ich weiß nicht. Ich weiß es doch auch nicht.

Aris spürt die Hand der Mutter an seiner Wange. Sie ist warm, die Hand, warm und weich, und er spricht leise, kaum hörbar, er flüstert in ihre warme, weiche Hand.

Ich bin erledigt, Mamá. Die sitzen mir im Nacken. Wenn es diesmal nicht hinhaut, bin ich erledigt. Kaputt. Endgültig.

Die Mutter schweigt.

Erledigt, hörst du? Ich leg mir die Karten. Wenn die Sache am Freitag platzt, und danach sieht es echt aus gerade, dann ist Schluss. Dann bin ich weg vom Fenster, raus aus dem Geschäft, komplett hinüber. *Katestramménos. Katálawes?* Verstehst du das? Ja?

Die Mutter schweigt.

Und was dann? Hm, Mamá, was soll ich dann machen? Wieder Taxi fahren? Ja? Fährt er dann also wieder Taxi, Aristoteles, der glorreiche Boxer, Mister Andreadakis, der große Promoter und Strippenzieher, immer alles im Griff und eine Kippe im Mundwinkel, Aris, der Große, zu dem die Jungen aufschauen, weil sie mal werden wollen wie er, dem die Alten auf der Straße zunicken, weil sie auch gerne so einen Sohn hätten wie ihn, einen, der sie stolz macht, der das macht, wovon sie alle geträumt haben, der sich traut, was sie sich hätten trauen sollen statt sich ihr Leben lang abzubuckeln für ein paar Kröten und zuzusehen, wie die Kinder etwas werden, was sie nie werden wollten, und dabei immer schön das Sorgenkränzchen in der Hand zu drehen, einen vor, zwei zurück und noch mal von vorne.

Was ist jetzt von all dem übrig? Wirst du jetzt nicht doch einer wie sie, ein Alter, Gebrochener, oder noch schlimmer, arbeitslos, pleite, fertig, durch, für immer am Boden? Was ist das, wovon du sprichst? Ein Traum? Die Wahrheit? Das Leben? Bist du jemand, *paidi mou*, warst du mal jemand? Bist du dieser Mann, von dem du redest? Denk an Olympia. Warst du da?

Oder wo warst du? Du großer Kämpfer und Promoter? Nenn mir deinen letzten erfolgreichen Boxer, nenn mir seinen Namen, seinen Kampfrekord, erinner mich, wann hast du zuletzt eine schwarze Null geschrieben, weißt du's noch? Wer bist du, mein Aris, wer?, bist du du selbst oder ein anderer, ein falsches Spiegelbild, eine Kopie von jemandem, den es gar nicht gibt, wer bist du, *Ari mou*, und was machst du, was willst du machen? Wo ist dein Bruder, wo deine Familie – und wo bist du?

Aris rutscht vom Hocker auf die Knie, er kauert neben dem Bett, er schlägt die Hände vor die Augen, tastet mit den Mittelfingern nach seinen Ohren, er drückt zu, fest zu, er will taub sein, aber die Stimme wird lauter, immer noch lauter.

Bist du ein Kämpfer? Kämpfst du? Hältst du dem Blick der anderen stand oder drehst du dich weg? Machst du was oder lässt du die Dinge geschehen? Denk an Babá. Ist er einer von denen gewesen, die du da verspottest? Oder ein stolzer Mann, der gewusst hat, worauf es ankommt? Ach, wenn er nur hier wäre und dich hören könnte, ach, wenn du überhaupt wüsstest, wovon du redest! Wann fängst du endlich an, die Dinge in die Hand zu nehmen, so wie er, worauf wartest du? Mach was, wann machst du endlich was? Was ist mit deinem Bruder? Was ist mit mir?

Mamá! Hör auf. Mamá, ich ertrag es nicht. Guck dich doch an. Ich meine, guck dich nur an. Und dann sag mir, spielt es eine Rolle, spielt es irgendeine Rolle, was ich mache? Ob ich's nochmal versuche? Ist es nicht egal, völlig scheißegal, wie es weitergeht, mit mir, mit Achim, mit dem Boxen, es geht doch vor die Hunde, so oder so, der Bruder lässt es geschehen und ich kann's ihm ja nicht mal krummnehmen. Was soll er auch groß machen, ist ja doch nur rausgeschmissen, das gute Geld, und wozu einen Eimer an der Seite flicken, der unten ein Loch hat? Recht hat er, Achilleas, er ist, wo er ist, und ich bin, wo ich bin, jeder an seinem Ort, und was hat der Bruder schon mit dem Bruder zu schaffen? Ach, hör auf damit! Hör auf, dich selbst anzuwinseln! Warum machst du nichts? Siehst du nicht, was du zu tun hast? Siehst du nicht, was hier passiert? Mach was. Mach endlich was.

Aris hört die Stimme der Mutter, mach was, *paidi mou*, mach endlich was, er drückt ihre Hand, sie ist warm und schlaff, Aris lässt ihre Hand los und steht auf, er läuft im Zimmer auf und ab, mach was, mach was!, die Stimme kommt nicht mehr nur aus dem Bett, sie kommt aus allen Ecken des Raums, ein Echo, sehr nah, und der Geruch, der verdammte Geruch!, Aris steht auf, rennt zum Fenster und reißt die Vorhänge auf, das Licht ist grell und weiß, Aris greift nach den Fenstergriffen, er rüttelt an den verdammten Griffen, mit beiden Händen, aber sie bewegen sich nicht, sie haben abgeschlossen, sie wollen auf Nummer sicher gehen, klar, aber sie muss doch hier raus, schnell raus, die Luft, die Welt, die Freiheit, Aris springt auf einen Stuhl, er versucht es mit den Deckenlichtern, aber er kommt nicht an sie ran, er springt hoch auf die Fensterbank, greift nach den Griffen, rutscht ab, die Fenster sind zu, alle zu, nichts zu machen, zentral gesteuert, alles ist zentral gesteuert, und sie haben die Macht, nur sie, Aris läuft auf und ab, setzt sich, springt wieder auf, mach was, sagt die Stimme, mach bitte irgendwas, Aris rennt im Zimmer auf und ab, er weiß nicht wohin, er dreht sich um und sieht jemanden in der Tür stehen, ein blauer Kittel, eine Schwester, sie schaut ihn an und bewegt die Lippen, aber er hört nichts, nur die Stimme der Mutter, mach was, mach doch was, Aris sieht die Schwester, sie wirkt aufgeregt, er will nichts erklären, er drängelt sich vorbei, stößt mit der Schulter an den Türrahmen, rennt den Gang entlang zum Aufzug, drückt die Knöpfe, alle, wieder und wieder, aber die Türen bleiben zu, mach was, mach was, ins Treppenhaus, nur raus hier, wie haben sie das nur gemacht, wie haben sie sie nur hier reinschicken können, wie haben sie es nicht merken können, dabei ist es klar gewesen, völlig klar, Aris läuft die Treppe runter, er nimmt zwei Stufen auf einmal, die Stimme der Mutter im Ohr, warum machst du nichts?, *giati, paidi mou, giati?*, er rennt durchs gelbe Licht der Eingangshalle und durch die Drehtür und er hält erst an, als er draußen ist, die Bäume, der Himmel, die Luft.

Er zieht die Lunge voll.

Die Luft.

Die frische Luft.

19

Denken hilft, heißt es.

Aber einfach gesagt.

Wenn das, was dir da oben so durchschießt, zum großen Teil Unfug ist. Und gerade dann, wenn du nichts dringender bräuchtest als einen klaren Gedanken oder zwei.

Und so hockt Serdar an diesem Dienstagmorgen im Späti und muss statt an Ella und die Zukunft und alles, über das er sich eigentlich so langsam mal einen Kopf machen sollte, die ganze Zeit nur an den Joke mit den beiden Feen denken.

Da kommt er nicht von runter. Von dem Joke mit den beiden fetten Feen und den drei Wünschen.

Und wer weiß, vielleicht ist es das ja gerade. Dass gerade dann, wenn dir viel zu viel auf der Platte liegt, wenn es fast schon anfängt zu qualmen da oben, dass dann eben der kleine Mann oder wer da auch am Steuer sitzt, sagt, Schluss, kurzer Programmwechsel, mal was Einfaches für zwischendurch, was zum Auflockern.

Und dann eben Feenwitz auf Dauerschleife.

Draußen brütet der Bellermannplatz unter dichten Wolken, und drinnen im Späti hockt Serdar und denkt an das Bescheuertste, was ihm durch den Kopf gehen kann.

Aber was willst du auch machen, in diesen ewig langen Momenten vor dem nächsten Kunden, wenn der Laden still ist, das Radio aus, die West-Reklame ein bisschen in die Sinnlosigkeit des Tages reinblinkt und dir ansonsten nur die zwei behämmerten Feen Gesellschaft leisten.

Die zwei fetten Feen, und die eine hat Geburtstag.

Wo hat er das Bild noch mal gesehen? In irgendeiner Zeitung? Oder hat Ivo ihm das mal aufs Handy geschickt? Wahrscheinlich in einer von den dämlichen Zeitungen. Die müssen ja hintenraus die Leute noch mal ein bisschen aufmuntern, klar, nach seitenweise Depri-Zeug, nach Toten und Verletzten, Gaunern und Betrügern, Versagern und Politikern. Und damit sich dann nicht jeder zweite Leser nach der Morgenlektüre gleich ins Maul schießt vor Weltfrust, kommen am Ende eben noch ein paar Comics zum Aufmuntern.

So wie die Schwarz-Weiß-Zeichnung mit den beiden Fettfeen, die da mit ihren Stummelflügelchen nebeneinander hergeflattert sind, was für Brummer, 120 Kilo Minimum, und eher Männlein als Weiblein. Das war eigentlich schon der halbe Joke, wie die aussahen, da konntest du dich schon richtig wegpacken, aber dann noch die zwei Sprechblasen, für jede Fettfee eine.

Alles Gute zum Geburtstag, sagt die eine Fee zur andern. Hast drei Wünsche frei, zur Feier des Tages!

Da muss Serdar schon grinsen, wenn er nur an die erste der beiden Sprechblasen denkt, weil er ja weiß, was dann kommt, in der zweiten, hat er ja alles noch vor Augen, ein echter Knaller, auch nach Monaten noch. Da sitzt er auch jetzt noch grinsend hinter der Theke und denkt immer wieder an den einen blöden Witz, alles Gute, hast drei Wünsche frei, und dann erst der Gesichtsausdruck von der anderen fetten Fee …

Serdar sitzt da und lacht und hat den ganzen Trouble um ihn rum schon fast vergessen, drei Wünsche, haha, fantastisch, und er denkt an den Witz und an nichts anderes und er guckt nach draußen auf den Platz, aber er ist gar nicht richtig da, er kriegt gar nichts richtig mit.

Und erst nach und nach, ganz langsam, hört Serdar mit dem Grinsen auf. Weil dann alles doch nicht mehr so richtig lustig ist, weil sich die Dinge jetzt nochmal ein bisschen verändern, ein bisschen schnell, ehrlich gesagt, so ist das, im Späti, manchmal passiert lange nichts und dann ziemlich schnell ziemlich viel, und es ist halb elf, als Serdar hinter der Spätitheke der Gedanke kommt, dass eine Fee auch im echten Leben hin und wieder eine feine Sache wäre.

Da würde er jetzt einiges für geben, eine Fee, nur eine einzige, muss nicht mal so eine fette sein, eine klitzekleine ginge auch, und er würde sich direkt mit zwei Wünschen zufriedengeben statt mit drei, zwei ganz praktische Wünsche am späten Morgen, und er wüsste auch schon welche.

Erstens. Lass hinten im Lager mal bitte fix die Porsche-Felgen verschwinden.

Und zweitens. Zauber draußen vor dem Ladenfenster, wenn's geht, die Schränke weg, am besten gleich alle fünf auf einmal.

Aber das Leben ist kein Harry-Potter-Buch und ein lustiger Zeitungscomic ist es leider auch nicht, und alles läuft weiter so, wie es eben so läuft im echten Leben, ohne Feen und Klippo und Time-Out, und Serdar merkt, wie ihm jetzt ein bisschen kalt wird, obwohl der Späti gar keine Klima hat, und er guckt über die Verkaufstheke aus dem Schaufenster und sieht, wie sich die breiten Jungs draußen die Kapuzen über die Glatzen ziehen, obwohl es gar nicht nach Regen aussieht. Und er sieht, wie sie schon mal ein bisschen grimmig durch die Scheibe glotzen, zwei, vier, fünf Mann, alle so breit wie hoch, und den Ausweis braucht er sich von denen auch nicht zeigen lassen.

Steht ja hinten drauf, auf ihren Klamotten, der Firmenname, rote Schrift auf dunklem Leder, und daneben der Teufel mit dem feisten Grinsen. Einem Grinsen, das Serdar drinnen mittlerweile längst aus dem Gesicht gepurzelt ist, weil er sich schon denken kann, was die Jungs von ihm wollen.

Ivo. Ich bring dich um.

Beziehungsweise, mal sehen.

Mal sehen, wie sich das jetzt hier alles so entwickelt. Mit dem Umbringen und so weiter.

Und es ist dann eben doch wichtig, den Humor nicht ganz

zu verlieren, egal was ist. Selbst wenn dir richtig der Stift geht. Ein bisschen Humor hilft immer, egal wie schwarz und unnütz er vielleicht auch ist.

Aber eine Pointe, die musst du dir schon einfallen lassen, sonst bringt es am Ende alles nichts. Und am besten eine, die zieht. Statt so eine dämliche wie die Antwort der fetten Geburtstagsfee.

Ja, scheiß die Wand an!

Leck mich am Arsch!

Schlag mich tot!

Was wünsch ich mir denn?

20

Vorbereitung ist immer das A und O.

Logisch.

Zu wissen, was einen erwartet. Und sich gut darauf einzustellen. Darum geht's. Weiß Onkel Walter doch schon längst.

Der Soldat hat das Wetter stets in seine Planungen mit einzubeziehen. Augen und Ohren geputzt und offen.

Gestern sollte es gewittern. Hat's aber nicht. Da wird es heute knallen, früher oder später. Erfahrungswerte. Einfache Anwendung.

Marschvorbereitung: a) Ausreichend schlafen, soweit es der Auftrag erlaubt. b) Unterbekleidung dem Wetter anpassen. c) Prüfen, ob Bekleidung und Ausrüstung druckfrei sitzen. d) Feldflasche mit durststillendem Getränk füllen.

Der Flaschenfascho kauert auf einer Bank auf dem Bellermannplatz und fühlt sich so ziemlich zum Kotzen.

Das Koppel hat er heute gleich weggelassen, die Jacke trägt er offen, die alte M36, unverwüstliche Offiziersbluse, olivgrün, dunkler Kragen, ein Klassiker. Darunter nur ein Unterhemd, aber der Schweiß läuft trotzdem, er läuft ihm in warmen Bächen den Rücken runter, bis runter in die Arschritze.

Nicht gut. Gar nicht gut.

Wird er jetzt auf seine alten Tage plötzlich wetterfühlig, oder wie?

Der Flaschenfascho schwitzt, ihm ist heiß, er will was trinken, aber er kriegt nur kleine Schlucke runter. Es sticht und pocht und drückt, da unten, wo sonst das Koppel sitzt. Den obersten Hosenknopf hat er sich schon aufgemacht, und trotzdem ist da noch mächtig was los. Die reine Bajonettübung.

Der Flaschenfascho würgt einen Schluck Berliner runter und verzieht das Gesicht. Er versteht es nicht. Gestern Abend ist doch alles noch in Ordnung gewesen. In bester Ordnung. Ein guter Tag ist das gewesen, ein guter Montag, ordentliches Gebüschel, passable Kasse, passabel genug jedenfalls, dass er abends noch auf ein paar Schnelle in die Klause einrücken konnte, ein paar Schantre, solange die Tageskasse reicht.

Da hat ihm Ilona aufgefahren, wie er wollte, eh weulá, noch einen Schongtreh für den feinen Herrn Oberstenz, und der Flaschenfascho hat genickt und seinen Weinbrand genippt und nichts gesagt, denn, mal ehrlich, was gibt es schon groß zu sagen. Und Schongtreh, wenn er das schon hört. Das kann sie noch so sehr betonen, die blöde Kuh, als ob sie's besser wüsste, aber er wird immer weiter seinen Schantre bestellen, Schantre, Schantre, Betonung vorne. So steht's ja auf der Flasche.

Mach bloß nicht allen neumodischen Mist mit. Verlass dich auf das, was du weißt. Auf das, was du mal gelernt hast. Und was du richtig lernst, das vergisst du auch nicht.

Lass dich nicht fortreißen vom kleinen Moment, vom läppischen Gefühl. Geduld gehört zur Soldatenkameradschaft wie eine sorgfältig gemachte Stube.

Also tagsüber am liebsten Bier, das ja, wegen der Flüssigkeit, aber abends nur Schantre. Wegen der Wärme. Und wegen dem Auftritt. Du kannst ja nicht immer nur Biere saufen im Ausgehschick, wie sieht das aus.

Der Soldat hat die Form zu wahren. Immer und überall, im Dienst wie in den wenigen freien Stunden.

Aber heute ist es nicht so leicht, das mit der Form. Heute spannt die Hose. Und wie. Der Flaschenfascho macht sich den zweiten Knopf auf und ächzt. Er streckt die Beine unter seinen Einkaufswagen und versucht an gestern Abend zu denken, er will es beschwören, das gute warme Gefühl im Magen nach dem vierten Klausenbrand oder dem fünften, mit jedem Glas wird es besser, das Gefühl, und abends ist es immer besser als morgens. Da musst du eben möglichst schnell aus der Pritsche und raus ins Feld. Liegenbleiben keine Option. Gleichgültigkeit ist der erste Schritt in den Untergang. Und das Leben im Feld ist kein leichtes, noch nie gewesen.

Der Flaschenfascho nimmt noch einen kleinen Schluck, die Beine ausgestreckt, den Rücken an der Lehne der Holzbank, er spürt, wie sie ihm hinten runterläuft, die Suppe, vom Nacken bis nach unten, der Schweiß ist warm und ihm ist schlecht.

Richtig kotzübel.

Diese schwüle Scheiße.

Der Kreislauf oder was.

Der Flaschenfascho hält sich das kühle Glas der Bierflasche an die Stirn und guckt hoch in die Wolken.

Wolken ja. Gewitter nein.

Wann knallt das endlich los?

Aber Vorsicht. Denn in genau dem Moment, als der Flaschenfascho sich den großen Donner wünscht, zieht sich in seinem Bauch noch mal alles ein bisschen enger zusammen, als ob da drinnen irgendwer ein Paket schnürt und jetzt noch mal besonders kräftig an den Bändern reißt.

Der Flaschenfascho nimmt die Bierflasche von der Stirn und kippt mit dem Oberkörper nach vorne, so wie ein Klappmesser, und dann wartet er, die Arme vor dem Bauch, den Kopf zwischen den Knien, und hofft, dass das Ziehen nachlässt.

Und er merkt, dass da neben dem Bauchziehen noch ein anderes Gefühl ist, ein Gefühl, das er zuerst nicht ganz zuordnen kann, er braucht eine Weile, weil jede Bewegung wehtut, deswegen dauert es, bis er dann schließlich den Kopf ein Stückchen hochgenommen hat und merkt, woher das Gefühl kommt.

Es kommt von ein Uhr.

Klassische Zusammenrottung. Sich anbahnende Feindtätigkeit vor dem Einzelhandel Schröder.

Und der Flaschenfascho schluckt, weil es ihm jetzt auch im Hals steckt, das Scheißgefühl, das er gut kennt, es steckt mehr im Hals als im Magen, und er schluckt und guckt zum Laden rüber, wo sich die Rotte entfaltet, fünf Mann, die sich jetzt die Oberbekleidung richten, Kapuzen auf, Handschuhe an, und die Westen zugeknöpft und straff gezogen.

Verhalten während der Entfaltung: Es darf nur gesprochen werden, um zu befehlen, zu melden, oder den Nachbarn Hinweise zu geben. Die Entfaltung wird auf Kommando oder Zeichen vorgenommen.

Und der Flaschenfascho sieht, wie sich der Rädelsführer irgendwas hinten in die Hose steckt und dann mit dem Zeigefinger zur Tür vom Spätkauf zeigt, und er merkt, wie ihm der Schweiß kalt auf der Stirn steht und wie es ihm den Hals hochkriecht, das Gefühl, das eigentlich gar nicht vom Späti kommt, sondern von viel weiter her, er kann sich schon denken, woher, und er will nicht, nicht jetzt, aber er sieht es vor sich, genau wie das, was da jetzt halb im Hosenbund steckt, da drüben, keine fünfzig Meter weg, er sieht es ganz gut auf die Entfernung.

Aber was du damit in einem Konsumgeschäft willst?

Na ja, gut. Auch das kann er sich denken.

Er ist ja nicht wenig dämlich.

21

Tjaja, die Devils. Das ist mal ein Verein.

Rolling Devils Motorcycle Club, established 2002, das haben sie sich ja alle extra noch mal hinten auf ihre Jäckchen nähen lassen. Falls es mal einer vergisst.

Wobei, so schnell verlierst du da nicht den Überblick. Ist ja keine Bürgerbewegung. Das sind nicht mehr als 50 Mann. Gibt ja nur das eine Chapter, nur das eine Clubhaus, hinten an der Amtmannstraße, so circa 200 Meter Luftlinie vom Bellermannplatz weg.

Unscheinbar, der Laden, da ist früher Frisör Lehmann drin gewesen, bevor der dichtgemacht hat, und nach ein paar Monaten sind dann eben die Devils rein und haben ein bisschen umgebaut. Ein Name steht jetzt nicht mehr dran, die Leuchtschrift ist weg, große Deko-Fans sind die nicht, alles kahl, nur zwei rote Hörner haben sie über die Eingangstür montiert, da könntest du theoretisch dran Klimmzüge machen und vielleicht macht das auch der eine oder andere von denen, so ein Kreuz kriegst du nicht vom Kegeln, klar.

Die Schaufenster haben sie auch abgeklebt, mit dunkler Folie, du willst natürlich auch mal deine Ruhe haben in so einem Verein, wenn du schon den Mitgliedsbeitrag zahlst, und der ist bestimmt nicht billig. Aber gut, im Sommer hocken sie eh meist draußen vor dem Laden, auf so Gartenstühlen aus Plastik, ein Bierchen in der Hand oder was anderes, bisschen plaudern an der frischen Luft, und von da haben sie ihre Roller auch besser im Blick.

Losgegangen ist das mit dem RDMC eigentlich wie das meiste. Aus purer Langeweile. Damit geht ja so gut wie alles los, was später mal einigermaßen groß und einigermaßen wichtig wird, egal ob das eine eher gute oder eher nicht so gute Sache ist. Es startet immer damit, dass irgendeiner zu viel Zeit hat und anfängt, mal gründlich über die Dinge nachzudenken.

Zu viel Zeit und zu wenig Zukunft.

Stell dir nur vor, die hätten den abgebrochenen Ösi damals an der Kunstakademie angenommen. Der hätte doch sein Leben lang auf Leinwänden rumgekritzelt, Landschaftsbildchen gemalt und Kirchen und so, die sicher keinem was zu Leide getan hätten, ich meine, der hätte doch niemals Zeit gehabt, an Weltherrschaft, Massenmord und Blitzdings auch nur zu denken, bei all dem Rumgemale.

Und so musst du dir das in etwa auch bei den Devils vorstellen.

Die haben damals eben auch viel Zeit und Wut gehabt, auf so ziemlich alles und jeden. Tja, und was macht ein Haufen halbstarker Typen, die irgendwie die Ausfahrt zwischen Hauptschulabbruch und der nächsten AB-Maßnahme verpasst und ein paar Schwarzenegger-Filme zu viel gesehen haben?

Richtig. Die fangen an, sich im Viertel umzuschauen. Mal zu checken, was so geht. Irgendwoher muss die Kohle ja kommen. Und dann sind sie eben so nach und nach ins Geschäft gekommen. Paar Bars. Paar Nachtclubs. Paar Puffs. Und so weiter. Und jetzt läuft die Geschichte schon eine ganze Weile.

Aber von wegen Weltherrschaft. Das ist jetzt nicht so deren Anspruch. Die beschränken sich lieber auf die paar Straßen, die sie von früher kennen. Willst dich ja auch nicht verfahren mit deiner Maschine. Wie sieht das aus? Einen auf *local hero* machen, das reicht denen schon. Und das ist ja auch selten im Geschäft, Genügsamkeit.

Die großen Rockertrupps, die schon eine Weile länger am Start sind, haben das natürlich auch nicht so wahrhaben wollen, dass da jetzt so ein paar neue Vögel sind. Die haben natürlich dann eine Weile Krieg geführt gegen die Nervensägen aus 65, die ihnen das Revier streitig gemacht haben. Hat dann aber irgendwann auch aufgehört, fast wie von selbst. Und mittlerweile fahren die anderen lieber über die Schönhauser runter, wenn sie mal in die Stadt müssen, oder über Moabit, kleiner Umweg, klar, aber wegen ein paar hängengebliebenen Halbstarken ständig in eine Panzerfaust zu gucken, wenn du eigentlich nur kurz den Roller nachtfertig machen willst, das geht auf Dauer natürlich doch ein bisschen auf die Verdauung.

Und so ist das hier jetzt Devils-Gebiet. Da gibt's nichts zu diskutieren.

Und das ist dann am Ende auch nur irgendwie logisch: dass der Wedding seine ganz eigene Rockerbande hat.

22

Pass auf, Turkey Boy, ich sag's noch mal langsam, weil das mit dem Deutsch nicht so deine Stärke zu sein scheint. Du tust nicht uns, sondern dir selbst nen Gefallen, wenn du jetzt mal ziemlich fix die Schnauze aufmachst.

So hat Serdar das Ganze noch gar nicht gesehen.

Da verändert sich direkt einiges. Ganz neue Perspektive. Da siehst du mal, was wirklich los ist, wenn du mit einem Besenstiel unterm Kinn auf halber Höhe im Chipsständer hängst.

Auf den Kühlschränken, zum Beispiel, da sollte dringend mal einer wischen, das ist ja widerlich. Ist Serdar vorher nie aufgefallen, aber wie auch, er ist ja nicht Dirk Nowitzki oder dieser eine Chinese, wie hieß der noch.

Sieht er alles erst jetzt, wo er ohne Bodenkontakt neben dem Eingang im Chipsregal hängt, quer unterm Kinn den Besen, mit dem er heute Morgen noch den Laden gefegt hat.

Ist alles ganz schnell gegangen. Sie sind noch nicht mal alle durch die Tür gewesen, da hatte der Erste Serdar auch schon über die Theke geholt, einfach so, als wäre er kein Halbschwergewicht, sondern ein leerer Fantakasten, ab über die Theke und rein in die Knusperecke, in einer einzigen Bewegung.

Und Serdar hat gerade noch sehen können, wie der Letzte von ihnen hinter sich die Tür zugeschmissen und das Rollo runtergelassen hat, heute kein öffentliches Training. Und dann den Besen unters Kinn, das Knie zwischen die Beine, so schnell plumpst er denen jetzt nicht von der Wand. Beziehungsweise aus den Chips.

Serdar hört hinter sich die Chio-Tüten knistern und er guckt, dass er noch irgendwie ein bisschen Luft am Besenstiel vorbeigeschmuggelt kriegt und so gut es geht die Visage ignoriert, die ihn da anstiert. Schön ist anders. So ein richtiger Hulk-Hogan-Verschnitt, mit Solariums-Abo und blondiertem Kinnbärtchen und allem, er glotzt zu Serdar hoch und kaut eklig auf seinem Kaugummi und grinst noch dazu.

Der Wikinger steht gleich dahinter, hat die eine Hand neben Serdars Kopf an den Pfeiler gestützt und klopft mit dem Daumen auf eine zum Platzen pralle Chipspackung.

Also, Freundchen. Was ist jetzt? Wo sind die Dinger? Wir wissen, dass gestern zwei Typen damit hier reingekommen sind. Ein Dicker und ein Langer.

Verdammter Ivo, denkt Serdar und schnappt nach Luft. Gottverdammter, grundblöder Volldepp.

Serdar keucht und dreht die Augen hoch zur Decke. Er sieht eine Spinne in der Neonleuchte, die hat sich da feist eingenistet. Er sieht sie wegkrabbeln, hinter den Neonstab. Selbst die Kleinviecher verpissen sich.

Hey, Keule, hier!

Der Wikinger schnipst Serdar mit der Hand vor dem Gesicht herum, und Blondbart gibt noch ein bisschen mehr Druck. Serdar bleibt jetzt komplett die Luft weg.

Hier spielt die Musik, schnauzt der Wikinger. WO! SIND! UNSERE! VERFICKTEN! FELGEN? Los, sag was! Schnelle Info.

Ja, gut. Schnelle Info. Was machst du da? Wenn du das, was sie hören wollen, unmöglich sagen kannst, weil du sonst auch gleich aus dem Späti raus und nebenan ins Treppenhaus spazieren kannst, zwei Stufen auf einmal, bis ganz hoch in den Sechsten, oben das Gangfenster auf und dann einen astreinen Seemannsköpper Richtung Bellermannplatz.

Kommt ja so ziemlich aufs Gleiche raus.

Also, was machst du? Du sagst lieber erst mal nichts. Spart

auch Kraft und Luft, und von beidem hat Serdar gerade eh nicht mehr allzu viel.

Serdar sagt also nichts, er hält die Backen und hofft, dass bald irgendwas passiert, was ihm doch noch den Arsch rettet. Er hängt mit dem Kinn auf dem Besenstiel, japst nach Luft, versucht dem Wrigleys-Atem von Blondie auszuweichen und spürt, wie hinter ihm die Erdnusslocken zerbröseln.

Die Jungs haben sich im Laden verteilt, zwei sind ins Lager durchgestartet und scheinen da mit viel Freude die Kisten hin und her zu schmeißen. Der Wikinger läuft hinter die Theke und fängt an, in Tommys Lieferscheinen rumzuwühlen. Das Verhör führt er gleich von da drüben weiter.

Spuck's aus, Meister! Wir haben Termine.

Der Wikinger fummelt an der Kasse rum.

Wie geht das Scheißding hier auf?

Grnrknpf.

Was?! Der Wikinger guckt böse. Gib dem mal nen Finger Luft an die Kiemen!

Blondie nimmt den Besenstiel einen Tick runter. Sein Knie bleibt, wo es ist.

Grüner Knopf!, keucht Serdar.

Der Wikinger greift in die offene Kassenschublade, grabscht die Scheine heraus, schmeißt den Plastikeinsatz mit dem Münzgeld quer durch den Laden und stopft sich das Papiergeld in die Arschtasche. Na gut. Viel kann's eh nicht sein um die Uhrzeit.

Die beiden aus dem Lager kommen zurück.

Und?

Nichts.

Der Wikinger kommt wieder um die Verkaufstheke herum, er drängelt sich neben Blondie, der nochmal ein bisschen den Druck erhöht und ein bisschen breiter grinst.

So, sagt der Wikinger. Kennenlernphase vorbei. Wo sind unsere Felgen, du Vogel?

Und da hätte Serdar gar nicht den veränderten Tonfall gebraucht, um zu merken, dass die Zeit für ein Wunder jetzt so langsam knapp wird.

Weil er die Wumme natürlich auch gesehen hat. Noch bevor sie ihm der Wikinger zwischen die Rippen steckt.

Schräg von unten. Wie einen astreinen Leberhaken. Ein Leberhaken mit angeschraubtem Griff.

Fffff, macht Serdar.

Und es klingt fast wie Fee.

23

Heinz Hönow schreckt hoch.

Was war das? Das Knallen?

Er hebt den Kopf. Seine linke Wange brennt. Er hustet. Dann lauscht er.

Aber oben ist alles still.

War das die Haustür? Haben die Bengel da wieder Steine dagegen geschmissen? Oder was? Heinz Hönow merkt, wie ihm der Puls hochzieht. Ruhig. Ist gar nichts gewesen. Nichts, was dich aufregen müsste. Ruhig, Heinz, bleib schön ruhig. Rein kommt hier so schnell keiner mehr. Stahlriegel. Sonderanfertigung. Eigenbau. Den musst du mir zeigen, der da einfach so dran vorbeispaziert.

Heinz Hönow atmet tief ein und aus. Er nimmt die Brille von der Nase und reibt sich die Augen. Er setzt sich die Brille wieder auf und schaut über die Werkbank.

Irgendwas stimmt nicht, das sieht er sofort. Die Lötpistole. Wo ist die? Sie lag doch da am Rand. Heinz Hönow beugt sich zur Seite. Nichts. Er beugt sich zur anderen Seite und sieht das Kabel und den Schaft neben der Werkbank auf dem Boden liegen. Lag die vorhin schon unten? Hat er die im Halbschlaf mit dem Arm runtergestoßen?

Vielleicht war es das.

Heinz Hönow stemmt sich ächzend hoch, er macht ein paar unsichere Schritte rüber zur Kaffeemaschine und setzt eine neue Kanne auf. Es dauert eine Weile. Dann sieht er, wie die ersten Tropfen schwarz in die Kanne fallen.

Plitsch, Plitsch. Plotsch.

Ein gutes Geräusch, das Plitschen der Kaffeetropfen.

Es gibt gute und schlechte Geräusche, das weiß Heinz Hönow, und du kannst sie klar unterscheiden, du kannst sie sauber sortieren. So wie du Schrauben in ein Doppelkästchen sortieren kannst, links die kleinen runden Schräubchen mit dem stumpfen Ende und rechts die großen spitzen Spaxschrauben, die sich richtig in die Oberfläche bohren. Die spitzen Schrauben, die kriegst du so schnell nicht wieder raus.

Heinz Hönow guckt den Kaffeetropfen zu, er beobachtet, wie sie sich auf dem Boden der Glaskanne sammeln, erst braun, halb durchsichtig, dann immer dunkler, irgendwann pechschwarz.

Die kleinen stumpfen Schräubchen haben ihm immer schon besser gefallen. Er weiß auch nicht warum. Aber er kennt sich da aus, mit den Schrauben, und seit einer Weile auch mit den Geräuschen, mit den guten und den schlechten.

Und schon sowieso seit dem Tag, als sie ihn abgeknallt haben.

Heinz Hönow nimmt die volle Kanne aus der Maschine, schenkt sich Kaffee ein und geht zurück an den Werktisch.

Er hat wieder von ihnen geträumt. Er weiß nicht mehr, was sie genau gemacht haben in seinem Traum, aber er weiß, dass sie es waren. Er weiß es einfach.

Seltsam, das mit der Erinnerung. An manche Sachen kann er sich wunderbar erinnern. An den Kunden zum Beispiel, der unbedingt zwei Goldringe mit Schlangenköpfen haben wollte, da weiß er sogar noch die Maße, 51,9 der eine, 64,6 der andere, wie lange wird das her sein, 20, 30 Jahre? Aber wieder andere, ganz einfache Sachen, was er vorgestern gegessen hat zum Beispiel, das könnte er jetzt schon wieder nicht sagen. Da müsste er jetzt lange nachdenken und dann wäre er sich am Ende auch noch nicht sicher.

Aber von dem Abend, als sie ihn abgeknallt haben, da ist alles noch da. Da hat er alles noch parat. Aber nicht wie ein Film, nicht so zusammenhängend, das sind seine Erinnerungen selten, sondern eher wie viele einzelne Bilder, Schwarz-Weiß-Fotos, vielleicht weil alles so schnell gegangen ist.

Bilder und Geräusche in seinem Kopf. Krach.

Zusammen eine Art vertonte Diaschau. Dabei hat er, Heinz Hönow, nie sonderlich viel auf Fotos gegeben, er hat nie eine Kamera besessen, wozu auch?, keine Zeit, es gab ja immer was zu tun. Fotos, Fotos, das ist doch immer schon was für die gewesen, die nichts mit sich anzufangen wussten. Knips hier, Blitz da, oh, guck mal, wie schön, oder?

Pah. Lächerlich. Die Zeit kannst du damit auch nicht festhalten. Das steht ja nun mal fest. Da kannst du gar nichts machen. Die läuft immer gegen dich, die Zeit. Selbst wenn der Zeiger rückwärtsgeht.

Bilder und Geräusche. Schrauben, die du nicht rausdrehen kannst.

Heinz Hönow macht die Augen zu, aber er sieht es immer noch. Er sieht immer noch alles. Einzelne, klare Bilder. Die Schatten hinter der Ladentür. Den Handschuh. Die Eisenstange. Die funkelnden Augenlöcher in der Maske. Die Treppe, die Splitter, das Drehschloss, die Rucksäcke und schließlich die Sporttaschen und die schweren Gestalten, die sie weggetragen haben. Und dann der Teppich. Und dann das Schwarz.

Das viele Schwarz.

Dazu die Geräusche. Das Splittern von Glas. Das Bersten von Holz. Die Schritte auf der Treppe. Die Rufe, das Zischen, das Pochen an seinem Hals. Und dann das letzte Geräusch, so nah und laut, direkt am Kopf, und damit hat alles aufgehört, und seitdem ist alles anders. Seitdem ist jedes Geräusch gleich laut, viel zu laut, selbst wenn es nur die Lötpistole ist, die von der Werkbank gerutscht ist.

Es kommt immer wieder, das Geräusch. Der letzte Knall.

Heinz Hönow blinzelt und nippt an seinem Kaffee.

Der Kaffee ist heiß, er schmeckt nach nichts.

24

Aris geht zu Fuß.

Er geht schnell und guckt nicht groß hoch. Das Viertel zieht an ihm vorbei, das Parkhaus, der Schreibwarenladen, die winzige Eisdiele, aber er sieht nur seine Füße. Sie steuern ihn automatisch zurück zum Bellermannplatz.

Aris schwitzt am Rücken. In der Jackentasche summt sein Handy. Er weiß, wer es ist, er weiß es, ohne nachzugucken.

Achim, verdammter Achim. Er lässt nicht locker. Aber es geht nicht. Aris kann nicht, jetzt nicht. Er fühlt sich müde, wie nach einem Zehn-Runden-Kampf. Müde und leer. In seinem Kopf ist nichts.

Aris läuft mit hängenden Schultern zurück zum Bellermannplatz. Über den Häusern hat es sich dunkel zugezogen. In einem Film hätte es längst angefangen zu regnen. Aber der Regen hat auch keinen Bock.

Aris läuft den Weg vom Virchow zurück, langsam, er schwitzt ein bisschen und er hält nicht an, nicht mal an der Ampel. Kurz hinterm S-Bahnhof schnippt er seine letzte Kippe weg. Er wühlt in seinen Taschen und findet noch einen zerknitterten Fünfer.

Aris läuft an Otto's Imbiss vorbei und quer über den Platz, den Blick stur nach unten, die Bänke, die Kastanien, die alten Laternen, das sieht er alles nicht, er guckt nicht hoch, auch nicht, als er schon unter der rot-braunen Markise ist und die Klinke runterdrückt.

Er ist ihn tausend Mal gegangen, den Weg, tausend Mal hat er hier Kippen geholt, und so ist es dann, da bist du im Zweifel eben schon anderthalb Schritte in den Späti getapst, bevor du merkst, dass die Kacke am Dampfen ist.

Und zwar reichlich.

Dicke Luft im Hause Schröder.

Dafür reicht Aris ein Blick. Ein Blick und eine Vollbremsung auf der Schwelle, und dann steht er da, den Türgriff in der Hand, und er sieht den Typen im Späti-Eingang, und der Typ glotzt Aris an und Aris glotzt ihn an, ein ziemlich breiter Typ mit Kapuze auf dem Kopf, und dann entdeckt Aris auch den Wikinger, hinten, halb hinter dem Chipsständer. Und der Wikinger sieht auch nicht unbedingt so aus, als hätte er die Tagungsrunde gerne erweitert, so wie er sich da jetzt hektisch irgendwas hinten in die Buchse fummelt.

Aris bleibt erst mal in der Tür stehen.

Der Aufpasser dreht sich langsam zum Wikinger um, und der Wikinger nimmt langsam die Hände wieder vor den Rücken, zwei leere Hände, und er nickt kurz, und der Türsteher geht einen halben Schritt zur Seite, streckt den Arm aus und grinst Aris dämlich an.

Und was willst du da machen, bei so einer Einladung?

Aris geht ein paar Schritte in den Laden und guckt sich um.

Mächtig was los.

Er sieht Serdar halb in zerplatzten Chipstüten sitzen und sich den Hals reiben und neben ihm einen von den Devils-Handlangern, der sich auf einen Besenstiel stützt, Kaugummi kaut und dumm vor sich hin grinst. Und Aris kann sich schon denken, dass er mit dem Besen bis eben wahrscheinlich noch irgendwas anderes vorhatte, da brauchst du Serdar auch nicht allzu lange für ins Gesicht zu gucken.

Stichwort Krebs.

Der Wikinger steht neben der Theke.

Aris guckt ihn an und der Wikinger guckt zurück.

Keiner verzieht eine Miene.

Das gute alte Wer-macht-als-Erster-das-Maul-auf-Spiel.

25

Seltsame Dinge passieren in letzter Zeit.

Irgendwas stimmt da nicht.

Neulich der Kaffee, den er sich neben die Tasse geschüttet hat, die halbe Kanne, bis ihm der Sud schon in die Schlappen gelaufen ist.

Und jetzt der Leitz-Ordner.

Heinz Hönow sitzt an seiner Werkbank und hat den Ordner in der Hand und er weiß nicht mehr warum. Heinz Hönow guckt den Ordner eine Weile an, ohne schlau draus zu werden, und dann schlägt er ihn auf. Er fängt an zu blättern, langsam, Seite für Seite, Artikel für Artikel, seine Hände streichen über die eingeklebten Schnipsel, er guckt nur kurz auf die Berichte und Meldungen, die Überschriften, er guckt kaum hin, er kennt die meisten längst auswendig.

Er kennt die Wörter und die Buchstaben, die großen und die kleinen, die fetten und die schmalen, er lebt mit ihnen, sie sind längst ein Teil von ihm geworden, genau wie die Bilder, und manchmal in letzter Zeit hat er den Ordner nur hervorgeholt, um sicherzugehen, dass er wirklich noch da ist.

Vielleicht also auch diesmal, wer weiß. Manchmal ist er sich nicht mehr sicher, so sicher ist er sich.

Die Überschriften sind am größten.

Angriff im Abendlicht – Opfer (42) im Krankenhaus. Handys und Laptops weg – die Täter kamen durch die Vordertür. Straßenzug blockiert: Motorrad-Banden gehen aufeinander los. Berliner Gang-Gewalt: Fühlen SIE sich noch sicher? Bauanleitung aus dem Internet – Polizei stellt Riesen-Geschütz sicher. Geld oder Hiebe – so regieren die Rocker die Straße.

Es sind viele Seiten im Ordner, viele Schnipsel, viele fette Überschriften, und Heinz Hönow blättert langsam und beiläufig weiter. Als er auf den letzten Seiten ankommt, fällt ein loses Blatt aus dem Ordner. Er faltet das Blatt auseinander, eine einzelne Seite, A4, er sieht die kleine Maschinenschrift, er liest die Sätze kaum zu Ende.

Ermittlungsverfahren gegen unbekannt … Tatzeit … Tatvorwurf … leider führten die eingeleiteten Ermittlungen bisher nicht … sobald weitere Indizien … Verfahren vorerst eingestellt.

Heinz Hönow steckt das Blatt wieder zwischen die Seiten und blättert zurück, Seite für Seite, bloß nicht zu schnell. Hektik hat noch keinen weitergebracht. Nicht mal ein Stück. So hat er immer gearbeitet, sorgfältig, akkurat, und zur Not eben die Nacht durch, aber geschludert hat er nie. Das hat er sich nicht vorzuwerfen.

Die anderen, ja, die schon. Die sogenannten Behörden. Pah. Die machen nichts sonst, außer schludern.

Heinz Hönow versteht es nicht, er hat es noch nie verstanden. Warum machen die nicht einfach ihre Arbeit? Warum weigern die sich, die Wahrheit anzuerkennen, die offensichtliche Wahrheit?

Wenn es doch klar ist, sonnenklar. Wenn er selbst doch schon längst weiß, wer es war, wer ihn abgeknallt hat, und so schwer ist es ja auch nicht. Wer soll es auch sonst gewesen sein außer diesen Kanaillen? Wenn er schon einen ganzen Ordner voll hat mit ihnen. Was brauchen sie denn noch für Beweise? Die hätten die längst einbuchten können, die ganze Schweinebande, die Teufelsbrut.

Der Teufel. Jaja. Der Teufel ist auch nur ein Arschloch. Ein Arschloch mit einer Knarre in der Hand. Aber was willst du machen. Nichts kannst du machen. Nur auf den Boden kannst du dich legen, Stiefel auf dem Hals, nach Luft schnappen und ihnen dabei zusehen, wie sie dein Leben wegtragen, in schwarzen Sporttaschen.

Der Knall, der laute, letzte Knall, und dann die Dunkelheit. Das ganze Schwarz. Alles war schwarz danach. Und, ganz ehrlich, da ist er schon fest davon ausgegangen, dass es das jetzt war. Aber dann ist es doch weitergegangen.

Leider.

Es ging weiter. Er ist noch da. Aber was ändert das? Er lebt, aber sie haben ihn abgeknallt. Und es nutzt nichts. Selbst wenn du deinen Teufel kennst, musst du ihm erst mal beikommen.

Heinz Hönow klappt den Ordner mit einem Ruck zu und guckt durch halb geschlossene Augen rüber zur Tür. Sie hängt immer noch ein bisschen schief im Rahmen. Er sieht den Werkzeugschrank neben der kaputten Tür und das Abwasserrohr, das neben dem Schrank senkrecht aus der Decke kommt und unten im Werkstattboden wieder verschwindet.

Manchmal plätschert es im Rohr, wenn oben im Haus einer auf dem Pott war. Aber jetzt ist alles ruhig. Heinz Hönow lauscht in die Stille. Er starrt auf das Fallrohr.

Und dann ist er auf einmal hellwach.

Er merkt, wie ihm das Blut in den Kopf schießt. Sein Kopf brummt.

Heinz Hönow starrt das Rohr an, drüben neben der krummgehauenen Tür, und dann guckt er runter auf den marmorierten Leitz-Ordner, der immer noch vor ihm auf der Werkbank liegt. Er schlägt den Ordner wieder auf und fängt an zu blättern.

Ihr Drecksäue, sagt Heinz Hönow in die Werkstatt hinein, und das Echo kommt drüben aus den leeren Panzerschränken.

Heinz Hönow macht die Arbeitslampe an und zieht sie zu sich rüber, er blättert im Ordner, schnell diesmal, so schnell es geht, wo ist das, wo war das jetzt, warte, hier, in der Mitte etwa, oder?, oder noch weiter hinten, nein, nein, Momentchen, Momentchen kurz …

Und dann hat er die Seite.

Und dann sieht er das Foto.

Er sieht den eingeklebten Artikel, er geht fast über die ganze Seite, er sieht die Überschrift, das Foto und den Zettel, den sie daneben montiert haben, den kleinen weißen Zettel, eng beschrieben.

Die Schrift ist klein. Verdammt klein.

Heinz Hönow reißt die oberste Schublade der Werkbank auf und wühlt darin herum, bis er die Stecklupe hat. Er fingert sie aus der Schublade und klemmt sie sich auf die Brille.

Er hört sein Herz klopfen.

Er schnappt sich seinen Notizblock und einen Bleistift.

So, ihr Drecksäue.

Da werden wir mal sehen.

26

Der richtige Ton.

Ganz wichtig.

Die erste, die allererste Grundregel.

Mit dem richtigen Ton gehst du schon mal 80 Prozent der üblichen Scharmützel von vorneherein aus dem Weg.

Andersrum, greif daneben, vertu dich und fang an, irgendwie unegal daherzulabern, und es kippt alles genau in die andere Richtung.

Hängst du aber, spezieller Fall, schon mittendrin im Ganzen, dann kannst du die Prozente eigentlich komplett vergessen. Aber die Grundregel einzuhalten hat noch keinem geschadet.

Stille im Späti.

Alle glotzen.

Und Aris überlegt.

Er überlegt hin, er überlegt her.

Und dann noch ein bisschen.

Schließlich entscheidet er sich für das gute alte Stellen-wir-uns-mal-ganz-doof, mit einer klitzekleinen Prise Ironie. Ganz doof ist erst mal immer okay, aber zu viel Ironie zur falschen Zeit ist immer schwierig.

Hm, sagt Aris also. Worum geht's hier noch mal genau?

Der Wikinger verzieht keine Miene. Alles ist ruhig.

Western-Bahnhofs-Cowboy-Stille im Späti.

Der Wikinger guckt rüber zu seinem grinsenden Kumpel mit dem Besenstiel und zu Serdar, der mit rotem Gesicht da auf dem Fliesenboden hockt und sich den Hals massiert, und dann guckt der Wikinger wieder zu Aris und zieht sich langsam, ganz langsam die Kapuze vom Kopf.

Viel kommt da nicht zum Vorschein. Die Seiten kahl und oben kurze Stoppeln. Die klassische Fighterfasson.

Worum's hier geht?, sagt der Wikinger. Siehst du doch. Wir unterhalten uns.

Aris zieht die Brauen hoch. Jetzt nicht durchdrehen. Nicht die Grundregeln vergessen. Spiel weiter dein Spiel. Und lass immer schön eine Hand auf deinen Karten liegen.

Aha, ihr unterhaltet euch.

Genau, sagt der Wikinger, grinst sein Rockergrinsen, macht einen Schritt auf Serdar zu und geht leicht in die Hocke. Und dein türkischer Freund hier wollte uns gerade sagen, wo er unsere neuen Porsche-Felgen versteckt hat, die seine beschissenen Kumpels ihm gestern in den Laden gebracht haben.

Aris sagt erst mal nichts.

Und Rotkäppchen, sagt der Wikinger und tätschelt Serdar den Kopf, wollte eigentlich gerade raus mit der Sprache. So ziemlich genau in dem Moment, als du hier reingeplatzt bist.

Ach so. Verstehe.

Aris versucht, so normal wie möglich zu gucken. Poker. Ist wie Poker. Klimper mit den Chips, wart auf die Karten, guck so gelangweilt du kannst, und früher oder später bist du eh All-in.

Also, um das Ganze hier mal abzukürzen, sagt der Wikinger und baut sich vor Aris auf, hier mein Vorschlag unter alten Bekannten. Du holst dir jetzt mal dein Snickers oder deine Spezi oder für was auch immer du hier reingetapert bist, und dann verpisst du dich wieder. Und zwar fix.

Der Wikinger steht jetzt direkt vor ihm, und Aris rührt sich nicht. Angst zeigen geht nicht. Zweite Grundregel. Zeig ihnen deine Angst und sie pusten dich weg. Puhf. Das machen die aus der hohlen Backe.

Nein, nein. Da kann dir der Arsch auf Grundeis gehen, wie er will, da kannst du dich einscheißen wollen, bis die Nähte platzen, reiß dich zusammen und spiel den Texas Ranger. Auch wenn du dich noch so sehr wie der Times-Square-Cowboy ohne Gitarre fühlst.

Aris lächelt dem Wikinger ins Gesicht und lehnt sich zurück an die Spätitheke. Als würde er es sich bequem machen für einen kleinen Plausch unter Nachbarn.

Weißt du, sagt Aris. Ich geh jetzt erst mal nirgendwohin.

Der Wikinger pustet durch. Ist nicht das, was er hören wollte, klar. Da braucht er erst mal zwei, drei Sekunden.

Pass auf, sagt der Wikinger dann, einen Tick lauter als vorher. Pass auf, Grieche, ich mag dich. Also eigentlich. Ein bisschen. So wie ich diese kleinen Maden mag, die ich zum Angeln brauche. Meine Fresse, ich versuch dir ja sogar zu helfen. Ich kämpfe am Freitag auf deiner mickrigen Veranstaltung, damit überhaupt jemand kommt. Damit du dein fettes Kinn noch mal überm Wasser hältst und uns danach unsere Kohle zurückzahlst.

Aris lehnt an der Theke und wartet ab. Keine Regung. Pokerface. Der Wikinger kommt in Fahrt.

Und ich hab NICHT MAL was gesagt, dass du seit Wochen so ein Geschiss um meinen Gegner machst, von wegen, ich arbeite dran, alles so gut wie fix, und ich nehme jetzt mal GANZ STARK an, du hast mittlerweile einen gefunden, auch wenn ich davon noch nichts weiß …

Aris zuckt zusammen. Shit. Da ist ihm jetzt doch kurz die Deckung runtergerutscht. Das passiert, wenn du nicht im Training bist. Es ist nur ein ganz kleines Zucken gewesen. Ein winziges kleines Zucken, und er hofft, dass es keiner gesehen hat.

Jap. Der Wikinger hat's gesehen.

Fuck.

Der Wikinger guckt jetzt wie Ivan Drago, und auch sonst grinst keiner mehr.

Du HAST doch einen guten Gegner für mich gefunden, ODER NICHT?

Der Wikinger kommt noch ein bisschen näher. Die anderen auch.

Aris guckt rüber zu Serdar, und Serdar starrt mit großen Augen zurück. Da steckt ziemlich viel drin in diesem einen Blick. Ein ganzes eigenes Buch steckt da drin. Aber eigentlich auch wieder nur ein Satz, ein einziger Satz.

Wir sind beide am Arsch.

So geht der Satz.

Der Wikinger steht jetzt Nase an Nase mit Aris. Der Gorilla von der Tür geht auch in die Halbdistanz.

Aris macht die Augen zu.

Also?, knurrt der Wikinger und Aris kann seinen Atem in seinem Gesicht spüren.

Schön ist anders.

Aris spürt, wie sich langsam der Boden unter ihm auftut, wie er langsam einsinkt ins PVC des Spätkauf Schröder, wie er schrumpft und schrumpft wie diese Komiker in den alten Filmen, wenn sie mit einem Teppich durch ein Loch im Parkett gesaugt werden, genauso fällt Aris und fällt und fällt, tiefer und tiefer, ihm wird heiß, ganz heiß, das muss am Erdkern liegen, der immer näher kommt, ein gutes Gefühl, eigentlich, heiß, heißer, gleich verbrennt er, aber dann macht Aris die Augen wieder auf und er merkt, dass er immer noch im Späti steht und direkt in die eisblauen Wikinger-Augen guckt, die ihn fixieren wie eine Hyäne ihr Mittagessen.

Aris atmet tief ein.

Ja, sagt er leise.

Was, ja?, bellt der Wikinger.

Ja, na klar, sagt Aris ein bisschen lauter, damit seine Stimme nicht so brüchig klingt. Ja, na klar hab ich einen Gegner für dich.

Er guckt dem Wikinger direkt in die Augen. Er sieht seine Pupillen tanzen, zwei kleine schwarze Punkte im Polarmeer. Keine Angst. Keine Angst.

Und das trifft sich echt gut, sagt Aris schnell. Ich meine, das ist ja fast schon ein richtig witziger Zufall, wo wir hier schon mal alle gemütlich beisammen sind …

Hm?, grunzt der Wikinger. Er versteht null, und er will jetzt dringend was hören. Und am besten kein Gestammel.

Wundert mich ja, sagt Aris, wundert mich echt, dass es dir Serdar noch gar nicht gesagt hat. Ich meine, wo ihr euch doch so super unterhalten habt vorher …

WOVON REDEST DU, MANN? Der Wikinger packt Aris am Jackenkragen und drückt ihn halb auf die Theke.

Wovon ich rede? Na, von deinem Kampf am Freitag.

Der Wikinger platzt gleich. Aris lässt sich noch einmal ein, zwei Sekunden Zeit, er stemmt sich gegen die Spätitheke, um nicht nach hinten wegzukippen, übertreib nicht, übertreib jetzt nicht, du musst die Info schon noch rauskriegen, bevor dir der Wikinger hier noch eigenhändig die Rübe abreißt.

Von deinem Gegner rede ich, sagt Aris und zeigt am Wikinger vorbei rüber zu Serdar.

Der Wikinger guckt Aris an wie den Leibhaftigen.

Darf ich vorstellen? Serdar Schröder. Boxprofi. Sieben Kämpfe, sieben Siege. Kennengelernt habt ihr euch ja, glaub ich, schon.

Und dann ist erst mal Ruhe.

27

Ganz kurz mal.

Nur ein paar Takte.

Kam ja ziemlich unerwartet jetzt.

Ist klar. Wenn du da einen so unegal durchs Leben tapsen siehst, hier kurz wegducken, da noch mal vertrösten, dort den Polnischen machen, da machst du dir natürlich so deine Gedanken.

Da machst du dir ein Bild.

Und ganz falsch ist es ja auch nicht. Wenn du so von oben draufguckst. Da wirst du natürlich sagen, hey, mit 43 sind andere da schon ein bisschen weiter.

Und das aus gutem Grund.

Aber da ist dann immer noch die Frage, was heißt das eigentlich, weiter?

Ja, sicher, Freund Aris hätte das Zeug gehabt für den großen Wurf. Den ganz großen. Nehmen wir Olympia. Das hätte er natürlich damals durchziehen können, Atlanta '96, sportlich absolut machbar, und insgesamt ja wirklich eine feine Sache, Olympia für Griechenland, was hätte der Alte da für Augen gemacht, aber gut.

Es hat dann eben nicht geklappt.

Und klar würden viele sagen, wie doof kann einer sein, wenn er nur ein paar Formulare unterschreiben und in einen Umschlag stecken muss, wenn er sich bloß noch um ein paar Formalitäten zu kümmern hat, Stempel drauf und ab die Post, und dann nur noch schön im Training bleiben und auf die Flugtickets warten.

Aber gut, du bist natürlich schwer erreichbar, wenn du den ganzen Tag in der Kneipe hockst und dich feiern lässt. Da musst du dann eben doch mal kurz runtersteigen von deinem rosaroten Olymp aus Zuckerschnee, aber das ist jetzt alles noch mal eine Geschichte für sich, auch wenn dir Aris da auch wieder eine ganz andere, seine ganz eigene Story erzählen wird.

Also. Ja, er hat's verschissen. Und nicht nur einmal. Aber lass dir eins gesagt sein.

Das Handtuch hat der noch nicht geworfen.

Noch nie.

Ja, er hat die Dinger im Dutzend verkackt, hat Runden hergeschenkt, ganze Kämpfe, hat rumgetändelt und Mätzchen gemacht, sich in die Seile gehängt, er hat sich ausgeruht und den Gegner zur Weißglut gebracht und seine Trainer gleich mit, er hat es ausgereizt bis fast zum Schluss und hat dann doch noch versucht, das Ruder herumzureißen. Und manchmal hat's nicht mehr gelangt, klar, und er hat mit den Achseln gezuckt, weiß auch nicht, da ging heute nicht mehr.

Aber, hey. Hinschmeißen, den Mundschutz ausspucken, den Arsch beim Gong auf dem Hocker lassen, das gibt's nicht.

Hat's noch nie gegeben bei Aris.

Und ein paar Dinger hat er hintenraus eben dann doch noch gedreht. Da wird er dir wieder eine andere Zahl nennen, seine ganz eigene, aber so oder so, es ist oft genug passiert. Ist verbrieft. Gibt Zeugen. Kapiert hat's kaum einer. Die Trainer am allerwenigsten.

Aber es ist so.

Es ist, als würde er das brauchen. Die Buhrufe. Die Wand im Rücken. Den Moment, wenn sich alle schon angucken. Wenn sie schon auf dem Weg zum Bierstand sind. Da blüht er noch mal so richtig auf.

So wie damals, Berliner Meisterschaft in Spandau, Bruno-Gehrke-Halle, Vorrunde gegen Ronny Irgendwas, einen soliden Klopper aus Köpenick, und der hatte sich in Gedanken schon den Gegner für die nächste Runde zurechtgelegt, so klar war die Sache. Da lag Aris schon derart nach Punkten zurück, dass die Kampfrichter schon gar nicht mehr richtig hingeguckt haben, die waren schon halb in der Pause, hatten schon die Kippe in der Hand und ihr Feuerzeug, so weit musst du es erst mal bringen. Und dann die Nerven haben, den armen Ostler in der letzten halben Minute noch derart umzuknallen, dass der auch bei 20 oder 30 noch nicht wieder hochgekommen wäre.

Also, unterschätz mir meine Boxer nicht. Weil der Spruch ja auch Blödsinn ist, nicht nur im Ring.

Da fällt mir nix mehr ein.

Falsch. Grundfalsch.

Dir fällt immer was ein. Wenn du nur willst.

Egal wie fertig und durch du bist, egal wie weit dir das Herz schon im Tiefschutz hängt, egal, scheißegal. Denn wenn es eins ist, was einem dieser Sport beibringt, dann dass du immer noch irgendwo ein winziges Körnchen auftreiben kannst. Dass du immer noch mal was versuchen musst.

Irgendwas.

Sonst kannst du gleich in der Umkleide bleiben.

Und wenn es heißt, dass du einen Zwei-Zentner-Gangster mit reichlich Hass in der Buchse auf ein Halbschwergewicht mit kaum Ringerfahrung loslässt, um dir selbst den Arsch zu retten.

Wobei gar nicht klar ist, ob da überhaupt noch irgendwas zu retten ist.

Aber eins nach dem anderen.

28

Jessi steht ein paar Meter weg von den anderen Müttern.

Keine Lust auf das Geplapper.

Die haben ja auch immer Probleme. Oder was sie so Probleme nennen.

Jessi steht alleine am Zaun vor der Kita und wartet auf Line.

Eben sind die Kleinen vom Ausflug zurückgekommen, bunte Knirpskolonne in Zweierreihen, und Frau Schmidtke hat kurz rübergegrüßt, sie ist kaum angekommen gegen die ganze Kinderfreude, nur noch Sachen packen, dann schick ich sie raus, und Line vorne in der zweiten Reihe, wildes Winken, Mami, Mami, wir waren heute im Kindermuseum!

Jetzt sind sie drinnen, Jessi sieht sie im Flur hinter der Glastür, wie sie ihre Rucksäckchen packen.

Sie hört die anderen Eltern lachen. Sie guckt kurz rüber. Die meisten Mütter sind älter als sie, klar, aber sie scheinen ihr jung. Jung geblieben und unbeschwert. Und wenn sie von Problemen reden, dann sind das Probleme aus einer anderen Welt. Problemchen. Was kannst du auch schon groß für Sorgen haben, wenn das Konto auch am Monatsende noch voll ist und der Minivan frisch geputzt und der Kofferraum groß wie ein Doppelbett?

Jessi fährt U-Bahn. Ist auch okay. Kann Line auch machen, wenn sie groß genug dafür ist, nichts Schlimmes dran. Wer braucht hier schon einen Führerschein, wer ein Auto, das er sich eh nicht leisten kann? Gibt Wichtigeres, auf das du achten musst als Mutter. Dass deine Kinder nicht die gleichen Fehler machen wie du, zum Beispiel. Das wär schon mal was.

Als Jessi den Kopf wieder rüber zum Eingang dreht, merkt sie, dass sie automatisch die Väter gezählt hat.

Drei.

Nur drei. Von mindestens fünfzehn Eltern, die drüben zusammenstehen. Ist jetzt auch nicht so wahnsinnig viel. Nicht so viel, wie du denken könntest, bei allem, was sie dir so in den Nachrichten erzählen, von wegen Vätermonate, moderne Familie und der ganze Schmu.

Jessi guckt rüber zur Kitatür, hinter der die Kinder auf und ab flitzen, Händewaschen, Sachen packen, Tschüss sagen. Sie sieht Line, wie sie einem anderen Mädchen was erklärt.

Jessi guckt auf ihr Handy und denkt an das, was ihre Mutter gesagt hat, vorhin, am Küchentisch.

Das war er nicht. Kann gar nicht sein.

Ja, bloß, die hat gut reden, die Mutti. Sitzt da, pafft dir mit jedem Zug eine Wolke Lebensweisheit ins Gesicht und macht einen auf Wahrsagerin. Und beim Thema Männer, da muss sie gerade reden. Keine Ahnung, wie viele das bei ihr waren über die Jahre, weiß wahrscheinlich nicht mal sie selbst. Andere Zeiten, würde Mutti dazu wohl einfach sagen, kannst du nicht vergleichen. Jaja.

Kann nicht sein, denkt Jessi, kann nicht sein, kann nicht sein. Ja, nur leider ist das ein Satz, den gibt es eigentlich gar nicht.

Kann immer sein.

Kann immer alles sein.

Kann sein, du wächst nicht in Dahlem auf oder am Tegeler See, sondern in der Spandauer Platte. Kann sein, du kriegst nichts vorgelesen von deiner Mutter, sondern den Fernseher angeschaltet, damit sie in der Küche ihre Ruhe hat mit der nächsten West, der vollen Dröhnung Antenne Brandenburg und dem Typen, der gerade da ist.

Kann sein, du hast keine Freunde, die reiten oder segeln oder in der Nordsee schwimmen im Sommer, kann sein, du verbringst die großen Ferien hinten im Einkaufscenter. Kann sein, du hängst mit den Mädels aus deiner Straße vor Videotown ab oder draußen bei den Telefonzellen, und an guten Tagen holst du dir einen neuen BH bei Woolworth, ohne dass sie dich kriegen.

Kann sein, du merkst, dass die Welt doch bunt sein kann und geil und krass und zum Schreien, wenn du dir nur die Nase voll genug machst und wild genug tanzt, wenn du nur einen Geltypen im Bügelhemd findest, der dir für den Abend den Wodka-Lemon spendiert. Kann sogar sein, du glaubst, er macht das alles, weil er dich nett findet oder cool oder weil er es wirklich mag, wie oder was du da Schlaues redest.

Kann auch sein, du wirst mit 20 schwanger von einem Typen, der eigentlich die gleiche Scheiße durchhat wie du, von dem du denkst, du kennst ihn, von dem du glaubst, er hat es auch irgendwie kapiert, bis du merkst, dass es bei ihm doch noch mal ein bisschen anders ist, dass er die Schwinger, die er sich draußen fängt, einfach eins zu eins an dich weitergibt, abends in der warmen Stube, Veilchen um Veilchen, damit die Welt auch schön im Gleichgewicht bleibt.

Kann alles sein.

Deshalb, soll sie ruhig glauben, die liebe Mutti, dass sie das Leben neuerdings mit Plüschüberzug ausliefern.

Soll sie glauben, dass er nicht mehr auftauchen kann und Türen eintreten und weit ausholen und alles, wie er es immer am liebsten gemacht hat.

Ohne Grund und Warnung und irgendwas.

Kann sie alles gern glauben. Aber dann soll sie es auch bitte für sich behalten.

Guck mal, Mami, wir haben Dinos gebastelt!

Line hält ihr einen großen Pappdinosaurier hin. Papier auf ausgeschnittenem Karton, angemalt mit grünem Filzstift.

Oh, toll, sagt Jessi und macht Line von außen das Zauntor auf. Im Museum, ja?

Mhm, genau. Das war sooo riesig.

Jessi streckt Line die Hand hin.

Komm, Schatz. Omi wartet schon.

Hä? Und du, was machst du?

Line bleibt stehen, verschränkt die Arme und zieht einen Schmollmund.

Ich muss zur Arbeit, Schatz, weißt du doch. Dienstag hab ich doch immer Spätdienst.

Doofe Mama, sagt Line und dreht sich mit dem Gesicht zum Zaun. Du bist ja immer weg.

Jessi seufzt und hockt sich neben Line.

Komm, Kleine. Omi bringt dich nachher ins Bett. Du bist doch sonst auch gern bei ihr. Und wenn du aufwachst, bin ich schon längst wieder da.

Line schüttelt trotzig den Kopf.

Los, sagt Jessi und nimmt sie an die Hand. Line stapft widerwillig los.

Sie gehen nebeneinander, Jessi trägt den Pappdino.

An der Ecke dreht Jessi sich noch mal kurz um. Eine schnelle Bewegung, und sie weiß auch nicht warum. Aber sie sieht nur einen Vater mit seiner Tochter hinten auf dem Fahrrad. Die Kleine sitzt mit grellgelbem Helm auf dem Kindersitz, hat ein Stück Apfel in der Hand und winkt Jessi zu.

Komm, sagt Jessi und nimmt Line fester an die Hand.

Wir müssen uns beeilen.

29

Und dann ist wieder Ruhe.

Mittagsruhe im Späti.

Und Serdar hört den Sekundenzeiger ticken.

Ein leises Ticken hinter ihm an der Wand und sonst nichts.

Der Showdown ist vorbei, die Muskelfürsten haben den Abflug gemacht und der Laden ist auch schon wieder halbwegs begehbar. Serdar hockt auf dem alten Bürostuhl hinter der Spätitheke, die Füße auf dem Rand vom Papierkorb, und versucht durchzusteigen.

Dass er den Devils noch mal so eben von der Schippe gesprungen ist, okay. Dass er plötzlich gegen den Wikinger kämpft, gut.

Aber wo die Felgen hin sind? Kein Plan, echt.

Zu dumm zum Suchen waren die jedenfalls nicht, so wie's da hinten im Lager ausgesehen hat. Nur gefunden haben sie nichts. Weil es nichts zu finden gab. Serdar hat ja eben selbst noch mal nachgeschaut. Weg, die Teile. Einfach weg.

Alles ein bisschen seltsam.

Hat der Senior sie vielleicht entdeckt, der alte Schröder? War der gestern Abend noch mal hier, nach Ladenschluss, Mister Schnüffel persönlich, Lieblingsbeschäftigung Inventur, zu allen Tages- und Nachtzeiten? Nur wenn, dann müsste er sie ja auch direkt weggeschafft haben. Bloß wohin und wozu?

Nein. Nein. Macht alles keinen Sinn.

Und was bringt's auch, da jetzt ewig drüber zu brüten. Das Ergebnis bleibt das gleiche. Er hat mächtig Schwein gehabt. Nicht nur mit den Felgen.

Serdar denkt an Freitag. An die Fight Night.

Das wird natürlich ein Match.

Wahnsinn.

Er gegen den Wikinger, das ist das große Ding. Das hat er sofort gewusst. Da hat er noch halb im Chipsständer gelegen, da ist ihm das schon klar gewesen. Noch bevor sich die Devils in Bewegung gesetzt haben, allgemeines Grinsen, sorry für die Unordnung, und Aris gleich mit, kein Grinsen bei ihm, nur ein ernstes Gesicht und ein Raunen im Vorbeigehen, wir quatschen.

Hauptkampf. Wie geil das schon klingt.

Hauptkampf, gegen einen richtigen Gegner, einen, der was drauf hat. Gegen den ein Sieg richtig was zählt. Das ist das Ding, von dem Serdar immer geträumt hat. Das ist die Nummer. Die richtig dicke Nummer. Der Wikinger wird da mit seinen Kuttenbrüdern anrücken. Wird richtig einen auf dicke Hose machen, klar. Da freut der sich richtig drauf, der Mongo. Für den ist Serdar nur ein halbes Hemd, ein Lumpen, den du einfach so zerreißen kannst.

Das hast du schon daran gemerkt, wie der Wikinger und seine Kumpels auf die Info reagiert haben. Die sind alle sofort richtig heiß gewesen. Da waren die Felgen auf einmal gar nicht mehr so wichtig. Die haben gleich ganz anders geguckt, die haben gegrinst und sich zugezwinkert und alles.

Da hat Aris gar nicht mehr groß Überzeugungsarbeit leisten müssen, von wegen, dass Serdar da jetzt der richtige Mann ist. Da kommt denen natürlich die Storyline von ganz alleine, nach der Nummer mit den Felgen und allem. Die denken, der Wikinger kriegt jetzt ganz offiziell und höchstpersönlich die Chance, Serdar vor ein paar hundert Leuten den Kopf zu Matsch zu hauen. Da hat er sich sogar extra noch mal runtergebeugt zu ihm beim Rausgehen, wir sehen uns Freitag, Freundchen, und ihm noch eine kleine Nackenschelle verpasst, eine leichte nur, so mit der hohlen Hand, Freitag, nicht vergessen, und renn uns nicht weg, sonst …

Kannste wissen, ist Serdar ihm gleich ins Wort gefallen. Weil er sich nicht kleiner machen wollte, als er ist. Und die dicke Lippe riskiert er ja eh schon.

Kannste wissen, hat Serdar gesagt, ich freu mich drauf.

Und das hat er auch genau so gemeint.

Weil, mit fünf Mann und einer Wumme auf Hausbesuch gehen, das ist das eine. Da kannst du leicht einen auf Strap-On machen. Aber ein Boxkampf über acht Runden, das ist noch mal eine ganz andere Nummer. Da geht's eins gegen eins, mit klaren Regeln, die Runde hat drei Minuten, jede Hand wiegt zehn Unzen, und wenn einer trotzdem einen auf Tiefschläger machen will oder auf Nagetier wie Tyson gegen Holyfield damals, dann steht da ja auch noch ein Typ in Hemd und Fliege mit im Ring.

Gut, der Wikinger ist einen halben Kopf größer, geschenkt, ein paar Kilo schwerer, fünf, acht, zehn vielleicht, egal. Da wird er nur umso schneller langsam, das ist ganz klar, da fängt er viel früher an zu pumpen. Und Serdar ist fit, er fühlt sich richtig gut. Heute und morgen noch mal zum Training, ein bisschen Sparring …

Serdar guckt an seinen Armen runter, er streckt sie aus und verdreht sie und spannt den Trizeps an. Den packst du, sagt er laut in den Späti. Den haust du weg. Und dann geht alles erst so richtig los. Da wird Edelmann aber gucken. So schnell kann der den Vertrag gar nicht aufsetzen. Und dann gibt's nur noch eine Richtung.

Fighting out of the Red Corner … The Challenger … The Wedding Warrior … Serdaaaaaaaaaar … Schröööööööööder.

Gut, einen anderen Nachnamen muss er sich bis dahin auf jeden Fall noch einfallen lassen.

Serdar hört sein Handy brummen.

Ella.

Seit ein paar Stunden schickt sie nur noch Fragezeichen. Ein einzelnes Fragezeichen oder gleich eine leere SMS.

Da muss jetzt was kommen, das ist klar. Nicht mehr lang, und sie hat Feierabend. Und auf noch so eine Szene wie gestern hat er jetzt nicht so den Just. War heute echt schon genug los hier.

Serdar klappt sein Handy auf und fängt an zu tippen.

Easy. Lass es locker angehen. Erwähn auf keinen Fall den Kampf. Da tickt sie sonst voll aus, beim Thema Boxen sowieso.

Lieber erst mal was Allgemeines, hab bei Ivo gepennt, dachte, ist besser so, und ja, sorry, Akku leer. Der Klassiker. Dann mal fragen, wie's ihr so geht. Möglichst normal klingen. Bin jetzt im Laden, hab heute Abend Training. Schreib keinen Roman. Check ab, wie heiß die Sache noch ist. Vielleicht ja doch alles nur falscher Alarm? Kann ja alles sein, die Frauen, die Hormone, weißt du's? Das lässt du natürlich lieber weg. Und, bei dir so?, also dann, bis heute Abend, ja?

Er schickt die Nachricht ab.

Die Antwort kommt vielleicht zwanzig Sekunden später.

Ist noch mal ein bisschen kürzer, ihre Antwort.

Viel kürzer als ein Wort geht natürlich auch schlecht.

Okay, denkt Serdar und klappt sein Handy zu. Hat auch seinen Vorteil. Da musst du gar nicht erst groß nach irgendwelchen versteckten Botschaften suchen oder was. Bei einem Wort ist die Sache klar. Und bei so einem sowieso.

Serdar schmeißt das Handy auf die Theke, neben die Computer-Tastatur mit den ekelhaften Dreckrändern auf den Tasten.

Alright, dann also noch eine Nacht bei Ivo.

Kein Problem. Wenn die wüsste. Wenn die nur eine Ahnung hätte. Vom Boxen. Vom Leben. Aber was siehst du schon von deinem Schreibtisch in der Sparkasse, was siehst du von dort von der Welt, was kannst du sehen, außer den Bildschirm mit tausend Zahlen, die grauen Jalousien und den Gummibaum in der Ecke?

Das Handy rattert schon wieder los.

Jaja, denkt Serdar. Ich hab's ja verstanden.

Aber es ist ein Anruf diesmal.

Serdar beugt sich vor und guckt aufs Display. Der Alte. Fuck. Serdar wartet noch ein paar Sekunden. Dann geht er ran.

Jau.

Ja, hallo? Serdar?

Ja! Wer sonst?

Ich bin's. Uwe.

Ich weiß. Steht da, wenn du anrufst.

Dieser Idiot. Wahnsinn.

Pass auf, brüllt der Alte los, und Serdar hält das Handy ein paar Zentimeter vom Ohr weg. Pass auf, pass auf. Pass selber auf. Wie er schon diese Stimme hasst. Uwe Schröder klingt immer, als würde er die Worte direkt aus der Nase rotzen.

Er hört von weitem, wie der Alte irgendwas von Uhrzeiten labert und von Danny, der Aushilfe. Immerhin, von den Felgen hat er anscheinend keine Ahnung.

Komm zum Punkt, Vollidiot!

Also, sagt der Alte, pass auf. Wie lange bist du heute da?

Na, bis halb acht, wie immer.

Ja, gut. Da musst du heute ein bisschen was dranhängen.

Hm?

Du musst für Danny übernehmen.

Wie – was?

Serdar hält sich das Handy wieder direkt ans Ohr.

Na, wie gesagt, Danny ist nicht mehr da. Du musst den Laden heute zumachen.

Nein … Also … Warum das denn?

Hab ich dir doch eben gesagt. Weil er nicht mehr hier arbeitet. Der war mir eh nichts, der war unsauber, von Anfang an.

Na fein, denkt Serdar. Noch einer weniger, der hier schuftet. Er sieht die Extraschichten schon auf sich zukommen. Die erste hat er ja direkt schon am Bein. Dabei hängt er hier sowieso schon viel zu viel ab.

Und du?, fragt Serdar. Was ist mit dir?

Haha.

Da lacht er. Der Flachwichser.

Ich hab Termine. Bin unterwegs. Also, du weißt Bescheid …

Und dann hat er schon aufgelegt. Ist so seine Art.

Serdar umklammert das Handy mit der Faust und guckt wütend aus dem Fenster.

Großer, grauer, räudiger Bellermannplatz.

Und dann fällt es ihm wieder ein.

Geht ja gar nicht. Heute Abend ist ja Training. Kann er auf keinen Fall verpassen. Ja, sorry. Geht also leider mal überhaupt nicht, das mit dem Längerbleiben. Und klar, kannst du ja nicht wissen, Uwe, weil, aktuelle News, Freitag extrem wichtiger Kampf, vorher unbedingt noch mal Training, Sparring, Ringgefühl kriegen, du weißt ja. Beziehungsweise, du hast keine Ahnung, aber ich sag's dir trotzdem.

Serdar klappt das Handy wieder auf und tippt auf die Liste der letzten Anrufe. Er lässt den Daumen über den Namen kreisen, knapp über dem Display. Dann nimmt er den Daumen runter und klappt das Handy zu.

Ach, weißt du.

Serdar macht das Handy ganz aus und steckt es in die Hosentasche.

Wen interessiert's schon, ob der Scheißladen ein paar Stunden länger aufbleibt oder nicht?

Und überhaupt. So braucht der Alte ihm gar nicht mehr zu kommen.

Serdar stellt die Füße wieder auf den Papierkorb und lehnt sich im Stuhl zurück, die Arme hinter dem Kopf. Er guckt hoch zu den Neonleuchten.

Wichser, echt.

Wichser. Wichser.

Was glaubt die eigentlich, wer sie ist?

30

Ilona lässt die Kellerluke zufallen, nimmt ein paar Gläser von der Spüle und zapft an.

Geraune am Tresen. Die Meute hat Durst.

Also, Meute. Sind nur drei.

Aris hockt auf seinem alten Stammplatz, ganz links am Tresen, und guckt durch den Qualm seiner Lucky rüber zu den Oldtimern.

An der Ecke hockt Piano-Peter, genannt Pedda, ein hagerer 70-Jähriger, den du seit Jahren anbrüllen musst, wenn du was von ihm willst, die Ohren, na ja, kein Wunder nach 50 Jahren Klimperei. Linksaußen Daddel-Didi mit seiner ewigen Hertha-Kappe, der wie üblich beide Spielautomaten gleichzeitig laufen hat. Und rechts Lutze, die letzten paar Haare quer über den Kopf gekämmt, im grauen Anorak, ohne den hat ihn noch nie einer gesehen, da können draußen 30 Grad sein oder mehr.

Pedda, Didi und Lutze. Drei alte Knacker, denen schon am frühen Nachmittag zuhause die Langeweile gekommen ist und der Durst. Deswegen macht Ilona wochentags immer schon um zwei auf, da sind, wenn die Vorhut kommt, schon die Stühle unten und die ersten paar Frischbier in Arbeit. Und später, wenn es langsam voller wird am Tresen, wenn die eintrudeln, die Arbeit haben oder so tun als ob, da sind die Methusalixe meist schon gut in Fahrt.

Aris nimmt einen Schluck von seinem Kaffee und guckt Ilona zu, wie sie weißen Schaum in die Gläser zapft.

Und schon witzig, klar. Schließlich war Ilona es, die dem durstigen Griechen jahrelang hier alles serviert hat, was es nur gab, Bier, Wein, Schnaps und an Feiertagen auch mal ein Likörchen oder drei, alles, was sie zwischen 5 und 50 Prozent so an Schweinereien auf der Karte hat. Und mittlerweile macht dieselbe Ilona einen auf Tchibo-Filiale und serviert Aris nur noch ein Heißgetränk nach dem anderen. Und vielleicht mal eine Selters mit Zitrone für zwischendurch.

Aber so ist das. Nüchtern bleiben in der Klause, das geht, das wird sogar akzeptiert, du musst dich nur entscheiden. Klare Ansage. Weil, groß Hin und Her, das gibt's nicht. Da bräuchte Aris zum Beispiel gar nicht erst versuchen, mal nach einer kleinen Weinschorle zu fragen oder einem Radler.

Da würde Ilona ihn eiskalt auslachen.

Kaffee, schwarz.

Das ist ihr Support, und der ist ihr heilig.

Als er damals mit der Therapie angefangen hatte, hat sie sich ja sogar extra eine neue Maschine angeschafft, De'Longhi, Kaffeevollautomat, State of the Art. Diese deutsche Filterlorke, die ist nicht seins, noch nie gewesen. Muss schon nach was schmecken. Da ist er dann doch Grieche genug.

Und so kommt er immer noch ganz gerne her, auf ein Käffchen, ein Schwätzchen, am liebsten nachmittags, bevor das Gewühle losgeht.

Aris klopft eine neue Lucky aus der Schachtel und summt den Song mit, der im Hintergrund dudelt. Mandy von Barry Manilow. Berliner Rundfunk, das ist das Standardprogramm, wenn Ilona Schicht hat. 91,4, Dauerwelle, das Beste von überhaupt, das ist ihr Spruch, wenn mal einer rumzickt, was anderes kommt mir nicht ins Haus, aber ehrlich gesagt hat schon lange keiner mehr rumgezickt.

Aris gibt sich Feuer und guckt an Ilona vorbei zur Anrichte mit den ganzen Gläsern und den Pullen mit dem harten Stoff. Auf den Vitrinen die alten Aufkleber. Autofreier Sonntag. Postleitzahlen-Ralf mit den fünf gelben Fingern. Die flotten Sprüche: Wer nichts wird, wird Wirt. Ha-Ho-He, Hertha BSC.

Viel verändert hat sich da nicht, in den letzten 20, 30 Jahren.

Ilona hat die drei Kugeln fertig und knallt sie vor Pedda, Didi und Lutze auf den Tresen.

So, die Herrn, eure drei Rocher.

Zufriedenes Raunen und Trinken und Schaumabwischen.

Dann flötet Lutze los.

Ilona, meine Allergutste. Sach mal, wie machst du das bloß?

Ilona wischt die Spüle.

Was meinste?

Na, dass du noch so gut drauf bist. In deinem Alter, mein ich. Da sind andere froh, wenn sie noch auf allen vieren zum Klo kommen und zurück. Und du machst hier einen auf Leistungssport, Hühnerleiter runter und rauf, Fasswechsel und alles und kommst dabei nicht mal ein bisschen aus der Puste.

Ilona wringt den Lappen über dem Wasserbecken aus und guckt aus den Augenwinkeln rüber. Die Empörung spielt sie gut.

Kunstpause.

Na, weißte doch, sagt Ilona. Ich bin im Schaltjahr geboren.

Die Meute wiehert.

Ist so! Neunundzwanzigster Zwoter. Da darfste nur jeden vierten Geburtstag zählen.

Ilona hängt den Lappen über den Wasserhahn und grinst in die Runde.

Machst du mir noch einen Kaffee, bitte.

Ilona guckt kurz zu Aris rüber und stellt dann eine frische Tasse unter die Maschine. Sie dreht das Radio lauter und setzt sich gegenüber von ihm auf ihren Hocker.

Also, Arislein. Jetzt mal Butter bei die Schrippen. Warum machst du jetzt hier ein Gesicht wie zehn Jahre Bürgerkrieg?

Aris weicht ihrem Blick aus.

Macht ihr gar nichts.

Na gut, sagt Ilona, ich erzähl dir mal, was ich gehört hab.

Aris nickt schwach.

Ich hab gehört, drüben bei Schröder war heute ein bisschen was los.

Hm?, macht Aris und versucht, durch sie durchzugucken.

Ach so, das …

Er zuckt mit den Schultern.

Du weißt ja, wie das hier ist, sagt er. Stress kannst du an jeder Ecke kriegen, wenn du nicht aufpasst. Scheißegal ob du mit der Uzi rumfuchtelst oder nur kurz Kippen holen willst.

Ilona stemmt beide Arme auf den Tresen.

Gut. Das ist ja bekannt, sagt sie. Dass es nur eine einzige anerkannt stressfreie Zone im ganzen Bezirk gibt.

Sie breitet die Arme aus und lässt die Hände auf den Tresen fallen.

Und die liegt genau HIER!

Pedda und Lutze gucken rüber.

Ja, genau, brüllt Ilona. Wer rumbrüllt, fliegt raus!

Und die Halbstarken, sagt sie wieder in normaler Lautstärke zu Aris, die Halbstarken kommen mir hier gar nicht erst rein.

Jau, sagt Aris, drückt seine Kippe aus und trinkt einen Schluck Kaffee. Aber du weißt, wie's ist. Irgendeiner kackt immer rum. Irgendeiner baut garantiert Scheiße. Und die liegt dann bei einem anderen auf dem Abtreter. Und der …

Ilona legt ihm die Hand auf die Schulter.

Und du?

Wer? Ich?

Hast du Scheiße gebaut?

Aris guckt zu Didi rüber, der gerade im Sonderspiel gelandet ist. Es blinkt und piept und nach zweimal Drücken ist er raus.

Ilona, machste mir noch eins?

Während Ilona zapft, steckt Aris sich noch eine an und denkt nach. Er denkt an seinen Kontostand. An die Anrufe von der Bank. An die ungeöffneten Briefe oben auf dem Küchentisch.

Er denkt an Mamá heute Morgen und ihre Haut, so warm und grau. Er denkt an Achim, der ihm nicht helfen wollte, und jetzt braucht er auch gar nicht mehr kommen. Er denkt an die Devils, die ihm im Nacken sitzen und nur auf ein winziges Zeichen der Schwäche warten, um ihn plattzumachen. Er denkt an Serdar, den er am Freitag ins offene Messer schickt, nur um selber mit dem Arsch an die Wand zu kommen.

Beziehungsweise, na ja. Groß mit Wand ist nicht mehr.

Da ist nicht mehr viel hinter ihm. Ist eher schon so wie bei der einen Familie, die da neulich in der Zeitung war. Die Story mit dem Urlaubsfoto, schönes Selfie mit dem Rücken zur Steilküste, irgendwo am Atlantik, einer knipst und alle lächeln, ja, noch ein Stückchen zurück, sind auch alle drauf?, und dann noch einen Schritt und noch einen kleinen, na ja, schon klar, wie die Chose ausgeht.

Da grinst du noch in die Kamera und hinter dir purzeln schon die ersten Bröckchen.

Also? Wie war das jetzt?

Ilona ist vom Zapfen zurück.

Ach, sagt Aris und wedelt mit seiner Kippe. Ist nichts groß, eigentlich. Nur eine Frau.

Und dann erzählt er Ilona ein bisschen von der Braut bei Netto, von der er immer noch nicht mal den Vornamen weiß, nur J. Kwiatkowski, so wie es auf ihrem Schildchen steht, und dass sie die Haare oben trägt, sodass man das Tattoo hinterm linken Ohr sieht, mit so einer winzigen Schreibschrift, nur ein Name und ein Datum, aber das hat er auch erst beim vierten oder fünften Mal entziffern können, du willst ja nicht auffallen und fragen kannst du auch schlecht, sagen Sie mal, da hinterm Ohr, das ist der Name von Ihrer Tochter, ja?

Line, 21.3.2010.

Ach, sagt Ilona, die Kleine von Kasse drei? Das ist doch ne Liebe.

Jaja, tjaja, sagt Aris und dann sagt er nichts mehr und guckt an Ilona vorbei ins Schnapsregal und noch ein bisschen weiter und fängt an, den nächsten Song mitzusummen, der jetzt gerade kommt.

John Miles. Music.

Und bevor er überhaupt gehört hat, dass sein Handy neben den Luckies auf dem Tresen klingelt, hat Ilona es ihm schon vor die Nase gehalten.

Dein Bruder, sagt sie.

Da würd ich rangehen.

31

Die Haltung.

Wie ist sie, die Haltung?

Hacken zusammen. Brust raus. Den Blick geradeaus ins Nichts.

Und wenn der Himmel voller Mösen hängt.

Der Flaschenfascho steht einigermaßen stramm an Otto's Imbiss und zieht an seinem Berliner.

Den Magen hat er wieder weitgehend im Griff. Aber groß nach Essen ist ihm trotzdem nicht. Das überlässt er den anderen.

Ein paar Handwerker in roten Latzhosen ziehen sich am Stehtisch ihre Currywurst rein. Ein Typ im Trenchcoat trinkt ein schnelles Kindl zur Pommes. Otto hockt mit glänzender Glatze in seiner Bude und liest Kurier, die fleckige Schürze vor dem Bauch.

Bei Otto kriegst du das, was du nach einem langen Tag so brauchst. Fettig oder flüssig, heiß oder kalt. Oder alles zusammen. Der Flaschenfascho braucht es kalt. Er steht alleine an einer von den rot-weißen Cola-Tonnen, hat die Augenklappe auf die Stirn geschoben und lässt laufen.

Die gute alte Schweigeschicht.

Für die meisten war das die Hölle. Acht Stunden das Maul halten, das konnten die nicht.

Weil eben alle für ihr Leben gerne plappern. Immer schon. Wie die Äffchen haben die immer geplappert und geplappert und geplappert, auf der Stube, in der Kantine, überall, ja sogar unter der Dusche. Und oben auf dem Turm natürlich, da am allermeisten.

Aber nicht mit ihm. Er hat nicht geplappert. Nie. Und warum auch? Du hast deine Befehle und du hast deinen Auftrag. Den führst du aus und hältst den Mund. Und damit ist gut.

Disziplinverstöße bilden stets eine Quelle von Gefahren und beeinträchtigen die Erfüllung der Aufgaben.

Hat den anderen nicht so geschmeckt, logisch, die haben ja schon bei der Vergatterung immer die Augen verdreht, wenn sie mit ihm zusammen aufgerufen wurden. Weil sie wussten, sie halten es nicht aus, die Stunden neben ihm auf dem Turm, mit ihm zusammen auf Wachgang. Die blöden Schwätzer.

Aber dem Flaschenfascho haben ein paar Stunden Ruhe noch nie was ausgemacht, und nachts noch weniger als tagsüber, da war der Weg klar vorgegeben, 586 Schritt hin, 586 Schritt zurück, auf der einen Seite die Dunkelheit und auf der anderen die gelben Lichter von Spandau.

Klare Verhältnisse waren das, damals, lange bevor alles anders wurde.

Das Beste für unseren Friedensstaat. Und nichts sonst. Einfache Sache.

Und wenn es doch mal einer nicht verstanden hat, wie der eine Glatte, der sich bei seinem ersten Dienst fröhlich auf die andere Seite gestellt hat, dann haben sie es dem eben erklärt. Wie der so angestrengt zu den Hochhäusern rübergeglotzt hat, als ob da jeden Moment ein West-Berliner Rentner mit seinem Kleinkaliber im Fenster auftaucht und mal auf zwotausend Meter einen rüberschickt. Der ist dann eben noch mal instruiert worden, Freund hier, Feind da, und so weiter. Eine Schweigeschicht gab's dann noch obendrauf. Ehrensache.

Die Schweigeschicht ist ein Akt der informellen Befehlserteilung zur Disziplinierung aufmüpfiger, meist unerfahrener Kameraden.

Und wenn Ruhe ist, kommen dir noch die meisten Gedanken. Aber ob das unbedingt die allerbesten Gedanken sind, das ist dann immer noch die Frage.

Der Flaschenfascho trinkt sein Bier aus und stellt die leere Pulle in den Wagen. Er kramt in seinem Hartgeldbestand nach ein paar Münzen und macht rüber zur Bude.

Hamwer Brand heute, ja?

Otto stellt ein frisches Berliner auf die Durchreiche.

Na, kein Wunder bei dem Urwaldwetter.

Wetter ist Wetter, denkt der Flaschenfascho und geht langsam zurück zu seiner Tonne, und Befehl ist Befehl.

Und so oder so, du musst es durchziehen. Du musst die Dinge durchziehen. Bei Sonne, Regen oder Nebel. Bis zum bitteren Ende, notfalls.

Der aktive Dienst endet mit dem Kommando zum Wegtreten. Und so war's ja dann auch.

Irgendwann war die Nacht zu Ende, der Nebel vorbei und auch der Dienst, und dann war auch Spandau zu Ende, Schluss mit den gelben Lichtern und keine Vergatterung mehr.

Und dann, noch mal ein bisschen später, war alles andere auch zu Ende, wegtreten, diesmal für alle, später Winterabend, er erinnert sich gut, die Kälte der vollen Straßen und die große Leere im Kopf und im Bauch, eine seltsame, riesige Leere, die du nur langsam auffüllen konntest, Schluck für Schluck, mit frischem Schultheiss und ein paar Klaren, die gab's alle umsonst in der Nacht, da drüben, auf der anderen Seite der Brücke.

Und am nächsten Morgen ging es wieder weiter. Und besonders gut ging es erst mal nicht. Da ist es egal, auf welcher Seite du aufwachst. Aber es ging weiter, und Fragen hat auch drüben keiner groß gestellt. Beim ersten Mal nicht, und beim zwoten Mal auch nicht. In der Kneipe werden keine Fragen gestellt. Weil ja auch keiner groß Antworten hat auf irgendwas.

Und selbst wenn sie gefragt hätten, hätte er ihnen im Grunde auch nichts zu erzählen gehabt, selbst wenn sie einen Schimmer gehabt hätten, worum es überhaupt geht. Er hat dann aber sowieso fast noch weniger gesprochen als früher, in den kalten Nächten auf dem Kolonnenweg.

Der Flaschenfascho setzt sein Bier an und er hört einen Knall, ein lauter Knall, er zuckt zusammen und kauert sich hinter die Tonne, aber dann sieht er, es ist nur ein alter Volkswagen mit einem kaputten Auspuff, drüben auf der Hauptstraße. Er nimmt wieder Haltung an, wischt sich das Kinn ab und klopft sich den Schaum von der Bluse.

Das Wichtige, das Entscheidende ist, dass du den nächsten Schritt machst. Links, rechts, links, und den Blick schön geradeaus. Weil du sonst nicht weiterkommst.

Nachhaltige Erlebnisse, tiefe Eindrücke und neue Erkenntnisse, all das hilft Ihnen, dem Soldaten, noch besser zu verstehen, worauf es ankommt.

Gelernt ist gelernt, und gut gelernt ist für immer verstanden. Und er hat es verstanden. Ist alles ganz klar. Klar wie ein Suchscheinwerfer im Dunkel der Nacht.

Sobald du eingreifst, sobald du Stellung beziehst und losbrüllst und dein MG durchlädst, ist es schon zu spät. Lange zu spät. Da kannst du nur noch verlieren. Da kriegen sie dich dran. Früher oder später. Und spätestens, sobald du den Mund aufmachst. So oder so.

Also lieber Schweigeschicht.

Ruhe bewahren.

Und Haltung.

Halt dich gerade und halt dich raus.

Und so macht er es, seit damals, seit der Nacht mit dem Nebel und den Sirenen und dem Bellen der Hunde und allem, seitdem macht er es genau so, weil einmal einmischen reicht. Einmal Stellung beziehen reicht für ein ganzes Leben.

Gerade halten, raushalten. Das ist jetzt die Devise.

Und da musste er vorhin nicht erst seine alte Dienstpistole entdecken, in einem breiten Hosenbund vor dem Spätkauf Schröder, um zu wissen, dass er jetzt mal besser aufsteht, sein

Wägelchen nimmt und in die entgegengesetzte Richtung verschiebt. Und zwar ziemlich zügig.

Nur ganz so einfach ist es eben nicht. Den ganzen Scheiß hat er jetzt trotzdem wieder um die Ohren. Das Geplärr der Sirenen, die Motoren der A-Gruppe, das Hundegebell und die Rufe irgendwo hinter der Nebelwand.

Der Flaschenfascho hört den Lärm, der über ihm zusammenschlägt, Rotoren, Triebwerke, irgendwas, er krallt sich an seiner Tonne fest, er kneift die Augen zusammen und hört den ganzen Krach und das Gebrüll und die Stimmen, die immer lauter werden, bis er merkt, dass es nur seine eigene Stimme ist, die er da rumbrüllen hört, halt, stehenbleiben, sofort, und er reißt die Augen wieder auf, blinzelt ins Licht und guckt sich verstohlen um.

Otto ist in seiner Bude beschäftigt.

Ein jungscher Typ pickt in seinen Pommes herum und glotzt auf sein Telefon.

Hat anscheinend keiner was gemerkt.

Der Flaschenfascho wischt sich den Schweiß von der Stirn, macht ein paar zittrige Schritte rüber zur Bude und ordert noch ein Berliner.

Ein Berliner und einen Wodka.

Den Wodka kippt er als Erstes.

Ohne abzusetzen.

Er kippt ihn direkt auf den ganzen Lärm in seinem Kopf.

32

Was willst du?

Hör mir zu.

Ist grad schlecht.

Hör mir nur kurz zu, bitte.

Okay. Okay. Ich hör dir zu.

Schön. Also. Wegen Freitag …

Freitag?

Ja, Freitag. Dein Kampfabend?

Ja, was ist mit dem?

Der findet doch nach wie vor statt, oder …?

Haha. Sorry.

Nein, pass auf, hör zu …!

Nein, hör du mir zu. Ja, Überraschung, der findet statt. Ist nicht so, als ob ich die Kohle hätte, irgendwen für irgendwas zu bezahlen, aber ja, na klar findet der statt. Hey, geil, Fight Night! FIGHT NIGHT! Wird der Knaller.

Na ja. Also nur wegen dem Geld …

Ist nicht dein Problem.

Wie?

Ich sage: Das muss ja nicht dein Problem sein. Hast ja genug Probleme, weiß ich ja. Ich meine, der Job, die Familie, das ganze Griechengedöns, das spannt einen schon ganz schön ein, denk ich mir.

Ja, okay. Da musst du jetzt wahrscheinlich so … Also, hör zu. Ich rufe an, weil ich dir – weil ich dir ein Angebot machen wollte.

Lass mal stecken, Corleone.

Nein. Weißt du, ich hab das nicht so gemeint …

Was denn?

Na, am Sonntag.

Drauf geschissen.

Nein, eben nicht drauf geschissen. Deswegen ruf ich ja an.

Und ich sag's dir nochmal: Lass stecken. Auf deine Hilfe kann ich gut verzichten, Immo-Scout. Sonst noch was?

…

Dachte ich mir.

Nein, halt, warte.

Was?

Du – warst du heute bei Mamá?

Sagt wer?

Die Schwester.

Aha.

Die hat mich vorhin angerufen.

Ah ja?

Was war denn da los?

Was war wo los?

Bei Mamá. Im Zimmer. Hast du da rumgebrüllt und … und bist die Fensterbänke hoch …

Na, wenn die Schwester das sagt.

Ja, warum sollte die mich auch …

Na siehste. Dann ist doch alles geklärt.

Wie?

Ich sage: Na dann ist doch wieder mal alles klar.

Das ist – ist das alles, was du dazu zu sagen hast?

Ja. Wobei. Moment. Ich hab doch was zu sagen.

Aha?

Ja. Ich hab dir doch noch was zu sagen.

Und zwar?

Fick dich.

Hör zu …

Fick dich, Bruder, weißt du.

33

Die Jungs sind gerade mit dem Aufwärmen fertig.

Serdar guckt durch die Halle und sieht, wie sie drüben die Seile in den Schrank hängen, schön ordentlich, die kurzen links, die langen rechts, einer nach dem anderen, und dann rüber zu den Bandagen. Gut was los heute, zwanzig Mann bestimmt, und den meisten steht schon der Schweiß im Nacken.

Manne ist hinten bei den Sandsäcken.

Serdar läuft zu ihm rüber und lüftet sich mit zwei Fingern das Shirt. Seilspringen ist nicht so seins. Dieses ewige Rumgehopse. Da rennt er lieber die paar Kilometer vom Späti zur Halle. Da bist du auch warm.

Manne steht bei den schweren Säcken, die Arme vor der Brust, die Halle im Blick. Du erkennst noch den alten Boxer in ihm, das Kreuz breit unter der blauen Trainingsjacke, die Unterarme wie kleine Baumstämme, auch wenn die Stoppelhaare längst weiß sind, der Rücken schon ein bisschen krumm. Aber find mal einen, der noch wie eine Eins steht nach so 70 Jahren Infight.

Hey, Trainer.

Manne guckt durch Serdar durch und bellt los.

SOOOO, Kinderchens, jeder ein Gerät! Die KLEINEN Handschuhe. Fünf Minuten, locker reinkommen. AKTIVE Pausen, jeder eigenständig.

Manne nimmt die Rundenuhr vor den Bauch und stellt die Zeiger auf null. Die Jungs verteilen sich an den Säcken.

Trainer, kann ich mal kurz mit dir reden?

Ob du kannst, weiß ich nicht. Aber probier mal. UND … ZEIT!

Die Jungs geben Gas. Die Handschuhe knallen aufs Leder. Die Ketten der Säcke klirren. Serdar guckt rüber und nickt einem zu, den er kennt. Dann guckt er wieder Manne an. Manne hat die Jungs im Blick und beachtet Serdar gar nicht.

Okay, also die direkte Tour. Gut. Mit Rumgeeier kommst du bei Manne eh nie besonders weit.

Trainer, sagt Serdar, ich wollte dich um was bitten.

Manne dreht minimal den Kopf.

Ich hab einen Kampf am Freitag. Da brauche ich einen guten Cornerman.

Manne zieht die Augenbrauen hoch.

Mensch, und ich dachte, du wolltest dich entschuldigen, dass du zwanzig Minuten zu spät zum Training kommst.

Serdar wartet und hält den Mund. Manchmal sagst du bei Manne besser erst mal gar nichts.

Na ja, sagt Manne nach einer Weile und guckt runter auf die Uhr, vielleicht ist das auch schon zu viel verlangt. EINE MINUTE!

Die Jungs ziehen das Tempo an. Die Säcke wackeln hin und her.

Feste Trainingszeiten, sagt Manne, das ist ja schon allerhand für die jungen Sportsfreunde von heute. Die kommen nur an, wenn sie was von einem wollen.

Serdar hält den Mund, verlagert das Gewicht von einem Bein aufs andere und wartet. Da kommt sicher noch was.

Also, wie war das? Einen für die Ecke brauchst du? Am Freitag? Bei was für einem Kampf überhaupt? Von uns boxt gar keiner am Freitag.

Na ja, sagt Serdar schnell, es hat sich da was ergeben für mich. Eine Riesenchance. Hauptkampf bei Aris. Und wenn ich den gewinne …

Ach, Gottchen, unterbricht ihn Manne. Aris! Na, da bist du

ja in bester Gesellschaft. Der war ja auch so einer wie du. So ein Flausenkalle. Am liebsten einen auf Ali machen, aber unterm Kopfschutz nur Zuckerwatte.

Manne schüttelt den Kopf.

Aris, Aris, der hätte eine richtig gute Amateur-Karriere machen können, bei dem Talent, weißt du das? Berliner Meister, deutscher Meister – ach, der war doch mit einem Bein schon bei Olympia.

Manne knurrt die Worte aus dem Mundwinkel und guckt runter auf den Sekundenzeiger.

Aber nein, der groooße Traum vom Profiboxen.

Aris, sagt Serdar. Ja gut, Aris ist Aris. Und ich bin ich. Ich kann das packen. Ich kann Erfolg haben, als Profi.

Profiboxer, pff, sagt Manne und verzieht den Mund. Weißt du überhaupt, was das ist, ein Profi?

Serdar guckt hoch zur Hallendecke und atmet laut aus. Wahnsinn. Da willst du einfach noch mal ordentlich trainieren und dann schlitterst du volles Brett ins Wort zum Dienstag.

Ein Profi, hört er Manne sagen, das ist einer, der vom Sport leben kann. Weißt du, wie viele Boxer das können in Deutschland? In ganz Deutschland? Die kannst du hier dran abzählen.

Manne hält Serdar die flache rechte Pranke vors Gesicht.

Und weißt du, was der noch macht, der Profi? Der lebt nicht VOM Sport. Der lebt FÜR den Sport. DREISSIG SEKUNDEN! ENDSPURT!

Okay, Trainer, verstanden. Kann ich jetzt …

Sekunde mal. Eins noch. Gegen wen lässt dich denn unser griechischer Freund da überhaupt antreten am Freitag?

Serdar überlegt kurz. Er könnte sich jetzt irgendwas ausdenken. Irgendeinen Fantasieboxer, damit Manne Ruhe gibt und er endlich an den Sandsack kann. Aber jetzt ist es auch egal. Jetzt kann er ihm auch alles sagen.

Wikinger, sagt Serdar leise.

Manne guckt, als hätte er sich gerade eine volle Rechte gefangen.

Na, herrlich. Das wird ja eine astreine sportliche Angelegenheit. Da können sich ja ALLE schon mal drauf freuen. Ein ehrlicher Wettkampf. Ganz ohne Mauscheleien. Abgesehen davon, dass der zwei bis drei Gewichtsklassen über dir boxt, der Rocker-König. Glaubst du ernsthaft, die lassen dich da gewinnen? Einfach so?

Na ja. Wenn ich ihn umhaue …

Pass auf, sagt Manne, lässt die Uhr sinken und macht einen Schritt auf Serdar zu. Pass auf. Ich geb dir einen guten Rat. Weil du einer von uns bist, ein Viktoria-Junge, eigentlich, auch wenn du jetzt gerade denkst, dass du dreieinhalb Meter überm Hallendach schwebst.

Manne macht eine kurze Pause und klopft Serdar mit dem Handrücken auf die Brust.

Mein Rat ist: Hol dir ne Zerrung. Meld dich krank. Fang dir irgendwas ein bis Freitag. Aber steig da auf keinen Fall in den Ring. Das kann böse enden. Das ist nicht deine Liga. Und wenn du's vorher nicht merkst, wirst du's merken, wenn du aufwachst und dir der Ringarzt in die Äuglein leuchtet. Wenn sie da überhaupt einen haben, einen Arzt …

Na ja, wie auch immer, sagt Serdar, zieht die Schultern hoch und geht rüber zum Handschuhschrank.

Wenn du kämpfen willst, ruft Manne ihm nach. Da kannst du am Sonntag mit nach Lichtenberg kommen. Da haben wir Ligakampf. Zehn Uhr. UUUUUND ZEIT!

Lichtenberg, denkt Serdar, während er sein Zeug in die Ecke pfeffert und die Bandagen aus der Tasche holt. Lichtenberg. Was für ein Schwachsinn.

L.A., Las Vegas.

Da geht die Reise hin.

34

Ein Gutes hat der Spätdienst immerhin.

Abends hast du einigermaßen deine Ruhe.

In den letzten ein, zwei Stunden auf jeden Fall.

Wenn die Säufer irgendwo draußen am Wegdösen sind, wenn die Genervten sich zu Hause um die Brühwurst streiten oder ums RTL-II-Programm, wenn die Verlorenen woanders verloren gehen und die Gestressten zu ihrem Dope-Dealer fahren oder direkt in den Puff, dann kommt die Zeit, in der es im Netto Marken-Discount am Bellermannplatz einigermaßen still wird.

Und da zahlt sich dann aus, dass die Chefs seit Jahren zu knauserig sind, mal ein Einkaufsradio zu installieren.

Keine Jingles. Kein Chris de Burgh. Kein Tipp der Woche, jetzt im Frischebereich, Schweinerückenbraten, 4,99 das Kilo, greifen Sie zu, zum hundertsten Mal, zum tausendsten Mal.

Gut so. Sehr gut so.

Weil, wenn du da als Kunde schon nach zehn Minuten genervt von bist, kannst du dir vorstellen, was dann abends so mit der Belegschaft los ist, auf den letzten Metern der Achteinhalb-Stunden-Schicht.

Jessi kniet in Gang sechs und schiebt Mini-Zimtos nach.

Cornflakes-Regale auffüllen. Da kannst du den Kopf abschalten. Komplett.

Die alten Packungen raus, die neuen hinten rein, dann die alten wieder davor, am Ende noch zwei, drei Packungen flach oben drauf, das war's. Alles schön vollmachen, der Kunde mag keine Lücken, und außerdem hockst du sonst spätestens übermorgen schon wieder hier.

Jessi quetscht das Regal mit Mini-Zimtos und Nougat-Bits und Wellness-Flakes voll, die Müller sitzt vorne an der Zwei und fertigt die paar Kunden ab, die noch kommen, und hinten bei den Tiefkühlpizzen fährt Hakan die Putzmaschine spazieren. Jessi mag die Geräusche der Putzmaschine, das Zischen der Düsen, das Flirren der Drehbesen.

Es klingt nach Feierabend.

Jessi klappt ein paar leere Kartons zusammen und schmeißt sie in die Recyclingbox. Dann schiebt sie die Palette ein paar Meter den Gang runter und macht mit den Frosties weiter.

Es ist die richtige Arbeit für die richtige Zeit, hirnlose Arbeit, und Jessi will auch jetzt nicht nachdenken, jetzt nicht mehr. Genug für heute.

Jetzt, kurz vor Ladenschluss, ist sie froh, dass sie Frosties-Packungen ins Regal schiebt und Hakans Putzwagen hört und hier hinten zwischen den Gängen hockt und nicht vorne, auf dem Präsentierteller.

Und vielleicht ist es auch das. Es gibt ihr ein besseres Gefühl, zu wissen, dass er sie hier hinten nicht sehen kann, selbst wenn er zufällig draußen vorbeilaufen sollte. Was ja absolut sein kann, theoretisch.

Nein, nein. Hier hinten in Gang sechs ist Ruhe.

Und sie spürt sie zum ersten Mal überhaupt diese Woche, die Ruhe, diese schöne, neue Ruhe, die sie früher, in einem anderen Leben, nie hatte.

Früher, vor Line, da war immer was los, da musste immer was gehen, jeden Abend, und wenn nichts ging, dann hast du eben was losgemacht, Rundruf, und sonst eben einfach die üblichen Läden abklappern, irgendwer wird schon da sein und was dabeihaben und so drauf sein, wie du selber gern drauf sein willst.

Vorbei, lange vorbei.

Jetzt ist Ruhe. Die Dinge sind nicht einfacher, wie auch?, das Leben ist kein Cornflakes-Regal, aber es ist trotzdem anders. Es kippt nicht mehr ständig alles um, es läuft nicht dauernd alles aus dem Ruder, trotz der Kleinen oder gerade wegen ihr.

Jessi kniet hinten in Gang sechs, ihre Hände sortieren bunte Pappkartons ein, sie kniet tief in einer leeren, müden Welt, so tief, dass sie die Turnschuhe erst gar nicht sieht, die neben ihr aus den Fliesen wachsen, schmutzweiße Sneaker mit drei schwarzen Streifen an der Seite und einer goldenen Blume auf der Lasche. Und Jessi sieht sie gar nicht, die Schuhe, sie sieht sie genauso wenig wie die graue Jogginghose, den Kapuzenpulli oder den angewinkelten Arm mit der Tüte Milch drunter. Nichts von all dem sieht sie, während sie hinten in Gang sechs fleißig volle Packungen ins Regal stopft.

Wie das dann eben so gehen kann, wenn du zu sehr in deiner Feierabendstimmung versinkst. Da brauchst du erst mal ein bisschen, um das System überhaupt wieder hochzufahren.

Und so hört Jessi dann zwar die Stimme, und irgendwas sagt ihr auch, dass sie die kennt, aber sie weiß nicht wieso und woher, und sie kommt von ziemlich weit weg, vielleicht der Kreislauf, zu wenig getrunken oder zu viel geraucht morgens in der Küche, keine Ahnung, es dauert jedenfalls, es dauert eine Weile, ein paar Sekunden oder länger, aber irgendwann ist es dann doch so weit, irgendwann lässt Jessi dann doch mal kurz die Haferfleks Haferfleks sein und sieht die Schuhe direkt neben sich auf den Fliesen und das Bein der Jogginghose, und sie guckt langsam daran hoch, grauer Stoff, und sie liest die Aufschrift auf dem linken Bein, EVERLAST, und sie hört die Stimme, sie kommt langsam zu ihr durch, eine dunkle Stimme, vertraut und unbekannt, beides gleichzeitig, kann das sein?

Und Jessi guckt schräg am Hosenbein hoch und am Arm mit der Milchtüte vorbei, H-Vollmilch, Gutes Land, 3,5 Prozent Fett, 69 Cent, sie guckt in die Richtung, aus der die Stimme kommt, dumpf, wie durch ein paar Zwischenwände, aber sie hört sie, die Stimme, auch wenn sie die Augen noch nicht richtig scharf stellen oder begreifen kann, was hier eigentlich gerade abgeht.

Aber die Stimme hört sie.

Eine dunkle Stimme, dunkel und weich.

Hi, sagt die Stimme.

Hi. Ich bin Aris.

MITTWOCH

35

Ruhe.

So viel Ruhe, wie du kriegen kannst.

Das ist schon mal das Wichtigste. Das ist schon mal fast alles, was du brauchst, so zwei Tage vor dem Kampf deines Lebens.

Serdar läuft mit federnden Schritten zum Bellermannplatz und weicht locker den Pfützen aus. Muss ordentlich geschüttet haben, irgendwann nachts. Hat er null von mitbekommen.

Ivos Couch ist topbequem, da kannst du echt nichts sagen.

Da machst du direkt den Siebenschläfer drauf.

Nur einmal ist er kurz aufgewacht, frühmorgens, als die Türen gingen und Ivo sich die Schuhe angezogen hat, er musste ja hoch nach Tegel, zur Arbeit, und Serdar hat ihn gehört und sich dann direkt noch mal umgedreht. War ja noch nicht mal richtig hell draußen.

Ivo auf der Arbeit, die Butze leer, eine wunderbare Ruhe war das den ganzen Morgen über.

Und Ruhe ist gleich Regeneration.

Serdar streckt beim Gehen die Brust raus und zieht die Schultern nach hinten. Zum Frühstück hat er sich erst mal eine ganze Buttermilch reingezogen. Ordentlich Eiweiß natürlich auch sehr wichtig, fast genau so wichtig wie genug Schlaf, erst recht am Morgen nach dem Training, und, mal ehrlich, fünf rohe Eier will sich dann doch kein Mensch ernsthaft ins Glas hauen, Rocky hin oder her.

Serdar lässt die Arme kreisen.

Gutes Training war das gestern. Erst zwei Runden Schattenboxen vor dem Spiegel, zum langsam Reinkommen, dann fünf, sechs lockere Runden am Sandsack, aktive Pausen dazwischen, mal ein paar Liegestütz, mal ein paar Sit-ups, und am Ende noch drei Mal zwei Minuten Sparring gegen ein paar A-Jugendliche.

Die hat er schön ins Leere laufen lassen.

Da ist er immer schon seitlich weg gewesen, wenn die mal was probiert haben. Die hat er regelrecht dominiert, das hat jeder in der Halle gesehen, der es sehen wollte, auch wenn Manne hinter den Seilen die ganze Zeit nur irgendwas geknurrt hat, von wegen Deckung und Sperenzchen oder was auch immer.

Na ja, Trainer. Du wirst dich noch umgucken.

Serdar macht Sidesteps auf dem nassen Pflaster, die Mittagsglocken läuten, die Sonne kommt zwischen den Wolkenfetzen durch, und Serdar sieht schon von weitem den Aufsteller, den ewigen Aufsteller vor dem Späti, Kaffee zum Mitnehmen 80 Cent, und den Alten dahinter im Türrahmen.

Das ist ja ein Ding. Da hat der Lord sich tatsächlich mal selber bequemt. Da hat er heute den Early Bird gemacht und den Laden persönlich aufgeschlossen. Der entdeckt im Alter echt noch das Arbeiten für sich.

Serdar nickt ihm beim Näherkommen zu, und der Alte sieht ihn, dreht sich um und geht rein in den Laden. Er steht hinter der Theke, als Serdar reinkommt, halb verdeckt vom Lollibaum und dem Kaugummikasten, und sortiert irgendwelche Unterlagen.

Tachchen, sagt Serdar.

Der Alte guckt hoch und funkelt ihn böse an.

Was los? Bin doch pünktlich. Auf die Minute, oder?

Serdar zeigt auf die kleine Wanduhr hinten überm Durchgang zum Lager. Eins nach zwölf. Thema Pünktlichkeit. Dauerthema. Wie oft haben sie sich da schon in die Haare gekriegt. Da kannst du es dem Alten auch einfach nicht recht machen. Wenn du nicht mindestens zehn Minuten vorher da bist, motzt er schon rum.

Da hat er echt den Nerv, grummelt der Alte. Da hat er echt den Nerv, mir mit der Uhrzeit zu kommen. Da kommt er mir gleich als ALLERerstes mit der Uhrzeit.

Wer denn?, fragt Serdar und guckt sich selbst über die Schulter. Wenn er ihm blöd kommt, kriegt er eben blöd zurück.

Der alte Schröder steht hinter der Spätitheke wie ein wütender Gartenzwerg, mit seiner vorgebräunten Laubenpieper-Glatze, seinem grauen Spießerschnauzer, dem Bierbauch unterm Karohemd und seinen kackbraunen dünnen Ärmchen.

Ach so, sagt Serdar, du meinst MICH?

Er stellt sich erst mal weiter doof. Aber er merkt, wie es in ihm hochsteigt. Lass mich bloß in Frieden, denkt Serdar und schnappt sich ein Wasser aus dem Kühlschrank. Leg es nicht drauf an. Formlose Übergabe und dann Abflug. Je schneller, desto besser.

Der Alte läuft ein bisschen rot an unter seinem Hobbygärtnerteint, er starrt zu Serdar rüber, und der guckt an den bunten Lutschern vorbei zurück. Der Alte nimmt ein Klemmbrett von der Theke, hält es hoch und klopft mit dem rechten Handrücken ein paar Mal auf den obersten Zettel.

Na schön, sagt er. Wenn du's drauf anlegst. Dann erklär mir mal DAS hier!

Serdar guckt auf den Zettel. Er sieht nur ein paar handgeschriebene Zahlen. Keine Ahnung.

Was soll das sein?

Das, keift der Alte, das ist die Abrechnung von gestern. Hab ich heute früh gemacht. Weil es ja sonst anscheinend niemand für nötig hält, sich um eine vernünftige Buchhaltung zu kümmern.

Diese Stimme. Dieser Besserwisser-Ton. Dieses Blablabla, Regel hier, Rechnung da, und immer schön alles in die richtige Spalte schreiben, wo kommen wir sonst hin.

Hass.

Serdar atmet tief ein und langsam aus.

Und weiter?, sagt er dann.

Und weiter? Ich sag dir, wie weiter.

Der Alte legt noch eine Schippe drauf. Er wird lauter, und immer wenn er laut wird, kippt ihm die Stimme, da fängt er an zu kieksen wie so ein Zwölfjähriger.

Ich sag dir, wie weiter. Das passt alles vorne und hinten nicht.

Ah ja?

Ja. Die Zahlen. Der Umsatz. Viel zu wenig. Kommt nicht hin. Rechnet sich nicht. Weder rauf noch runter noch quer noch irgendwie.

Der Alte schmeißt die Kladde vor sich auf die Theke.

Serdar bleibt ruhig und guckt ihn an.

Tja, keine Ahnung. War wohl nicht so viel los wie sonst.

Soso. Nicht so viel los. Na ja, kann ja sein. Kommt ja schon mal vor. Die Kunden kommen eben, wie sie wollen. Das hab ich mir auch gedacht …

Der Alte hat diesen hinterfotzigen Ton drauf und den passenden Blick dazu. Wie eine Henne, denkt Serdar. Wie eine kleine, fette Henne, der du die Eier unterm Arsch weggeklaut hast. Abwarten. Da kommt noch was. Serdar nimmt die Arme vor die Brust und guckt dem Alten in die Augen.

Ein schlechter Tag, sagt der Alte. Ja. Das hab ich mir auch gedacht. Einfach ein schlechter Tag, kommt vor, der Kunde kommt, wann er will, und manchmal bleibt er eben weg.

Serdar spürt, wie es sich in ihm ausbreitet, er spürt seine Wut, auf den schäbigen Laden und auf den Clown da drüben, den seine Mutter geheiratet hat, wie konnte sie nur, Mama, sag mir, wie konntest du nur?, er würde sie gerne fragen, warum hat er sie nie gefragt?, Serdar weiß es nicht, aber er spürt die Wut, auch auf sich selbst, darauf, dass er hier steht und sich das Geseier und alles überhaupt gibt.

Na ja, hört er den Alten sagen, und er sieht ihn den Mund zu einem bösen Lächeln verziehen, na ja, und dann ist vorhin Werner vorbeigekommen.

Serdar merkt, wie ihm das Blut in den Kopf schießt.

Was war denn gestern Abend los, sagt Werner, ich komm hier an, brauch ein paar Bierchen und Zigarillos, und alles ist dicht, Licht aus, Läden unten, komplett verrammelt, und da war's nicht mal acht.

Da freut er sich jetzt fast. Da freut er sich, dass er ihn mal wieder so weit hat. Dass er ihn mal wieder anscheißen kann. Das siehst du ihm direkt an, an den glänzenden Augen, auch wenn er immer noch dieses Wutrot um die Backen hat.

Und das, sagt der alte Schröder, das würd ich jetzt schon gern wissen von dir. Warum mein Laden gestern schon knapp vier Stunden früher zu war als draußen dransteht.

Der Alte stützt die Ärmchen auf die Theke. Er ist jetzt richtig in Fahrt. Seine kleinen Schweinsäuglein laufen rot an. Auf seiner Glatze glänzt es.

Würd ich wirklich gern wissen, warum wir es uns auf einmal leisten können, auf ein paar Hundert Euro Umsatz zu verzichten, einfach so.

Verdammter Werner, denkt Serdar.

Verdammte Laubenpieper-Connection.

Serdar überlegt.

Er überlegt, was er dem Alten jetzt anbieten kann.

Gut, er kann sagen, dass er gestern halt mal kurz wegmusste. Dass er mal schnell für eine halbe Stunde dichtgemacht hat, was Dringendes, irgendwas mit Ella oder so. Oder er sagt einfach, sorry, da muss sich der liebe Werner geirrt haben, war doch offen, vielleicht hat die Tür geklemmt oder ich war grad hinten und das Licht noch nicht an.

Nein, denkt Serdar.

Nein, nein.

Der Alte wartet mit aufgestützten Ärmchen und hochgezogenen Brauen. Wie lächerlich er aussieht in seiner sinnlosen Wut wegen den paar Kröten. Der Wutzwerg. Der kleine, karierte Wutzwerg.

Nein, sagt Serdar.

Wie, was, nein?

Die Stimme vom alten Schröder überschlägt sich jetzt komplett. Er schluckt und räuspert sich und schluckt noch mal.

Nein heißt nein, sagt Serdar ruhig. Er hat schon recht, dein Werner. Der Laden war zu gestern. Ab sechs schon.

Dem Alten treten die Augen aus dem Schädel. Gleich platzt er.

Und weißt du warum?

Jetzt ist es Serdar, der lächelt. Der Alte glotzt wie ein krepierender Fisch, seine Arme zittern, als hätte er zwei volle Bierkisten durch die ganze Siedlung geschleppt.

Willst du wissen, warum keiner hier war? Ja? Weil du Danny gefeuert hast. Darum. DER hätte nämlich hier sein sollen zur Spätschicht. Nicht ich. Ich hatte Training …

Du kleiner Wicht, platzt es aus dem Alten raus. Du mieser kleiner … Du hast mir doch gesagt …

Nein, brüllt Serdar ihn an. Es geht jetzt nicht mehr, es muss jetzt raus.

Ich hab dir GAR NICHTS gesagt.

Das ist ja unglaublich. Du hast absichtlich den Laden … Das wird … Du bist …

Der Alte kann nur noch stammeln vor lauter Wut.

Was?, sagt Serdar und macht einen Schritt zur Theke. Was bin ich …?

Du … Ich … Dich schmeiß ich raus. Irgendwann fliegst du. Du wirst noch sehen …

Nein!

Was heißt Nein?

Du schmeißt mich nicht raus! Du kannst deinen Dreckscladen alleine machen. Ab sofort.

Dem Alten klappt das Maul runter. Wirkungstreffer. Der hat ihn jetzt echt durchgeschüttelt. Da kann er nur noch glotzen.

Ich hab viel zu lange gebuckelt in der lausigen Bude hier.

Such dir wen andern, den du verarschen kannst für fünf Euro die Stunde.

Serdar macht einen Schritt zur Seite und fetzt den Papierkorb mit dem Fuß durch die offene Lagertür.

Hey!, brüllt der Alte und kommt um die Theke rum, hey!, spinnst du?

Der Alte kommt vor Serdar zum Stehen, er glotzt mit seinen roten Äuglein zu ihm hoch, er steht direkt vor ihm und berührt ihn fast mit seinem Bauch am Gürtel.

Du kleiner Wichtigtuer. Dir werd ich …

Was?, sagt Serdar. Er ist ganz ruhig vor lauter Adrenalin.

Was?, sagt Serdar und beugt sich noch ein bisschen weiter zu ihm runter. Was, Alter? Was willst du? Eine aufs Maul?

Der Alte keucht und schluckt und schnappt nach Atem. Er kriegt keinen Ton mehr raus.

Serdar schnappt ihn sich mit beiden Händen und schiebt ihn von sich weg wie einen Pappaufsteller.

Bleib mir vom Hals, du Würstchen.

Serdar lässt den Alten nicht aus den Augen. Aber er weiß, dass es das war. Dass er jetzt nichts mehr macht. Er hat ihm den Stecker gezogen. Er weiß es, er spürt es, noch bevor der Alte den Kopf senkt, sich umdreht und langsam zurück hinter die Theke schleicht. Noch bevor er sich in den lausigen Bürostuhl fallen lässt und seine dünnen Ärmchen in den Schoß legt.

Serdar weiß schon vorher, dass da nichts mehr kommt, weil er neben der Wut und der Verachtung und allem eben auch noch was anderes entdeckt hat in den kleinen roten Augen von Uwe Schröder. Das, was er vor jedem Kampf sehen will. Das, wonach er sucht, kurz bevor es losgeht, in den Augen vom anderen.

Schiss.

Oder im Fall von Uwe Schröder: die ziemlich realistische und ziemlich unschöne Möglichkeit, dass ihm sein eigener Stiefsohn in seinem Laden die Fresse poliert.

Geh mir nie wieder auf den Sack, sagt Serdar. Aber der Alte guckt gar nicht mehr hoch. Er sitzt mit hängenden Schultern schief auf seinem Stuhl und starrt in den Lutscherbaum.

Draußen tritt Serdar noch den Kaffee-Aufsteller um. Er klappt zusammen und fliegt mit einem ordentlichen Klatschen aufs Pflaster.

Aus dem Späti kommt kein Ton.

Viel Spaß bei der Spätschicht, sagt Serdar und geht über den Platz Richtung S-Bahn-Brücke davon.

36

Lieber woanders.

Lieber woanders.

Aris verzieht beim Laufen das Gesicht.

Er hat ein mieses Gefühl im Magen, und es ist nicht der Griechische, den ihm Christos vorhin im Kafeneio ausgegeben hat.

Aris macht die Tour die Reinickendorfer runter, er hält sich dicht an der Häuserfront, die Plakate mit einem Gummi zusammengerollt unter dem Arm. Die hat ihm Kevin gestern Abend noch vorbeigebracht. Und er hat recht gehabt, der kleine Klugscheißer. A1 ist ziemlich riesig. Aber gut. Da sind sie eben noch ein bisschen besser zu sehen in den Schaufenstern.

Aris arbeitet sich durch die Nachbarschaft. Das Café von Christos. Harry an der Aral. Der Angel-Outdoor-Army-Shop. Der Lottoladen. Alles ist gut, was Fenster zur Straße hat. Kurz hat er überlegt, auch in der Kita zu klingeln, warum eigentlich nicht, die haben ja auch große Fenster, aber der Kampf der Kulturen passt vielleicht doch nicht so optimal zu den Käfern und Fröschen und selbstgebastelten Blumen.

Aris läuft die Reinickendorfer runter, immer dicht an den Häusern lang, damit ihm die Zwanzigtonner und die Checkerkarren nicht die Klamotten versauen, wenn sie durch die Pfützen im Rinnstein ballern.

Und er weiß nicht warum, aber so richtig gut drauf ist er nicht. Dabei lief's ja eigentlich nicht schlecht, da hinten bei den Haferfleks.

Komisch geguckt hat sie eigentlich nur ganz am Anfang, kleiner Schock, da hat sie erst mal zu ihm hochgeguckt, als hätte er da sonst was unterm Arm gehabt, Klappmesser oder Schlagstock statt einer Tüte H-Milch. Da hat er sie anscheinend auch so ein bisschen aus ihren Feierabend-Träumen gerissen, kein Wunder um die Zeit, wer denkt da auch an sowas.

Zwei, drei Momente hat sie gebraucht, bis sie sich gefangen hatte, aber dann hat sie die Tüte Kölln-Flocken weggelegt, ist aufgestanden und hat hallo gesagt, hallo, ich bin Jessi, und sie hat gelächelt und ihm die Hand hingestreckt, eine ziemlich kleine Hand mit heller Haut, schlanken Fingern und kurz geschnittenen Nägeln. Das hat er gleich gesehen, weil er extra drauf geachtet hatte, die Hände sind fast das Wichtigste.

Und dann hat er schnell das beknackte Toastbrot auf die H-Milch gepackt, damit die Rechte frei wird, und er hat ihre Hand genommen und eine Verbeugung angedeutet, extra übertrieben, klar, und dann haben sie sich beide so ein bisschen doof angegrinst und erst mal nichts gesagt, weil sie auch nicht wussten.

Jessi, hat er dann einfach irgendwann gesagt. Jessi find ich gut.

Leicht daneben, so als erster Spruch, aber er hat es eigentlich genau so gemeint. Weil er sich zu dem Jot bei J. Kwiatkowski auf ihrem Namensschild ja auch schon so seine Gedanken gemacht hatte, das hätte ja sonst wie weitergehen können, das Jot, so in der Preisklasse Janine, Jolanda, Julika oder, Gott bewahre, Jacqueline.

Jessi, hat er dann noch mal wiederholt und das Jot diesmal absichtlich in die Länge gezogen. Klingt auch besser. Also besser Jessi wie Yes-Törtchen als Dschessi wie Dscheans, hat er dann noch schnell hinterhergeschoben.

Und sie hat gelacht.

Großartig, hat sie gesagt. Das gute alte Yes-Törtchen! Gibt's das überhaupt noch?

Glaub schon, oder? Bei euch nicht?

Nee.

Na ja gut, hat er gesagt und sich schon deutlich wohler gefühlt, aber bei aller Liebe, das KaDeWe seid ihr jetzt auch nicht direkt.

Und da hat sie schon so ein bisschen böse geguckt.

Hallo? Wir sind der Marken-Discount. MARKEN! Guck mal hier, Kellogg's, Nestlé, Kölln. Alles paletti.

Gut gespielt, das Bösesein, und dann noch der kleine Gag mit dem *alles paletti*, wegen der Palette, die daneben stand, und Aris hat da zum ersten Mal das Gefühl gehabt, dass da vielleicht wirklich was draus werden kann. Und von da ist es eigentlich dann auch alles so ein bisschen wie von selbst gegangen, mit dem ersten Gespräch, das ja nicht unbedingt immer das allereinfachste ist, egal wie und wo, und dass direkt ein Date dabei rumkommt, kannst du ja auch nicht automatisch verlangen. Sie haben dann eben einfach noch ein bisschen weitergequatscht, dies, das, und sich am Ende sogar verabredet.

Und trotzdem ist ihm jetzt auf seiner Tour auf der Reinickendorfer nicht ganz wohl bei der Sache.

Da liegt ihm irgendwas quer, da unten im Bauch.

Aris macht die Tür zur türkischen Backstube auf und winkt den beiden Mädels hinter der Auslage mit der Plakatrolle zu, ist nur bis Freitag, wisst ihr ja. Die Mädels nicken, und Aris macht das Gummi von der Rolle, zuppelt ein Plakat raus und klebt es von innen an die Fensterscheibe. Er steckt den Tesa wieder in die Tasche, grüßt und rollt die Plakate im Gehen zusammen und ist schon wieder draußen.

Lieber woanders.

Lieber woanders.

Das kam sehr schnell. Das kam bei ihr wie aus der Pistole geschossen. War ja eigentlich nur ein nett gemeinter Vorschlag, sie nach dem Dienst direkt vor dem Supermarkt abzuholen. Gut, die Kollegen, klar, die quatschen viel. Aber wen hätte das schon gejuckt?

Nein, nein, er wird da nach wie vor null schlau draus. Das war definitiv strange, wie sie da geguckt hat. Und wie schnell sie ihm da ins Wort gefallen ist.

Aber gut, scheiß drauf. Ist jetzt so, wie es ist, und jetzt eben direkt hinten an der Pankebrücke.

Aris hört seinen Bauch grummeln. Er hört ihn durch den Verkehrslärm wie einen Vorwurf. Wie eine unbeantwortete Frage. Auf der Brücke, vor dem Supermarkt, ist doch so was von egal. Viel wichtiger ist, was sagst du? Was willst du ihr eigentlich erzählen? Was du so machst. Im Leben. So allgemein. Wo du stehst und hinwillst und herkommst.

Ja, weißt du, also, ich bin Box-Promoter, und, ja, das heißt, ich sorge dafür, dass sich, wer will, auf meine Kosten auf die Schnauze hauen kann. Was dann wiederum heißt, dass da so ein paar Halbkriminelle kommen, die einen auf dicke Hose machen wollen, die ganzen Kings vom Wohngebiet, und die haben sich einen Taxifahrer als Gegner organisiert oder einen Tschechen, quasi Fallobst, extrareif. Und die Gegner, ja, die wissen genau, wann sie runterzugehen haben, vielleicht Anfang der zweiten oder Ende der dritten, je nachdem. Ach, und den Hauptkampf, den macht diesmal der Bandenchef gegen einen Jungen, der halb so schwer ist wie er. Hab ich so eingefädelt, und frag lieber nicht.

Und, ach so, ja, also ich mach dazu dann noch mächtig einen auf gute Laune. Die gute alte Zirkusdirektorennummer, herrreinspaziert, hier kriegt ihr noch was GEBOTEN!, hier ist was LOSSS!, Clash der Kulturen, Big Bang of Berlin und Battle von Brandenburg, Sensation!, noch NIE da gewesen, müsst ihr UNBEDINGT sehen, das ist noch ein Männersport, echte Kampfkunst, wie früher zu Maxes Zeiten, da tobt die Stadt, da hält der Kiez den Atem an, da knallt's und scheppert's und brodelt's, kommt alle rein, schmeißt mir das Geld in die Kasse und bringt noch alle eure Freunde mit!

So ein bisschen Autoscooter-mäßig.

Aber lass mich dir eins sagen. So dumm, wie sie aussehen, sind die meisten Leute gar nicht. Und deshalb kommen meistens eher weniger als mehr zu meinen Veranstaltungen und ich leg am Ende noch was obendrauf, von der Kohle, die ich nicht hab, ja, echt, mach ich gerne, Ehrensache.

Ja, so ist das, also nehmen wir heute mal einen schönen Kaffee vom Späti, 80 Cent zum Mitnehmen, das ist doch mal ein erstes Date oder was, na, mein ich doch, lass dir schmecken, und im nächsten Leben gehen wir ins Einstein und im übernächsten ins Ritz.

Da brauchst du ihr wohl eher nicht mit kommen.

Aris wartet an der Ampel, er klemmt sich die Plakatrolle zwischen die Beine, holt seine Kippen raus und fingert eine aus dem Softpack. Die paar Läden auf der anderen Seite noch und dann ab nach Hause. Noch mal eine Runde aufs Ohr legen. Und hoffen, dass irgendwie das Scheißgefühl weggeht.

Aris sucht sein Feuer. Er klopft alle Taschen ab und er findet es nicht.

Fettsack!

Wie?

Aris guckt, wo die Kinderstimme herkommt. Er sieht einen kleinen Bengel neben sich stehen, vielleicht sieben, vielleicht acht Jahre, Schulrucksack auf dem Rücken, er geht ihm bis knapp über den Gürtel und grinst frech zu ihm hoch. Aris nimmt die unangezündete Lucky aus dem Mund.

Eh, Kleiner, was soll der Scheiß?

Fetti, ruft der Kleine fröhlich und piekt Aris mit dem Zeigefinger in den Hüftspeck. Aris haut nach der Hand, aber der Kleine ist schneller und zieht sie rechtzeitig weg.

Hey Kollege, sagt Aris und wedelt mit seiner Kippe rum. Pass bloß auf. Ich bin Boxer.

Der Kleine streckt ihm die Zunge raus. Aris guckt ihn böse an, aber der Kleine wirkt null beeindruckt.

Leg dich nicht mit dem Boxer an, verstanden? Hast du schon

mal was von Schwergewicht gehört? Je schwerer, desto stärker, klar? Alte Boxerregel.

Der Kleine hört auf zu grinsen.

Bist du dick oder fett?

Ach, hau ab.

Der Kleine duckt sich und sprintet los. Auf der anderen Straßenseite dreht er Aris eine lange Nase.

Aris zeigt ihm den Finger.

Als er losgehen will, springt die Ampel wieder auf Rot. Er haut auf den Drücker und wartet.

Wahnsinn.

Jetzt musst du dich schon von Grundschulkindern verarschen lassen.

Lieber woanders.

Lieber woanders.

Aris sucht nach seinem Feuerzeug. Lieber woanders. Schon klar, warum sie sich nicht vor dem Netto mit ihm treffen wollte. Wird ihr peinlich sein, vor den Kollegen, mit so einer abgehalfterten Type gesehen zu werden. Kann man verstehen.

Aris findet sein Feuer in der Arschtasche. Er steckt sich die Kippe an, nimmt einen tiefen Zug und läuft los.

Entspann dich, bitte, sie trifft sich doch mit dir. Bleib locker, Boxer.

Aris lacht verächtlich und schüttelt den Kopf.

Ein feiner Boxer bist du. Jetzt sind selbst die Zweitklässler schon zu schnell für dich. Aber wen wundert's? Du hattest deine Chance. Lange her. Und bevor du bis zehn gezählt hast, bist du ein Ex-Boxer mit Löchern in den Taschen, zu viel Gürtellinie und Haaren auf dem Rücken statt auf dem Kopf.

Drauf geschissen.

Ist doch echt drauf geschissen, denkt Aris, schnippt seine halb gerauchte Kippe weg, lässt die Läden auf der Gegenseite aus und geht direkt nach Hause.

37

Es ist einfach.

Ganz simpel.

Alles, was es braucht, ist ein Knall. Ein großer, mächtiger Knall, der alles übertönt. Der alles wieder ins Lot bringt.

Dass er da nicht früher drauf gekommen ist.

Heinz Hönow sitzt an der Werkbank und arbeitet an seinem Plan. Metallspäne rieseln neben dem Schraubstock aufs Holz. Er hat das Deckenlicht angemacht und die Arbeitslampe voll hochgedreht. Auf dem Beistelltisch wird der Kaffee kalt. Aber das macht nichts. Die Zeit läuft jetzt wieder für ihn.

Heinz Hönow sägt und feilt und misst, mit guter Geschwindigkeit, nicht zu hektisch, bloß keine Hektik, sauber arbeiten, das ist das Wichtigste und jetzt sowieso. Die richtige Größe. Die richtige Länge. Einszwanzig, ziemlich genau einszwanzig lang ist das Rohr auf dem Foto, ist gut zu sehen, das Metermaß hatten sie ja zum Vergleich direkt danebengelegt. Einszwanzig, nun gut. Aber er findet, anderthalb Meter sollten es dann schon sein.

Heinz Hönow legt die Feile weg und misst nach.

Einseinundfünfzigfünf. Passt.

Die Größe ist wichtig. Die Größe deines Plans ist deine eigene Größe. Jeder kann sie selbst bestimmen, jeder kann sie festlegen, das hat er jetzt verstanden, jeder ist für sich selbst verantwortlich, das weiß er jetzt, zu Hilfe kommt dir keiner, und als Allerletztes die, die das Foto mit dem Einszwanziger-Rohr und dem Metermaß gemacht haben, als Allerletztes die Polente.

Heinz Hönow legt das Metermaß weg und guckt auf das Foto, er guckt auf den Artikel, der jetzt nicht mehr hinten im Leitz-Ordner schlummert, sondern an der Pinnwand neben der Werkbank hängt. Er ist jetzt da, er kann ihn sehen, und er guckt alle paar Minuten hin, ob auch alles stimmt. Er sieht die Überschrift und den Text und die Fotos, drei Fotos, eins von ihrem Hauptquartier, eins von dem Rohr mit dem Metermaß daneben und eins von der Bauanleitung.

Und es ist schon komisch. Wie oft hat er geflucht, auf die Zeitungen, weil sie nichts machen als ein paar Seiten vollzukritzeln, wenn alles längst vorbei ist, wenn sie schon über alle Berge sind, in ihrem Hauptquartier oder sonst wo, mit deinem Leben in ihren Sporttaschen. Helfen tun die einem auch nicht, die Zeitungen, das ist klar. Eigentlich nie.

Aber jetzt sind sie mal wirklich zu was gut gewesen.

Heinz Hönow lächelt grimmig und nimmt einen Schluck von seinem lauwarmen Kaffee.

Gute Arbeit, denkt er, gute Arbeit, ihr Zeitungsfritzen, heißt leichte Arbeit für den Handwerker. Das dritte Foto, das von dem Zettel, ist das Allerwichtigste. Das ist der eigentliche Clou, da steht alles drauf, eins zu eins, die Zutaten, die Bestandteile, die Zusammensetzung, alle Mischungen und Verhältnisse. Alles, was er braucht.

Klein gedruckt, die Liste, das ja. Aber mit der Lupe kein großes Problem.

Hat er alles abgeschrieben, gleich als Erstes, sauber Punkt für Punkt, auf einen linierten Zettel, den er hinten aus seinem alten Auftragsbuch rausgerissen hat. Sorgfältig untereinander, jedes Stichwort auf eine eigene Linie, jede Zutat, Schwefel, Salpeter (Toilettenreiniger, falls nicht zur Hand), Holzkohle, und so weiter.

Eins unter das andere. Alles wichtig. Damit es am Ende was wird. Eine feine Mischung wird das.

Müsste er so weit eigentlich alles da haben. Er ist ja gut sortiert, da ist er immer stolz drauf gewesen. Ein paar Sachen sind wohl oben in der Wohnung, und der Rest hier unten, da wird er nachher mal gucken, sobald er hier mit den Vorarbeiten durch ist.

Heinz Hönow nimmt sich wieder das Rohr vor. Er spannt es fest in den Schraubstock und geht mit der 150er-Feile an die Schnittstelle, er mag das Geräusch und den Geruch der Eisenspäne, er mag das Material, solides Gusseisen, kein billiges Blech, wie sie es neuerdings oft nehmen. Er sieht seine Hände, die die Feile über die Schnittstelle führen und er denkt an das Fallrohr im Innenhof, von dem jetzt gut anderthalb Meter fehlen, aber wem soll das schon auffallen? Wer hat für sowas heutzutage noch ein Auge?

Die Leute interessieren sich nicht mehr für die Sachen, die wirklich wichtig sind, und das ist seine Chance.

Zum Beispiel das Techniklexikon. Das haben sie dagelassen, das und die anderen Fachbücher, dafür haben sie sich nicht interessiert, waren ihnen wohl zu schwer. Und jetzt werden sie eben sehen, was sie davon haben.

Hat er gestern dann auch gleich vom Regal genommen, das gute alte Meyers Lexikon für Technik und exakte Naturwissenschaften, die drei schweren Dinger mit dem grau-blauen Einband, A bis E, F bis N, O bis Z.

Z wie Zapfenstreich, denkt Heinz Hönow und drückt die Hände noch ein bisschen fester auf die Feile, Z wie Zunder, Z wie zappenduster, er müsste müde sein nach all den schlaflosen Stunden, aber er fühlt sich wach und kräftig, weil er jetzt weiß, wie es geht.

Wie er wieder hier rauskommt. Endgültig. Raus aus der Dunkelheit. Ein letztes Mal. Und diesmal wird es gehen, diesmal wird er es über die Schwelle schaffen, weil er nicht alleine sein wird. Und er wird genau das mit ihnen machen, was sie mit ihm gemacht haben, nur so geht es. Nur so kommt alles wieder ins Lot.

Heinz Hönow kurbelt den Schraubstock auf und wiegt das Rohr zufrieden in beiden Händen. Ganz schön schwer. Aber schwer ist stabil. Und stabil muss es sein, damit der Plan funktioniert.

Heinz Hönow legt das Rohr am einen Ende ab und dreht das andere Ende prüfend im Licht.

Sieht schon ganz ordentlich aus.

Heinz Hönow lehnt sich im Stuhl zurück und pustet kurz durch.

Noch ein bisschen mehr Feinschliff an den Enden, denkt er. Und dann kommen die Löcher dran.

Heinz Hönow wischt sich mit dem Handrücken über die Stirn. Er trinkt einen Schluck Kaffee, er ist kalt. Aber gut, denkt Heinz Hönow, Kaffee ist Kaffee, und er nimmt noch einen großen Schluck und stellt die Tasse wieder auf das Beistelltischchen. Kaffee ist Kaffee, das ist klar, und was alle erzählen, dass du kalten Kaffee nicht trinken kannst, stimmt einfach nicht.

Es ist wie mit so vielem. Du kannst es einfach nicht glauben. Sie erzählen dir so viel Blödsinn. Er hat es immer schon geahnt. Und jetzt ist er sich sicher. Sie machen gemeinsame Sache, allesamt. Die Banditen, die Polente, die Schreiberlinge. Weil sie alle was davon haben. Heinz Hönow weiß nicht was, aber irgendwas wird es sein.

Und eins weiß er. Er hat lange gebraucht, aber jetzt weiß er es. Du kannst dich auf keinen verlassen. Du musst es selbst in die Hand nehmen. Anders geht's nicht.

Heinz Hönow sitzt an seiner Werkbank und muss fast lachen. Fast lacht er laut auf, dass sie selbst es waren, die ihm geholfen haben, dass sie ihm seinen Plan frei Haus geliefert haben, seinen Racheplan, mit ihrem Zettel und dem Foto und dem Artikel mit der riesig großen Überschrift.

Bauanleitung aus dem Internet – Polizei stellt Riesen-Geschütz sicher.

Riesen-Geschütz gleich Riesen-Knall, denkt Heinz Hönow. Einfach.

Alles ist einfach mit dem richtigen Plan.

Ganz simpel.

Heinz Hönow spannt das Rohr in den Schraubstock und fängt wieder zu feilen an.

38

Jessi sitzt im Pausenraum am Tisch und guckt ins Leere.

Die Leere ist eine weißgraue Wand.

Die Wand hat einen schnellen Puls.

Bei jedem Schlag verändert sich die Farbe.

Weiß wird bläulich. Und dann wieder weiß.

Jessi nimmt einen Schluck aus der Wasserflasche und drückt sich mit zwei Fingern auf die Nasenwurzel.

Normal gibt's sowas nicht, klar. Normal kommt nach dem Spätdienst nicht direkt am nächsten Morgen ein Frühdienst. War auch anders geplant, ursprünglich.

Hat Jessi auch erst gestern erfahren, ein paar Stunden vor Feierabend, Yvonne liegt flach, Magen-Darm, der Klassiker. Und gerade morgens brauchen sie hier jeden, der kann. Und deshalb also jetzt Frühdienst nach Spätdienst. Viel Schlaf kriegst du da nicht. Du bist ja abends erst um elf, Viertel nach elf zuhause, und da ist dann auch noch nichts gemacht, keine Wäsche, kein Geschirr, Lines Pausenbrot muss auch noch jemand schmieren, und ein, zwei Stunden zum Runterfahren von dem ganzen Irrsinn brauchst du sowieso immer, selbst wenn dein Traumtyp dich nicht kurz vor Ladenschluss hinten bei den Cornflakes überrascht hat.

Da wird die Zeit knapp für das bisschen Schlaf, was du dringend bräuchtest, wenn du um sechs schon wieder auf der Matte stehen und vorher noch die Kleine bei einer Freundin zwischenparken musst, weil nicht mal die Kita so früh aufmacht. Da kannst du eigentlich auch gleich ganz wach bleiben.

Und so fühlt sich Jessi irgendwie auch. Fit ist anders. Um ihre Augen herum brennt es, ihre Beine sind zwei leere Hüllen, und sie kriegt auch kaum was runter, nichts außer ein paar Schluck Mineralwasser und dem halben Corny vorhin.

Und es ist seltsam. Jessi ist todmüde, das schon, aber gleichzeitig auch wie aufgedreht, komplett hibbelig. Fast wie früher beim Feiern, wenn sie in die Wodkas mal wieder zu viel Energy gekippt hatten. Die Dinge, die um sie herum passieren, kommen nur träge zu ihr durch, als würde sie hinter einem Wasserfall stehen oder was, und das haben die anderen natürlich auch schon gemerkt, kein Wunder.

Drei Stornos bis zum Mittag, auf die kommt Jessi normal am ganzen Tag nicht, da hat die Königshaus schon ziemlich den Mund verzogen, als sie schon wieder mit dem Zentralschlüssel anrücken musste, und die Müllern hat sich in der Zwei auch den Hals verrenkt und rübergeglotzt, was da heute los ist bei ihr.

Ja, mein Gott. Bisschen müde halt.

Jessi lehnt sich im Stuhl zurück und streckt sich, sie spürt die Müdigkeit in den Armen, sie zieht die Beine an und verdreht den Oberkörper, nach links, nach rechts, wieder nach links. Sie merkt, wie sie schon wieder angefangen hat, mit den Füßen zu tippeln.

Sie könnte die Wände raufgehen.

Echt wahr.

So wahr wie die Tatsache, dass er sie wirklich angesprochen hat.

Der Typ, der monatelang jeden Tag an ihr vorbeigeschlichen ist, ohne einen Ton zu sagen, außer vielleicht Hallo und Bitte und Danke sehr. Und seit gestern Abend redet derselbe Typ plötzlich in ganzen Sätzen und ist dabei sogar ganz witzig und cool und, ja, auch ein bisschen charmant.

Und er hat wirklich vor ihr gestanden, hinten in Gang sechs, in Jogginghose und Turnschuhen. Wie man hier eben so rumläuft an einem stinknormalen Dienstagabend. Und da hat sie sich immerhin auch nicht ganz so schäbig gefühlt in ihrem knallroten Polohemdchen und der ausgewaschenen Arbeitsjeans.

Jessi nimmt noch einen kleinen Schluck Wasser, stellt die Flasche auf den Tisch und massiert sich den Nacken. Fühlt sich steinhart an und wird auch nicht wirklich besser.

Echt, denkt sie, echt wahr, alles wahr, auch, dass du dich nachher mit ihm triffst, hinten an der Brücke, die er dann vorgeschlagen hat und die ihr gar nichts gesagt hat, ist nicht ihr Weg, falsche Richtung, sie läuft sonst ja immer nur direkt zum U-Bahnhof rüber, groß mit Schlendern ist da nicht. Also Panke, Flussufer, nie gehört, und er hat gesagt, na ja, Fluss, und ihr zugezwinkert und listig gegrinst und die Grube in seinem Kinn hat getanzt.

Bisschen schlendern, hat er gesagt.

Und sie hat gesagt, klar, warum nicht.

Und warum auch nicht.

Schlendern, hast du ja lange nicht gemacht. Und Sonne ist ja auch angesagt. Die Voraussetzungen sind gut. Oh Mann. Die Voraussetzungen? Jetzt klingst du ja schon fast wie eine Bankangestellte. Mach dich locker, genieß es doch einfach.

Genieß den frühen Feierabend, den freien Nachmittag. Hat ja dann auch seine Vorteile, der Frühdienst. Und Line kann bis zum Abendessen bei Leyla bleiben, hat Alina ihr ja gesagt, kein Problem, mach dir eine schöne Zeit, und noch ein vielsagendes Augenzwinkern hinterher, ja, Alina weiß Bescheid, aber sie wird sie nicht löchern, sie wird nicht groß nachfragen und Jessi nerven, das ist nicht ihre Art.

Jessi hört die Tür gehen und sieht Frau Manske reinkommen. Sie lächelt Jessi zu und geht rüber zur Kaffeemaschine.

Und?, sagt sie und gießt sich Kaffee in ihre Tasse. Wie heißt er denn?

Hah, sagt Jessi und winkt ab. Ja. So ungefähr.

Oh Mann. Lasst mich doch bitte alle mal in Frieden. Jessi ringt sich ein Lächeln ab.

Die Alte zieht lachend mit ihrem Kaffee ab. Jessi wünscht sich, sie müsste keinen mehr sehen, sie hätte ihre Ruhe, bis um halb drei, hinten an der Brücke.

Jessi steht auf und schüttelt ihre Beine aus, sie merkt, wie es anfängt zu kribbeln, der Kreislauf, bitte nicht, das ist das Letzte, was du brauchst, jetzt hier auch noch im Pausenraum abzuklappen. Aber das Kribbeln hört zum Glück wieder auf, und sie steht noch.

Schön und gut. Das letzte Date ist eine Weile her. Aber eigentlich verlernst du das ja nicht. Wenn du's einmal hinbekommen hast … Ist wie Schwimmen. Ein paar Bahnen wirst du wohl noch schaffen, ohne abzunippeln.

Jessi geht rüber zum Garderobenschrank und macht die Tür mit dem Innenspiegel auf. Sie dreht das Gesicht, Halbprofil links, Halbprofil rechts, sie spitzt den Mund und zieht die Brauen hoch.

Na ja. Geht doch. Geht doch alles. Kann man doch einigermaßen anbieten.

Jessi zwinkert sich selbst zu, und ihr Spiegelbild zwinkert zurück. Sie merkt, wie ihr irgendwas durch den Bauch flattert.

Ein kleines, leichtes Tierchen.

Jessi nimmt den Schlüsselbund vom Tisch, klemmt sich ihr Wasser unter den Arm und macht sich auf den Weg zurück an die Drei.

39

Die Neubauten.

Junge.

Da haben sie es echt nicht so gehabt mit der Fantasie, damals, als sie die hier überall hingeknallt haben.

Da sieht einer aus wie der andere.

Geht schon unten am Eingang los. Die Betonstufen, die runden Geländerstangen, die Bleitüren mit den Quadratscheiben drin. Der geflieste Hausgang. Die ewige Briefkastenschrift, ohne einen einzigen Schnörkel. Der schmale Aufzug mit den tausend Kratzern im Blech.

Es riecht sogar überall gleich. Immer ein bisschen nach Putzzeug und ein bisschen nach Kohl.

Daran wird's gelegen haben. Das muss der Grund sein, was sonst. Der Grund dafür, dass Serdar, ohne es zu peilen, jetzt mal direkt ins völlig falsche Haus reingelaufen ist. Dass er schon mit zwei schnellen Sätzen die Stufen in der Eingangshalle hoch war und im Aufzug drin, dass er schon auf die 6 gedrückt hatte und oben rechts den Gang runter war, Schlüssel ins Schloss und umgedreht, dass er schon mit anderthalb Beinen im Wohnzimmer stand, bevor er überhaupt mitgekriegt hat, wo er hier eigentlich ist.

Dabei, falsches Haus. Ist ja das richtige. Normalerweise.

Aber normal war letzte Woche.

Und jetzt steht er eben nicht bei Ivo im Wohnzimmer. Sondern bei sich. Bei sich und Ella.

Und Ella sitzt hinten auf der Couch, die Beine unter der Decke und ein zerknülltes Taschentuch in der Hand. Und links und rechts von ihr liegen noch ein paar.

Serdar bleibt erst mal an der Garderobe stehen und guckt zu Ella rüber, und Ella guckt zurück. Und dann macht Serdar zum Glück nicht das, was die meisten in so einem Fall machen, nämlich das Erste raushauen, was ihnen durch den Kopf schießt, und das ist selten das Allerklügste.

Was machst du denn hier?

Musst du nicht arbeiten?

Oder noch was Dümmeres.

Aber Serdar sagt erst mal gar nichts. Er macht nur die Tür hinter sich zu, zieht sich die Schuhe aus und geht langsam durch den Raum zu ihr rüber. Er setzt sich ihr gegenüber in den Sessel, lässt die Jacke an und wartet.

Und so sitzen sie da.

Serdar und Ella. Jeder für sich, allein mit der Stille.

Und niemand sagt was, drei Minuten, fünf oder mehr.

Und auch dann sieht Ella noch nicht so aus, als würde sie bald groß was sagen wollen.

Also fängt Serdar an. Er rutscht im Sessel nach vorne und stützt die Unterarme auf die Knie.

Ich hab gekündigt.

Ella guckt hoch. Eine schnelle Bewegung.

Der Alte und sein beschissener Kleinkram, sagt Serdar und schüttelt den Kopf. Heute war's das eine Mal zu viel. Hier zu früh, da zu spät, dies, das. Lappt mich wieder voll. Sagt, er schmeißt mich raus. Na ja …

Serdar lächelt grimmig.

Brauchst du nicht, sag ich. Bin eh raus.

Serdar guckt zu Ella rüber und wartet auf eine Reaktion, ein Lächeln, irgendwas. Aber sie wischt sich nur die Wangen ab, schüttelt leicht den Kopf und guckt weg.

Was ist? Was guckst du so?

Sie guckt aus dem Fenster. Draußen haben die Wolken Platz

gemacht, die Sonne scheint ins Zimmer. Ella macht die Augen zu. Ihre Lider zittern ein bisschen im hellen Licht.

Ich dachte, du freust dich, sagt Serdar. Ich meine, weil wir ja erst Montag drüber gesprochen haben, von wegen Späti, Zukunft, hin, her.

Ella gibt keine Antwort. Sie sitzt auf der Couch, die Füße angezogen, das Gesicht zur Sonne, und Serdar hält es nicht aus.

Er steht auf, geht rüber zur Küchenzeile, macht den Kühlschrank auf und schenkt sich ein Glas Milch ein.

Und jetzt?

Serdar setzt das Glas ab und guckt rüber zu ihr. Ihre Stimme klingt seltsam, irgendwie anders. Tiefer als sonst, wie durchs Telefon, obwohl sie ja noch im gleichen Raum ist.

Was meinst du, und jetzt?

Ich meine, was hast du jetzt vor? Irgendwelche Pläne?

Serdar überlegt kurz.

Ach so, sagt er. Jetzt kapier ich. Sorry. Mein Fehler. Du weißt es ja noch gar nicht. Hab ich dir ja noch gar nicht erzählt.

Serdar stellt das Glas in die Spüle und geht rüber zu ihr. Er setzt sich neben sie auf die Couch. Sie zieht ihre Beine ein Stück näher an sich ran.

Also, pass auf, sagt Serdar. Big News!

Serdar hebt die Arme.

BIG, BIG News.

Ella guckt ihn weiter ausdruckslos an. Er lässt sich nicht aus der Ruhe bringen. Wenn sie erst mal weiß, was abgeht, wird sie schon sehen.

Okay, also, du weißt ja, Freitag ist Fight Night …

Pff, macht Ella und guckt weg.

Nein, nein, hör zu. Hör zu!

Serdar berührt sie leicht an der Schulter. Sie zuckt zurück.

Anders, sagt Serdar. Ganz anders. Also, eigentlich sollte ich ja Freitag gegen diesen einen Afghanen kämpfen. Aber jetzt hat Aris umgeplant. Der gibt mir den Hauptkampf. Verstehst du, den HAUPTKAMPF! Den letzten Fight am Abend. Acht Runden! Gegen den Wikinger. Das ist das Ding. DAS Ding! Meine Chance.

Ella greift nach der Tempopackung auf dem Tisch, zieht ein Taschentuch raus und schnäuzt sich.

Serdar lässt seine Worte im Kopf nachklingen. Er lehnt sich zurück ins Polster und guckt hoch zur Decke. Er sieht die Lampe, die schmale silberne Leiste mit den drei kleinen Lichtern dran, und er denkt an Freitagabend. Er steht im Ring und sieht, wie der Wikinger drüben in seiner Ecke nervös auf seinem Mundschutz rumkaut. Er spürt die Atmosphäre in der Halle. Die Leute klatschen. Sie rufen seinen Namen. Der Wikinger kommt auf ihn zu, und er knallt ihm ein paar Kombinationen um die Ohren. Er sieht, wie der Wikinger die Deckung fallen lässt, und er setzt nach. Er haut ihm eine Rechte an die Schläfe und er sieht, wie er runtergeht. Serdar sieht ihn hart aufschlagen und den Ringrichter mit den Armen wedeln, er sieht das Handtuch am Ringboden und er springt hoch auf die Seile und beugt sich vor, weit vor, er sieht die Gesichter der Leute und alle jubeln ihm zu.

Ist das alles?

Klarer Sieger durch Knockout, der Local Hero, noch schnell ein Foto für Facebook, ja, hier, bitte lächeln …

Ist das alles, was du mir zu sagen hast?

Die Halle ist weg. Die Atmo, die Leute. Keiner mehr da. Es ist still. Serdar sitzt neben Ella auf der Couch. Er sieht, wie sie ihn anguckt.

Heftiger Blick. Heftiger, trauriger Blick.

Serdar überlegt.

Alles? Wegen der anderen Sache, meinst du? Klar. Also … Ich hab da drüber nachgedacht …

Serdar rutscht auf dem Couchkissen nach vorne. Er stützt seine Arme auf die Oberschenkel und guckt runter auf seine Hände. Er macht eine Faust und lässt wieder locker.

Ja, ich hab nachgedacht, und … und ich wollte dich was fragen.

Er guckt sie an und sieht ihren Blick. Er redet weiter.

Können wir vielleicht nächste Woche drüber sprechen? Nach dem Kampf? Wenn ich einen Kopf dafür hab. Wär das okay? Vielleicht Samstag. Oder Sonntag? Ja?

40

Echt hart, dass du noch nie hier warst.

Aris stützt sich aufs Geländer und guckt runter ins Wasser.

Na ja, sagt Jessi. Ich hab eben auf den Richtigen gewartet.

Hah. Den Richtigen, der dir die Panke zeigt?

Jessi hört ihn lachen. Sie lehnt sich nach vorne und folgt seinem Blick. Das Wasser ist klar. Sie kann den Grund sehen. Dürre Pflanzen tanzen langsam im Schlamm.

Tjaja, sagt Aris, wir sind schon stolz auf unser kleines, räudiges Rinnsal.

Aris nimmt einen Schluck aus seinem Pappbecher und guckt sie von der Seite an.

Sie sieht schön aus, schlicht und schön, in ihrer hellen Jeans und dem weißen Top, die Haare hinten locker zusammengebunden, wie eine Sportstudentin oder sowas.

Sie spürt seinen Blick und guckt ihn an, aber er guckt schnell wieder runter ins Wasser.

Er sieht nach Leben aus, nach ziemlich viel Leben, mit seinem schwarzen Shirt über den runden Hüften, dem Pferdeschwanz und der Kerbe im Kinn, wie ein in Würde vorgealterter Barbesitzer.

Nein, ernsthaft, sagt er. Du kannst ewig da am Ufer lang, wenn du willst, bis hoch in den Bürgerpark. Das heißt, wenn sie dich nicht vorher an der Badstraße überfahren. Gibt sogar einen Wasserfall.

Also, jetzt wird's unglaubwürdig …

Ey! Ich schwör.

Auf dein Leben?
Auf mein Leben!
Auf das Leben deiner Mutter?
Auf … ja. Jaja.
Aris weicht ihrem Blick aus und angelt sich den Softpack aus der Hosentasche. Er schüttelt eine Kippe raus und hält Jessi die Packung hin.
Nee, danke. Ich rauch nur selten.
Aris zuckt die Schultern. Er sucht nach Feuer, er wühlt in allen Taschen seiner Jeans und findet nichts, Shit, Moment, wart mal kurz. Er flitzt die paar Schritte zurück zur Bäckerei, und Jessi wartet, sie pustet in ihren Kaffee und nippt vorsichtig, sie sieht ihn wieder aus der Tür kommen, brennende Kippe im Mundwinkel, breites Grinsen, Feuerzeug in der Hand.
Geschenkt! Sag ich doch. Feine Leute hier.
Aris zieht Jessi am Arm mit zum Uferweg.
Komm, ich zeig dir was.

Hier. Hier ist es.
Sie stehen im Gras der Uferböschung. Er zeigt mit dem Kinn zur Backsteinmauer auf der anderen Seite. Jessi sieht ein Graffiti, zwei Wörter, fremde Buchstaben.
Was ist das? Russisch?
Dacht ich auch erst. Oder Thai oder so. Ist es aber nicht.
Jessi guckt angestrengt übers Wasser und versucht, die Schrift zu entziffern. Sie überlegt laut.
Also, der zweite Buchstabe könnte ein V sein … Und danach, was ist das, ein kleines B?
Nee, nee. Guck genau hin.
Er streckt den Arm aus und fängt an, die Umrisse der Buchstaben nachzuzeichnen. Jessi sieht die dunklen Härchen auf seinem Handrücken, die Kippe, die zwischen seinen Fingern klemmt.

Keine Ahnung, echt.

Jessi sieht, wie er den Arm langsam nach unten senkt. Auf der Wasseroberfläche tanzen die Fliegen, die Nachmittagssonne spiegelt das Muster der Backsteine. Sie braucht noch ein, zwei Sekunden. Und dann sieht sie es. Die Buchstaben. Jetzt stehen sie richtig rum.

PARQ PANKE.

Wow. Nicht schlecht.

Jau. Das ist das, was die Jungs hier so machen. Paar Schritte gehen?

Sie laufen langsam über den Schotterweg und trinken ihren Kaffee in kleinen Schlucken. Alte Schlote und Büsche und Bäume. Es riecht nach Blüten und Gras und Entengrütze.

Und du? Hast du auch mal gesprayt?

Nö. Ich hab eigentlich immer nur geboxt.

Echt? Und? Auch mal gewonnen?

Mal? Keule, ich hab 51 Siege!

Wooow, macht Jessi, sie zieht es absichtlich in die Länge.

Ein Boxer, also doch. Aber gut, was heißt das schon? Nichts heißt das. Und sind Boxer nicht eigentlich die liebsten Typen, privat, wenn sie nicht im Ring stehen? Hat sie das nicht mal irgendwo gelesen?

Jessi fängt einen Blick von ihm auf, sie sieht das ironische Funkeln in seinen Augen und noch was anderes, aber sie weiß nicht was.

Heißt also, du warst ziemlich gut?

Ja, na ja, als Amateur, da war ich nicht so schlecht. Stadtbekannt sozusagen. Und eigentlich …

Eigentlich was?

Ach, egal.

Na, komm! Eigentlich …?

Eigentlich war ich auch mal fast bei Olympia. Also so richtig, als Teilnehmer. ’96, Atlanta. Aber gut, egal, wen interessiert der alte Scheiß.

Ach, komm. Ernsthaft?

Ja. Jaja. Kein Scheiß. Halbschwer. Für Griechenland.

Wie? Für Griechenland?

Ja, na ja, klar. Ich bin ja Grieche. Also meine Eltern. Und ich also auch, ursprünglich. Deutsch-Grieche. Griech-Deutscher. Na ja, so ungefähr.

Jessi muss lachen.

Also, meine Eltern, die sind schon so echte, richtige Griechen … gewesen. Deswegen haben sie uns Kindern auch richtige griechische Namen gegeben. Aris. Aristoteles. Old school.

Aristoteles, wiederholt Jessi, aber sie denkt an was ganz anderes, an die Vergangenheitsform, die er eben bei seinen Eltern nachgeschoben hat, und an seinen Blick, als sie ihn vorhin aus Scheiß auf seine Mutter schwören lassen wollte.

Tjaja, Olympia, sagt er und steckt sich eine neue Kippe an. Das wär was gewesen. Aber jetzt hab ich damit nichts mehr zu tun. Mit dem ganzen Griechengedöns, Malaka hier, Bouzouki da, was soll das auch.

Ach so?

Ja. Keine Ahnung. Hab ich einfach keinen Vertrag mehr mit. Geht doch eh alles vor die Hunde.

Was meinst du?

Na, alles, da unten. Und hier auch.

Er trinkt seinen Kaffee aus. Er sieht verärgert aus jetzt.

Nee, nee, das ist nicht mehr meins. Da musst du eher meinen Bruder fragen. Der kennt sich aus. Achim, Junge, der zieht's voll durch. Kannst du wissen. Das ganze bunte Hellas-Programm, original griechische Frau und original griechische Kinder und Eurodisco und vier Wochen Insel jeden Sommer. Wenn der in Griechenland ist, ist der mehr Grieche als jeder echte Grieche. Ein Übertreiber. War er immer schon.

Witzig, sagt Jessi. Dabei haben deine Eltern ja eigentlich alles dafür getan, damit ein richtiger Deutscher aus ihm wird.

Wieso? Versteh ich nicht.

Jessi zögert einen Moment. Sie hat das Gefühl, dass das jetzt die falsche Frage gewesen ist, trotz der offensichtlichen Ironie oder gerade deswegen. Er hat angehalten und guckt sie an.

Na ja, sagt sie, Achim. Ich meine, das klingt schon ziemlich typisch deutsch für mich. Oder gibt's den auch bei euch, den Namen?

Jessi sieht, wie sich sein Gesicht entspannt. Er fängt laut an zu lachen.

Ach so, nein, nein. Achim, so nenn nur ich ihn. Aus Scheiß. Weil er eben so einen auf Obergrieche macht. Er hat auch einen griechischen Namen. Achilleas. So heißt er richtig.

Er zwinkert ihr zu.

Und da hat er eben einen ehrlichen deutschen Spitznamen von mir bekommen. Und, was soll ich sagen, der hat sich gehalten. Findet er auch immer noch so ziemlich scheiße.

Ihr versteht euch aber schon, du und dein Bruder?

Jaja, wir verstehen uns. Sogar auf Griechisch.

Oh Mann. Du hast echt einen Schaden.

Na ja, sagt er. Wer nicht?

Jessi hört ihn lachen und sie sieht sein Augenzwinkern und sie fragt sich, was da wirklich ist, dahinter, was er da versteckt, hinter dem Lässigkeitsgrinsen, dem ganzen Herumgepaffe und den Alles-halb-so-wild-Gesten.

Irgendwas hat sich da verändert, eben, als es um den Bruder ging und die Eltern. Da schien es so, als hätte er extra noch einen Gang hochgeschaltet, da sind seine Witze noch schneller gekommen als vorher, zu schnell vielleicht und einen Tick zu laut, wer weiß warum.

Jessi denkt an das kurze Flackern in seinem Blick und sie hofft, sie hat nichts Falsches gesagt.

Easy, denkt Aris. Schön entspannt.

Du kannst es doch noch. Du weißt noch, wie's geht.

So viel hat sich da ja auch nicht verändert.

Du zeigst ihr die Gegend. Bringst sie zum Lachen. Erzählst ihr ein bisschen was vom Pferd. Und atmest dabei schön locker durch die Buchse.

Aris schnippt seine Kippe weg. Er guckt sie an und zwinkert ihr zu, und sie lächelt und guckt weg. Ihre Haare flirren hell im Licht. Er spürt die Sonne warm im Nacken.

Schönwetter. Das alte Rezept. Hat früher funktioniert. Funktioniert immer noch. Zeig ihr dein Lächeln. Bleib in Bewegung. Biet keine Angriffsfläche. Und mit allem anderen kannst du eh noch früh genug anfangen. Was soll das auch, dafür ist doch immer noch Zeit, später, irgendwann, da kannst du dann vielleicht mal dran denken, ihr deinen Sondermüll vor die Füße zu kippen.

Sie gehen ein kleines Stückchen, ohne viel zu sagen, unter der S-Bahn durch. Ihre Hand berührt seine, nur kurz, ein Zufall, klar, aber beide haben es gemerkt. Und sie lacht und Aris lacht mit und sie quatschen wieder drauflos, keine Ahnung über was, über irgendwas, egal.

Und wer ist er?

Sie zeigt rüber zu den Büschen. Aris sieht den Einkaufswagen, die Plastiktüten am Griff und das Khakihemd im hohen Gras.

Das, sagt Aris feierlich, das ist unser Flaschensammler.

Aha?

Der ist hier jeden Tag unterwegs. Klappert alles ab. Oft auch drüben am Platz. Wenn du den mal nicht mehr siehst, weißt du, das war's. Dann ist Ende.

Komisch, sagt sie beim Weitergehen. Der ist mir drüben noch nie aufgefallen. Dabei dachte ich, dass jeder einzelne Penner der Gegend schon mal bei uns im Laden randaliert hat.

Ach so, nein. Der gibt sein Zeug nur bei Serdar ab. Im Späti drüben, weißt du. In der Fünf. Direkt bei mir nebenan.

Aris zeigt mit dem Daumen die ungefähre Richtung zum Platz rüber.

Bellermann zwei, da wohn ich. Der Späti ist die Fünf. Da holt er immer seinen Nachschub, und nicht zu knapp.

Und die Uniform, was soll das? Ist der irgendwie ein hängengebliebener Nazi?

Nee, nee. Der ist harmlos. Macht einfach sein Ding. Hockt abends in der Klause und versäuft sein Pfandgeld oder sein Hartz oder was auch immer. Bei uns heißt er nur der Flaschenfascho.

Der Flaschenfascho? Oh Mann.

Aris guckt ihr ins Gesicht, und zum ersten Mal hat er jetzt das Gefühl, dass da was ist, das hier nicht hingehört, nicht in die abgerockte Gegend, nicht zu so einem abgefuckten Typen wie ihm. Er weiß, sie hat eigentlich was Besseres verdient, und er hat Angst, sie weiß es auch.

Sie guckt ihn herausfordernd an.

Und du so?

Wie, was, ich so?

Na, was machst du denn so den ganzen Tag?

Und da ist er schon. Der Moment, den er hat kommen sehen, ohne sich auf ihn vorzubereiten. Er würde kommen, das war klar, eher früher als spät, und jetzt ist er da und Aris merkt, wie ihm heiß wird und die Gedanken Rennen fahren, und er weiß nicht weiter.

Aris fingert umständlich eine neue Kippe aus der Packung. Bleib locker. Nicht der Moment. Die Wahrheit ist geduldig.

Abends? Also, abends trainiere ich meistens die Kleinen. Bei Viktoria drüben.

Glatt gelogen. Aber gut.

Und vorher? Tagsüber so?

Vorher? Na ja, also, derzeit … Umschulung.

Oh Mann, denkt Aris. Du hast sie echt nicht alle. Was erzählst du ihr da für einen Mist?

Aha, sagt sie, und keine Ahnung, ob sie ihm noch irgendwas abnimmt von dem, was er da labert. Keine Ahnung, ob sie überhaupt noch zuhört, so schwach, so weit weg klang das Aha gerade.

Ja, also, stammelt er weiter, Event … Veranstaltungsmanagement.

Aris kriegt die verdammte Kippe nicht an. Er schüttelt das Feuerzeug und linst unauffällig zu ihr rüber. Sie ist stehen geblieben und guckt sich nervös um.

Kacke. Das hat sie jetzt wohl gecheckt. Dass das Bullshit war. Dass er ihr nur Scheiß erzählt. Und kein Wunder. Eventmanagement. Was ein Unsinn.

Sie steht blass neben ihm, guckt vor und zurück, und er denkt, das war sie jetzt, die eine gottverdammte Schwindelei zu viel.

Du Vollmongo.

Jetzt hast du's doch noch verkackt.

Jessi steht da, mitten auf dem Weg, ihr Blick fliegt hin und her, ihre Beine wiegen hundert Kilo, und alles schnurrt zusammen.

Sie sieht den Weg unter sich, sie sieht die winzigen Steinchen, sie guckt hoch und sieht die Schotterschlange zwischen den Büschen verschwinden, sie sieht die graue Schlange und kein Ende und sie sieht ihn, er steht neben ihr, Kippe in der Hand, er guckt sie an und wartet und versteht nichts und wie soll er auch?

Und Jessi dreht sich um und guckt in die Richtung, aus der sie gekommen sind, sorry, dachte, dass es geht, und es ist ja auch eine Weile gegangen, ganz ordentlich ist es gegangen, aber jetzt nicht mehr, jetzt muss sie hier weg. Sie spürt es mehr als alles andere.

Jessi merkt, wie sie losgeht, und sie hört seine Schritte hinter sich knirschen, er kommt ihr nach, und sie hört sich selbst, sie hört noch mal ihre Worte, sorry, können wir bitte, zurück, ich muss weg, tut mir leid, vergessen, ist dringend, sie hört ihr eigenes Gestammel und sie versucht sich daran zu erinnern, worüber sie sich unterhalten haben, vorher, irgendwann, aber sie weiß es nicht mehr.

Und Jessi hört seine Schritte, sie hört ihn atmen und sie guckt sich um und sieht ihn schräg neben sich, und was wird er denken, was schon groß, sie hat ja nichts erklärt, eher im Gegenteil, und sie guckt wieder nach vorne, den Weg runter, den Ausweg, zurück, zurück zur Brücke, zur Straße, zum U-Bahnhof, zu Line, da wird es besser, weg von den dichten Büschen und den engen Kurven und den weißen Kappen, die dahinter aufblitzen oder auch nicht, wer weiß, wer weiß, aber es geht nicht, sorry, sorry.

Weg, nur weg. Kein Gehen, fast ein Rennen, er versucht, mit ihr Schritt zu halten, und keiner achtet mehr auf Graffiti und Backstein und irgendwas.

Kann nicht sein, denkt Jessi. Kann nicht sein.

Sie ruft sich den Satz zu, in Gedanken, sie schreit ihn raus, sie schreit sich an, ohne einen Ton zu sagen.

Und sie weiß es nicht, sie weiß es ja auch nicht, kann sein, kann auch nicht sein, sie ist sich nicht sicher, war da was?, war er da?, hinter der nächsten Kurve?, oder war alles Einbildung, nur blinde Panik? Wirklich gesehen hat sie ja nichts, nicht ihn oder seine beschissene Kappe oder irgendwas, aber etwas war da, in den Büschen hinten, ein Aufblitzen, etwas Weißes, oder doch nur ein Gefühl, das miese Gefühl, dass alles sein kann, alles, alles.

Sie kommt und geht, wie sie will, die Panik, für eine Weile war sie verschwunden, und Jessi dachte, es ist okay, es geht klar. Aber vielleicht gilt das nur für die Wege, die du kennst. Nicht für die anderen, die eng sind und sich komisch anfühlen und zweihundert Meter weiter zwischen den Büschen verschwinden.

Und es zieht sie, wie ein Magnet, zurück, zurück, in die andere Richtung, alles falsch, was vorhin richtig schien, es geht nicht, es geht einfach nicht, sorry, keine Chance.

Denn was, wenn er aufgetaucht wäre, was wenn er doch da gestanden hätte, hinterm nächsten Eck, hinterm übernächsten Busch, im Tunnel, auf der Brücke, irgendwo? Was, wenn er sie gesehen hätte, was dann, was dann?

Weg, nur weg, die Rampe hoch, erst oben auf der Brücke macht Jessi ein bisschen langsamer. Ein paar Meter weiter hält sie an. Sie hört ihn schnaufen. Sie dreht sich zu ihm um.

Der Schweiß auf seiner Stirn, der fleckige Hals, wie er die Schultern leicht hebt, die Arme ausbreitet. Was zur Hölle?, sagt seine Geste.

Jessi guckt ihm in die Augen. Sie holt tief Luft.

Hör zu. Ich muss dir was sagen.

Und sie wartet kurz, ein paar Momente, aber sie hat sich schon entschieden, sie weiß, es ist besser so, es ist der bessere Weg, jetzt, immer, sowieso.

Es gibt da wen, sagt Jessi. Einen von früher. Aus meiner Vergangenheit.

Sie guckt ihn an.

Guckt ihm direkt ins Gesicht.

Besonders überrascht sieht er eigentlich nicht aus.

41

Feind.

Feind.

Schlau. Schlau. Schlau.

Links, rechts, Feind, rechts, schlau, rechts, schlau.

Der Flaschenfascho verschiebt über den Uferweg und bewegt die Füße im Takt. Marsch längsseits der Wasserstraße. Mittleres Tempo. Äußere Lage stark verbessert. Regen in der Nacht. Kein Staub. Weiche Erde.

Feind. Feind. Schlau, rechts, schlau.

Der Flaschenfascho bewegt die Lippen im Takt, er spricht den Text lautlos mit, und er fühlt sich wieder ziemlich prächtig. Kein Vergleich zu gestern. Gestern ist abgehakt. Der Bauch ist wieder ruhig und der Fundus passabel. Das hebt die Laune. Und eine herrenlose Plastetüte im Gebüsch, prallvoll mit kostbarem PET, das ist schon mehr als passabel. Da lässt sich ein alter Hase nicht zweimal zum Tanz bitten, schnelle Beute, gute Beute, zwölf mal 25 Europfennig, das sind summa summarum ja schon allein fast zwei Schantres bei Ilona.

Feind, rechts, Feind, rechts. Schlau, schlau, schlau.

Der Flaschenfascho verlegt zurück zum Platz, summt die alten Textzeilen vor sich hin und zählt seine Schritte. Elf, rechts, drei, rechts, Feind, rechts, schlau.

Ist wichtig. Den Überblick zu behalten. Zu wissen, wo du gerade stehst. Und wie viel du noch vor dir hast.

Der Flaschenfascho schielt im Gehen in seinen Wagen. Da dürften so an die 20 Bierflaschen klappern, alles dabei, braune und ein paar grüne, und dann natürlich die Tüte, der beste Fund des Tages, aber da klappert nichts, da ist kein Glas drin, nur Leichtes. Leicht gleich wertvoll. Das wird er direkt mal als Erstes abgeben.

Was du hast, hast du, und was du kriegst, weißt du nicht. Logisch.

In der militärischen Meisterschaft gibt es kein Reifezeugnis auf Dauer – sie muss täglich neu errungen werden.

Der Flaschenfascho greift nach dem offenen Berliner im Wagen und nimmt im Gehen einen Schluck. Er hört es plätschern, er spürt die Flüssigzehrung angenehm unter dem Hemd, M40, Khaki, mit Schlips und zwei praktischen Taschen, Tropenausführung, genug geschwitzt für diese Woche.

Obenrum Tropenhemd, untenrum Räuberzivil, das verstößt zwar, streng genommen, gegen die Vorschriften, aber so eine Attacke wie gestern vor dem Spätkauf, die kommt ihm nicht noch mal unter. Und die ist absolut tipptopp, die kurze Sporthose, die hat er hier ganz in der Nähe mal aus dem Wasser gefischt, ein echt guter Fang, brauchbar und tragbar, nachdem er die in der Dusche einmal abgebraust und entsprechend getrocknet hatte.

Dreineun, viernull, viereins, schlau.

Der Flaschenfascho trinkt die Pulle aus und beschleunigt den Schritt. Es gilt den Nachschub zu sichern, Zug, Marsch, Marsch. Jetzt nicht leichtsinnig die gute Gesundheit aufs Spiel setzen. Er fühlt sich gut und das soll auch so bleiben, er hat gut geschlafen, vier, fünf Stunden bestimmt, und vielleicht war das ja auch das Problem. Gestern. Und damals. Da haben sie einen ja nie richtig schlafen lassen. Da konnte man sich ja schon über drei Stunden am Stück freuen. Kaum pennen und dann noch verlängerte Schicht, na, wer da noch Kraft zum Quasseln hatte, der konnte sie eh nicht alle haben.

Aber jetzt fang nicht schon wieder damit an.

Zu Befehl, murmelt der Flaschenfascho und tippt sich mit

den Fingerspitzen ans Kopftuch. Der Wagen rappelt übers Pflaster unter der Brücke, und der Flaschenfascho versucht, nicht schon wieder an früher zu denken, an die Zeit vor dem großen Wegtreten.

Er denkt stattdessen lieber an die Zeit danach. An die Zeit am Gericht. Eine gute Zeit. Er war der Hausmeister und er hatte seine Ruhe. Wer den Schlüssel zu jedem einzelnen Zimmer im ganzen Amtsgericht hat, der hat automatisch seine Ruhe. Da müssen sie dich erst mal aufspüren, wenn du nicht willst, in so einem riesigen Objekt wie dem Amtsgericht mit seinen tausend Sälen und Kammern und Winkeln bis hoch unters rote Dach.

Eine gute Zeit, die Neunzehnneunziger, gut und ruhig. Da waren die anderen selbst schuld, wenn sie nicht so eine Ruhe hatten wie er. Da hätten sie eben auch rechtzeitig rüber sollen. Meinetwegen auch gleich am ersten Abend, so wie er. Weil, worauf willst du noch warten, wenn schon alles zusammenkracht und nichts mehr heilig ist und keine Grenzen mehr, nirgends.

War ja ganz leicht, hat ja keiner gefragt, und nach früher schon gar nicht. Selbst am Gericht nicht, als er da angetreten ist, im sauberen Hemd und allem, um Eindruck zu machen. Aber er wollte gar nichts wissen, sein neuer Kommandant, der hat nur genickt, immerfort genickt hat er und ihn direkt vergattert, und am Ende musste er gar nichts weiter machen, als auch zu nicken, und da haben sie ihm schon den Schlüsselbund in die Hand gedrückt, herzlich willkommen.

Ein riesiger Schlüsselbund war das, mit zig Schlüsseln, lange, kurze, zackige, glatte, die meisten mit so bunten Gummikappen dran, und unten im Holzkasten in der Empfangsstube hingen noch mal hundert oder mehr.

Für jede Tür einen Schlüssel. Die hat er dann nach und nach ausprobiert, einen nach dem anderen, aber ein paar hat er sich noch extra aufgehoben, für später.

Den für die schwere Eisentür auf dem Speicher sogar bis ganz zum Schluss.

Der Flaschenfascho ist oben auf der Brücke angekommen, er atmet schwer von der Tempoverschärfung und der Proviant ist alle. Er lehnt sich übers Geländer und schnappt nach Luft. Er sieht sein Tropenhemd unten im Wasser, die kurzen Arme der guten M40, und er denkt an den Tag, als er sie gerettet hat aus ihrer Einsamkeit, zusammen mit all ihren Kameraden.

Leicht war es nicht, die Tür aufzukriegen, die rostige Eisentür auf dem Speicher, halb versteckt hinter staubigen Kisten, ganz oben unterm Dach, wo es im Sommer immer nach heißem Holz gerochen hat und im Winter nach feuchter Kohle. Er hat ewig rumgemacht an der Tür, mit dem Schlüssel, aber irgendwann hatte er sie dann auf.

Und da haben sie gehangen.

Eine neben der anderen.

Schön ordentlich, jede an einem eigenen Bügel, auf dem angerosteten Rollständer, an einer langen Stange. Wie die Kostüme von einem alten Theaterstück. Als hätte sie einer da irgendwann mal abgestellt und dann einfach vergessen.

Und er weiß noch genau, wie ihm der Puls hochgeschossen ist, und er hat gemerkt, dass es ihn wieder packt, nicht erst, als er sie anprobiert hat, eine nach der anderen. Soldatenhaut bleibt eben doch Soldatenhaut. Und da ist eine so gut oder schlecht wie die nächste.

Und er wusste sofort, das ist kein Zufall, das kann kein Zufall sein, dass ausgerechnet er jetzt all diese Uniformen findet. Dass sie ausgerechnet ihm in die Hände fallen, und nicht irgendeinem dahergelaufenen Zivilisten.

Als alle anderen weg waren, lange nach Feierabend, hat er sie dann in Sicherheit gebracht. Er wusste, er würde sie noch mal brauchen, irgendwann, das hat ihm sein Gefühl gesagt, und so kam es ja dann auch, Jahre später, als er wieder rausmusste, als sie ihm den Krieg erklärt hatten, die Oberen, die

Bonzen, die Schweine, mit ihren Kündigungen und Reformen und all dem Zeug, als alles wieder von vorne losging, der ewige Grenzgang, der tägliche Wachdienst zum Zwecke der Selbstexistenz.

Der Flaschenfascho stößt sich vom Geländer ab. Er streicht sich seine Tropenbluse glatt und richtet sich den Schlips. Er spürt seinen trockenen Mund. Seine brennenden Augen. Das muss der Stolz sein. Er wirft sich in die Brust und marschiert wieder los.

Die Ausrüstung entscheidet den Krieg. Und er hat sie, das weiß er, er hat die richtige Ausrüstung für seinen täglichen Straßenkampf, jeden Morgen ein neues Gefecht, jede Woche ein Sechs-Tage-Krieg. Und am Sonntag sollst du ruhen.

Der Flaschenfascho schiebt seinen Wagen im schnellen Marsch zur Ampel, er guckt nicht links, nicht rechts, und er hört ein Klingeln, er sieht einen schimpfenden Zivilisten auf seinem Fahrrad, aber er beachtet ihn gar nicht, Armeeverkehr hat Vorrang, der Rest muss sich fügen.

Der Flaschenfascho läuft drüben auf den Platz und sondiert das Terrain. Er sieht die alten Bänke unter den Bäumen, sie sind leer bis auf eine, da sitzen zwei Zivilisten und rauchen. Der Flaschenfascho stutzt. Der eine von den beiden kommt ihm bekannt vor, aber das muss ein Irrtum sein. Er behält sie trotzdem im Auge, während er seine Ausrüstung in mittlerem Sicherheitsabstand über den Platz schiebt, aber es wird schnell klar, von den beiden geht keine Gefahr aus.

Der Flaschenfascho geht langsam rüber zum Spätkauf, und er behält die Umgebung im Auge, man weiß ja nie. Man weiß wirklich nie. Drüben vor der Klause geht jetzt ein Weibsbild vorbei, er sieht sie da drüben gehen, er sieht ihre dralle Figur und er guckt ihr hinterher, er glotzt und glotzt und er bleibt stehen und schiebt sich die Augenklappe auf die Stirn und glotzt weiter, und er kann sich schon denken warum.

Er sieht ihr nach, seiner Ulla, der drallen Ulla, die nicht die dralle Ulla ist, wie auch, aber er sieht sie hinten um die Ecke gehen und gleichzeitig kommt sie genau auf ihn zu.

Ulla, seine Ulla, er sieht sie vor sich und er denkt an seine letzte Nacht mit ihr, die Nacht vor dem Nebel, und er liegt wieder in ihrem Schoß und spürt, wie sie ihm den Kopf tätschelt, und er hört ihre weiche Stimme, ruhig, mein Schwejk, nur ruhig, das wird doch alles werden.

Und er hat es geahnt, damals schon, dass es mit den Frauen ist wie mit den Menschen, du weißt nicht, ob Freund oder Feind, nie weißt du's, nie, und alles andere ist Einbildung.

Und er versucht, den Gedanken schnell wieder zu vergessen, weil er weiß, wohin er führt. Er schiebt ihn weg und er hört die Rollen übers Pflaster klappern und er muss an sie denken, er denkt jetzt nur noch an Ulla und an seinen letzten Besuch bei ihr, in der Nacht vor der Nacht, als der Nebel gekommen ist, der verdammte Nebel, und kein Weg zurück.

Und er dachte immer, sie war schuld.

Weil sie doch die war, die ihn nicht hat schlafen lassen.

Weil sie doch die war, die ihm im Kopf herumgespukt ist, die ganze Zeit, und egal ob in der warmen Stube oder sonntags im Maisfeld oder im grauen Nebel von Spandau.

Der Flaschenfascho schiebt seinen Wagen über den Platz und die Erinnerungen sind wieder da, er denkt jetzt an sie, an ihre Haare und ihren Hintern und an alles andere, und er versucht, auf seine Schritte zu achten, fünfnulleins, rechts, fünfnulldrei, rechts, er zählt es laut vor sich her, aber mit dem Takt der Stiefel kommen auch die Wörter und die Melodie, und er weiß, dass es gar keinen Unterschied macht, jetzt weiß er es, aber das macht es nicht besser.

Er weiß, es ist völlig egal, wie viel oder wie wenig du vorher geschlafen hast.

Und er hört sie, die Worte, den alten Text, er hat ihn im Kopf und er geht nicht mehr weg, der Feind, rechts, der Feind, rechts.

Der Feind.
Der Feind.
Der Feind ist ohne Erbarmen und schlau.
Er fragt nicht nach Liebe, nach Kind oder Frau.

42

Es gibt da wen.

Es gibt da wen.

Aris läuft von der Panke nach Hause, einen kalten Kippenstummel im Mundwinkel, er läuft zurück zum Bellermann und er denkt, keine Ahnung.

Keine Ahnung, wo sie ist. Er hat sie stehenlassen, musste sein, ging nicht anders. Vielleicht steht sie immer noch da, hinten an der Brücke, und er geht nach Hause, er dreht sich nicht um und er versteht die Welt nicht mehr, die gleiche Welt, die vor zehn Minuten noch in feinster Ordnung gewesen ist.

Es gibt da wen. Es gibt da wen. Einen von früher.

Früher mein Arsch.

Es gibt da wen? Einen aus ihrer Vergangenheit? Na, was soll das schon für einer sein? Einer, der sie immer noch beschäftigt anscheinend. Einer, der sie nicht loslässt. Für den sie also sicher auch noch was übrig hat, aber das behält sie erst mal noch für sich. Das kommt dann später. Aber es kommt. Klar.

Egal. Scheißegal. Alles scheißegal. Und immer das Gleiche.

Du kannst reden. Und sie reden lassen.

Du kannst nicken und lächeln und so tun, als ob und ja wirklich und überhaupt, du kannst versuchen, Schritt zu halten und hin und wieder mal einen Seitenblick riskieren, ein Signal senden oder empfangen, ein Lächeln, ein Zwinkern, einen netten Satz.

Aber die Frage ist doch.

Verstehst du was?

Irgendwas?

Oder eher nicht.

Aris läuft rüber zum Platz und er ist schon unter der S-Bahn durch und fast an der Ampel, er merkt nicht, dass seine Kippe längst aus ist und er hat keine Ahnung, was da ist mit dem anderen Typen. Vielleicht auch alles nur vorgeschoben, vielleicht alles eine billige Ausrede von ihr, weil sie irgendwie gecheckt hat, das klappt nicht mit ihm, weil sie ihm seine Flunkereien nicht abgenommen hat, unten am Ufer. Und ihr Gesicht. Als hätte sie ein Gespenst gesehen. Vielleicht ist er das ja selbst gewesen, das Gespenst.

Egal. Egal. Er will es gar nicht wissen. Ist ihm echt zu viel. Gerade nicht so den Kopf für. Und das hat sie ja wohl dann auch mitbekommen. Das musste raus.

Gibt da wen, gibt da wen. Laberlaber, blabla. Alles nur Worte, nicht mehr. Und was bringen dir die ganzen hübschen Worte, wenn du sie zwar hörst, aber null Sinn daraus machen kannst? Nichts bringen sie dir. Am Ende steckt doch immer der gleiche Mist dahinter und wie auch nicht in so einer Woche.

Aris passt einen Transporter ab und geht über die rote Ampel, er wartet kurz auf der Mittelinsel, bis zwei Karren aus der Gegenrichtung durch sind, und geht dann weiter, er läuft drüben auf den Platz, und es ist seltsam. Seltsam und ätzend und nervig, der Gedanke, und Aris will ihn nicht zulassen, aber er ist da, plötzlich ist er da, wie aus dem Nichts, der Gedanke, die Erinnerung.

Aris erinnert sich an Achim, an Achim und sich selbst, als sie klein waren. Wie einfach alles gewesen ist, damals, als die Welt noch winzig war, nicht größer als der Innenhof hinterm Haus oder der Bolzplatz gegenüber.

Wie unwichtig Worte waren, damals, als Gedanken genug waren, als sie nicht mehr brauchten, Achim und er. Einmal ist er ins Zimmer gekommen, den Ball unterm Arm, und Achim hatte gerade schon sein Trikot angezogen, ohne ein Wort. Einmal, mit den Eltern am Tisch, da saßen sie sich still gegenüber, still und grinsend, und die Alten haben sich irgendwann angeguckt und gefragt, was ist los, warum sagt ihr denn gar nichts, und Achim und er haben sich nur angeguckt und gegrinst und gesagt, wieso, machen wir doch.

Auch später noch, beim Pokern, da wusste der eine, ob der andere was auf der Hand hat oder nicht, fast immer, es war gespenstisch und gab dann auch Stress, weil die anderen natürlich dachten, sie würden sich irgendwelche geheimen Zeichen geben. Aber nichts, gar nichts, der eine wusste eben, ob der andere blufft oder nicht, Showdowns hat es da keine gegeben, nur ein einziges Mal und da haben sie am Ende jeder zwei Buben gezeigt und das Geld in der Mitte brüderlich geteilt.

Und vielleicht ist es so, Worte sind Worte und Brüder sind Brüder, und es ändert sich nicht, es bleibt immer das Gleiche, egal wie weit du dich vom anderen entfernst.

Und vielleicht ist das der Grund.

Vielleicht ist das der Grund dafür, dass Aris auch jetzt gleich Bescheid weiß, gleich im ersten Moment, in dem Moment, als er unter den Kastanien langläuft und zu seinem Haus rüberguckt und die Steinstufe vor der offenen Eingangstür sieht und den, der da drüben auf der Stufe sitzt, im dunklen Arbeitsanzug mit schiefem Schlips, die Arme auf den Knien, das riesige Handy in der hohlen Hand, das Gesicht blass, den Blick ins Nichts.

Und Aris bleibt stehen, mitten auf dem Platz, und er merkt, wie sich seine Muskeln anspannen, von den Waden über die Oberschenkel bis hoch in die Arme, in die Schultern und den Nacken, er merkt, wie er verkrampft, ein unerfahrener Boxer vor seinem ersten richtigen Kampf, und Aris sieht seinen Bruder, drüben vor der Nummer Zwei, und sein Kopf ist leer, leer bis auf einen Gedanken, ein Wort.

Und Aris kann an nichts anderes denken, er sieht Achim den Kopf heben und aufstehen und langsam auf sich zukommen, und die ganze Zeit denkt er an nichts weiter als an das eine Wort, die eine Wahrheit, die er im Gesicht seines Bruders sehen kann und die nie genug Worte kennt und doch zu viele.

Nein.

Nein, nein.

Wann?

Heute morgen. Oder ein bisschen vorher. Spätnachts.

Verstehe, sagt Aris, aber er versteht null.

Ich hab versucht, dich anzurufen.

Aris nickt.

Sie sitzen auf der Bank. Auf einer der alten Holzbänke auf dem Bellermannplatz. Abgeplatzter Lack und dunkle Kaugummiflecken und Filzstiftgekritzel.

Sie sitzen nebeneinander, sie rauchen mit vorgebeugtem Oberkörper und gucken rüber zur Hauptstraße, wo der Feierabendverkehr unter der S-Bahnbrücke durchrauscht.

Sie sprechen nicht viel, und was gibt es auch zu sagen. Achim hat ihm erzählt, was sie ihm erzählt haben, und mehr weiß er ja auch nicht. Er weiß genau so viel wie Aris, nämlich dass das, was lange auf sie zugekommen ist, jetzt da ist, und trotzdem ist alles anders. Es reicht, dass sie nebeneinandersitzen, für eine Weile, und wissen, dass das, was zwischen ihnen war, jetzt erst mal keine Rolle mehr spielt.

Aris guckt rüber zur Straße, er sieht den 390er hinten an der Haltestelle bremsen und er sieht die Schatten der Leute hinten im Bus. Die Türen gehen zu, der Bus fährt weiter.

Aris blinzelt, seine Wangen brennen, und er sieht seinen Bruder vor sich, ohne ihn anzugucken.

Er sieht die Müdigkeit im Gesicht des anderen, so wie er sie eben gesehen hat, drüben vor der Haustür, und er muss nicht noch mal nachschauen. Müdigkeit, Leere und Trauer, aber auch noch was anderes war da in Achims Blick, aber was nur, Erstaunen, Erschrecken? Es schien fast so, als hätte er nicht damit gerechnet. Als hätte Achim dem großen Bruder keine Reaktion zugetraut oder jedenfalls nicht so eine.

Aris merkt, wie die Luft sein Gesicht trocknet. Er schnippt seine aufgerauchte Lucky weg, zündet sich eine neue an und bietet dem Bruder eine an. Achim nimmt sie und lässt sich von Aris Feuer geben.

Weißt du, sagt er und pustet den Rauch weg, es hat ihr nicht wehgetan.

Woher willst du das wissen?, will Aris ihn fragen, aber er sagt nichts.

Sie ist einfach so weg gewesen, haben sie gesagt. Einfach so.

Einfach so?

Ja.

Einfach so, denkt Aris. Einfach weg.

Keine Ahnung, was das heißen soll.

Sie sitzen da und rauchen und sagen nichts.

Du musst nicht …, sagt Achim und stockt.

Hm?

Ich meine … Ich kümmer mich um alles, okay? Um alles, was jetzt so gemacht werden muss. Die … also, die Organisation.

Aris hört das letzte Wort und er hört, wie schwer es Achim über die Lippen kommt, und er weiß warum. Es wirkt so unpassend. So lang. So deutsch.

Du, Bruder?

Hm?

Kannst du mir was pumpen? Einen Zwanni oder so?

Achim greift in die Innentasche seines Sakkos und holt einen Fünfziger aus seinem Portemonnaie.

Kriegst du wieder.

Achim winkt ab. Schon okay.

Und Aris nickt, und dann rauchen sie noch eine und bleiben

noch ein bisschen sitzen, auf der alten Bank mitten auf dem Bellermannplatz, sie sitzen nebeneinander und schweigen zusammen und sie denken an die gleichen Dinge, zwei Brüder ohne Eltern, Aristoteles und Achilleas, der Denker und der Kämpfer, nur muss der Ältere immer beides auf einmal sein, und kein Wunder, wenn dann alles durcheinanderkommt.

43

Panke?

Okay. Bei Peter Lustig in 20. Hab Heinis dabei.

Manchmal reichen zwei SMS.

Zwei kurze SMS, eine Frage, eine Antwort, und alles ist geritzt. Allein das beruhigt schon extrem.

Serdar sieht im Gehen die Pfeiler der Holzbrücke zwischen den Zweigen. Es gibt die Zeit für Endlosdiskussionen. Und es gibt die Zeit für ein paar Bier mit Ivo am Ufer.

Ein paar eiskalte Bierchen bei Peter Lustig vor der Hütte.

Ruhiges Plätzchen, die kleine Wiese unten am Wasser mit dem alten Bauwagen drauf. Direkt hinter der Brücke rechts, an den Büschen vorbei, ein paar Zweige zur Seite und schon bist du da. Den Bauwagen haben sie hier irgendwann mal vergessen, muss ewig her sein, ist kaum noch zu erkennen, das Ding, so vermoost und vermodert und zugewachsen, wie es ist. Ivo meinte mal, wenn das wirklich der von olle Lustig ist, dann dürfte da drin nicht mehr viel von dem Alten übrig sein. Aber nachgeguckt haben sie nie.

Serdar läuft über die Brücke und wirft einen Blick runter zur Wiese. Ivo ist schon da. Neben ihm im Gras zwei Sixpacks und eine Tüte Eis.

Profi.

Serdar geht drüben an den Toren der alten Lagerhallen vorbei bis zur Lücke in den Büschen. Er weiß, das war eine gute Idee, die beste diese Woche. Mal ein bisschen den Kopf durchspülen. Sonst ist da oben bald Tilt.

Serdar setzt sich neben Ivo ins Gras, schnappt sich ein Bier, tippt ein paar Mal mit dem Zeigefinger auf den Verschluss und reißt die Dose auf.

Sie stoßen an und trinken und halten erst mal beide den Mund.

Ivo ist ein Bekloppter und Übertreiber und Schwätzer, er kann einen in den Wahnsinn treiben mit seiner Art. Aber er weiß auch, wann es Zeit für die stille Ecke ist.

Und das macht ihn zum besten Freund, den Serdar hat.

Ivo weiß nur, Serdar hat Stress mit Ella, und dieser eine Satz hat ihm am Montag als Erklärung erst mal gereicht. Und er weiß, dass Serdar irgendwann mehr erzählen wird, wenn's was Ernstes ist.

Aber jetzt noch nicht.

Jetzt sitzen sie erst mal ein bisschen nebeneinander im blauen Licht der Pankewiese und trinken ihr Bier aus den kleinen grünen Dosen, weil es besser schmeckt und gut in der Hand liegt und sie Flaschenbier allgemein schon immer ziemlich asozial gefunden haben.

Und so geht es eine Weile, und das Einzige, was man hört, ist das Geräusch aus dem Fußballkäfig drüben auf der anderen Seite, am anderen Ufer, hinter den Bäumen, wenn der Ball aufs Gitter knallt.

Ich glaub, diesmal war's das.

Hm? Was?

Mit Ella. Mit mir und Ella.

Ivo zieht die Brauen zusammen.

Serdar greift in den Eisbeutel und macht sich ein neues Bier auf. Er trinkt einen großen Schluck. Und dann bringt er Ivo mal auf den neuesten Stand.

Erzählt ihm vom Showdown im Späti.

Wie ihm Aris auf den letzten Drücker den Arsch gerettet hat.

Erzählt ihm von seinem Kampf gegen den Wikinger.

Erzählt, wie er dem Alten seinen Drecksjob vor die Füße geknallt hat.

Und dann erzählt er ihm auch von dem Stress mit Ella und von allem anderen erzählt er ihm auch. Und als er Ivo Ellas News vom Montag erzählt, guckt er rüber zu ihm und wartet auf eine Reaktion, aber Ivo rührt sich nicht.

Da ist nach wie vor Eiszeit, sagt Serdar. Reine Eiszeit zwischen ihr und mir, und keine Ahnung, ob es das alles wert ist, echt nicht.

Sie sind mittlerweile beim dritten Bierchen oder beim vierten, und Ivo hat sich den Plastikträger mit den sechs Halterungen geschnappt und zoppelt ein bisschen daran herum. Drüben am anderen Ufer gehen die ersten Laternen an und die Fliegen flitzen ums gelbe Glas.

Nee, Mann, sagt Serdar, weil Ivo nichts sagt, wird nicht besser. Wird echt nicht besser. Ich frag sie vorhin, ob wir nicht erst mal Waffenstillstand machen können, so ein paar Tage nur, wegen dem Kampf und allem, ich meine, du weißt, wie wichtig der ist. Sie weiß das vielleicht nicht, aber du schon.

Ivo nickt stumm.

Und ich sag ihr, Schatz bitte, danach können wir über alles reden und so weiter und ich denke, bitte, nicht schon wieder jetzt. Und sie? Reagiert gar nicht drauf. Null. Nada. Hat mich nur angeguckt, als wär ich der letzte Mensch.

Serdar trinkt sein Bier aus. Ivo angelt im Eis nach einem neuen. Er hält Serdar die tropfende Dose hin.

Schon klar, oder?, sagt Ivo.

Hm?

Schon klar, was sie will.

Was meinst du?

Na, die Frau will eine Ansage. Ein Commitment. Oder wenigstens mal eine Antwort.

Keine Ahnung, sagt Serdar und reißt sein Bier auf. Schaum läuft ihm über die Hand.

Warum kann sie mir das nicht normal sagen?

Mann, Junge. Überleg doch mal. Die ist doch auch total überfordert. Ich mein, mit den ganzen News. Kein Wunder.

Was heißt auch? Ich bin nicht überfordert. Ich bin total entspannt. Ich hab nur übermorgen den Fight meines Lebens, weißt du.

Ja, klar. Aber dann sag ihr das vielleicht mal.

Das weiß sie doch.

Serdar feuert ein Steinchen ins Wasser. Ivo spuckt neben sich ins Gras.

Und?

Und was?

Und, willst du das Kind?

Alter. Ich hab nicht mal einen Job!

Serdar trinkt einen großen Schluck. Er merkt, wie Ivo ihn anguckt. Aber er hat keine Lust zurückzugucken.

Hab andere Pläne, sagt Serdar. Aber bis das mit dem Boxen mal richtig was abwirft, dauert's noch. Ein Jahr Minimum.

Serdar schüttelt den Kopf.

Nein, nein, das geht nicht. Und ich weiß auch nicht. Dieser ganze Scheißstress immer. Keine Ahnung, ob das überhaupt alles noch Sinn macht.

Was für ein Stress?

Mit Ella und allem. Weißt du, ich brauch eine, die mich supportet. Keine, die mir dauernd die Ohren vollnölt, Bewerbungen hier, Karriere da, mach mal was aus dir, was hängst du hier rum, schon wieder Pokern, wähwähwäh, wuhwuhwuh, ich meine, was soll das?

Ach, komm. Jetzt spinn hier nicht rum.

Was denn? Was willst du von mir?

Serdar guckt Ivo wütend an. Ivo ist ganz ruhig.

Was ich will? Dass du mal nachdenkst, bevor du hier die

großen Reden schwingst. Überleg mal, was du da eigentlich quatschst.

Was quatsch ich denn?

Überleg mal, wie lange ihr jetzt zusammen seid, wann war das damals, achte, neunte?

Serdar guckt an Ivo vorbei übers Wasser.

Ich meine, die Frau, was hat die alles für dich gemacht, seit ihr euch kennt, seit ihr zusammen seid, seit immer, die ganze Zeit, und vor allem seit …

Ivo spricht den Satz nicht zu Ende. Muss er auch nicht. Sie wissen beide, wie er weitergeht.

Seit deine Mutter tot ist.

Einen Moment hängt der Halbsatz zwischen ihnen wie ein lästiger Mückenschwarm. Einem anderen hätte Serdar jetzt vielleicht aufs Maul gegeben. Aber Ivo kennt er seit dem Kindergarten, er ist wie ein Bruder, und Serdar weiß, was Ivo sagen will, und er weiß, dass er vielleicht im Grunde auch recht hat. Aber das eine hat mit dem anderen ja nichts zu tun.

Serdar guckt rüber zur Brücke. Er sieht die dunklen Holzplanken, durch die schwach das Laternenlicht fällt. Er denkt an seine Mutter, wie sie sich immer gefreut hat, wenn er mit Ella aufgekreuzt ist, wie sie immer gelächelt hat und ihnen noch was zu Essen rausgestellt hat, egal wie müde sie war nach der täglichen Schufterei. Er fragt sich, was seine Mutter zu all dem sagen würde. Und es ist bescheuert, aber irgendwie kann er sich nicht vorstellen, dass es so weit gekommen wäre, wenn sie noch da wäre.

Serdar trinkt sein Bier mit zwei Schlucken aus. Ivo hat eine Pause gemacht. Aber er ist noch nicht fertig.

Auch wenn's dir nicht gefällt, aber im Moment hat Ella ziemlich genau einen Job mehr als du. Und du kannst sagen, was du willst, aber sie hat ihr Ding durchgezogen, Fachabi, Ausbildung und alles. Und du? Du hast nicht mal die Realschule gepackt und redest jetzt hier ernsthaft von der großen Boxerkarriere? Wer bist du, Klitschko drei? Dafür, mein Freund, ist dein Russisch aber ganz schön beschissen.

Serdar dreht sich zu Ivo, der den Kopf in den Nacken gelegt hat und sein Bier kippt.

Jetzt geh du mir nicht auch noch auf den Sack.

Okay. Dann nur noch eine Sache. Nur eine.

Wie viele, ich meine, wie viele Leute kennst du hier, die es mit dem Boxen zu was gebracht haben? Und jetzt komm mir nicht mit Aris …

Serdar winkt ab.

Nein, nein, sagt Ivo und wedelt mit dem Finger vor Serdars Gesicht rum. Wie viele? Wie viele Profisportler kennen wir?

Mir egal. Gibt immer ein erstes Mal.

Ja, klar, sagt Ivo, und die Ironie ist nicht zu überhören.

Und das, sagt Serdar, das ist GENAU der Grund, warum hier alle ihr Leben lang nicht aus dem Arsch kommen. Weil ihr alle Schiss habt. So einen Mordsschiss. Aber vor was, frag ich mich? Warum probiert hier keiner mal was? Irgendwas!

Serdar springt auf und macht zwei, drei Schritte zum Wasser. Er steigt auf das Ufermäuerchen und dreht sich zu Ivo um.

Serd, komm, setz dich.

Nein, Mann. Ich versteh's einfach nicht. Warum machen sich hier immer alle so klein, so mickrig und winzig. Noch winziger, als sie eh alle schon sind?

Serdar stellt sich auf die Zehenspitzen. Er schwankt ein bisschen hin und her.

Serd. Setz dich mal wieder hin.

Ivo klopft neben sich auf den Boden. Serdar schüttelt den Kopf und dreht sich auf den Zehenspitzen, bis er Ivo den Rücken zeigt. Dann breitet er langsam die Arme aus, wie ein Turmspringer, er kippt den Kopf zurück und guckt über die Baumschatten und die gelben Lichter in den schwarzblauen Himmel.

Hier, sagt Serdar und dreht die Handflächen nach oben,

guck dir das an. 192 Zentimeter. 192 Zentimeter Spannweite. An mich kommt keiner ran. An mir kommt keiner vorbei!

Okay, okay, sagt Ivo, und Serdar hört ihn im Eisbeutel herumkramen. Ist ja gut.

Du wirst schon sehen! Ihr werdet alle schon sehen! Wird eh Zeit, dass ihr mal ein bisschen mehr Respekt bekommt, ihr ganzen Schisshasen.

Komm, Alter, sagt Ivo ruhig, das Bier wird warm.

Serdar dreht sich langsam um. Ivo hält ihm die letzte Dose hin. Serdar guckt ihn an, ein paar Sekunden, dann steigt er von der Mauer runter. Er nimmt Ivo die frische Dose aus der Hand und setzt sich wieder hin.

Du denkst zu kurz, sagt Serdar. Ihr alle, ihr denkt alle viel zu kurz. Alle zusammen.

Serd, sagt Ivo und hält ihm sein Bier zum Anstoßen hin. Ich meine, mach dein Ding. Okay. Alles okay. Bin ich dabei. Immer. Weißt du.

Serdar will anstoßen, aber Ivo zieht seine Dose zurück.

Aber vergiss eins nicht.

Serdar guckt ihn wütend an.

Vergiss nicht, wo wir hier sind. Guck dir Aris an. All die anderen. Unsere ganzen Jungs. So viele, die Talent hatten. Richtig Talent. Und jetzt guck dir an, was die so machen. Wo die jetzt sind.

Ivo packt Serdar am Arm.

Und dann, sagt Ivo und kommt ganz nah an ihn ran, dann lass mich dir noch eine Sache sagen. Nur eine Sache, hörst du?

Serdar versucht seinen Arm wegzuziehen.

Wir, sagt Ivo, wir werden hier alle alt. Alle. Wir kommen hier nicht weg. Wollen wir auch nicht. Wir gehören hierher. Ist so. Immer schon gewesen.

Bullshit.

Nein, sagt Ivo und stößt seine Dose an Serdars, nein, ist schon okay. Aber denk dran. Denk da dran. Und dann mach, was du denkst. Bin ich dabei.

Und dann stoßen sie an und trinken noch einen, wie sie hier schon oft getrunken haben, auf ihrem Platz vor dem Bauwagen, im knöchelhohen Gras, wo du abends um die Zeit die Stadt nicht mehr hörst, sondern nur noch die Geräusche von der anderen Seite. Leise wehen sie rüber, von der Wiese drüben und dem Käfig dahinter, von dem alten Fußballkäfig mit seinem Asphaltboden und dem grünen Netz drüber, wo die Kids auch jetzt noch am Zocken sind, auch wenn sie kaum noch was sehen können in der Dunkelheit.

Da drüben, sagt Ivo leise, als wieder ein Torschrei rüberkommt. Da drüben träumen sie auch.

Und Serdar sagt nichts, er trinkt sein Bier und denkt an den Kampf gegen den Wikinger und an all das, was dann kommt, alles, was er dann endlich erreichen kann. Und er denkt an das müde Gesicht seiner Mutter nach einem weiteren Tag Plackerei bei der Post, an ihre geschwollenen Füße auf dem Hocker und wie er ihr immer versprochen hat, dass sie später mal nicht mehr so schuften muss, weil er dann für sie das Geld verdient, und wie sie dann immer nur sanft gelächelt und den Kopf geschüttelt hat, und wie wütend ihn das heute noch macht. Und dann denkt Serdar an Ella und ihren Blick vorhin auf der Couch, ihren kalten Blick und ihr eisiges Schweigen, schlimmer als alle Wutausbrüche der Welt.

Und Serdar trinkt sein Bier und er hat das in den Ohren, was Ivo gesagt hat. Über Aris und die Jungs und die Gegend hier, die ihnen gehört, ihnen allen, weil sie sonst keiner wollte.

Kann sein, denkt Serdar, kann ja sein, dass du hier hängenbleibst.

Aber du musst es doch trotzdem probieren.

Und er hört die Rufe vom Bolzplatz. Und er denkt daran, wie sie früher auch da drüben gespielt haben, in demselben Käfig, in dem auch die Boatengs groß geworden sind, Jérôme, Kevin und George, die drei Brüder, von denen es einer zum Fußball-Weltmeister, der zweite zum Kapitän von Ghana und der dritte immerhin noch in ein Reihenhaus in Reinickendorf geschafft hat.

Alle hier kennen die Story, und alle sind sie gekommen, als die drei noch mal da waren, für einen Tag zurück im Käfig, um irgendeine neue Nike-Kollektion zu promoten. Und draußen haben sie alle gestanden, das ganze Viertel, dicht an dicht, aufgedreht jeder Einzelne und stolz wie Bolle, und schon eine Stunde vorher hast du keinen Platz mehr gekriegt, da an den Gitterstäben.

Und Serdar trinkt sein Bier und er hört die Geräusche, die der Abendwind durch die Bäume trägt, er hört, wie sich die Kids ihre Namen zurufen und wie der Ball gegen das Eisengitter klatscht.

Da drüben sind sie, denkt er, die Boatengs von morgen.

Such dir einen aus.

44

Mach mal auf.

Los, komm.

Line, mach auf, bitte.

Jessi klopft ein bisschen lauter und drückt die Klinke runter. Sinnlos, klar. Jessi lehnt den Kopf an die Tür. Sie weiß, es ist ihre Schuld, und sie hätte es besser wissen müssen. Sie hätte den Schlüssel längst abziehen sollen, wollte sie ja auch, hat sie aber dann doch nicht, irgendwie vergessen, irgendwie untergegangen, wie so vieles.

Ist jetzt nicht die Riesenidee, einer Fünfjährigen den Schlüssel von innen in der Kinderzimmertür zu lassen, ist eher ein unnötiges Risiko, der Schlüssel, den ziehst du raus und bringst ihn in Sicherheit, versteckst ihn irgendwo, ansonsten hast du dann eben ein Problem, früher oder später und allerspätestens dann, wenn die Kleine schmollt, weil du sie ausgeschimpft hast, und das nicht zu knapp.

Line! Mach die Tür auf! Ich sag's nicht noch mal.

Jessi hört, wie die Kleine drinnen eine CD anmacht. Sie hört das Kinderlied leise durch die Tür. Das Lied von dem Mädchen, über das sich die Nachbarn beschweren, weil es zu laut gewesen ist. Anne Kaffeekanne, so heißt das Lied, es ist Lines Lieblings-CD, und Jessi steht sie schon bis hier.

Da flog sie, oh pardon, auf dem Besenstiel davon, geradeaus, übers Haus, dreimal rum und hoch hinaus.

Jessi hört Line leise mitsingen.

Bitte, ruft Jessi und haut mit der flachen Hand auf die Tür.

Bitte, mach auf.

Nichts.

Jessi hört mit dem Klopfen auf und nimmt die Arme runter. Sie wünscht sich, es wäre nichts gewesen, am besten sie hätte gar nichts gesagt, dann wäre sie natürlich auch nicht laut geworden. Dabei ist ja eigentlich auch nichts gewesen, nichts Schlimmes jedenfalls. Sie hat die Küche gemacht, so schnell es ging, und besonders schnell ist es nicht gegangen, weil zwischendurch noch Alina angerufen hat und sie sich ein bisschen verquatscht haben.

Und als sie dann endlich fertig war und wieder ins Wohnzimmer gekommen ist, da lief nicht mehr der Kinderkanal, wer weiß, wie lange schon, und die Kleine hat von der Couch zu ihr hochgeguckt, mit großen Ich-weiß-ich-darf-nicht-Augen. Jessi hat es ihr ja zigmal gesagt, Fernsehen ja, aber nur Kika. Und Jessi hat Lines Gesicht gesehen, das blau geblinkt hat wie die Einsatzwagen auf dem Bildschirm, und dann hatte Jessi ihr schon die Fernbedienung aus der Hand gerissen und den Mist ausgemacht, Brisant oder Explosiv oder was nicht, und es war vorbei mit der inneren Ruhe. Und mit der äußeren auch …

Lini! Bitte! Komm, bitte, mach auf.

Jessi hält das Ohr an die Tür, aber sie hört nichts außer dem dämlichen Kinderlied.

Geradeaus, übers Haus, dreimal rum und hoch hinaus …

Line!

Jessi lehnt sich mit dem Rücken gegen die Tür und rutscht langsam runter, bis auf den Teppich. Sie sitzt da mit angezogenen Beinen, die Stirn auf den Knien.

Kann dieser Tag jetzt nicht mal zu Ende sein? Ist doch dann auch mal gut oder was. Erst die viel zu kurze Nacht und der Stress mit dem Frühdienst, dann die Unruhe den ganzen Tag, die Hibbeligkeit und alles und dann, na ja, dann noch dein Date …

Dein glorreiches Date.

Au Mann.

Und was für ein Date das gewesen ist.

Eigentlich ja gar kein so schlechtes, am Anfang, also bis zu dem Moment, an dem du durchgedreht bist, wegen nichts und wieder nichts. Er hat sich richtig ins Zeug gelegt, hat dir seine Gegend gezeigt und war locker und witzig und ein bisschen klug und ein bisschen cool. Und er hat es geschafft, dass du dich gut fühlst und entspannt, na ja, so einigermaßen jedenfalls.

Und dann, ja, was war dann, der enge Weg, das weiße Blitzen hinten an den Büschen, die blanke Panik, die sich von irgendwo angeschlichen hatte, keine Ahnung von wo, und ein Wunder eigentlich, dass er dir überhaupt hinterhergelaufen ist. Der muss ja denken, du hast sie nicht mehr alle.

Und ihren Erklärungsversuch, oben auf der Brücke, als eh schon alles zu spät war, den hat er dann auch komplett in den falschen Hals bekommen.

Jessi sitzt auf dem Teppich vor Lines Kinderzimmertür, sie guckt zwischen ihren Beinen durch auf das Teppichmuster und sie hat sein Gesicht vor sich, sein Gesicht auf der Brücke, als sie ihm gesagt hat, was los ist, oder es jedenfalls versucht hat.

Es gibt da wen. Von früher.

Und er macht mir noch zu schaffen.

Wie er da geguckt hat. Komplett weg die Coolness und das Zwinkern und das alles, ein ganz anderer Typ stand da plötzlich vor ihr und hat sie angestarrt wie lange keiner mehr, so düster und wütend und verletzt.

Obwohl es doch null mit ihm zu tun hatte.

Und sie hätte ja noch mehr sagen können, sie hätte ihm alles erklären können, wenn er nur gewollt hätte, da ist wer, er ist aus unserem Leben verschwunden, aus Lines und meinem Leben, aber er ist immer noch da, sozusagen, es dauert noch, verstehst du.

Und sie hatte sich eben entschieden, es ihm zu sagen, die ehrliche Variante, kein Drumherum, die Wahrheit ist immer besser als irgendwas anderes, egal wann und wo du sie aussprichst, und zur Not auch auf halbem Weg zwischen Panke und Bellermannplatz, da ist jemand, er ist noch da, und ich würde gerne sagen, dass er ganz weg ist, aber das ist er noch nicht, verstehst du.

Aber sie hat gleich gemerkt, dass er gar nichts versteht.

Und sie hat seine Augen gesehen, die immer schmaler geworden sind, und sie hat gesehen, wie er den Kopf geschüttelt und weggeguckt hat, an ihr vorbei, und sie hat ihn was murmeln hören, leise, kaum hörbar, war ja klar, hätte ich ja wissen können, und warum auch mal Glück haben, und da hatte sie das Gefühl, er spricht schon gar nicht mehr mit ihr.

Und da war er schon losgestiefelt und sie hat ihn noch vor sich hin brummen hören, ein bisschen lauter jetzt, nein, sorry, geht nicht, wie auch, hab selbst schon genug Mist am Hacken.

Und sie hat ihn gehen lassen.

Lass es, sagt sich Jessi vor der Kinderzimmertür. Lass es einfach gut sein. Du hast dir Hoffnungen gemacht, eine Weile, ein paar Wochen, vielleicht auch ein bisschen länger, und jetzt habt ihr euch getroffen und die Hoffnungen sind weg. Also lass gut sein. Vergiss ihn.

Und dann merkt sie, dass sie sich schon anhört wie ihre Mutter. Und das macht sie irgendwie noch wütender und trauriger als alles andere.

Du blöder Typ, denkt Jessi.

Du blöder, selbstgerechter, verletzlicher Typ. Was weißt du schon vom Leben, von deinem oder meinem oder irgendeinem?

Jessi verliert das Gleichgewicht, sie kippt im Sitzen ein Stück nach hinten, und es dauert ein paar Momente, bis sie merkt, dass die Tür hinter ihr einen Spalt aufgegangen ist.

Jessi dreht sich um und sieht Lines Augen im Türspalt.

Hey, du.

Bist du traurig, Mama?

Nein, Süße. Nur ein bisschen vielleicht.

Line macht die Tür noch ein Stück weiter auf, und Jessi nimmt sie auf den Schoß. Sie beugt sich runter und küsst Line auf die Haare.

Tut mir leid, sagt Jessi, tut mir leid, Lini, dass ich dich vorhin so angeschrien hab. Das wollte ich nicht, das war nicht gut.

Line zuckt mit den Schultern.

Ich will nur, dass du keine von diesen schlimmen Sendungen guckst, okay? Die sind nichts für Kinder und davon kriegst du böse Träume oder du kannst gar nicht schlafen.

Line guckt sie an. Dann guckt sie auf ihre Hände.

Na gut, sagt sie leise.

Versprochen?

Versprochen.

Jessi streichelt Lines Rücken.

Was hast du denn da drin gemacht die ganze Zeit? Musik gehört?

Gemalt.

Was denn?

Soll ich's dir zeigen?

Line steht auf und läuft rüber zu ihrem Tischchen. Sie kommt mit einem Blatt aus ihrem Malblock zurück.

Jessi nimmt das Blatt und faltet es auf.

Und dann sieht sie das Bild.

Die drei Figuren.

Die kleine am Rand und die beiden großen in der Mitte.

Die eine über der anderen.

Jessi sieht die Figur, die auf dem Boden liegt, und sie will nicht, aber sie hört schon die Frage, und es ist, als würde sie von einer anderen Person kommen und nicht von ihr.

Wer ist denn der Mann?, hört sich Jessi fragen und die Stimme kommt von ganz weit weg.

Weiß nicht, sagt Line.

Irgendeiner.

Mami, was ist denn?

Was hast du?

45

Aris hört es schon draußen vor der Tür.

Er steht vor der Klause und er hört drinnen die Klampfe heulen, und er weiß, es ist der richtige Tag.

Mittwoch.

Mittwoch hat Ilona frei.

Mittwoch ist Kralle da.

Kralle, weil er sich rechts die Fingernägel nicht schneidet.

Kralle spielt Gitarre in der Band. Sie sind fünf Mann. Sie haben die 60 alle hinter sich. Sie nennen sich die Rock-a-Willies.

Aris macht die Tür auf. Er läuft direkt in ein mächtiges Solo. Klingt nach Clapton.

Bei Kralle läuft kein Berliner Rundfunk. Nie.

Bei Kralle laufen nur die ganz Großen. J.J. Cale, die Traveling Wilburys, Mark Knopfler. Meistens Knopfler.

Auf Dire Straits lässt Kralle nichts kommen. Nullkommanull. Völlig egal, wie du es versuchst. Sagst du zum Beispiel, Les Boys. Sagt er, Knopflers schwulster Song, klar. Aber du musst es in der Zeit sehen. Das waren die 80er. Sagst du, das macht den Song nicht besser. Sagt er, auf einem Album, das mit einer Offenbarung wie *Tunnel of Love* losgeht, hätte ich ihnen hintenraus sogar ein Clayderman-Cover verziehen.

Wie gesagt. Mit sowas bringst du ihn nicht aus der Ruhe. Da musst du ihm schon mit was anderem kommen. Und sei es mit mächtig Bierdurst, wo keiner sein sollte.

Was ist?

Kralle glotzt Aris über den Tresen an.

Bist du schwerhörig? Ein Bier, bitte.

Aris schmeißt seine Kippenschachtel auf den Tresen und hebt den Hocker aus der Fußleiste. Kralle steht auf der anderen Seite, trocknet sich die Hände am Geschirrtuch und überlegt.

Okay, pass auf, sagt er dann ernst. Ich mach dir jetzt ein Alkoholfreies. Das trinkst du. Und wenn du dann immer noch Durst hast …

Aris schnaubt durch die Nase und schüttelt eine Lucky aus der Schachtel. Die Kippe zittert, als er sie ansteckt. Kralle holt eine Flasche aus dem Eisschrank, macht ein Erdinger ohne fertig und stellt es vor Aris auf den Deckel.

Aris zieht den halben Liter mit vier Schlucken weg.

Wuäh. Hat immer schon beschissen geschmeckt, die Plörre. Machst du mir jetzt ein Bier, bitte.

Es ist keine Frage.

Kralle guckt den Tresen runter. Aber die Oldtimer sind mit sich beschäftigt.

Also?

Aris pustet den Rauch an Kralle vorbei, rüber zu den Schnapsflaschen auf der Anrichte. Kralle stößt sich mit einem Ruck vom Tresen ab und geht zum Spülbecken.

Kugel oder Henkel?

Scheißegal.

Hm?

Scheißegal, sag ich.

Ich mach dir ein Henkel.

Aris nimmt Doppelzüge aus seiner Kippe, während er wartet.

Als er das volle Glas vor sich hat, rührt er es erst mal nicht an. Er gibt sich ein paar Sekunden. Wartet. Studiert es. Lässt es auf sich wirken. Groß und golden und frisch, locker zwei Zentimeter Schaum obendrauf.

Sieht gut aus.

Aris legt die Hand um das schwere, kalte Glas. Er schlüpft mit vier Fingern in den Griff und hebt es langsam hoch.

Und dann spürt er es.

Das gute alte, wunderbare Ziehen, das alles öffnet.

Er merkt, wie ihm der Alkohol den Hals runterschießt und von da direkt in den Hinterkopf.

Himmel.

Aris braucht dreieinhalb Schlucke für das erste. Er stellt das Henkelglas ab, unterdrückt ein Rülpsen und lässt den Zeigefinger über dem Tresen kreisen.

Und einen Kurzen dazu.

Kralle schüttelt den Kopf und nimmt ein sauberes Glas von der Spüle.

Aris wühlt in seiner Hosentasche und haut den Fünfziger auf den Tresen.

Nicht, dass du denkst …

Kralle winkt ab und fängt wieder an zu zapfen.

Aris kippt zuerst den Schnaps und dann das Bier hinterher und er spürt, wie es sich in ihm ausbreitet, das alte Gefühl, und er weiß, dass er heute gut schlafen wird.

Aris steckt sich eine neue Kippe an und ordert die nächste Runde. Er dreht sich nach links und zieht einen unsichtbaren Hut. Er sieht seine Therapeutin neben sich am Tresen stehen, er prostet ihr zu und er sieht ihr Gesicht, das Gesicht sagt Nein, es sagt Neinneinnein, Nonono, wie damals, wie immer, Nein, das war ihr Wort, Nein, immer nur Nein.

Aris nimmt einen großen Schluck. Auf uns, Doktor No. Sag Ja zu dir selbst und Nein zu dem, was dich zerstört. Oder wie war das noch? Jaja, tjaja. Aber es ist eben doch ganz lecker. Es muss manchmal einfach sein. Oder, Doktor No? Was meinen Sie? Aris guckt zur Seite und sieht, wie sie sich wegdreht, er zuckt mit den Achseln, na was denn, was denn? Darum ging es doch immer, oder nicht? Um nachhaltige Wirkung. Und Sie wollten es mir nie glauben, aber wir wussten es beide, eigentlich wussten wir es alle beide, dass wir das ganze Geseier in ein paar Sekunden das Klo runterspülen können, wenn wir nur wirklich wollen. Man kann ja auch schlecht sein ganzes Leben lang Nein sagen, zu allem und jedem. Wo bleibt da der Spaß? Hm, Doktor No? Für Sie ab jetzt bitte Doktor Yes!

Aris muss lachen, er lacht ziemlich laut und verschluckt sich fast an seinem Bier, und es dauert eine Weile, bis er sich wieder einkriegt. Kralle steht drüben hinterm Zapfhahn und guckt ihn an wie einen Irren.

Machst du mir noch ein Gedeck, bitte?

Nach der dritten Runde lässt es Aris ein bisschen ruhiger angehen. Er klemmt Achims Fünfziger unter den feuchten Bierdeckel, steckt sich die neue Kippe an der alten an, achtet auf ein vernünftiges Tempo an der Tasse und lässt die Best-Of von CCR auf sich wirken.

Bother me tomorrow, today I'll buy no sorrow …

Yeah.

Irgendwann später kommt Kralle und stellt zwei Schnäpse auf den Tresen.

Na, Prost, sagt Aris und hebt lächelnd sein Glas. Aufs Leben, oder was?

Kralle kippt wortlos seinen Korn.

Auf unser kleines, feines Leben, sagt Aris, und auf die große Erfindung der Demokratie.

Kralle schüttelt den Kopf und nimmt die beiden leeren Gläser.

Und ihr, sagt er, ihr habt mit dem Scheiß damals angefangen.

46

Du kannst sagen, was du willst.

Nenn ihn krank. Nenn ihn irre.

Aber Ivo hat es mal wieder gedreht.

Dieser Vogel.

Im Treppenhaus nimmt Serdar zwei Stufen auf einmal. Geht alles gleich ein bisschen besser. Ein bisschen leichter. Vielleicht die Heinis. Vielleicht auch einfach nur Ivo. Er kriegt es am Ende immer irgendwie hin. Da hat sich nichts geändert.

Er kriegt es hin, dass du ihm an den Hals gehen und gleichzeitig dein ganzes Leben in die Hand legen willst.

Allein wie er dann am Ende noch das mit den Felgen erklärt hat. So ganz nebenbei, schon im Weggehen, als wenn's gar nichts weiter wäre, ach so, wart mal noch kurz, hier, na, weil du vorhin meintest, wegen den Devils …

Und Serdar hat sich umgedreht und Ivo angeguckt und gedacht, was zur Hölle kommt denn jetzt.

Hätte ich echt fast vergessen, hat Ivo gesagt und sich am Kopf gekratzt und noch eine extralange Pause eingelegt, bevor er endlich mal den Mund aufgekriegt hat. Also, wie gesagt, ich hatte da ja einen an der Hand, einen von der Arbeit, so einen aus dem Umland, der nebenbei Karren frisiert.

Aha?, hat Serdar gesagt, weil er sich null erinnern konnte und gehofft hat, dass Ivo mal bald zum Punkt kommt.

Ja, na ja, hat Ivo gesagt, und schon klar, dass die Dinger aus dem Späti wegmussten, lieber früher als später.

Breites Ivo-Grinsen und Achselzucken.

Ja, na ja, und da hab ich dem Kollegen eben einen kleinen Nacht-und-Nebel-Rabatt angeboten, wenn er gleich rankommt, runder Tausi, und dann haben wir das noch Montagnacht erledigt, da hast du schon längst friedlich geschnorchelt, deine Schlüssel haben auf dem Couchtisch gelegen und kein Mensch war mehr wach.

Und Serdar hat Ivo angeguckt und gesagt, oh Mann. Und viel mehr hat er nicht sagen können, außer oh Mann, du Spinner, du bist ja sowas von durch.

Und bevor Serdar auch nur irgendwas anderes sagen konnte, bevor er auch nur daran denken konnte, ein bisschen loszubrüllen oder Ivo mal zu fragen, ob er eigentlich schnallt, dass die Devils ihn fast kaltgemacht hätten am nächsten Tag, da hatte Ivo sich schon halb umgedreht, Serdar zugezwinkert und im Weggehen gesagt, wird schon alles, Serd, wird schon, immer, und Serdar hat ihn nur noch von hinten gesehen, breite Schritte, pendelnder Oberkörper, eine Faust über den Kopf gereckt, den Beutel mit dem halbgeschmolzenen Eis über der Schulter.

Wird schon, wird schon.

Wo der Typ die Ruhe hernimmt, keine Ahnung. Serdar schließt vorsichtig die Wohnungstür auf. Er zieht die Schuhe aus und läuft barfuß durch den Flur. Alles still. Das Wohnzimmer ist aufgeräumt. Da schläft sie anscheinend schon. Serdar geht im Halbdunkel rüber zur Spüle und trinkt ein paar Schlucke Wasser aus dem Hahn.

Wird schon. Wird schon. Du willst es direkt glauben.

Vor der Schlafzimmertür zieht Serdar sich das T-Shirt und die Hose aus.

Er macht leise die Tür auf. Er hört Ella atmen.

Serdar geht ums Bett, so leise er kann, er versucht, nirgendwo anzustoßen und es ist nicht leicht, es ist stockduster und das Schlafzimmer ist winzig, Bett, Schrank, und kaum Platz zum Gehen, aber irgendwie schafft er es.

Serdar setzt sich auf den Rand der Matratze, er dreht sich

und streckt sich auf der Decke aus. Er liegt auf dem Rücken, die Arme hinterm Kopf, er hört Ella beim Atmen zu, er spürt, wie sich ihr Bauch bewegt und er denkt an das, was da drin ist, irgendwo da drin, und er versucht sich vorzustellen, wie winzig es noch ist, aber er gibt es schnell auf.

Und Serdar liegt neben ihr im Dunkeln und hat Ivos Frage im Ohr, und, hört er ihn sagen, und, willst du's?, willst du's haben?, und er hat immer noch keine Ahnung. Aber er kriegt jetzt gerade immerhin keine Panik, wenn er daran denkt.

Es wird schon nicht so schlimm sein, er wird mit ihr reden, morgen wird er mit ihr reden und sie werden sich schon wieder vertragen, warum sollte es diesmal anders sein. Ja, warum?

Serdar liegt mit offenen Augen da und starrt ins Dunkel, und er denkt an die Dinge, die passiert sind und an die Dinge, die noch nicht passiert sind, und es sind die Gedanken, die nur um diese Zeit kommen, spätnachts, und Serdar denkt an den Abend mit Ivo und er hasst ihn und er liebt ihn, den verdammten Irren, und wer soll das verstehen. Und er weiß, Ivo hat recht, mit ein paar Sachen hat er sicher recht, niemand kennt ihn länger, aber das ändert nichts, es ändert gar nichts. Serdar weiß, dass er es probieren muss, er weiß, dass er eine Chance hat, seine Chance, sie ist jetzt da, und er kann es schaffen.

Du musst es versuchen, sagt Serdar lautlos ins Dunkel, du musst es versuchen und du wirst es versuchen und du wirst es schaffen.

Und er fühlt sich besser, viel besser, und er weiß jetzt, dass es gar nicht darum geht, keine Angst zu haben. Jedenfalls nicht immer. Und er hofft, dass das auch morgen noch stimmt.

Serdar hört, wie Ella tief einatmet und sich im Schlaf bewegt.

Und Serdar dreht sich auf die Seite und legt den Arm um sie.

Dann atmet sie wieder ruhig.

Und er schläft noch nicht ein.

47

Eine Tragödie, Mann.

Eine gottverdammte Tragödie.

Ich meine, guck ihn dir an.

Guck ihn dir nur an.

Aris hängt schwer über dem Tresen, fuchtelt mit den Armen und redet auf Hacki ein.

Ja, guck dir nur an, wie er heute aussieht, und dann sag mir, das alles ist keine Tragödie!

Aris lehnt sich nach rechts rüber und verdreht den Kopf, damit er Hacki richtig ins Gesicht gucken kann. Hacki sitzt da mit seinem riesigen grauen Schnurrbart und seiner halb getönten Brille und reagiert nicht.

Hörst du, Dachdecker? Hörst du, was ich sage?

Hacki winkt ab und nimmt einen Schluck von seinem Futschi.

Ach, hör mir mit deinen Tragödien auf, Grieche.

Hey!, ruft Aris und klatscht die flache Hand auf den Tresen. Was dagegen? Hm? Irgendwas gegen Ali zu sagen? Gegen den Größten? Aller Zeiten?

Ali, Ali, murmelt Hacki und zwirbelt sich den Schnauzer. Hier laufen doch genug Alis rum.

Ali, sagt Aris feierlich. Genau, Ali. The Greatest, Alter. The Greatest of ALL TIME.

Aris greift nach seinem Feuerzeug, aber es rutscht ihm aus der Hand und fällt auf der anderen Seite vom Tresen runter. Aris beugt sich vor und sucht blind mit einer Hand, bis er es hat.

Greater als alle, sagt Aris triumphierend, das war Ali. Greater als du, Dachdecker, greater als ich, ja sogar greater als Freund Kralle da hinten, auch wenn wir ohne den noch verdursten würden, allesamt, wie wir hier sitzen. Hey, Kralle, ich nehm noch eins, ja? Hey, hey, BARMANN!

Kralle wirft einen bösen Blick rüber.

Aris zuckt die Schultern und zeigt ihm sein leeres Henkel. Kralle zapft.

Ja, Ali, sagt Aris, als würde er von einer alten Liebe sprechen, Ali, ach, Ali … Und jetzt? Jetzt guck ihn dir nur an. Guck ihn dir an. Ein Pflegefall. Ein gottverdammter Krüppel. Und wozu? Wozu das alles? Hm?

Aris guckt Hacki von der Seite an. Nichts. Oder war das ein Kopfschütteln? Hört ihm hier gar keiner zu? Verstehen sie nicht, um wen es hier geht?

Keiner, sagt Aris einen Tick lauter, keiner ist an Ali rangekommen, hörst du, Dachdecker, KEIN EINZIGER! Nicht mal berührt haben sie ihn am Anfang. Guck dir die Filme an. Kein Kratzer. Gesicht wie ein Filmstar. Beine wie ein Tänzer. Wie ein verdammter BALLETTTÄNZER!

Hacki steckt sich eine neue Marlboro an, kneift die Augen zusammen und hält die Schnauze.

Ein Tänzer, ruft Aris in sein leeres Henkelglas, ein Tänzer war er, getanzt hat er und getanzt und getanzt …

Kralle kommt mit den Drinks.

Jetzt mach mal ein bisschen piano hier, ja?

GETANZT!, ruft Aris und stellt sich halb auf seinen Hocker. Geschwebt! GESCHWEBT ist der.

Kralle seufzt und nickt und zieht wieder ab.

Aris setzt das neue Bier an, aber irgendwas stimmt nicht, die Hälfte geht daneben. Er wischt sich das Kinn ab und lüftet sein nasses Shirt. Scheißgläser. Was sind das für moderne Mistdinger? Aris starrt über den Tresen.

Nutzt alles nichts, sagt er mit dunkler Stimme. Du kannst so schnell sein, wie du willst, am Ende kriegen sie dich doch. Ganz egal. Am Ende kriegen sie jeden. Weil sie es nicht ertragen. Weil sie, weil wir alle nichts Großes ertragen können. Alle, hört ihr, alle kriegen wir sie klein, einen nach dem anderen.

Aris nimmt einen Schluck von seinem Bier. Klappt ein bisschen besser diesmal. Er wischt sich den Schaum vom Mund.

Alle weg, sagt Aris traurig. Keine Helden mehr. Keine Götter. Alle lange tot. Haben wir alle das Klo runtergespült. Das KLO RUNTER, hört ihr?!

Ja, wir hören dich, ruft Kralle von drüben rüber. Ziemlich gut sogar.

Zum Weinen. Ist doch echt zum Weinen. Was soll noch werden, wenn selbst die Besten so enden? Keine Seele mehr, der Sport. Keine Seele. Nirgendwo.

Aris zieht den durchnässten Fünfziger unter seinem Bierdeckel hervor und schnippt ihn über den Tresen.

Kralle. Ich zahl. Hier. Hier, nimm. Stimmt so. Ist okay.

Aris beugt sich zu Hacki rüber, er packt ihn am Ärmel und geht ganz dicht an ihn ran.

Die Seele, flüstert Aris ihm zu. Die Seele.

Hacki versucht sich loszumachen, aber Aris hält ihn fest umklammert.

Die Seele, sagt er noch mal, die ist schon ein armseliger Begleiter, die Scheißseele. Weißt du das?

Aha, macht Hacki. Und von wem ist das jetzt schon wieder? Einer von euren Philosophen? Sokrates?

Hah. Nein. Nein. Nicht Sokrates. Andreadakis!

Aris versucht aufzustehen. Er hört den Hocker hinter sich aufs Parkett krachen.

Andrea-was?, brummt Hacki. Nie gehört.

Macht nichts, sagt Aris und winkt ab. Haben die wenigsten.

Auf dem Weg zum Ausgang schlägt Aris mit der rechten Schulter an die Säule, die plötzlich mitten im Schankraum steht. In der Tür dreht er sich noch mal um und hebt die Faust über den Kopf.

Ali, boma ye, Freunde! Ali, boma ye!

Er sieht Kralle drüben hinterm Tresen. Er scheint zu nicken.

Die Nachtluft erwischt Aris wie ein Schwinger von Tyson.

Hölle.

An den Bänken gegenüber will er erst eine Pause machen, aber dann ist er doch schon dran vorbei und drüben am Hauseingang, durch die offene Tür und an den Briefkästen vorbei. Langsam, denkt Aris, schön langsam, jetzt nur noch die Treppe hoch, Schritt für Schritt, schön am Geländer lang.

Aris arbeitet sich Stufe für Stufe nach oben. Das Geländer knarzt und schwankt.

Oben kriegt er irgendwie den Schlüssel in die Wohnungstür.

Dann ist er im Bett.

Das Letzte, was er sieht, ist das Poster.

Das traurige, alte Poster, drüben an der Tür.

Alles schwankt.

Und Ali tanzt.

DONNERSTAG

48

Line ist die Katze.

Und Mama ist der Hase.

Das alte Lied.

Jessi kann es nicht mehr hören, schon lange nicht mehr, aber gut, es ist ihr Ritual an freien Tagen, was willst du machen.

Jessi hält sich zwei Finger an den Hinterkopf und zieht die Oberlippe hoch.

Kam der Hase zu der Katze. Bitte, reich mir deine Tatze …

Jessi hält Line die Hand hin, und Line macht ein angewidertes Gesicht und schüttelt den Kopf.

Mit dem Hasen tanz ich nicht, ist mir viel zu zappelig.

Line kann jedes Wort. Klar, tausendmal gehört. Und egal, dass Mama es schon viel zu oft gehört hat, eigentlich, Mama macht trotzdem mit, und sie sieht, wie Line sich freut, und mein Gott, die freien Tage sind selten genug, da kannst du die Kita mal Kita sein lassen und stattdessen den Morgen mit dem bescheuerten Katzentanz starten.

Und dann tanzen sie zu zwein … Und Line tanzt, und Jessi tanzt mit. Sie tanzen, abwechselnd auf dem einen Bein und auf dem anderen, sie halten sich an den Händen und tanzen wild über den Teppich im Kinderzimmer, und Jessi spürt das Klopfen an ihrem Hals und sie stellt sich vor, sie wäre selbst wieder fünf oder sechs, nicht so einfach, und sie versucht sich zu erinnern, zu welchen Liedern sie selbst damals wohl getanzt hat, aber sie hat keinen Schimmer.

Sie könnte Mutti fragen, aber die würde wohl nur die Achseln zucken und irgendwas brummeln, und vielleicht ist damit auch wirklich schon alles gesagt.

Das Gespenst kam zu der Katze …

Line schüttelt den Kopf und zieht eine Schnute. Sie schüttelt den Kopf und die Haare fallen ihr ins Gesicht, dunkelbraune Haare, schöne feine Haare, und wie oft hat sich Jessi schon gewünscht, dass Line blond wäre, so wie sie selber. Aber gut. Es ist, wie es ist.

Mit dem Gespenst, da tanz ich nicht. Ist mir viel zu gruselig.

Jessi sieht, wie sich Lines Lippen bewegen und sie sieht ihre Augen, sie funkeln vor Freude über den Moment und die Musik und das Herumgetanze mit Mama, und Jessi sieht ihre Tochter und sie hört den Text und sie merkt, wie es ihr kalt den Rücken runtergelaufen kommt, und sie sieht Lines Lippen, die alles mitsprechen, und das Gespenst, das neigt sich vor, sagt der Katze was ins Ohr, und Jessi beugt sich ein Stückchen vor, aber sie kriegt kein Wort über die Lippen, und Line guckt sie groß an, und Jessi kriegt irgendwann ein Lächeln hin und sie lächelt Line an und Line guckt sie an und sie lacht, weil jetzt der Refrain wieder losgeht und sie sich wieder durchs Zimmer drehen und von einem Bein aufs andere springen und dann wieder von vorne. Und irgendwann bleiben sie stehen, ganz außer Atem, und Line strahlt, und Jessi lässt sich in den Sitzsack fallen, ich kann nicht mehr, Lini, echt nicht.

Und Line sagt, och Mann, und Jessi ist jetzt nicht mehr so kalt, tanzen hilft wirklich, denkt sie, und sie sind auch schon weit gekommen, sie und Line, sie beide zusammen, sie beide allein, und wer weiß, wie weit noch. Jessi guckt Line an, die den Katzentanz jetzt alleine weitermacht, und sie ist froh, dass sie noch so klein ist, wie sie ist, und sie wünscht sich, dass das noch eine Weile so bleibt.

Alles andere geht eh noch früh genug los, denkt Jessi, der ganze Mist, aber noch nicht, jetzt noch nicht.

Das Lied ist vorbei. Line macht auch eine Pause.

Sie legt sich zu Jessi auf den Schoß, und Jessi legt den Arm um sie und zieht sie noch ein Stück näher an sich heran.

Mama?, sagt Line.

Ja?

Wie war das, damals, als ich bei dir im Bauch war?

Fünf Jahre, denkt Jessi und unterdrückt ein Seufzen. Das Alter, in dem die Fragerei losgeht, aber wehe, du sagst was.

Jessi guckt zu Line runter und überlegt.

Das war schön, sagt sie und streichelt Lines Haare, die dunkel sind, so dunkel wie seine, und Jessi denkt, wie schlimm.

Wie schlimm und ätzend und traurig, wenn du dein eigenes Kind anlügen musst. Und ganz egal, dass es das Beste ist, was du machen kannst.

49

Hey.

Hey.

Hab ich dich geweckt gestern?

Nein.

Ich war extra leise.

Okay.

Wollte dich nicht aufwecken. Dachte, ist wichtig. Ich meine, dass du mal gut pennst.

Ich hab's gar nicht gemerkt.

Gut. Gehst du heute wieder hin?

Ja. Klar. Ich muss.

Geht's dir besser, ja?

Na ja.

Oder nicht?

Weiß nicht. Interessiert dich das?

Was meinst du?

Interessiert dich das jetzt? Wie's mir geht?

Ja. Ich mein, klar. Immer. Interessiert mich immer. Was ist das für eine Frage?

Schon gut.

Bist du noch sauer?

Nein.

Weil ich das mit dem Kampf gesagt hab?

Nein, nein. Ich bin nicht sauer.

Weißt du, ich dachte einfach – ich meine, ich muss da jetzt erst mal drüber nachdenken. Richtig nachdenken, weißt du?

Und dazu brauch ich Ruhe. Und die hab ich jetzt nicht. Also nicht bis morgen Abend. Das ist alles.

Ja. Schon gut.

Ja?

Ja. Ist schon klar. Ich meine, ich hab deine Antwort ja schon gekriegt.

Hm?

Deine Antwort. Die ist mir schon klar. Hast du mir doch schon gegeben. Gestern. Und vorgestern. Und am Montag. Und ich hab's kapiert, so schwer ist das ja nicht.

Keine Ahnung.

Ja. Genau. Keine Ahnung.

Na ja. Ich meine. Was soll ich dazu sagen?

Nichts. Wie gesagt …

Serdar sieht ihr Gesicht, er steht im Türrahmen und sieht, wie sie vom Küchentisch aufsteht, er will ihr in die Augen gucken, aber sie guckt weg. Sie geht an ihm vorbei, stellt ihren Frühstücksteller und die Kaffeetasse auf die Spüle und verschwindet im Bad.

Serdar hört, wie sie sich die Zähne putzt.

Sie war schon fertig, eben, als er in die Küche gekommen ist, saß schon komplett angezogen da, in den grauen Bürosachen mit der weißen Bluse drunter, die Haare nach hinten gesteckt, die Augen und die Wangen leicht geschminkt. Wie immer hat sie eigentlich ausgesehen, wie immer, wenn sie zur Arbeit geht, aber sie hat nicht wie immer geklungen, nicht mal unfreundlich, aber null persönlich. So, denkt Serdar, so redet sie wahrscheinlich auch mit einem Kunden am Schalter.

Klar ist die noch sauer. Da kann sie sagen, was sie will.

Und sie muss ihn ja nicht verstehen. Das verlangt er ja gar nicht. Aber er muss es jetzt trotzdem irgendwie hinkriegen. Dass sie wieder normal mit ihm redet. Erstmal das. Und dann mal sehen.

Sie ist aus dem Bad gekommen und gleich in den Flur rüber. Serdar geht ihr hinterher. Sie sitzt auf dem kleinen Garderobenhocker und zieht sich die Schuhe an.

Wir müssen meinetwegen nicht warten.

Wie?

Ich mein nur. Wir können auch vorher drüber reden. Vor dem Kampf. Ich weiß, was ich gesagt hab, aber wir müssen nicht warten. Von mir aus nicht.

Nein, lass mal. Schon gut.

Ich weiß, dass dir das wichtig ist.

Mir?

Ja. Na ja. Ich merk das ja. Deswegen nur. Wir können heute Abend quatschen. Wenn du von der Arbeit kommst oder was. Ich bin hier. Wenn du willst.

Ich bin später mit Anna verabredet.

Dann danach.

Musst du nicht zum Training?

Dann nach dem Training eben.

Und worüber sollen wir reden?

Na ja. Über uns. Über dich und mich. Und die … also unsere Situation.

Unsere Situation?

Ja.

Du hast es immer noch nicht kapiert, oder?

Was denn?

Dass wir nicht mehr reden müssen.

Warum nicht?

Weil es nicht geht. Merkst du doch.

Klar geht es. Geht alles.

Nein, nein. Überleg doch mal …

Hab ich schon. Ich hab schon überlegt. Gestern Abend. Und davor auch. Und ich denke, es geht schon. Irgendwie geht es. Irgendwie geht immer alles.

Ja. Im Traum vielleicht. Ich muss jetzt los.
Nein, warte. Warte kurz.
Was?
Moment. Ich mein … Was jetzt?
Was jetzt?
Ja. Wie geht's jetzt weiter?
Ich hab einen Termin gemacht.
Was?
Anna hat gesagt, sie kommt mit.

50

Fight Night.

Fight Night Wedding.

Na, Mensch.

Da müsst ihr hin.

Ja, unbedingt.

Wird ein echter Heuler.

Aris tunkt den Pinsel in den Kleisterbottich und schmiert den Stromkasten ein. Die Suppe tropft auf den Gehweg. Er lässt den Pinsel fallen und klatscht eins von den Plakaten an den Kasten.

Schief und krumm und ziemlich knittrig. Aber was soll's. Hauptsache, es hält.

Aris schnappt sich den ganzen Kram und macht ein paar Schritte die Straße runter. Er zittert, ihm ist kalt und er will sich den Finger in den Hals stecken, aber er weiß, da kommt nichts mehr, also lässt er es bleiben.

Eigentlich ist es jetzt auch egal, mit den Scheißplakaten und allem, aber er hat die Dinger nun mal noch da liegen gehabt, über 100 Stück, und dann ballerst du damit eben noch die Stromkästen zu und die Brandwände und die Kleidercontainer und was dir noch so querkommt, einmal die Brunnenstraße rauf und runter und die Tor gleich noch mit. Oder gleich ganz Mitte, wenn der Kleister reicht.

Vielleicht sieht's ja noch einer und erzählt es seinen flippigen Kumpels, hey, Leute, habt ihr gesehen, Kampf der Kulturen, Fight Night Wedding, da müssen wir hin, was los, seid ihr dabei, eine Runde Abenteuerurlaub die Straße hoch.

Ja, kommt ruhig, ihr Spacken, denkt Aris, kommt ruhig alle raufgejockelt auf euren Minimal-Rennrädern, haltet euch gut die Mützchen fest und die Steve-Urkel-Brillen und, wenn's denn geht, bringt doch gern noch ein bisschen was von Muttis Moneten mit.

Nicht dass es noch was bringen würde.

Aber so gut wie verbrennen ist es allemal.

Aris stoppt ein paar Meter weiter vor dem Eckhaus, bei dem sie die Fenster mit Sperrholz vernagelt haben. Die Konzertplakate kleben hier in zwei Reihen. Da kann er gleich acht oder zehn loswerden oder noch ein paar mehr.

Aris bückt sich nach dem Pinsel und merkt im letzten Moment, wie er vornüberkippt. Er stützt sich mit der Hand schwer an der Hauswand ab und pustet durch.

Ist das mies.

Nicht mal rauchen kann er, so dreckig geht's ihm.

Na ja, kein Wunder. Der erste Suff seit anderthalb Jahren. Der soll sich ja auch gelohnt haben.

Und nicht zu knapp. Meine Fresse. Was hat er sich da alles reingekippt. Keine Ahnung. Der Fuffi von Achim ist auf jeden Fall weg. Und in der Klause braucht er sich so schnell auch nicht mehr blicken zu lassen. Ilona hat ihm eben schon geschrieben, ich dachte, wir hätten einen Deal, aber jetzt musst du mir nicht mehr kommen, und den Getränkestand morgen kannst du auch vergessen.

Okay. Gibt's eben nichts zu trinken in der Halle. Und noch mal ein paar hundert Euro weniger Einnahmen.

Aris schmiert die Plakatwand ein. Schön zukleistern das Ding. Und nicht drüber nachdenken, dass normal schon in ein paar Minuten der Nächste vorbeikommen kann, der direkt wieder alles überklebt.

Aber gut. Was heißt normal.

Normal machst du das mit dem Plakatieren ja auch nicht tagsüber, zum Beispiel. Aber wenn du nachts unbedingt dein

Leben über den Haufen trinken musst, dann musst du das eben auf den nächsten Tag verschieben, da musst du dann eben drauf hoffen, dass dich die Bullenstreifen nicht sehen oder alle Äuglein zudrücken, weil sie vielleicht auch nicht die allerbeste Nachtschicht hinter sich haben oder weil ihnen für solche Kinkerlitzchen generell die Zeit fehlt, wie willst du auch sonst zu deinen Kaffeepausen kommen.

Aris pappt ein paar Plakate kreuz und quer an die Holzplatten und schmiert sie mit ein bisschen Extrakleister fest. Er tritt einen Schritt zurück. Ein paar Ecken blättern ab.

Hilft nichts.

Hilft nichts mehr, hilft alles nichts, und du weißt es. Du hast es die ganze Zeit gewusst, aber einfach nicht wahrhaben wollen. Es langt nicht.

Keine Chance. Schwarze Zahlen. Grüner Zweig. Unerreichbar.

Und was willst du machen? Du kannst ihn abblasen, den ganzen Mist, aber das machst du am besten schon vom Flughafen aus, letzter Aufruf, und ab dafür, One-Way-Ticket ins Nirgendwo, da ist das Klausenverbot ein Witz dagegen, die Devils haben da so ihre Maßnahmen. Die wollen ihre Kohle zurück. Und die wollen den Kampf. Die brauchen den Kampf. Einen Sieg für ihren Häuptling. Da gibt's gar nichts.

Und der komplette Abflug wäre natürlich auch einfacher, wenn du auch nur ein bisschen was auf Tasche hättest. Ein bisschen mehr als nichts.

Also ziehst du die Scheiße durch.

Es sei denn, du lässt dir was einfallen.

Was Besseres.

Irgendwas.

Nur wie, mit dem Schädel?

51

Der Flaschenfascho hockt oben auf dem Flakturm, streckt die Beine aus und lässt laufen.

Kleines Päuschen mit Westblick.

Der Flaschenfascho hat den Arsch auf dem nackten Stein und blinzelt ins Licht, er sieht die Stahlträger, angemalt mit wirrem Zeug, weinende Wolken, Mittelfinger, Schweinkram, Russenschrift. Er sieht das Gitter, zweifünfzig hoch, vielleicht zweisechzig, mit den aufgestülpten Kreuzen, damit auch wirklich keiner drüberkommt.

Hinterm Gitter die große, platte Stadt.

Da unten ist heute nicht allzu viel zu holen gewesen. Kerngebiet wie leergefegt. Ein paar zerschlagene Bierpullen rings um den Platz, drei, vier Tetrapaks, aber da kannst du natürlich nichts mit anfangen, mit dem einen wie mit dem anderen nicht.

Und wenn es unten nicht läuft, dann musst du halt weiter nach oben, da musst du dir das Koppel ein bisschen enger schnallen und die Hochstraße raufschieben und rechts über die Brücke und rein in den großen weiten Humboldthain.

Und siehe da, gleich am Parkeingang hat er zwei Plastepullen aus dem Eimer geangelt, das ist dann eben das Näschen, das du erst mit den Jahren kriegst. Für solche Zwecke hat er immer seine Spülhandschuhe dabei, handelsübliches Paar, giftgrüner Latex, extralanger Arm, den Schmodderscheiß will ja keiner am Jackenärmel haben.

Bei Rissen stets zügig mit Klebeband zu flicken. Nach Gebrauch wieder mit einer Wäscheklammer am Wagen zu befestigen.

Der Soldat hat seiner Verantwortung für die Erhaltung der Umwelt stets gerecht zu werden.

Der Flaschenfascho guckt durch die Gitterstäbe über den grünen Teppich der Baumkronen, er sieht es hellblau durch die Blätter blitzen, er hört die Kinderstimmen aus dem Freibad und er freut sich über sein Näschen. Er denkt daran, wie er unten den Spielplatz hinter der Liegewiese leergesammelt hat, da haben sie sich anscheinend gestern Nacht getroffen, die Jungschen, die Wulliwullis, immer rein, das Zeug, und danach die Pullen mang die Sträucher, na, ihm soll's recht sein.

Der Flaschenfascho nimmt einen großen Schluck und blinzelt durchs Gitter nach Westen, so ist der Turm nun mal ausgerichtet, da kannst du nichts machen, ein Sechseck Richtung Westen, der Horizont ist breit, aber Spandau ist nicht mehr zu sehen, zu weit weg.

Die weißen Kugeln der Horchstation, die sieht er aber, hinten auf dem grünen Hügel. Da haben sie natürlich drüber Bescheid gewusst, sie kannten die Worte der anderen. Sie haben über vieles Bescheid gewusst, über das Terrain und die Befehlskette und die Codes und die Warnmaßnahmen im Ernstfall, für alles hat es die richtigen Wörter gegeben, gründliche Ausbildung, absolut.

Aber je näher am Feind, desto kürzer die Sprünge. Und wenn du ihn dann direkt vor dir siehst, ein kleiner dunkler Fliegenschiss in der ganzen grauen Suppe, da springt eigentlich gar nicht mehr so viel, außer irgendwas unter deiner Brusttasche, und das nicht zu knapp.

Auf vieles haben sie einen vorbereitet.

Führen Sie alles genau so aus, wie Sie es gelernt haben. Dann kann Ihnen nichts passieren. So hat es immer geheißen. Und das ist ja auch alles schön und gut. Bis die Nacht kommt, und da stehst du dann unten, fast ganz alleine in deinem grauen

Kleid, und du schnarchst nicht oben im Warmen wie Holzer, sondern stehst da und tust keine Regung und du kannst nicht mal bis zum B-Turm gucken und siehst den dunklen Fleck, der sich bewegt und hast die ganze Zeit Ullas Stimme im Ohr und die ganzen Flausen im Kopf.

Und wahrscheinlich hat es daran gelegen. An dem Gedenke. An dem ganzen verdammten unsinnigen Rumgedenke und an ihrem warmen Bett und ihrem breiten Schoß und ihrer Flüsterstimme und all dem Zeug.

Mein Schwejk, mein braver Schwejk. Das hat er im Kopf gehabt, mein armer, braver Schwejk, das ist er nicht losgeworden, mein lieber, armer, braver, dummer Schwejk, Ullas dunkle Flüsterstimme, er hat sie gehört, als er draußen in der Kälte stand, plötzlicher Halt bei Schritt 431, und doch nicht so alleine wie gedacht.

Und das ist es gewesen.

Ullas Stimme und der Nebel.

Ohne Nebel siehst du klar, logisch. Aber wie hast du in der Suppe irgendwas erkennen wollen? Du hast ja nicht mal bis zum Hinterlandzaun gucken können.

Der Flaschenfascho merkt, wie ihm warm wird, und er setzt sein Berliner an und gießt noch einen Schluck nach. Er guckt sich um und er ist alleine, wirklich alleine, keiner hier oben bei der Hitze, keiner von den Luschen, von den ganzen Memmen, sie werden es nie lernen.

Der Flaschenfascho guckt geradeaus durchs Gitter, er sieht die Schlote aus der Stadt ragen wie Gewehrläufe, rote Schlote und graue Schlote und der schmale braune Schornstein am alten Krematorium, an dem oben noch der Ruß der alten Seelen klebt.

Der Flaschenfascho lässt die Beine baumeln und er denkt an die Funde, die er im Wagen hat, ein Grund zur Freude, eigentlich, aber irgendwas schmeckt ihm nicht.

Irgendwas ist nicht in Ordnung, hier oben.

Der Soldat hat die Pflicht, tapfer zu sein.

Er hört den alten Satz, aber es ist nicht seine Stimme, die ihn aufsagt.

Mein Schwejk, mein braver Schwejk.

Er hört sie flüstern.

Und dann sieht er den Nebel.

Hinten vor dem Horizont. Auf ein Uhr. Entfernung zehntausend, vielleicht elf. Er kommt aus zwei dicken Schornsteinen, grau und dicht und hinterhältig. Der Flaschenfascho kneift die Augen zusammen. Er sieht den Nebel und er spürt ihn jetzt auch. Er merkt, wie ihm das Bier aus den Poren läuft, wie es abhaut, aus seinem Körper, viel zu schnell.

Scheiße, denkt er und schüttet nach, so viel er kann.

Du kannst es aber auch nie wissen. Nie, nie. Du weißt nie, wann er auftaucht. Er kommt und geht, wie er will.

Und du kannst es dir noch so oft einreden. Wird schon nicht, nicht hier, warum mir, warum hier, wenn schon, dann irgendwo anders, und wenn doch, dann eben ein Fehlalarm.

Aber als sich der Nebel auf alles runtergesenkt hat, hat er es schon geahnt. Da hat er es schon irgendwie gewusst und in den Knochen gespürt, aber erst mal hat er nur den Schritt beschleunigt gegen die Kälte und an die Vorschriften gedacht, an die Regeln, an das, was sie ihm beigebracht hatten.

Der Soldat hat die Pflicht, tapfer zu sein. Tapferkeit gilt als soldatische Tugend, im Frieden wie im Verteidigungsfall.

Und eine Weile ist es gut gegangen. Eine Weile. Bis er den Fleck gesehen hat, eine kleine, dunkle Fliege in der riesigen grauen Suppenschüssel.

Und dann der Alarm. Und dann Scheiße. Scheiße, Zwodreizehn. Scheiße, Scheiße. Und Holzer pennt oben im Turm.

Und alles war durcheinander, all die Wörter und Sätze und Richtlinien und Befehle sind um ihn rumgeschwirrt, Zwodreizehn, Zwodreizehn, und Tugend und Pflicht und Frieden und Mittel, eine soldatische Tugend, er hat seine Stimme gehört und

Ullas Stimme, die Tapferkeit, eine Tugend, Pflicht zur Tapferkeit, Pflicht zur Verteidigung, Zwodreizehn, Zwodreizehn, und Holzer pennt, mein Schwejk, Holzer pennt oben im Turm, mein braver, lieber Schwejkemann, stehenbleiben, halt, die Pflicht, die Tugend und die Tapferkeit, Ihre Pflicht, lieber Soldat, lieber braver Soldat, sofort stehenbleiben, jawohl, hat er jemanden sagen hören, vielleicht sich selbst, es waren viele Stimmen, viel zu viele, das letzte Mittel, versprochen, die Pflicht, die Tapferkeit, nicht das einzige, aber das letzte, das letzte, das letzte, versprochen, Genossen, halt, stehenbleiben, Zwodreizehn, Scheiße, mein Schwejk, stets bereit, ist er, mein braver Schwejk, stets bereit im Ehrenkleid, bereit für das letzte Mittel, nicht das einzige, aber nun gut, sofort stehenbleiben oder ich …, ich …, was, ja was, nicht das einzige Mittel, Genosse, Tapferkeit verlangen wir, nicht nur im Verteidigungsfall, versprochen, versprochen, jawohl, versprochen, mein Schwejk, Ihre Pflicht, lieber Soldat, jawohl, versprochen, Genossen, versprochen, versprochen, keiner kommt durch, ob Nebel, ob Sonne, ob Nacht oder Tag, keiner kommt durch, mein Schwejk, keiner, stehenbleiben, sonst …, sonst …, ja, sonst was?

Machen Sie Meldung! Soldat! Machen Sie Meldung! Ihre Meldung brauchen wir.

Und der Nebel ist überall.

Der Flaschenfascho sieht die braunen Splitter neben sich auf dem Boden, er sieht den dunklen Schatten, der im Nebel verschwindet, er hört die Hunde und die Sirenen und die Rufe und dann blinzelt er ins Licht und er sieht den Mann vor sich, er hält eine Leine in der Hand, und er sieht den Hund, ein großer Schäferhund, und der Mann trägt ein kariertes Hemd und eine kurze Hose und Sportschuhe und der Hund hechelt und seine Zunge hängt ihm dicht vorm Gesicht, und sie gucken beide zu ihm runter, Hund und Herrchen, oben auf dem Flakturm.

Und der Flaschenfascho horcht, aber der Lärm ist weg, die Stimmen sind verschwunden. Er steht langsam auf und klopft sich den Staub von seiner Fliegerbluse, M41, blaugrau, gelber Kragenbesatz. Er rückt sich die verrutschte Augenklappe zurecht und tastet nach dem nassen Piratentuch auf seinem Kopf und dann geht er mit unsicheren Schritten, aber möglichst durchgedrücktem Kreuz an dem Mann und seinem Hund vorbei rüber zu seinem Wagen.

Die Räder rappeln übers Pflaster.

Unter den Bäumen ist es kühler.

Schön kühl und ruhig da im Wald.

52

Hilft alles nichts.

Du musst erst mal klarkommen.

Und da gibt es auf die Schnelle nur einen Weg.

Aris geht über die Straße.

Und rein in den Späti.

Einer von diesen Internet-Getränke-Callshop-Läden.

Hinten sitzen sie auf Rollhockern, rauchen und bestellen sich was im Netz, eine neue Jeans in China oder ein paar Uzis in Mexiko oder sonst was. Vorne an der Kasse lungert ein fettiger Typ mit Fünftagebart, eingebaut zwischen Zeitungsständern und Süßigkeiten. Kriegt kaum die Augen richtig auf.

Aris nickt ihm zu und ordert ein Wässerchen. Eins von den guten russischen.

Wenn du kein Gegengift hast, brauchst du mehr vom Gleichen. Die Grundregeln ändern sich nicht.

Der Typ greift neben sich in die Vitrine und stellt den Flachmann auf die Theke. Aris legt ein paar Münzen daneben.

Er sieht die durchsichtige Flüssigkeit in dem Fläschchen und er spürt sie schon ein bisschen. Er spürt schon die Wärme und die Ruhe und die Klarheit, die da in den paar Zentilitern auf ihn warten, und er merkt, wie ihm die Säfte schon so ein bisschen im Mund zusammenlaufen, und er weiß, dass es ihm gleich besser gehen wird, viel besser, 38,5 Prozent, mindestens.

Aris wartet ungeduldig auf sein Rückgeld, er guckt zum Verkäufer rüber, der seit ein paar Sekunden auf die offene Kasse starrt, sich den Bart kratzt und ernsthaft zu überlegen scheint, was vier minus dreizwanzig macht, und Aris will es ihm schon sagen, auch auf die Gefahr hin, dass ihn das in seiner Ehre kränkt und wer weiß was sonst noch mit ihm macht, aber dann lässt er es doch bleiben, aber nicht deswegen.

Aris hält den Mund, weil er merkt, wie irgendwas anfängt, in ihm zu arbeiten, tief unten, tief drinnen, erst langsam und dann schneller, und dann breitet es sich aus und Aris spürt, wie es ihm heiß durch den Körper läuft, einmal komplett durch, von innen nach außen, und wie es die Kälte und das Zittern und das Scheißkopfweh anfängt aus ihm rauszudrücken, wie ein Schweißbrenner, der sich durch eine Eisschicht frisst, und er sieht die Kasse mit der Schublade, aus der der Bärtige jetzt endlich ein paar Münzen gefischt und auf die Plastikschale gelegt hat, direkt neben das Fläschchen, das Aris noch nicht angerührt hat, und kann sein, dass er es jetzt doch nicht braucht, erst mal nicht, die Klarheit sucht sich manchmal auch ihre ganz eigenen Wege, scheint so.

Aris schnappt sich die Münzen und die Flasche, bezahlt ist bezahlt, er geht raus auf die Straße und steckt sich den vollen Flachmann in die Innentasche seiner Jacke.

Okay.

So könnte es gehen.

Es ist natürlich völlig irre.

Aber es kann klappen.

Aris zieht sein Handy aus der Hose.

Er zögert kurz.

Dann sucht er im Adressbuch nach der Nummer vom Fisch.

Freizeichen.

53

Oh Mann.

Ernsthaft.

Wie willst du da noch durchsteigen?

Du musst ja eh schon immer zwischen den Zeilen lesen bei den Typen. Ist Teil des Spiels, okay. Da stellst du dich irgendwann drauf ein. Aber was, wenn es gar keine Zeile gibt? Keine einzige?

Jessi sitzt auf der Bank am Spielplatz und hat die Augen zu. Die Sonne scheint über die Hochhäuser, Line schaukelt, und Jessi lehnt sich zurück, sie spürt die Wärme auf der Stirn und versucht, durchzublicken.

Nicht so easy. Wenn du so gar nichts in der Hand hast. Nichts jedenfalls, was dich irgendwie weiterbringen würde. Statt alles nur noch komplizierter zu machen. Und was ist komplizierter als das große Nichts?

Sie hat es sich immer wieder angeguckt, seit sie los sind vorhin, sie hat immer wieder ihr Handy rausgeholt und nachgeschaut, ob vielleicht noch was gekommen ist oder jetzt doch was zu sehen ist, aber nichts. Nichts außer einer leeren SMS, abgeschickt gestern Nacht um kurz nach zwei, Absender zwar bekannt, Nachricht aber völlig unklar.

Aris, das stand am oberen Rand. Und dann nichts.

Einfach nichts.

Was ist das? Was soll das? Ein Versehen? Ein Übertragungsfehler? Ein Hilferuf?

Eine lustige Denkaufgabe für den freien Tag?

Seine Art, Sorry zu sagen?

Jessi wünscht sich, sie hätte das Handy komplett ausgelassen. Den Morgen über hat sie noch ihre Ruhe gehabt, das Handy schön in der Jackentasche, sie hat gewusst, wo es ist, und hat es extra dagelassen, nicht dass sie da am Ende noch irgendjemand von der Arbeit nervt oder sonst wer.

Aber dann, als Line sich gerade die Schuhe angezogen hat, da ist es ihr plötzlich in die Hand gefallen, ihr Handy, und sie hat gedacht, na, schnell gucken schadet nichts, vielleicht war ja doch was Wichtiges.

Und dann hat sie es eben angemacht. Hat gewartet, die PIN eingegeben und den Briefumschlag im Display gesehen und draufgetippt.

Aber da war nichts. Nichts außer seiner leeren SMS.

Und wie willst du jetzt darauf reagieren?

Schickst du da jetzt was zurück? Und wenn ja, was? Stellst du dich dumm, du, ich glaube, da ist was schiefgelaufen, irgendwie kam nichts an, wolltest du mir irgendwas sagen? Dann denkt er vielleicht, du hast sie nicht alle. Oder schickst du einfach nur ein Fragezeichen? Kann natürlich auch schnell patzig rüberkommen. Oder Gleiches mit Gleichem, also leere SMS zurück? So nach dem Motto, lustiges Spiel, mal sehen, wer als Erstes blinzelt?

Was, wenn es doch nur ein Technikfehler war, ein Serverausfall oder so, was wenn sein Text einfach verschluckt worden ist, nicht weitergeleitet von irgendeinem von tausenden Mobilmasten, und wer weiß, was da alles dringestanden hat, sie wird es nie lesen. Was, wenn die Nachricht einfach davongeweht ist, auf dem Weg vom Bellermannplatz zu ihr, oder wo auch immer er gestern Nacht um die Zeit gewesen ist.

Um 2:08 Uhr.

Keine Ahnung, echt.

Aus Versehen aus der Hosentasche geschickt?

Ein Scherz von einem seiner Kumpels, als er gerade auf dem Klo war?

Wer soll aus sowas schlau werden? Wer?

Woran denkst du denn, Mama?

Line ist fertig mit Schaukeln und steht mit großen Augen da. Jessi blinzelt und hält sich die flache Hand vor die Stirn. Die Welt ist blau.

Wie?, sagt Jessi, um Zeit zu gewinnen.

Line wartet geduldig.

Woran ich denke? Ach, an nichts weiter.

Häääh, macht Line, das GEHT doch gar nicht, an nichts denken.

Stimmt. Hast recht.

Jessi klopft Line den Sand von der Hose.

Also eigentlich hab ich an einen Freund von mir gedacht.

Ja? Und wie heißt der?

Der heißt … Aris heißt der.

Ahh-ris? Line verzieht den Mund. Ist das ein Name für einen Mann?

Ja, Lini. Jessi muss lachen. Ist ein griechischer Name, glaub ich.

Aha, sagt Line und fängt an, unter der Bank Gänseblümchen zu zupfen. Und woher kennst du den, den Arismann?

Du bist ganz schön neugierig, weißt du das?

Na und?, sagt Line ungerührt.

Also, von der Arbeit kenn ich den.

Ist ja nicht mal gelogen, denkt Jessi. Line zupft weiter Blümchen aus der Erde.

Und, sagt sie, und ist der auch böse?

Jessi spürt, wie sich ihr Bauch zusammenzieht. Line hält ihr ein kleines Sträußchen Gänseblümchen hin.

Ich mein, ist der so wie Papa? Oder ist der lieb?

Jessi guckt Line an. Aber sie kann nichts erkennen außer der Neugier eines kleinen Kindes. Die Kleine guckt sie ganz normal an, mit ihren großen dunklen Augen, die Haare vom Wind verstrubbelt, als hätte sie gefragt, was es nachher zu essen gibt.

Nein, sagt Jessi nach einer Weile, ich glaub nicht. Der sieht nicht böse aus. Das heißt, ich weiß nicht … Also, weißt du, ich kenn ihn noch gar nicht so richtig.

Na, dann frag ihn doch mal!

Ja, Süße, sagt Jessi und streicht Line die Haare glatt. Ja. Vielleicht mach ich das mal.

Line macht sich von Jessi los. Sie läuft rüber zur Sandgrube, in der die Schaukeln stehen.

Schubst du mich an?

Mama?

Wie?

Schubst du mich jetzt an?

Ach so. Ja. Klar. Mach ich.

54

Schwarz.

Immer nur schwarz.

Sein ganzes Leben hat er schwarz getrunken.

Ohne den ganzen Krimskrams.

Je stärker, desto besser.

Und er weiß auch nicht warum. Aber heute trinkt er mit Zucker. Viel Zucker. Da hat er heute Lust drauf gehabt. Und natürlich hatte er Zucker da, so ist es ja dann auch nicht.

Heinz Hönow schmeckt den süßen Kaffee im Mund und merkt, wie er lächelt. Den ganzen Tag ertappt er sich schon dabei. Er erkennt sich fast selbst nicht wieder.

Heinz Hönow ist guter Dinge. Er weiß, er liegt prima in der Zeit. Er weiß, er wird heute noch fertig, heute Abend schon, wenn's weiter gut läuft. Wenn er weiter fleißig ist und nicht müde wird. Aber warum sollte er müde werden? Der Kaffee wird ja nicht schwächer, egal wie viel Zucker du reinkippst.

Heinz Hönow macht eine kurze Pause und guckt sich die Arbeit der letzten Stunden an.

Er hat den Griff angeschraubt und die Löcher am Rohr sauber ausgefeilt. Es muss alles sitzen, es darf keine Luft reinkommen, wo keine Luft rein darf. Der Zufall sucht sich immer seinen Weg, wenn du ihn lässt. Heinz Hönow hat die Löcher ausgefeilt, und eins besonders gründlich. Das wichtigste.

Heinz Hönow betrachtet das Ungetüm auf der Werkbank und vergleicht es mit dem Zeitungsfoto in der Klarsichthülle.

Mächtig, denkt Heinz Hönow.

Meine mächtige Maschine.

Er spürt, wie nah sie ihm schon ist.

Er spürt es schon den ganzen Tag. Und er weiß, dass dieses Gefühl umso stärker sein wird, wenn sie dann fertig ist. Dann wird sie wie ein Teil von ihm sein, und das ist gut so, das soll so sein, das muss so sein. Diesmal ja.

Früher hätte es das natürlich nicht gegeben.

Früher war genau da immer die Grenze. Die Fertigstellung, das war die Grenze. Da durfte er nicht drüber, das hat er gewusst, das war völlig klar, sonst hätte er ja am Ende gar nichts mehr verkaufen können.

Wenn er sie in der Mache hatte, seine Schätze, wenn er sie vor sich hatte, groß und golden und wunderbar unter der Aufstecklupe, dann ist er eins mit ihnen gewesen, das ja, beim Arbeiten ist er ein Teil seiner Werke gewesen und sie waren ein Teil von ihm. Seine Kinder waren das in diesen Stunden, seine Kinder und sein Leben, nur so wird es was, nur so erschaffst du Großes, und wenn du siehst, wie du sie formst und biegst und veränderst, dann gibt es nichts sonst.

Aber wenn du fertig bist, musst du loslassen. Sofort. Wenn du fertig bist, musst du loslassen, ohne zu zögern, du musst das Werkzeug weglegen und dich umdrehen und sie weggehen lassen. Dreh dich um und lass sie gehen. Sie gehören schon nicht mehr dir.

So hat er es früher gemacht, und das hat meistens gut geklappt, eigentlich fast immer, bis auf ein paar Ausnahmen, aber das war in Ordnung. Das ließ sich nicht vermeiden. So ist es wohl immer. Manche Kinder liebst du mehr als andere. Hin und wieder kam das vor, aber dann ging es bald wieder.

Heinz Hönow hört kurz mit dem Feilen auf und nimmt noch einen Schluck von dem Kaffee, den er so süß noch nie getrunken hat, und er guckt über den Tassenrand rüber zur alten, schmalen Gaskartusche, die vor dem Regal liegt, und er denkt an heute Morgen, als er sie gefüllt hat, die Flasche, den Zylinder, schlank und glatt und schon lange kein Gas mehr drin.

Heinz Hönow denkt an seine Werke, seine Kinder. Wenn er sie zu sehr vermisst hat, dann hat er sich manchmal oben ans Fenster gesetzt oder draußen vor den Laden auf den alten Klappstuhl und hat geguckt, wie sie vorbeigehen, seine Werke, er wusste ja ganz genau, an wen er was verkauft hatte, an die Leute aus der Gegend, aus der Nachbarschaft, viele direkt aus den Häusern drumherum, und er hat vor seinem Laden auf dem Stühlchen gesessen und sie gesehen, ein Ringchen hier, eine Kette da, ein Silberarmband, eine Brosche oder was man damals eben noch so trug.

Und er hat ihnen nachgeguckt, wie sie vorbeigelaufen sind und um die nächste Ecke, seine Kleinen, seine Lieben, und manchmal hat er sich vorgestellt, was aus ihnen wohl wird und wo sie landen, in welcher Wohnung, an welchem Hals, an welchen Ohren, und hoffentlich nicht in Meiers Leihhaus hinterm Park.

So hat er dagesessen, in Gedanken, vor seinem Laden, der sein Leben war, immer sein Leben, und er hat seinen Schätzen zugeguckt, die die Menschen glücklich gemacht haben oder vielleicht auch nicht, die zu Geschenken wurden, zum Abschied oder zum Beginn, und manchmal hat einer seiner Kunden von weitem die Hand gehoben und ein Hallo rübergerufen und dann hat er zurückgrüßen müssen, aber die meisten haben ihn nicht gesehen oder so getan, als ob, und sind einfach weiter durch ihr Leben gestapft, das nicht seins war, und es war ihm recht, hier in der Ecke wird überhaupt nicht groß rumgegrüßt, was soll das auch.

Ja, früher hat das meist ganz gut geklappt, mit dem Abschiednehmen, meistens kein Problem, wenn er nur an seine Prinzipien gedacht und schnell genug losgelassen hat.

Und Heinz Hönow weiß, dass es diesmal nicht so sein wird, diesmal wird er nicht loslassen, diesmal DARF er nicht loslassen. Diesmal muss er sein Werk nahe bei sich behalten, ganz nah, er darf keinen Abstand kriegen, sonst geht es schief, das ist klar, das weiß er genau und so wird er es machen.

Deswegen guckt er auch immer wieder rüber.

Heinz Hönow sieht sie hinten auf dem Fußboden liegen, die alte Gasflasche, drüben auf dem Handtuch vor dem Regal, und er denkt an das, was er heute Morgen da reingekippt hat, vorsichtig, schön vorsichtig, mit ruhigen Händen, ganz ruhig und sicher hat er die Sachen da reingekippt, eine nach der anderen, ruhig, schön ruhig, sonst erwischt's den Falschen, schon wieder den Falschen, nein, nein, diesmal nicht, das wäre endgültig das eine Mal zu viel.

Diesmal nicht, denkt Heinz Hönow.

Diesmal erwischt es die Richtigen.

Und du kannst gar nichts dafür.

Sie zwingen dich.

Sie zwingen dich zu den Waffen.

So ist es und nicht anders.

Ist ja völlig klar.

Sie sind es ja schließlich gewesen, die hier reingekommen sind, direkt in sein Leben, das sich nie woanders abgespielt hat, seit er denken kann. Nie war er an einem anderem Ort als hier, in der Goldschmiede H. Hönow, Bellermannplatz 11, Trauringe, Schmuck, Auftragsarbeiten, bei geschlossener Tür bitte zweimal klingeln.

Und sie haben nicht geklingelt, an dem Abend, als sie gekommen sind, seinem letzten Abend. Nicht zweimal und nicht einmal. Gar nicht.

Und jetzt ist das Leben vorbei.

Schon längst.

Die Frage ist nur, für wen.

Für wen alles.

Werden wir sehen, denkt Heinz Hönow.

Werden wir sehen.

Heinz Hönow legt die Feile weg und schüttet noch ein bisschen Zucker in die Tasse.

Er rührt langsam um, ohne hinzusehen.

55

Wie viele brauchst du?

Na ja. Zu dritt sollten wir schon sein. Ich würd Kiki und Dago mitnehmen.

Aris nickt.

Okay.

Sie sitzen in einer von diesen Shisha-Bars. Dunkle Möbel und blau-rotes Neonlicht. Der Fisch fläzt tief in einem Kunstledersofa und nuckelt am Pfeifenschlauch. Riecht süßlich und irgendwie eklig, Apfel oder was. Aris verzichtet und raucht lieber Lucky.

Aris guckt über den flachen Tisch mit dem Aschenbecher rüber zum Fisch. Sieht zufrieden aus, mit sich und der Welt. Aber gut, so sieht er immer aus. Falls er nicht gerade mal wieder einsitzt. Der Fisch hat locker drei Zentner drauf und Augen wie zwei riesige Untertassen. Daher der Name. Die fette arabische Antwort auf Heino. Mit dem kleinen Unterschied, dass er nicht singt. Nie. Was ihn zum richtigen Mann für die Mission macht.

Außerdem ist Aris auf die Schnelle kein anderer eingefallen. So viele Kontakte hat er jetzt auch nicht in der Szene. Und die Devils kann er ja schlecht fragen.

Den Fisch kennt er von früher, und alte Bekanntschaft verbindet. Sie haben zusammen für Viktoria geboxt. Hundert Jahre her. Hundert Jahre und hundert Kilo, denkt Aris. Wie fett der geworden ist. Wahnsinn.

Also gut, sagt der Fisch und das Sofa quietscht unter ihm. Bewaffnung? Ich hab noch ein paar Macheten im Schrank.

Wie? Was?

Aris guckt böse. Der Fisch zuckt die Schultern.

Die machen mächtig Eindruck, glaub mir. Ein, zwei schöne Buschmesser im Anschlag, ein bisschen damit rumgefuchtelt, ein bisschen Gebrüll dazu, da legt sich noch der größte Freizeitheld flach aufs Parkett.

Bist du irre?

Aris rutscht ein Stück in seinem Sessel vor.

Hör mir zu. Das muss glatt über die Bühne gehen, glatt und gefahrlos, ohne Verletzte oder was auch immer. Wir sind doch hier nicht in Kolumbien. Gaspistolen. Schreckschuss. Irgendwas Harmloses. Aber KEINE Macheten! Auf keinen Fall.

Glatt und gefahrlos. Roger. Ich besorg uns Macheten.

HEY! HEY! Ich mein es ernst! Hörst du?

Jaja. Schon gut, schon gut. Schon verstanden. KEINE Macheten.

Der Fisch zuppelt an dem Schlauch seiner Wasserpfeife und nimmt einen tiefen Zug. Das Wasser blubbert.

Du hast mich gehört, sagt Aris.

Der Fisch lächelt selig und atmet Rauch aus.

Aris merkt, wie sich irgendwas in ihm verkrampft. Er kann sich schon denken, was das ist. Ihm ist eh nicht ganz wohl bei der Sache, natürlich nicht, und nicht erst seit der Fisch mit seiner Indiana-Jones-Nummer angefangen hat.

Beziehungsweise, nicht ganz wohl.

Ein Scheißgefühl hat Aris.

Ein gottverdammtes Drecksgefühl, im Bauch, im Kopf, und überall sonst auch, und das ist nicht mehr sein räudiger Kater, jedenfalls nicht nur. Nur, was machst du, wenn ein Scheißgefühl deine letzte Chance ist?

Du machst nichts. Du hoffst nur, dass alles glattgeht und der Irre keine irren Sachen macht.

Du wechselst das Thema.

Nochmal wegen der Kohle, sagt Aris. Vierzig Prozent, das ist dann okay, ja?

Der Fisch nickt.

Passt. Zwanzig für mich. Und zehn für die beiden anderen Vögel. Die sind eh nur dafür da, die ganzen Leutchen da ein bisschen in Schach zu halten. Ich kümmer mich ums Wichtige.

Okay. Wird sich lohnen. Wenn die Halle voll wird, sind da ein paar schöne Scheine für euch drin. Security gibt's keine. Kann ich eh nicht bezahlen ...

Der Fisch lacht dreckig.

Aris guckt rüber zur Bar, hinter der eine Dunkelhaarige in einem engen weißen Top hockt und gelangweilt in irgendeiner bunten Zeitschrift blättert.

Wie einfach das Leben sein kann. Schon fast rührend.

Aris guckt wieder rüber zum Fisch. Er guckt ihm dabei zu, wie er Kohle auf der Pfeife nachlegt, er sieht, wie seine fetten Finger die Zange bewegen. Breites Lächeln. Völlig mit sich im Reinen, der Mann.

Bitte, bau keine Scheiße, denkt Aris. Bitte zieh es einfach durch. Schnell. Simpel. Ohne Sperenzchen.

Ein richtiger Gangster ist der Fisch natürlich nicht. Sonst würde er sich kaum mit so einer lächerlichen Beteiligung abspeisen lassen. Nein, der Fisch ist maximal ein halber Gangster, ein Möchtegern, er schlägt sich so durch, hier mal ein Bruch, da mal eine Kabelklau-Aktion in einem leeren Haus oder bei der S-Bahn.

Aber selbst einer wie er sollte die Nummer morgen hinkriegen. Die alte Fabrikhalle ist ja nicht Fort Knox. Ist ja eigentlich eine easy Sache. Rein, wenn gerade der Hauptkampf losgeht. Da sind die Jungs vom Wikinger gerade hinten am Ring beschäftigt. Bis die mitkriegen, was vorne abgeht, ist eh schon alles vorbei.

Also. Rein, Kasse einsacken und direkt wieder raus. Eine Sache von 30 Sekunden.

Aris drückt seine Kippe in den Aschenbecher und steht auf.

Alles klar?

Alles klipp und klaro, sagt der Fisch. Er kommt aus dem Grinsen gar nicht mehr raus.

Rein, Kasse, raus, sagt Aris. Und keine Spezialaktionen!

Aris guckt streng.

Der Fisch tippt sich an die schwitzige Stirn.

Aye-Aye.

Mach bloß keinen Scheiß, Glubschi, denkt Aris beim Rausgehen. Sonst sind wir alle im Arsch.

Verdammt, ist das hell.

Aris blinzelt in die Sonne, fährt sich mit der Hand über die Stirn und wühlt in der Innentasche seiner Jacke.

Er wiegt das volle Fläschchen in der Hand und kneift die Augen zusammen.

Na, fein, sagt er zum Flachmann. So weit bist du jetzt also.

Die eigene Veranstaltung. Deine Fight Night. Wahnsinn.

Na, zum Glück kriegen das die beiden Alten nicht mehr mit.

Aris läuft los und steckt im Gehen den Wodka weg.

Der bleibt erst mal zu.

Kleiner Talisman.

Für alle Fälle.

56

Die Hauptstraße runter.

Einmal durch den Park.

Hinten am Kanal lang.

Und wieder zurück.

Serdar läuft durch die Gegend und weiß nicht wohin. Er geht kreuz und quer durch den Kiez und es ist, als würde er keinen Meter vorankommen.

Um ihn herum tapern die Leute durch ihren Alltag, alle haben irgendwas zu erledigen oder sie tun so, und hin und wieder nickt ihm jemand zu, den er aus dem Späti kennt oder von früher, aber Serdar guckt kaum hin und nickt kaum zurück.

Er läuft durch die bekannten Straßen und er weiß nicht, wo er ist, er kommt an den gleichen Ecken vorbei, zweimal, dreimal, und auch seine Gedanken gehen im Kreis, und egal wie schnell er geht, er wird das beschissene Gefühl nicht los.

Das gleiche Gefühl wie damals. Das eine Mal. Wann war das, in der Dritten? An dem Morgen, als sie alle an ihm vorbeigezogen sind. Hin und zurück. Und dann wieder, hin, zurück, und kreuz und quer und ein Riesengeschrei, Schwimmstunde drüben im alten Stadtbad, und alle waren sie drin, im großen Becken, alle sind rumgeflitzt wie wild, alle, alle, außer ihm.

Er war der Idiot am Beckenrand.

Er hat in Straßenklamotten dagesessen und in der Gegend rumgestarrt, er, der einzige Depp, der das Scheißseepferdchen noch nicht hatte.

Und Serdar sieht sie noch vor sich, als wäre es gestern gewesen, die ganzen nassen Gesichter, die nassen, glücklichen Gesichter von denen, die dazugehört haben. Er sieht sie, die Gesichter, und er sieht sich selbst, in Jeans und Pullover auf der untersten Stufe der Tribüne, und er sieht sich zur Uhr hochgucken, zur alten Uhr oben unterm Hallendach mit den zwei dürren Zeigern, und wo sollte er auch sonst hingucken, wenn keiner auf seine Grimassen achtet oder auf irgendwas?

Nein, sie haben nicht geguckt, keiner, die ganze Stunde nicht, hat sie nicht interessiert, ob er noch dahockt oder schon krepiert ist oder was, null, keinen, nicht Ivo, nicht Ella und den dicken Lexi schon gerade gar nicht.

Und Serdar weiß auch noch, wie er sich dann das Seepferdchen organisiert hat, direkt nach der Stunde, aus der Umkleide nebenan, schön sauber auf eine schwarze Adidas-Hose genäht, genau seine Größe, hat der Typ aus der Parallelklasse erst gar nicht gemerkt. Der dachte, er hat sie zuhause vergessen, und Mamas Unterschrift auf der Schwimmerlaubnis war dann auch ganz easy, die hatte Serdar längst drauf, aber natürlich hat es dann irgendwann doch einen Riesenärger gegeben. Lächerlich, wegen einem Fetzen Stoff und einem Zettel, dabei hat er ja eigentlich eh schon schwimmen können, kein Problem, immer am Rand lang, damit er sich zwischendurch ausruhen konnte, und bei den Sprüngen vom Einer war er eh ganz vorne dabei. Salto und alles. Das ganze Programm.

Ja, na ja. Riesendrama.

Und es hat eine Weile gedauert. Bis er seine Mutter endlich so weit hatte, dass sie mal mit dem Bademeister geredet hat, seine Frau war auch bei der Post, und Mama hat mit ihm geredet und dann war ziemlich schnell alles okay, ohne weiteres und auch ohne die beknackte Prüfung. Weil groß Zeit, mit ihm da jetzt noch Bahnen zu schwimmen und zu üben und was nicht, die hatte seine Mutter natürlich auch nicht, genug zu tun bei der Post, jeden Tag, und wie sieht das auch aus, ein Drittklässler, der mit seiner Mutter schwimmen lernt.

Und das Scheißseepferdchen hat er bis heute nicht.

Serdar läuft die Hauptstraße runter und überlegt, was Ella wohl gerade macht.

Er stellt sich vor, wie sie im Büro sitzt oder im Kundengespräch oder wie sie gerade runtergeht zur Mittagspause und sich ein Baguette holt mit den Kolleginnen, für 3,80 oder was, weil man das so macht, da unten an der Friedrichstraße.

Serdar denkt an Ella und er hat keine Ahnung und es regt ihn auf. Er weiß nicht, wann er ist, ihr Termin, er denkt daran, wie sie ihm davon erzählt hat, vorhin, zwischen Tür und Angel, als wäre es irgendwie um einen eingewachsenen Zeh gegangen oder was. Und er geht ohne Ziel und er denkt an den Termin und er weiß nicht wann, heute?, morgen?, nächste Woche?, er hat sie nicht gefragt und sie hat auch nicht so ausgesehen, als würde sie da groß drüber reden wollen.

Und Serdar weiß nicht warum und er will es auch nicht wissen, aber er hofft, dass es nicht heute ist.

Als ob das irgendwas ändern würde.

Und das ist ja eigentlich auch der Grund, warum er nicht nachgefragt hat. Weil es nichts zu fragen gab. Und weil er ja auch keine Ahnung hat, was dann werden soll, nach dem bescheuerten Termin und überhaupt.

Serdar läuft durch die Gegend, er biegt hier ab und da, er wechselt die Straßenseite und geht über rote Fußgängerampeln und kein Gedanke an den Kampf.

Stattdessen denkt er nur immer wieder an die Gesichter, damals im alten Schwimmbad, wo sie jetzt im Becken Partys feiern, er denkt an Ella, ihr Lachen, das damals schon das schönste in der Klasse gewesen ist, und er weiß, dass sich daran nichts geändert hat, aber keine Ahnung, ob das was bringt. Ob alles wieder so werden kann, wie es mal war. Wer weiß. Er nicht.

Nur eins weiß er.

Wenn seine Mutter damals einen Termin gemacht hätte, und wer hätte da groß was gesagt, dann wäre er heute nicht hier.

So einfach ist das.

Hätte sie vielleicht mal besser gemacht.

Serdar läuft am großen Postamt vorbei, er bleibt kurz stehen und guckt an der roten Backsteinfassade hoch. Er sieht die schmalen Fenster und die Mauervorsprünge und alles, und es ist bescheuert, aber er ist sich plötzlich sicher, ganz sicher, das alles wäre nicht passiert, der Mist der letzten Tage, alles, und er wäre nicht hier und würde rumlatschen wie ein Vollidiot und alles, wenn seine Mutter noch da wäre.

Hundert Pro.

Sie hatte da ja immer eine besondere Art, auch mit Ella. Gerade mit ihr. Sie haben sich oft gesehen, immer, wenn es ging eigentlich, nach der Arbeit oder am Sonntag, und am besten, wenn der Alte nicht da war, und viel Zeit hat sie ja insgesamt nicht gehabt, weil der Senior ja auch zuhause keinen Finger krumm gemacht hat, wenn er nicht musste, der Penner, die faule Sau.

Serdar dreht sich vom Postgebäude weg und sieht eine Briefträgerin auf einem Fahrrad mit zwei gelben Boxen vor dem Lenker.

Sie hätte schon was Besseres verdient gehabt, denkt er im Weitergehen. Was Besseres als einen, der sich direkt nach der Geburt verpisst und danach einen anderen, der sie behandelt wie den letzten Dreck.

Und er hat es nie verstanden, aber sie hat kein schlechtes Wort verloren, nicht über den einen, seinen Erzeuger, und auch nicht über den anderen, den Senior, seinen sogenannten Vater, und als er sie dann mal gefragt hat, weil die Kinder in der Schule ihn manchmal ausgelacht haben, weil er einen türkischen Namen hatte, aber kein Türkisch konnte, da hat sie ihm erzählt, wie das kommt und wer sein eigentlicher Vater ist.

Ein schicker Mann, hat sie nur gesagt. Ein schicker, junger Mann mit braunen Locken, das war dein Vater, und viel mehr hat sie eigentlich nie über ihn gesagt, außer dass er seinen Namen von ihm hat und dass Serdar eine Bedeutung im Türkischen hat, aber welche, das wusste sie auch nicht mehr, zu lange her. Und er hat es auch nie nachgeguckt oder jemanden gefragt, der es vielleicht gewusst hätte.

Serdar hat nie ein Foto von seinem Vater gesehen und er hat sich nie gemeldet, der ist damals zurück nach Hause, hat seine Mutter nur gesagt, zurück zu seiner Familie, in die Türkei.

Und damit hatte es sich.

Und er hat es nie einem erzählt, nicht mal Ella, weil es ja auch zu blöd ist, aber Serdar hat sich manchmal schon gefragt, ob er wohl auch Locken kriegt, wenn er sich die Haare mal lange genug wachsen lässt, aber auch das hat er bislang nicht rausgekriegt oder rauskriegen wollen. Er hat eben immer nur kurze Haare gehabt, sein ganzes Leben lang, Maschinenschnitt, Heimarbeit, alle zwei Wochen, früher als Kind schon und heute auch noch. Du kannst hier ja auch nicht rumlaufen wie ein Mädchen, ist einfach nicht drin, geht nicht klar, und schon gar nicht, wenn du kein richtiger Türke bist oder Araber oder Grieche oder Jugo und, wenn du ehrlich bist, nicht mal eine astreine Kartoffel.

Deswegen. Zwölf Millimeter. Alle 14 Tage. Seit er denken kann.

Aber irgendwann muss er es mal ausprobieren.

Serdar läuft durchs Viertel und die grauen Häuser ziehen an ihm vorbei und die dürren Bäume mit den Hundehaufen drunter und die Läden und Schilder und Leute, und auf der Fahrbahn legen die Jungs in den dicken Karren ihre Kickstarts hin und er hört es kaum.

Dann steht er an der Ampel und guckt über die Straße. Er guckt durch den Verkehr durch, und da drüben sieht er sie.

Die ersten Menschen, die er seit Stunden wahrnimmt.

Und keine Ahnung warum.

Vielleicht, weil sie anders aussehen. Glücklich?

Sie stehen nebeneinander da drüben auf der anderen Straßenseite und warten, dass es grün wird. Und Serdar sieht, wie die Kleine an der Hand ihrer Mutter zoppelt und irgendwas zu ihr sagt und wie sich die Mutter zu ihrer Tochter runterbeugt, und er sieht, dass das kleine Mädchen dunkle Haare hat und keine blonden wie die Mutter, und das ist komischerweise das Einzige, was ihm auffällt.

Und dann ist grün, und die Kleine reißt ihre Hand weg und sprintet los, und Serdar hört die Mutter rufen, aber wer hört schon auf seine Mutter, mit vier, fünf Jahren, und die Kleine rennt über die breite Straße, lachend, mit kleinen, schnellen Schritten, und Serdar ist auch losgegangen und er sieht das Mädchen, das auf ihn zugerannt kommt, mit wehenden dunklen Haaren, und er sieht, wie die Kleine mit dem einen Schuh am Bordstein der Mittelinsel hängen bleibt und hinfällt, lang schlägt sie hin, wie in Zeitlupe, und er sieht den Schreck im Gesicht der Mutter, die drüben die Hand vor den Mund schlägt.

Serdar sieht die Kleine, die direkt vor ihm auf der Erde liegt und sich die Hände hält, und bevor er nachdenken kann, hat er sich runtergebeugt und die Kleine schreit und weint, mehr vor Schreck als von irgendwas anderem, keine Schrammen, kein Blut, Serdar klopft ihr die Händchen ab und hebt sie hoch und stellt sie wieder auf die Füße, komm, geht gleich wieder, nichts passiert.

Und das kleine Mädchen guckt ihn an und es weint jetzt nicht mehr, und es guckt ihn aus kleinen, dunklen Augen an, aus denen noch die Tränen laufen, und Serdar will weggucken, aber es geht irgendwie nicht.

Danke, das ist lieb von Ihnen, sagt die Mutter, sie steht jetzt neben Serdar und beugt sich zur Kleinen runter, und was sagt man?, sagt die Mutter zur Tochter, aber das kleine Mädchen guckt ihn nur weiter an und sagt nichts, ganz ernst mit ihren großen dunklen Augen.

Und Serdar steht auf und streckt sich verlegen und nickt der Mutter zu und dann geht er schnell weiter, weil es schon rot geworden ist.

Er geht über die Straße, die Autos hupen, und Serdar läuft weiter, ohne sich noch mal umzudrehen.

57

Ist wieder gut?

Nein.

Ach, komm.

Tut aber vielleicht noch weh …

Dann hör eben beim nächsten Mal auf mich und lauf nicht einfach los. Da kann auch sonst was passieren.

Jessi hält Lines Hand fest.

Sie laufen zusammen zu Oma. In der freien Hand hat Jessi den Krokodilsrucksack mit Lines Übernachtungssachen. Jessi denkt an das Telefonat mit ihrer Mutter eben und sie fragt sich, was die Mutter wohl denkt, und wahrscheinlich denkt sie das Richtige, aber soll sie ruhig.

Du, ich muss was Dringendes erledigen, geht nur heute Abend, kann sein, dass es spät wird. Und Jessi hat gewartet und die Stille am anderen Ende gehört und sie hat gemerkt, wie die Mutter sich eine Frage zurechtgelegt hat, sie hat das Räuspern gehört und die unausgesprochenen Gedanken dahinter auch, und sie hat darauf gewartet, dass was kommt, das Übliche, was auch sonst. Und sie ist auch schon darauf vorbereitet gewesen, sie hatte sich ein, zwei Antworten zurechtgelegt, aber nichts da. Gar nichts ist gekommen, vom anderen Ende. Nur das Räuspern und das kurze Schweigen und dann nichts mehr weiter, kein soso, aha, na, musst du selber wissen. Nichts davon. Klar, hat Mutti nur gesagt, bring sie vorbei, die Kleine, ich mach schon mal die Liege fertig.

Und Jessi hat noch mal kurz gewartet und gehorcht, kann

ja sein, dass doch noch, aber nein, nichts, ja, dann also danke, tschüss und bis gleich.

Hier wohnt Oma, oder?

Ja, Schatz, sagt Jessi. Da hinten in dem Haus. Siehst du?

Line will losrennen, und Jessi hält ihre Hand fest, ey, lass mich, und Jessi hält sie noch ein bisschen weiter fest, und Line zerrt und zoppelt und dann lässt Jessi sie laufen. Die letzten Meter, mein Gott.

Ich komm schon an die Klingel, Mama!

Das ist nicht die von Oma.

Sie nehmen den Aufzug.

Mutti steht schon in der Tür, als sie oben rauskommen.

Hallo Omi, ruft Line und läuft gleich durch ins Wohnzimmer, wo wie immer der Fernseher an ist. Hier darf sie gucken, was sie will, und das weiß die Kleine.

Jessi schüttelt den Kopf.

Hier sind ihre Sachen. Bring sie nicht zu spät ins Bett, ja?

Die Mutter nickt.

Danke. Ich hoffe, du hattest keine größeren Pläne?

Ach, was soll ein olles Eisen wie ich schon noch groß für Pläne haben?

Jessi ignoriert das Augenzwinkern. Sie weiß, dass die Mutter noch Männer hat, es sind noch die gleichen und immer schön im Wechsel, da hat sich nichts geändert. Und wie früher ist ihr das Thema unangenehm vor der Mutter.

Danke, ja? Ich versuche, dass es nicht zu spät wird. Sonst hol ich sie morgen früh gleich.

Ist schon gut. Bleib so lang du willst.

Okay, sagt Jessi. Danke nochmal.

Die Mutter winkt ab.

Mach dir einen schönen Abend …

Die drei Pünktchen sind gut hörbar. Jessi ignoriert sie und geht rüber zum Aufzug.

Ach so, eins noch.

Jessi stellt den Fuß in die Aufzugstür.

Ich hab nachgedacht.

Ach, ja?

Die Mutter lächelt.

Ja, sagt Jessi und räuspert sich. Ja, worüber wir neulich geredet haben. Und ich glaube, du hast recht. Du hast recht mit dem, was du da bei mir in der Küche gesagt hast.

Was hab ich denn gesagt?, sagt die Mutter. Entweder tut sie so, als ob, oder sie hat es wirklich schon vergessen.

Kann echt nicht sein, sagt Jessi und legt den Finger auf den Knopf fürs Erdgeschoss.

Kann echt nicht sein, dass ich nicht langsam mal klarkomme.

Die Mutter sagt nichts. Jessi drückt auf den Knopf und die Tür geht zu.

Na, fein.

Das hat ja schon fast überzeugend geklungen.

58

Du musst sie nicht mehr alle haben.

Ich meine, im Ernst.

Was ist los mit dir?

Machst du jetzt einen auf Carlos?

Auf großen Strippenzieher und Obergangster und Keinerkann-mir-was? Wer bist du? Leon, der Profi? Der Meister aller Klassen? Der mit dem goldenen Gürtel und den Scheinen und den ganzen Chicks? Oder vielleicht doch eher der ewige Amateur, der sich die Hose schon bis knapp unter die Nippel ziehen muss?

Du bist ja komplett irre. Ernsthaft jetzt. Da fliegt dir eh schon alles um die Ohren. Und du machst weiter lustig eine Bombe nach der anderen scharf. Na, mach ruhig weiter so. Häng dir doch noch eine um den Hals. Und nicht vergessen, den Zünder schön auf morgen Abend, Hauptkampfzeit.

Fight Night. Überfall.

Ich lach mich tot.

Ich meine, schon die Nummer mit Serdar. Merkst du noch was? Willst du jetzt auch noch wegen Beihilfe einwandern? Der Tätowierte macht den platt. Eiskalt. Nur gut, dass du dir den Sanitäter am Ring auch noch gespart hast und da eh nur Kevins Zivi-Kumpel in seinem Dienstoutfit rumhängt.

Aber gut, wenn's dazu überhaupt noch kommt. Wenn nicht vorher schon der Fisch alles in den Arsch geritten hat. Noch so ein Babykiller. Der nichts auf die Reihe kriegt. Du bist echt nicht ganz dicht.

Wie hast du dir das eigentlich gedacht? Hast du dir überhaupt was dabei gedacht? Oder ist jetzt einfach eh alles scheißegal, jetzt, wo Mamá nicht mehr da ist? Ich meine, schon ein Glück, oder? Ein Glück, dass sie DAS jetzt nicht mehr mitkriegt, oder?

Und am Telefon machst du jetzt einen auf Clever & Smart, mit Schleimerstimme und allem, ja, schönen guten Tag, ich wollte mich melden, ja, wegen der Eventversicherung, ja, genau, am Freitag, ich hoffe, das ist nicht zu kurzfristig, ja, danke, ich warte gerne.

Allgefahrendeckung? Du hast sie echt nicht mehr alle.

Du Loser. Du Depp. Was du da veranstaltest, echt. Kampf der Kulturen. Haha.

Na ja.

Wirst schon sehen.

Nicht mal mit den Girls kriegst du's ja mehr auf die Reihe. War ja mal sowas wie deine Stärke. Früher. Irgendwann. Beziehungsweise, na ja. Stärke. Sagen wir, da lief's nicht ganz so mies wie anderswo.

Und jetzt hör ich nur noch Gewimmer.

Mimimi. Mumumu.

Ist da noch wer?

Ja?

Ja, Mensch.

Da ist also noch einer. Irgendein Spacken. Spukt noch rum. In ihrem Kopf, und vielleicht noch woanders. Und weiter? Ich sag dir, was weiter. Nichts weiter. Ein anderer Typ, irgendwo. Ja, mein Gott. Bei wem nicht.

Also, bitte.

Komm klar, Alter. Hör auf zu schniefen.

Wo ist der Boxer, Mann? Im Vorruhestand?

Dann hol ihn da raus, und zwar schnell.

Jaja.

Okay.

Danke.
Ist gut jetzt.
Message angekommen.
Und jetzt halt die Backen.
Verfatz dich.
Ich hab zu tun.

59

Zwei Aufsteller mit ein bisschen Efeu dran.

Weiße Plastikmöbel auf grünem Teppich.

Heißer Tee unterm Kastanienbaum.

Alles, was du so brauchst.

Serdar sitzt an einem Tisch vor dem Anayurt und streckt die Beine aus. Hier ist er also gelandet, ausgerechnet hier, in Spuckweite vom Späti, im Türkencafé am Bellermannplatz, nach all dem Rumgelaufe, und eigentlich weiß Serdar jetzt auch nicht so genau, warum und wieso und was er hier überhaupt soll, zwischen all den alten Männern mit ihren ausgebeulten Kappen und den mächtigen Schnäuzern, die ihren Chai aus winzigen Gläsern trinken, Kette rauchen und Karten spielen oder Backgammon.

Aber gut, jetzt ist er eben hier.

Und hier ist es ja am Ende auch so gut wie irgendwo anders.

Sein Tee kommt. Nach dem ersten Schluck merkt er, dass er seit morgens nichts gegessen hat. Er trinkt in kleinen Schlucken und er sieht die zwei kleinen grünen Bohnen auf der Oberfläche schwimmen und er spürt es süß und heiß im Magen.

Serdar lehnt sich zurück und macht die Augen zu.

Er sieht sie vor sich.

Kleine, funkelnde Kinderaugen.

Sie erinnern ihn an irgendwas, die Augen von dem kleinen Mädchen, da vorhin an der Ampel, aber keine Ahnung, an was. Echt nicht.

Serdar denkt an das Mädchen und an alles andere und er

spürt den Tee in seinem leeren Bauch und er hört das Gemurmel der alten Männer und ihre Spielsteine, die in den Holzkästen klackern. Die haben's schon hinter sich, denkt Serdar. Lassen ausklingen.

Serdar hört eine Weile den Geräuschen zu, den leisen Stimmen und dem Rauschen der Baumblätter, und sein Kopf ist leer, zum ersten Mal in dieser irrsinnigen Woche, und Serdar spürt den gezuckerten Tee im Bauch und er hat das Gefühl, dass er mit seinem Plastikstuhl ein paar Zentimeter vom Boden abhebt und knapp über dem grünen Teppich schwebt. Er hat die Augen zu und hört alles wie ein Rauschen. Und dann merkt er, dass er noch was anderes hört, es kommt langsam durch seine Gedanken, undeutlich und ein bisschen brüchig, eine Stimme, eine heisere Männerstimme, und sie sagt irgendwas auf Türkisch. Ein Husten. Und dann noch mal das Gleiche.

Serdar macht die Augen auf.

Neben dem Tisch steht ein altes Männlein.

Ein kleines, altes Männlein mit tiefen Furchen im Gesicht und einem grauen Stoppelbart, in der Hand ein abgewetztes Lederköfferchen, aus dem ein Hemdzipfel guckt.

Merhaba, Torun, sagt der Alte. Frei?

Er zeigt auf den Plastikstuhl gegenüber von Serdar.

Frei?, sagt der Alte wieder und guckt Serdar fragend an. Serdar nickt, und der Alte zieht den Stuhl unter dem Tisch hervor und setzt sich mit einem unterdrückten Ächzen. Er stellt den Koffer auf den Boden, zieht sich seine Kappe vom Kopf und wischt sich mit einem grauen Taschentuch den Schweiß von der Stirn. Weiße Haare kleben ihm an den Schläfen und am Hinterkopf.

Meine Fresse, denkt Serdar. Von welchem Trip kommt der denn?

Der alte Mann sitzt reglos in seinem Stuhl, die Arme schlaff auf den Lehnen. Als der Kellner kommt, bestellt er Tee und ein paar Sesamringe.

Heißer Tag, sagt der Alte. Wie damals.

Serdar guckt ihn an. Kein Plan.

Serdar kann kein Türkisch, nur ein paar Brocken, und wie auch, wenn der, von dem du deinen türkischen Namen hast, es nur ein paar Monate mit dir und deiner Mutter ausgehalten hat. Ein paar Zahlen kann er, ein, zwei Floskeln und alle möglichen Schimpfwörter, das, was du eben so mitkriegst, wenn du hier in der Gegend groß wirst, so oder so, egal ob du Martin Müller heißt oder Ivo Andric oder Serdar Schröder.

Heißer Tag, wiederholt der Alte und faltet sein nasses Taschentuch zusammen. Genauso heiß wie damals. Oh, Torun, ich erinnere mich noch gut.

Und es ist seltsam, der alte Mann spricht ein komisches Kauderwelsch, viel Türkisch, mit ein bisschen gebrochenem Deutsch dazwischen, und doch versteht Serdar alles, was er sagt, vom ersten Wort an, und keine Ahnung wie, vielleicht spielt die Sprache keine Rolle, wenn nur die Geschichte die richtige für dich ist.

So, so heiß, sagt der Alte, so heiß wie am letzten Tag.

Serdar nippt an seinem Tee und wartet ab.

Sehr, sehr heiß, sagt der Alte, an dem Tag, als unser Glück weggefahren ist, im Bus ist es gefahren, die Dorfstraße runter. Weißt du, Torun, die Leute laufen immer an den heißen Tagen weg, wer weiß warum.

Der Alte fährt sich mit der flachen Hand über den Kopf.

Ich weiß es auch nicht, sagt der Alte. Vielleicht haben sie Angst. Angst, dass ihr Hirn zerfließt, wenn sie es nicht mit dem Fahrtwind kühlen. Oder schlimmer, es ist ihnen schon zerflossen. Ich weiß es nicht, wirklich.

Serdar guckt sich um. Die anderen Männer sind in ihre Spiele vertieft. Keiner nimmt Notiz von ihnen.

Sein Arm, sagt der Alte. Das Letzte, was wir von ihm gesehen haben, war sein Arm im Busfenster, und er hat gewinkt, ich weiß es noch, er hatte den Ärmel hochgekrempelt, sein bestes

Hemd, und wir haben ihm nachgesehen, auch ich, und da fuhr er nun, unser Sohn, und unsere Hoffnungen hat er mitgenommen und unser Glück, und er muss es verloren haben, irgendwo unterwegs ist es aus dem Bus gefallen, oder es ist einfach aus dem offenen Fenster geflattert, wer weiß, wer weiß.

Der alte Mann kriegt Tee und Sesamringe. Er nickt dem Kellner dankend zu und schüttet Zucker in sein Glas. Er rührt langsam um und schüttelt kaum merklich den Kopf.

Alles habe ich versucht, Torun, alles, glaub mir. Was willst du da, was, habe ich ihn gefragt, was hast du dort zu erwarten, wenn doch dein Leben hier ist, deine Familie, dein Glück? Aber er hat es gar nicht hören wollen, er hat mich gar nicht gehört, verstehst du, Torun, er hatte nur ein Wort im Kopf, Almanya, Almanya, nur das, immer wieder ist er uns damit gekommen. Dort ist die Zukunft, Baba, hat er gesagt, dort ist meine Zukunft, deine, unser aller, so hat er geredet und nichts anderes hat er hören wollen, da hätte ich auch hinters Haus gehen und mit den Ziegen sprechen können.

Der Alte bricht ein Stück aus einem Sesamring, tunkt es in den Tee und kaut hastig.

Almanya, Almanya. Die Zukunft. Ja, schön und gut. Nur, was willst du mit dem Morgen, wenn du schon ein Heute hast?

Serdar guckt dem Alten beim Essen zu. Er nimmt einen Schluck von seinem Tee und wartet, bis der alte Mann das nächste Stück runtergeschlungen hat.

Ein paar Scheine, sagt der Alte und spült Tee nach, ein paar frische Scheine jeden Monat, glaubst du, das ist alles, was eine Familie braucht? Ja?

Der Alte schüttelt den Kopf.

Ein paar Scheine, ein paar Scheine und jeden Monat ein Brief, mir geht es gut, danke, ich denke an euch. Das war alles. Und wir sind es gewesen, die sich um sie gekümmert haben, um seine Familie, um seine Frau und seine Kinder, zwei, ein Sohn und dann auch eine Tochter, geboren, als er schon weg war, weit weg, im grauen, kalten, scheußlichen Almanya, und wer weiß, was er am Tag ihrer Geburt getrieben hat. Ich nicht, Torun, ich weiß es nicht. Kann es nicht sagen. Nein.

Der Alte kaut sein feuchtes Simit und guckt aus kleinen, dunklen Augen. In seinem Tee schwimmen ein paar Sesamkörner.

Zwei Jahre, sagt der Alte, zwei Jahre sind lang. Und wir haben alles gesehen. WIR sind dabei gewesen. Wie die Kleine aufgehört hat, Milch zu trinken, wir haben gesehen, wie sie aufstand, ihre ersten Schritte machte, und ihr erstes Wort gehört, und weißt du, was ihr erstes Wort war? *Dede.* Opa.

Der Alte lacht bitter.

Nein, nein, sagt er, zwei Sommer, zwei ganze Sommer und zwei Winter dazu, und alle paar Wochen ein paar Zeilen, danke, auf der Arbeit geht es gut, es sind gute Menschen hier, ich habe mir einen warmen Mantel gekauft.

Serdar guckt den Alten an. Er fragt sich, wo die Geschichte hinführt. Warum erzählt er ihm das alles? Verwechselt er ihn mit jemandem? Mit irgendeinem Torun? Oder warum nennt er ihn dauernd so?

Aber der Alte redet schon weiter.

So ist das gegangen, Torun, Monat für Monat, und der dritte Sommer hatte schon fast begonnen, sein Sohn sollte schon bald in die Schule kommen, als er zum ersten Mal wiedergekommen ist. Anfang August bin ich auf Besuch, hat er geschrieben, auf Besuch, als wäre er schon ein Fremder, verstehst du? Und wir haben ihn auch erst gar nicht erkannt, mit seinem blassen Gesicht und den langen Haaren, bis zur Schulter. Oh, was haben sie nur aus dir gemacht, habe ich ihn gefragt, als er aus dem Bus gekommen war, was bist du geworden, eine Frau, mit den langen Haaren? Und er hat nur den Kopf geschüttelt und gesagt, nein, so sind eben jetzt die Frisuren in Almanya. Kannst du dir das vorstellen?

Der Alte trinkt seinen Tee aus und winkt dem Kellner. Er bestellt sich noch einen Tee.

Am zweiten Tag, sagt er, ja, am zweiten oder dritten Tag muss es gewesen sein.

Serdar guckt den Alten an. Er sieht seine Falten, wie viele sind es, hundert, tausend? Er sieht die schwarzen Augen des Alten, und er hat das Gefühl, sie hätten sich eben noch ein bisschen mehr verdunkelt.

Die Dinge schienen fast schon wieder so wie früher, sagt der Alte, seine Kinder waren wieder glücklich, ihren Vater zu haben, und er schien auch derselbe, nur dass er stiller war als früher und ständig geraucht hat, das hatte er wohl dort angefangen. Es war ein schöner Tag. Ich war mit ihm alleine im Haus, die Frauen waren auf dem Markt, und er hat gesagt, Baba, ich muss mit dir reden. Und ich habe gesagt, gut, dann setz dich und wir reden. Aber er hat gesagt, nein, nicht hier, lass uns rausgehen, die Sonne scheint und wir können doch hoch auf den Hügel laufen. Und so gingen wir.

Der Alte wendet den Blick von Serdar ab. Er guckt auf seinen Teller, er starrt runter auf die Sesamkörner, als könnte er irgendwas in ihnen lesen. Serdar spürt seine Ungeduld, der Alte redet ihm nicht schnell genug, er macht lange Pausen, um nachzudenken oder sich zu erinnern, bis er endlich weiterredet in seinem komischen, langsamen Singsang.

Auf dem Weg nach oben, sagt der Alte und guckt Serdar mit seinen dunklen, feuchten Augen an, da hat er es mir erzählt.

Es ist einfach passiert, Baba, hat er gesagt, einfach so, ich war einsam und es ist passiert, und jetzt ist es bald so weit, nur noch ein paar Wochen, und ich weiß nicht, was ich machen soll, sag du es mir. Wie soll ich leben, mit zwei Familien, eine hier und eine dort, wie soll das gehen, sag es mir, und ich unterstelle mich deinem Rat.

Und ich weiß noch, wie ich stehen geblieben bin, oh, Torun, ich weiß es noch genau, ich konnte keinen Schritt mehr machen, keinen Schritt konnte ich noch mit ihm gehen. Und ich habe den Zorn gespürt, den Zorn in mir, das heiße Zittern, wir waren noch nicht weit gekommen, als ich stehenblieb, kaum halb waren wir den Hügel hinauf, als ich ihn gepackt und angebrüllt habe, direkt ins Gesicht.

Wer bist du, habe ich ihn angeschrien, wer, glaubst du, bist du, dass du diese Schande über uns bringst? Wie wagst du es, unser Haus zu beschmutzen, so habe ich geschrien und ich habe ihn fest gepackt und seine Augen gesehen, ich sah seine Tränen und hörte ihn sagen, Baba, es tut mir so leid, bitte, vergib mir, bitte … Aber ich spürte nur die Schande in mir, nichts weiter, seine Schande und unsere, und sie ließ keinen Platz für irgendetwas anderes.

Der alte Mann sitzt jetzt ganz gekrümmt auf seinem Stuhl, die Hände auf dem Schoß. Er scheint zu zittern. Er guckt vor sich auf den Tisch.

Wie oft, Torun, oh, wie oft habe ich seither über diese Minuten nachgedacht. Habe an meine Worte gedacht, mein Gebrüll und seine Augen. Aber es ist, wie es ist, es ist geschehen, was geschehen sollte, und so habe ich ihn von mir gestoßen und vor ihm in den Staub gespuckt und gesagt, geh, du bist nicht mehr mein Sohn, du musst weggehen, noch heute, geh weg und komm nicht wieder, und ich wünschte, du wärst nie geboren.

Der Alte hebt mit einem Ruck den Kopf und guckt Serdar an. Serdar sieht die Falten im Gesicht des Alten, er sieht die weißen Haare und die tiefen, traurigen Augen, und er guckt weg. Er hält den Blick nicht aus.

Und ich habe ihn gesehen, sagt der Alte, ich sah ihn, wie er den Hang hinabtaumelte, runter zum Haus, und ich bin geblieben, wo ich war, halb auf dem Hügel, ich habe mich auf einen Stein gesetzt und blieb dort, bis es dunkel wurde und sie mich suchen kamen. Und ich habe ihnen nichts gesagt, kein Wort, bis heute nicht, auch nicht, als wir zwei Tage später die Nachricht bekamen und alle weinten und mir das Herz zerbrechen wollte. Aber es ist nicht gebrochen und ich hielt meinen Mund.

Serdar guckt den Alten an, der jetzt schweigend dasitzt und

sich an seinem Teeglas festhält. Der Alte bewegt langsam den Kiefer, als würde er auf etwas kauen, aber sein Teller ist leer bis auf ein paar Sesamkörner.

Es war sein Bus, sagt der Alte, es war der Bus, in dem er saß, kein Zweifel, sie wussten es, denn sie hatten seinen Pass gefunden. Sie haben ihn mir gegeben, und ich habe ihn gesehen, die Ränder schwarz, und sein Foto halb geschmolzen, er war kaum noch zu erkennen.

Und das war das Ende, sagt der Alte. Das Ende. Zwei Frauen ohne Mann, drei Kinder ohne Vater, und glaub mir, Torun, kein Tag, an dem ich nicht die Schuld gespürt hätte. Wie ein Stein ist sie, ein Stein, der mir am Hals hängt, und ich schleppe ihn weiter, von Tag zu Tag und Jahr zu Jahr. Und es ist zu spät, jetzt ist es zu spät, aber was soll's. Ich bin hier. Und ich weiß auch nicht warum. Vielleicht suche ich ihn immer noch.

Serdar hört die Worte des Alten und er guckt rüber zur Trennwand, der alten Holzwand, hinter der schon zwei Häuser weiter der Späti kommt, und er starrt auf die verwitterten Lamellen und die Efeublätter und sein Kopf ist nicht mehr leer wie vorhin, sein Kopf ist jetzt voll, so voll wie nie. Nach der Geschichte des Alten fühlt es sich an, als würde sein Kopf gleich platzen, die Worte des Alten hallen wie ein Echo in seinem Ohr, diese seltsame Geschichte, die aus einer anderen Welt zu kommen scheint und die ihm den Kopf zum Schwingen gebracht hat wie ein Volltreffer im Ring, und keine Ahnung, warum.

Und Serdar guckt noch eine Weile rüber zur Efeuwand, und als er den Kopf schließlich wieder zurückdreht, ist der Alte nicht mehr da.

Auf dem Plastiktisch steht nur noch ein Teller und ein leeres Teeglas mit ein paar Sesamkörnern, und es wundert ihn kein bisschen.

Serdar bleibt noch eine Weile sitzen, und dann bestellt er die Rechnung. Er zahlt und steht auf und will schon gehen, da dreht er sich doch noch mal zum Kellner um.

Du bist doch Türke, oder?
Ja, klar, sagt der Kellner. Warum?
Torun, sagt Serdar, also ich meine, der Name, Torun, hat der irgendeine Bedeutung?
Torun?, sagt der Kellner und fängt an, den Tisch abzuwischen. Torun heißt bei uns Enkel. Wieso?

60

Die Treppen hoch und raus ans Licht.

Über die Ampel, an der Apotheke vorbei.

Jessi weiß, wo sie hin will.

Sie kennt den Weg.

Tausendmal gegangen.

Na ja, fast.

Diesmal biegt sie nicht hinterm S-Bahnhof rechts ab und über die nächste Ampel, rüber zum gelb-roten Netto-Leuchtschild. Diesmal geht sie an der Ampel vorbei, läuft noch ein paar Meter weiter und dann links auf den Bellermannplatz.

Die Zwei hängt schräg, das sieht Jessi schon von weitem. Es sieht aus, als würde die Nummer jeden Moment abfallen. Jessi bleibt vor der offenen Haustür stehen und guckt an der grauen Fassade hoch. Als wäre da irgendwas zu erkennen.

Also, dann.

Im Treppenhaus ist es muffig und dunkel. Jessi geht langsam die Treppe hoch. Im ersten Stock links dröhnt ein überlauter Fernseher durch die Tür. Im zweiten und dritten ist alles ruhig.

Dann steht sie vor der Tür. Sie sieht das Klingelschild und sie hört die Dielen unter ihren Füßen knarzen. Sie steht eine Weile einfach da und wartet und sie weiß auch nicht, auf was.

Dann drückt sie die Klingel.

Nichts.

Sie drückt nochmal.

Kaputt.

Jessi klopft. Dann wartet sie.

Erst ist es still. Dann hört sie was von drinnen.

Jessi klopft noch mal.

Hey! Ich bin's!

Jessi hört ihre Stimme, sie kommt ihr einen Tick zu laut vor, wie immer, wenn sie Angst hat.

Jessi hört, wie er zur Tür schleicht. Er bleibt ein paar Sekunden hinter der Tür stehen. Sie hört, wie er das Gewicht verlagert.

Dann macht er endlich auf.

Er sieht ziemlich elend aus. Blass und unrasiert, als hätte er ein paar Nächte nicht geschlafen. Seine Haare stehen in alle möglichen Richtungen ab.

Wie bist du denn …, sagt er und versucht, sich mit einer Hand die Haare hinter die Ohren zu streichen. Ich meine … Woher weißt du, wo ich wohne?

Hast du mir doch selbst erzählt, du Held. Die Zwei, direkt nebenan vom Späti, schon vergessen?

Jessi sieht ihn an, wie er da im Türrahmen lehnt, in seinem Unterhemd und der grauen Jogginghose, sie sieht, wie er sich am Kopf kratzt und überlegt. Er wirkt überfordert, ein bisschen hilflos, er guckt an ihr vorbei zur Treppe, als würde er checken, ob er jetzt noch abhauen kann, und dann guckt er sie an und sagt, na, komm erst mal rein.

Jessi macht die Tür hinter sich zu, sie macht zwei Schritte und bleibt auf der Schwelle zu seinem Zimmer stehen. Sie sieht, wie er die Fenster aufreißt und anfängt, Zeug vom Boden aufzusammeln, ein paar Klamotten, leere Plastikflaschen.

Es ist rührend, wie er herumstolpert und gegen das Chaos ankämpft.

Aber das ist es gar nicht.

Sie ist sich schon vorher sicher gewesen. In dem Moment, als er die Tür aufgemacht hat. Da hat er gar nichts groß sagen müssen.

Sein Blick hat gereicht. Kein Zwinkern diesmal und kein Funkeln. Kein Wird-schon-alles.

Diesmal nicht. Da ist keine Maske mehr gewesen, keine Deckung. Da konntest du direkt in ihn reingucken, in diesem ersten schutzlosen Moment an der Wohnungstür.

Jessi denkt an seinen Blick, als er im Türrahmen aufgetaucht ist, und sie sieht ihm schweigend beim Aufräumen zu, gib mir ne Minute, sorry, ich weiß, hier sieht's aus wie Sau.

Er klemmt sich ein paar leere Wasserflaschen unter den Arm und läuft damit in die Küche.

Jessi geht ihm nach.

61

Hör zu.

Ja?

Ich muss mit dir reden.

Ich auch.

Okay. Du zuerst.

Nein. Du. Erst du.

Okay. Ich wollte … Also, ich wollte dich … Hör zu. Bitte sag deinen Termin ab.

Wie?

Du weißt, was ich meine. Bitte.

Was soll das?

Ich glaube, das ist keine gute Idee.

Ach ja? Sag du doch deinen Kampf ab.

Das … Das kannst du nicht verlangen.

Warum nicht?

Weil … Na, weil es nicht fair ist. Das geht nicht. Ich muss kämpfen. Das weißt du.

Du musst?

Ich muss. Ich muss. Ich würd das sonst bereuen, ewig. Das weißt du doch genauso gut wie ich. Du weißt, was das für mich bedeutet.

Siehst du. Und deswegen.

Deswegen was?

Deswegen der Termin. Deswegen werd ich ihn nicht absagen.

Wann ist der? Wann musst du da hin?

Was interessiert dich das plötzlich?

Ich … Also gut, hör zu, ich weiß, das ist nicht optimal gelaufen alles, aber können wir nicht noch mal von vorne anfangen? Praktisch Montagmorgen?

Montagmorgen?

Ja. Wir tun so, als wär wieder Montag.

Wie soll das gehen?

Ich weiß nicht. Lass es uns probieren.

Wie bei Monopoly, ja? Zurück auf Los?

Du weißt, was ich meine. Warum nicht? Ich such mir einen Job. Arbeite nebenher. Ich supporte dich – also, euch. Euch beide.

Jetzt auf einmal?

Ich hab ja nie was anderes gesagt.

Mit Worten nicht, nein.

Bitte. Ich bitte dich.

Und ich bitte dich auch. Sag den Kampf ab. Bitte sag ihn ab. Ich mein's ernst. Du kannst nur verlieren. Und ich …

Was ist mit dir?

Nichts. Schon gut.

Es geht nicht. Du weißt, dass es nicht geht. Ich muss.

Ja. Ich weiß. Ich weiß. Es geht nicht. Es kann nicht gehen.

Nein, nein, ich meine den Kampf. Nur den Kampf. Ich kann da jetzt nicht mehr raus. Da hängt schon zu viel drin.

Wie du meinst.

Sagst du ihn also ab? Den Termin?

Hör auf damit.

Es ist nur … Ich weiß, du wirst mir das nicht glauben. Aber es stimmt. Morgen ist mein Kampf. Und heute bin ich den ganzen Tag … den ganzen Tag bin ich durch die Gegend gelaufen. Verstehst du? Ich habe heute noch nicht einmal an Freitag gedacht, an meinen Gegner und alles.

Okay …?

Ja. Wirklich.

Ich glaub's dir.

Bitte, ich lüge dich nicht an.
Ja, ich weiß.
Lass uns drüber reden.
Das bringt nichts. Ich kann nicht mehr.
Aber … Ich wollte dich nur was fragen.
Was fragen?
Ja.
Was denn?
Ich habe mich das nur gefragt. Und ich weiß nicht, warum. Aber meinst du, es wäre blond oder dunkel?
Was?
Ich meine, du bist blond, ich hab braune Haare. Hast du darüber nicht auch mal nachgedacht?
Ich … Ich weiß nicht. Was soll das?
Ich meine, vielleicht hat es dunkle Haare und braune Augen wie …
Hör auf.
… wie ich.
Hör auf. Hör bitte auf.

62

Aris liegt auf dem Rücken, das Laken über dem Bauch, und traut sich nicht, sie anzugucken.

Sie liegt neben ihm. Er kann sie atmen hören.

Er liegt auf der Fensterseite. Sie auf der Wandseite.

Und Aris guckt hoch zur Decke und er weiß nicht warum.

Warum ist sie hier? Wieso ist sie hergekommen? Und weshalb hat er sie reingelassen? Wann hat er überhaupt das letzte Mal jemand reingelassen? Die Bude natürlich das reine Chaos. Er selbst unrasiert und speckig und immer noch halb verkatert.

Warum hat er ihr aufgemacht?

Keine Ahnung.

Vielleicht, weil sie da war?

Vielleicht ist es manchmal so einfach?

Sie hat vor seiner Tür gestanden, und er hat durch den Spion geguckt, auch irgendwie lachhaft, als hätte er sie nicht schon an der Stimme erkannt, und dann hat er tief Luft geholt und die Tür aufgemacht. Und dann ist sie reingekommen, einfach so, und sie hat nichts gesagt zu dem Chaos, aber natürlich hat er versucht, noch ein bisschen Kosmetik zu machen, hat angefangen, die Klamotten vom Boden in den Schrank zu feuern, hat sich nach leeren Flaschen gebückt und sie weggebracht, in die Küche, und als er zurückwollte ins Zimmer, da ist es passiert. Da hat sie ihm im Weg gestanden. Und keine Anstalten gemacht, zur Seite zu gehen.

Und sie hat den Kopf geschüttelt und ihm die flache Hand auf die Brust gelegt, die rechte Hand, und dann war es zu spät, fürs Aufräumen und überhaupt, dann lagen sie schon auf dem Bett, nebeneinander, aufeinander, und es ist alles wie von selbst gegangen, und gar nicht mal so schlecht.

Und gar nicht mal besonders schwer.

Schwer wird's immer erst hinterher.

Hinterher, da liegst du dann halb unter dem Laken, den Arm unterm Kopf, und die Gedanken wabern um dich herum, und du guckst hoch zur Decke, du studierst den alten Wasserfleck und wünschst dir, du würdest nicht in so einer Bruchbude hausen und noch einiges mehr. Du liegst da und versuchst nicht zu husten oder allzu laut zu atmen, sie könnte es ja hören. Und du willst dir nicht mal eine anstecken, weil du weißt, dass du damit alles wieder in Gang bringen würdest, mit der nächsten Kippe dreht sich die Welt schon weiter, unaufhaltsam, und wer weiß, was dann.

Wer weiß.

Und so liegt Aris lieber noch ein bisschen da und wartet auf den Moment, wenn es wieder geht, wenn es wieder okay ist, das Reden und alles andere, und es wäre ihm eigentlich recht, wenn es noch ein bisschen dauern würde.

Und so liegen sie beide da, und eine Weile passiert nichts, und keiner sagt was, weil auch sie anscheinend erst mal genug mit sich selbst zu reden hat.

Und Aris starrt den guten alten Wasserfleck da oben an und erst nach einer Weile merkt er, dass sie ihren Arm auf seinen Bauch gelegt hat und ihren Kopf auf seine Schulter, und er riecht ihre Haare und sie riechen gut, auch wenn er nicht genau sagen kann, nach was.

Und irgendwann reden sie auch wieder.

Und sie fragt ihn nicht, was das für Plakate sind, da drüben auf dem Tisch, obwohl sie die ziemlich sicher gesehen hat, schwer zu übersehen. Und sie fragt ihn nicht nach den ungeöffneten Briefen auf der Kommode und dem Chaos überall oder nach sonst was. Und sie fragt ihn auch nicht nach dem Foto auf dem Nachttisch, dem makellosen Nachttisch mit dem gerahmten Foto und der breiten Kerze, die auch jetzt noch brennt. Und sie fragt auch nicht, ob sie lieber gehen soll, und das ist gut so, weil er vor der Frage ehrlich gesagt mit am meisten Schiss hat.

Und sie liegen einfach da und reden, über dies und das, und es ist okay, es könnte noch lange so weitergehen, normalerweise könnte es die ganze Nacht so gehen, aber Aris merkt, wie sich irgendwas in seiner Brust zusammenzieht, und es wird stärker, je länger sie reden und reden und nichts sagen.

Und Aris weiß, woher es kommt, das Ziehen, und vielleicht ist es noch nicht zu spät, und er sieht die Lösung, die Rettung, er sieht sie vor sich im Halbdunkel, und er spürt ihre Wärme an seinem Körper, und dann hört er es. Er weiß erst nicht, was es ist, und dann hört er genau hin, es ist seine eigene Stimme.

Und Aris hört sich etwas sagen, halblaut, mehr ein Flüstern als alles andere, hör mal, da ist noch was, hört er sich flüstern, was Wichtiges, was ich dir noch nicht gesagt hab, und dann wird es still und er wartet.

Er wartet und regt sich nicht und er merkt, wie sie den Kopf bewegt, und er spürt ihre Haare auf seiner Schulter und ihren Arm auf der Brust und ihren Finger auf seinen Lippen und er hört, wie sie sagt, nein, nein, später, nicht jetzt, jetzt nicht.

Und er guckt noch mal hoch zum Wasserfleck an der Decke, der nicht weggeht, und er wartet kurz, ein, zwei Sekunden, und dann nimmt er ihren Finger in seine Hand und denkt, okay.

Okay, du hast es versucht.

Dann soll's eben so sein.

63

Und dann ist Nacht.

Und die Wolken hängen vor dem Mond.

Es ist Nacht am Bellermannplatz, die Läden sind unten, drüben bei der Klause, beim Spätkauf Schröder und nebenan beim Anayurt, alles dicht. Die Kastanienzweige hängen im dunkelgelben Licht, die Bänke sind leer, die Ampeln blinken drüben über der Hauptstraße, und die Stadt atmet noch mal durch, sie schnappt kurz nach Luft, bevor das Wochenende losgeht, bevor sich alles noch mal verdichtet und alle erst so richtig ausrasten.

Und die Menschen liegen in ihren Betten, hinter den dunklen Augen der Häuser, sie schwitzen in die Laken und versuchen, zu atmen und zur Ruhe zu kommen, irgendwie.

Und keiner schläft.

Aris nicht, weil er Durst hat, aber nichts trinken kann, und weil er jetzt schon den neuen Tag spürt, der kommen wird, egal, was du machst. Und er merkt, wie er ihm durch den Körper schießt, mit zwei Schlägen pro Sekunde oder mehr, und irgendwann steht er auf und nimmt sich eine Lucky vom Tisch und setzt sich ans offene Fenster. Er hört den Tabak knistern, als er den ersten Zug nimmt, er bläst den Rauch runter zum Platz und guckt in die wirren schwarzen Äste und er denkt daran, wie seltsam es ist, nicht alleine zu sein, seltsam und ungewohnt, und dann denkt er wieder an das, was er angerichtet hat, die Katastrophe, und er weiß, er muss es durchziehen, trotz allem, es geht nicht anders, jetzt nicht mehr, zurück geht nicht, da kriegst du garantiert eine in den Nacken.

Und Jessi riecht den Zigarettenrauch und sie spürt die kühle Luft im Rücken, sie liegt reglos mit dem Gesicht zur Wand und denkt an Line. Und sie fragt sich, was die Kleine wohl gerade träumt oder ob sie auch wach liegt und ihre Mama vermisst, zuhause wäre sie schon längst zu ihr ins Bett gekommen. Und Jessi hört das Knacken der Fensterbank, wenn er sich bewegt, und sie rührt sich nicht und sie weiß nicht, wie sie sich fühlen soll, komplett leer oder zum Weinen glücklich oder beides zusammen, und es ist anders, als sie es sich vorgestellt hat, aber es ist okay, das weiß sie, es ist gut, dass er es war und kein anderer, der Erste seit dem Letzten, wurde ja auch langsam Zeit.

Und Serdar liegt ein paar hundert Meter weiter auf der Bettdecke, er guckt ins Dunkle und denkt an morgen Abend, er liegt im Bett und er steht im Ring, mitten in einer leeren Halle, die Hände bandagiert, er tritt von einem Bein aufs andere, weil er nicht weiß, worauf er wartet, er blinzelt ins grelle Licht und er kann nichts erkennen und irgendwann fängt er an, ein paar Hände zu schlagen, einfache Führhände, kurze Jabs ins Licht, und dann eine rechte Gerade hinterher und einen Körperhaken. Er bewegt sich durch den Ring, er knickt die Knie und dreht seinen Knöchel, er schlägt schnell und präzise, und alles ohne einen Gegner zu sehen. Und er guckt und blinzelt und kann immer noch nichts erkennen, im fensterlosen Dunkel, und er denkt an den Alten aus dem Anayurt und seine Geschichte, die ihm nicht aus dem Kopf geht und die er immer noch nicht versteht. Er liegt still auf dem Rücken und hört Ella leise atmen, und er weiß, dass sie auch nicht schläft.

Und der Flaschenfascho ist auf Patrouille, immer noch, immer wieder, und es ist neblig, ziemlich neblig, überall Nebel im Zimmer, und dann tritt langsam eine Form hervor, und er braucht eine Weile, bis er merkt, was das ist. Erst sieht er nur den Lauf und dann sieht er langsam auch den Rest, das Kinnband und den Helm und das Gesicht, er sieht das Auge hinter dem Sucher, er sieht sein eigenes Gesicht, so jung und ernst und ängstlich, und er sieht die Hand und den Zeigefinger, der sich langsam krümmt. Er merkt, wie ihm kalt wird unter seiner Decke, und er weiß, er hätte heute noch ein paar Weinbrand mehr gebraucht, aber so ist es, der Schnaps hilft, aber er ist nie stark genug.

Und Heinz Hönow macht das Licht in seiner Werkstatt aus, lässt die Tür ins Schloss fallen und geht langsam die Treppe hoch ins Schlafzimmer. Er zieht das Nachtzeug aus dem Schrank und zieht sich um, dann legt er sich ins Bett, streckt sich aus und schläft sofort ein. Er schläft tief und fest und gut, zum ersten Mal seit Wochen, und er träumt von nichts, weil es jetzt nichts mehr zu träumen gibt, jetzt ist alles klar, er ist endlich wieder Herr seiner Träume und er ist nicht mehr allein. Er hat es in der Hand und er wird es nicht mehr loslassen, auch jetzt nicht, und seine Hand liegt auf dem kalten Stahl, und noch im Schlaf spürt er sie, seine Rache, einseinundfünfzigfünf, Maßarbeit.

FREITAG

64

Und dann ist Fight Night.

Das Riesending.

Und alle wollen hin.

Aris steht im Hof vor der alten Fabrikhalle und guckt rüber zur Schlange. Er hat versucht sie zu zählen, die ganzen Leute, aber er ist immer wieder rausgekommen. Er steht an der Außenwand, Rücken am Backstein, damit er nicht umfällt, raucht die fünfte Kippe in der letzten halben Stunde und kann es immer noch nicht fassen.

Es ist Fight Night. Und was geht?

Alles. Alles, was Beine hat.

Einmal quer über den Hof stehen sie, bunte Sneaker auf grauem Stein, zu zweit, zu dritt, in kleinen Gruppen, fast bis hinten unter den eisernen Bogen vom alten Werkstor.

Sie sind schon richtig viele und sie werden immer mehr. Und von hier sind die nicht, da brauchst du nicht dreimal hingucken. Hier trägt kein Typ die Hose so knalleng und den Ausschnitt so tief. Hier sparst du dir die Bomberjacke besser, wenn du nichts Entsprechendes drunterhast. Camouflage ist hier kein Fashion-Statement. Und mit einem Wollmützchen im Hochsommer brauchst du auch keinem zu kommen.

Nein, nein. Das hier ist die Hipsterfraktion. Schlumpfhausen auf Wandertag. Hallo, Mitte! Hallo, Neukölln! Lasst euch umarmen.

Und Aris steht an der Hallenwand und raucht und grinst und staunt und sieht, wie die Jungs und Mädels in der Schlange schon die ersten Selfies machen für ihr Facebook oder ihren Blog oder weiß der Deibel was.

Und so hat es ja wohl auch angefangen, mit einem Foto ist alles losgetreten worden, jedenfalls wenn Kevin richtig liegt, der gerade drinnen am Kassentisch mächtig am Rotieren ist. Aris versucht sich zu erinnern an Kevins Erklärung für den Mordsandrang, wie er ihm eben sein iPhone unter die Nase gehalten hat, Foto vom Fight-Night-Poster, das schief an irgendeinem Stromkasten klebt, hat irgendeiner von den Mützenschlümpfen wohl abgeknipst und reingestellt, in sein Profil, guck mal, hat Kevin gesagt, hier, 80 000 Follower, und Aris hat aha gesagt, aha, okay, verstehe. Aber eigentlich hat er gar nichts geschnallt.

Und er schnallt es auch jetzt noch nicht. Er steckt sich noch eine an und guckt extra noch mal hin, ob das auch stimmt, ob sie auch wirklich alle da sind, und ja, sind sie, Aris sieht sie in ihren Holzfällerhemdchen und den Röhrenjeans, und ihre Schlumpfinen haben sie auch mitgebracht.

Da klingelt die Kasse.

Und so soll es sein.

Wenn der Fisch jetzt keinen Unsinn macht, kann das Leben doch noch weitergehen.

Aris rechnet im Kopf die Abendeinnahmen hoch. Fünfhundert Leute insgesamt, vielleicht sechshundert, mal fünfzehn, sind schon mal neun Mille garantierte Schadenssumme von der Versicherung, dazu noch mal gut fünf aus der Beute vom Fisch, ist schon mal ein feines Sümmchen, die Abgaben sparen wir uns ja diesmal ganz offiziell und die Kampfbörsen auch.

Und Aris ist so mit Kopfrechnen beschäftigt, dass er es erst gar nicht hört. Vierzehn Mille, rechnet er sich selbst vor, vierzehn minus die Schulden, da bleibt immer noch was, ein bisschen, ein Anfang, da zahlst du die Devils aus, ohne dass sie groß auf Gedanken kommen, wenn du es clever machst.

Die Meute schießt Selfies, und Aris steht an der Backsteinwand, ein paar Schritte neben dem Eingang zur alten Fabrikhalle, er stützt sich mit einem Bein am Mauerwerk ab und raucht und wartet, und in seinem Kopf rattern die Zahlen hoch und runter.

Und Aris merkt erst gar nicht, wie sich die ersten Köpfe drehen und wie die Kids in der Schlange sich angucken und anfangen zu tuscheln. Und er kriegt nicht mit, wie sich die Stimmung verändert, langsam und dann immer schneller, er kriegt nicht mit, wie langsam was aufzieht, aber nicht am Himmel, der hinten tiefrot über den Neubautürmen glüht.

Aris ist noch ganz bei sich, zum ersten Mal in dieser Woche, er ist umgeben von schönen Gedanken und die Scheinchen flattern ihm um den Kopf, die Scheinchen, die jeder Einzelne hier lässt, drinnen bei Kevin an der Kasse, Kasse, denkt Aris, Kevin, Kasse, Kevin ist die Kasse, denkt er, Kevin ist die Kasse und die Kasse bin ich. Und er mag diesen Satz und er sagt ihn vor sich her, die Kasse bin ich, die Kasse bin ich, und er spinnt weiter rum und guckt über die Bärte und die Mützen rüber zum gusseisernen Zaun und noch ein bisschen weiter, hinten über die Bäume und die Hochhäuser und alles.

Und dann hört er es doch.

Er hört es, weil es nicht mehr zu überhören ist.

Und im Gegensatz zu den Leuten in der Schlange weiß Aris gleich, was es bedeutet.

Zu laut, denkt Aris, viel zu laut. Viel zu laut. Viel zu viele.

Und dann sind all die schönen Gedanken futsch und es gibt nur noch dieses eine Geräusch und es wird immer lauter, mit jedem Meter, sie müssen schon um die Ecke sein, und Aris hört es jetzt wie alle anderen, er hört den Motorenlärm, der näher kommt, er hört das dumpfe Geknatter, und er weiß, der Wikinger hat ihm einen schönen Scheiß erzählt, er kommt nicht nur mit ein paar Mann.

Und er weiß, was das heißt, und alle Gedanken sind weg und die Knie sind Pudding und Aris zieht an seiner Lucky und er merkt gar nicht, dass die Kippe längst aus ist.

Aris hört das Donnergrollen der Harley-Motoren, das die Straße runter kommt, und er spürt, wie der Boden unter ihm zittert, oder sind es seine Beine?

Und er fragt sich, wie er so dumm sein konnte. Wie er ernsthaft glauben konnte, dass zu so einem Anlass irgendwie nicht das ganze Chapter anrückt.

Und dann sieht er sie.

Er sieht sie, da ganz hinten, wo das Fabrikgelände anfängt, er kann sie gut sehen, weil die Gitterstäbe vom Eisenzaun weit genug auseinanderstehen.

Sie kommen die Straße runter, einer nach dem anderen, und der Wikinger fährt vorneweg. Er sitzt breitbeinig auf seinem Bock, einen winzigen schwarzen Helm auf dem Schädel und kein Lächeln der Welt im Gesicht.

Und Aris presst die Lippen zusammen und denkt, aha.

So fühlt er sich dann also an.

Der Anfang vom Ende.

65

Fuß vor. Schulter raus. Oberkörper mitnehmen. Arm drehen. Beim Schlagen ausatmen. Arm zurück.

Zehntelsekunden. Alles automatisch, ohne nachzudenken.

Serdar steht im Kabinengang und hämmert auf Ivos Hände ein.

Eng hier. Eng und stickig und schummrig, nur ganz hinten vor den Klotüren flackert eine kleine gelbe Funzel. Die Wände sind unverputzt, rauer Stein und grauer Mörtel, und wenn Serdar einen Haken mit Sidestep schlagen würde, würde er sich den Ellbogen aufreißen.

Ivo hat irgendwo Pratzen aufgetrieben, gutes Polster, rotes Leder, astreines Material, keine Ahnung woher und besser ist es. Ivo hat einen Trainingsanzug an, Zweiteiler, schwarz, Adidas. Und dazu ein weißes Frottee-Stirnband, in das er sich links und rechts ein paar Ohrenstäbchen gesteckt hat. Heißt, dass er alles in allem so ziemlich aussieht wie einer, der an Fasching als Cutman geht.

Was los, bist du jetzt Teddy Atlas, oder was?, hat Serdar ihn angeschnauzt, als er ihn gesehen hat, aber Ivo hat Serdars Frage komplett ins Leere laufen lassen, hat einfach nichts gesagt, auf seine Art, die Ivo-Art, hat den großen Vaseline-Topf aus der Norma-Tüte gezogen und sein Ivo-Lächeln gelächelt. Und das war das.

Ivo hält Serdar die Pratzen hin und wartet auf die Eins-Zwei-Kombinationen. Und der dicke Lexi hockt hinter ihm im Gang und spielt Angry Birds auf dem Handy.

Ivo und der dicke Lexi. Das ist Serdars Ecke. Der dicke Lexi hält das Handtuch.

Serdar schlägt schnelle lange Hände und schwitzt in sein T-Shirt. Er hört die Handschuhe ins Leder knallen, es macht papp, papp-papp, und er hört seinen Atem, der links und rechts in den dunklen Stein geht, er fühlt sich fit und ziemlich gut und hofft, dass es bald losgeht.

Zwischen den Schlägen hört er den Wikinger und seine Jungs in der Umkleide, rechts hinter der Wand, er hört sie dreckig rumlachen und sich anbrüllen, leise können die nicht.

Drei, presst Serdar zwischen zwei Atemzügen raus und er sieht, wie Ivos Hände hochgehen und er schlägt so schnell und laut er kann, links-rechts-links, papp-papp-papp.

Der Gang ist eng, aber die Umkleide ist noch enger, und es gibt nur die eine, und Serdar schlägt schnelle Hände und spürt, wie sich seine Muskeln langsam durchwärmen, und er sieht den Wikinger vor sich, wie er sich eben zu ihm in die Kabine gedrängelt hat, breites Kreuz, breites Grinsen, seine Spackos hinter ihm her, Blondie und noch zwei, drei andere, und da war klar, dass sie ein paar zu viele sind für die Kabine.

Serdar sieht seine Handschuhe durchs Halbdunkel fliegen und er hat die Stimme vom Wikinger im Ohr, als der sich ihm auf dem Weg nach draußen halb in den Weg gestellt hat, hey Turkey Boy, und Serdar hat gar nicht reagiert und getan, als ob er gar nicht hört, was der Wikinger da von sich gibt, mit seinem fetten, dummen Grinsemaul, nur eins noch, Turkey Boy, wegen den Felgen, wetten, da komm ich auf meine Kosten? Aber da ist Serdar schon am Wikinger vorbei gewesen und Ivo, der direkt hinter ihm war, hat noch gesagt, Felgen?, was für Felgen denn?, aber da hat der dicke Lexi von hinten schon so gedrängelt, dass sie draußen waren, bevor noch irgendwer irgendwas machen konnte.

Serdar schlägt eine harte Rechte zum Abschluss. Dann lässt er die Fäuste fallen und dreht sich um. Durch die Kabinentür hört er den Wikinger loslachen, und die ganze Bande lacht mit.

Na, mal sehen. Mal sehen, wer hier am Ende auf seine Kosten kommt.

Serdar lehnt sich nach vorne und dehnt sich, er federt leicht mit dem Oberkörper und spürt sein Blut in den Beinmuskeln, er weiß, er ist in Form, und er weiß, der Wikinger nimmt ihn nicht für voll, und das kann nicht schaden.

Sie sind zu dritt im stickigen Gang, Ivo, Lexi und er, und sie hören die Devils in der Kabine feixen und keiner redet ein Wort. Und Serdar geht rüber zur Schwingtür und er hört den Ringsprecher, der draußen in der Halle einen der Vorkämpfe abmoderiert, er hört das Mikro krächzen, lange kann es nicht mehr dauern, bald ist er dran.

Serdar hört das Geklatsche der Leute und er stößt die Tür mit dem Handschuh ein Stückchen auf.

Er sieht die Leute in der Halle, sie stehen dicht an dicht, bis hinten an die Wand, es ist voll, richtig voll, und er spürt die Hitze, die ihm durch den Türspalt entgegenschlägt, und er sieht die Scheinwerfer über dem Ring und er sieht die Luft im Licht dampfen und den Ringsprecher, der in seinem schwarzen Anzug und dem Mikrofon in der Hand einen Meter über den anderen zu schweben scheint. Und Serdar guckt quer über die Köpfe der Zuschauer und versucht hochzurechnen, wie viele da sind, wie viel hundert, er kann nicht alle sehen von hier, aber fünfhundert werden es bestimmt sein, vielleicht mehr, wahrscheinlich mehr, sie stehen dicht an dicht und die Stuhlreihen vorne am Ring kann er von hier aus gar nicht sehen.

Serdar fährt mit den Augen die Reihen ab und merkt, wie es ihm heiß ins Gesicht steigt.

Er guckt weg. Und dann guckt er noch mal kurz hin. Und er sieht sie immer noch, er sieht sie durch drei, vier Reihen durchblitzen, ihre blonden Haare, er sieht ihren Pferdeschwanz auf und ab wippen, und er dreht sich schnell um, bevor er sich zu sicher sein kann, er macht ein paar Schritte zurück in den Gang und lässt die Tür hinter sich zufallen.

Er denkt an heute Morgen, als er es noch mal probiert hat, ein letztes Mal, lass es doch sein, sag ihn ab, den Scheißtermin, aber sie hat nur traurig den Kopf geschüttelt und ist ausgewichen und hat wieder von seinem Kampf angefangen, und er hat gesagt, nein, geht nicht, du weißt, wie es ist, und sie hat gesagt, aber so muss es nicht sein, nichts muss sein. Und jetzt sieht er ihre Haare und ihren Nacken und er denkt an ihren Blick, als sie das gesagt hat, heute Morgen, und er sieht sich selbst, wie er sich wegdreht, weil es nicht anders geht, jetzt nicht mehr, so kurz vor dem Kampf.

Und er versucht, nicht mehr dran zu denken.

Alles okay?, fragt Ivo und kommt ihm entgegen.

Ja, sagt Serdar. Alles gut.

Und die Handschuhe knallen ins Leder.

66

Heinz Hönow hält sich am Stromkasten fest und schnappt nach Luft.

Er atmet schwer. Er schwitzt unter seinem Filzhut und dem alten Mantel, der Schweiß kommt ihm aus allen Poren, aber er traut sich nicht, den Mantel aufzumachen. Die Knöpfe bleiben zu, alle außer dem obersten, das muss so sein, es geht nicht anders, die Rache passt nicht unter einen Mantel.

Sie guckt unten raus und oben auch.

Heinz Hönow lässt den Stromkasten los, wischt sich mit der flachen Hand den Schweiß von der Stirn und blickt den Gehweg runter. Es ist noch weit bis zur Ecke und dann noch ein Stück. Er hatte es anders geplant, aber er kann es nicht ändern.

Leicht ist er nicht, denkt er, nein, gar nicht leicht, der Weg, da kannst du noch so genau wissen, wo du hinmusst. Manchmal musst du trotzdem einen Umweg nehmen. Musst noch mal zurück und deine Pläne ändern, ein letztes Mal.

Also jetzt langsam. Nicht zu schnell. Nimm dir Zeit, Heinz, nimm dir die Zeit, die du brauchst, sonst geht alles den Bach runter. Schritt für Schritt. So schnell es geht. Sonst war alle Arbeit umsonst. Die Stunden an der Werkbank. Die ganzen schlaflosen Nächte.

Also weiter, aber nichts überstürzen. Heinz Hönow krallt beide Hände in den Mantel. Er kneift die Augen zusammen und starrt geradeaus, bis zur nächsten Straßenecke. Er macht ein paar Schritte. Er spürt das harte Metall durch den rauen

Stoff, und er hält es fest, so fest, wie er kann. Der Schweiß läuft ihm in die Schuhe. Es ist ein Wintermantel, aber es war der längste, den er finden konnte. Trotzdem ragt die alte Gasflasche oben ein Stückchen aus dem Kragen, ließ sich nicht ändern. Ihr Boden geht fast bis hoch zur Hutkrempe, das Metall liegt kalt an seiner Wange.

Warum der Hut? Früher hat er nie einen Hut getragen. Aber heute. Einen Hut kannst du dir ins Gesicht ziehen. Vielleicht deswegen. Er weiß es nicht. Er kann jetzt nicht darüber nachdenken. Die nächste Ecke, die nächste Ecke. Sie kommt nur ganz langsam näher.

Heinz Hönow schleppt sich weiter, in winzigen Schritten, den Rücken gebeugt, beide Arme fest vor dem Bauch.

Der Gehweg schwankt.

Bis zur Ecke, bis zur Ecke. Da kannst du dich noch mal ausruhen. Von da ist es schon nicht mehr so weit. Von da wirst du schon die Friedhofsmauer sehen und den Turm vom Krematorium, schmal und eckig und oben ganz schwarz.

An der Friedhofsmauer vorbei und am Jüngsten Gericht mit den grauen Gardinen im Fenster, Platz für 100 Personen, Angebot mit Bier und Korn, er war genau zwei Mal drin, je einmal für jede Hälfte seiner Eltern. Und hinter dem Lokal gleich rechts rum und dann immer geradeaus zur AEG, von der Ecke kannst du schon fast den Eisenzaun sehen und das hohe Werkstor durch die Baumstämme am Wegrand. Dann sind es nur noch ein paar hundert Meter zur alten Fabrik, deren Schornsteine auch schon lange kalt sind.

So vieles ist anders, so vieles ist nicht mehr da, aber er sieht die Gegend immer noch so, wie sie mal war, damals, als er noch dick im Geschäft und auch sonst vieles besser war.

Heinz Hönow hält das Fallrohr fest umklammert. Er hat nie eine Waffe getragen, sein ganzes Leben nicht, kein Wehrdienst, kein Schützenverein, kein Garnichts. Er ist doch ein Kriegskind, geboren im großen Getrümmer, die ersten Jahre ohne Erinnerung, mehr im Keller als draußen, und kaum vier, als sie angefangen haben, jeden Stein umzudrehen und neu auf den nächsten zu setzen. Die kaputten Fassaden, erste Erinnerung, Hauswände wie eingeschlagene Mäuler, überall Schutt, überall Lücken, auch bei denen, die in den Häusern hockten mit Hunger im Bauch und Leere im Kopf, und Waffen durften da schon nur noch die anderen tragen, die Guten, die Retter.

Und so ist es dann geblieben. Bis heute.

Und Heinz Hönow weiß, es ist gut so, gut, dass er nicht allein ist. Es geht auch nicht anders. Es geht nur so. Schritt für Schritt. Eins nach dem anderen. Chemiegemisch in Flasche, Stopfen in Flasche, Flasche in Rohr, Zünder an Flasche. Es ist einfach, so einfach, dass es Heinz Hönow kaum glauben kann. Aber er weiß, es wird klappen. Er hat es gemacht wie immer. Er hat sauber recherchiert und astrein gearbeitet und alles wieder und wieder überprüft. Es wird klappen und es muss klappen und dann wird alles gut.

Der Hut rutscht ihm in die Stirn, und Heinz Hönow muss den Hals verdrehen, damit er überhaupt noch was sehen kann unter der breiten Filzkrempe. Er sieht die Ecke näher kommen, das Mäuerchen, es flimmert vor seinen Augen, er sieht den Stamm der großen Eiche, er sieht den Schatten, den die Baumkrone aufs Pflaster wirft, er hört die Blätter rauschen und er lehnt sich schwer mit dem Rücken an den Stamm und versucht, ruhig zu atmen. Er schiebt sich den Hut in den Nacken und kühlt sich die Wange am kalten Metall der Gasflasche.

Er fühlt sich elend. Hundeelend. Er schwitzt wie ein Schwein und er spürt sie, die ganze Last seiner 74 Jahre.

Aber er weiß, es ist nicht mehr weit.

Er verdammt sie dafür, dass sie ihn den Umweg gehen lassen, aber er weiß, es ist eine Probe, eine letzte Probe, und er muss sie bestehen.

Er hat es schon geahnt, als er sie vorhin gesehen hat, im Näherkommen, vor ihrem Lokal, vor ihrem namenlosen Quartier mit den blinden Scheiben und den blanken Neonröhren über dem Eingang. Kein Name, kein Briefkasten. Aber er wusste, er ist richtig. Er hat gesehen, dass sie am Aufbrechen waren, einige hatten schon die Motoren angelassen, ein paar andere sind gerade aus dem Laden gekommen, breite Beine, breites Kreuz, Spiegelbrillen und Lederwesten, sie haben genauso ausgesehen wie auf den Zeitungsfotos, auf den Fotos in seinem Leitz-Ordner, und er hat gewusst, er ist richtig, und er hat gewusst, er ist zu spät.

Bevor er noch ganz angekommen war, gegenüber der Amtmannstraße 18, andere Straßenseite, sicher ist sicher, da sind sie schon los, an ihm vorbei, vierzig Mann, vierzig Maschinen, vielleicht mehr, ein Höllenlärm, der ihm fast den Boden unter den Füßen weggerissen hätte.

Heinz Hönow spürt den rauen Stamm der Eiche durch den Mantel. Er lockert den Griff um den Mantel, aber er merkt, wie das Rohr ein Stückchen Richtung Boden sackt, und er packt gleich wieder fester zu. Jetzt nicht durchdrehen, Heinz. Reiß dich bloß zusammen.

Und er denkt daran, wie er sich zwischen zwei parkenden Autos durchgezwängt hat und ihnen auf der Straße nachgeguckt hat, ihren Rücklichtern, die hinten um die Ecke gebogen sind, und wie er rüber ist zum verrammelten Eingang, mit matten Schritten, wie er versucht hat, irgendwas durch die Schaufenster zu erkennen, aber nichts, nichts außer ein paar Plastikmöbeln in einem kahlen Raum. Und er erinnert sich daran, wie er sich gefühlt hat, wie er schon aufgeben wollte, als er auf der Stufe vor ihrem Lokal gehockt hat, keinen Funken Willen mehr in sich.

Vergiss es, Heinz, vergiss es. Es ist aus.

So hat er da gehockt, vor ihrer Bude, den Lauf mit beiden Händen umklammert, und er hat sich so elend gefühlt wie noch nie. Es hat eine Weile gedauert, bis er überhaupt die Augen wieder aufbekommen hat, und dann noch eine Weile, bis er überhaupt wieder was wahrnehmen konnte außer dem grässlich lauten Vogelgezwitscher aus den Baumkronen über der Straße und der Stimme in seinem Kopf, die immer das Gleiche wiederholt hat, aus, alles aus, es ist alles aus. Und er muss schon eine Zeitlang draufgestarrt haben, er muss sie schon länger gesehen haben, die Schnipsel, ohne sie wahrzunehmen, es hat gedauert, bis seine Augen irgendwann wieder scharf wurden und das Hirn, das ihm schon fast weggeschmolzen war in der Affenhitze unter dem alten Filzhut mit der breiten Krempe.

Aber als er sie dann endlich gesehen hat, hat er es sofort gewusst. Er hat die beiden Schnipsel auf dem Pflaster gesehen, ein bunter Zettel, einmal in der Mitte durchgerissen, und er hat das Gesicht sofort erkannt. Die Augen, auch wenn sie diesmal nicht durch den Schlitz einer Maske geguckt haben.

Und Heinz Hönow hat sich gebückt und die zwei Schnipsel aufgehoben, er hat sie zusammengehalten und sich alles durchgelesen, die Namen, den Ort, das Datum, und er hat gespürt, wie es in ihm hochgestiegen ist, kalt und gut und kräftig.

Er hat das Gesicht gesehen und die Worte gelesen, wieder und wieder, Kampf der Kulturen, 20 Uhr, Alte Fabrik, und er hat sich an die Zeitungsartikel erinnert und an den Winterabend in seinem Laden, und er hat die kalte Kraft in sich gespürt und den Weg vor Augen gehabt, den Weg zur alten AEG-Fabrik.

Heinz Hönow rafft seinen Mantel enger und läuft wieder los. Es geht ihm besser. Die Erinnerung an den glücklichen Zufall von eben gibt ihm neue Kraft.

Als er hinterm alten Friedhofslokal um die Ecke biegt, spürt er, dass er es schaffen wird.

Er sieht es schon funkeln.

Ganz hinten, da funkelt und blitzt es schon, da zwischen den Bäumen. Hinten am Eisenzaun funkelt es in der späten Sonne, und er weiß, das sind ihre Maschinen, und er weiß, gleich ist er endlich da.

Und Heinz Hönow läuft weiter, schwitzend, keuchend, langsam, ohne noch mal anzuhalten, immer dem Chrom ihrer Motorräder entgegen, in dem sich die letzten Sonnenstrahlen des Tages spiegeln.

67

Fuck.

Fuckfuckfuckfuck.

Alles im Arsch. Alles, alles.

Aris steht auf dem Gehweg vor dem Fabrikgelände. Puls. Schweiß. Panik. Kippe im trockenen Mundwinkel. Handy in der Hand. Sturmklingeln beim Fisch. Nichts. Ewiges Tuten. Nichts, nichts. *Gamóto!*

Aris tigert vor dem Werkstor auf und ab und versucht nicht durchzudrehen. Geht so. Er schmeißt seine halbgerauchte Lucky auf die Straße und guckt zum x-ten Mal auf Zehenspitzen die Straße runter.

Kein Fisch weit und breit.

Aris hockt sich auf den Vorsprung des Backsteinmäuerchens, aus dem senkrecht die Zaunstäbe kommen. Er starrt auf das stumme Handy in seiner Hand. Sein Arm zittert. Er macht die Augen zu.

Aus, denkt er. Alles aus. Bevor's überhaupt losgegangen ist.

Und er hat es direkt gewusst. Im ersten Moment. Schon als er das dumpfe Wummern ihrer Bikes gehört hat, das langsam lauter wurde und immer lauter, viel zu laut.

Als die Kiddies in der Schlange sich alle noch die Hälse verrenkt haben, weil sie keinen Schimmer hatten, was da die Straße runtergedonnert kommt, da war Aris schon zwei, drei Schritte weiter. Da war er schon quer über den Hof gesprintet, bis vor zum Zaun, und noch bevor er sie gesehen hat, hat er es feucht in den Händen gespürt und gedacht, scheiße.

Scheiße, scheiße, zu viele, zu laut, viel zu viele, alle Mann hoch kommen die, und schon klar, was das heißt.

Die lassen nichts anbrennen.

Und natürlich hat er noch versucht, mit dem Wikinger zu reden, als der seinen Bock auf dem Hof abgestellt hatte, neben die Böcke von seinen Jungs, eine lange Reihe Harleys, aber der Wikinger hat nur abgewinkt und seine Jungs verteilt, ihr übernehmt die Eingänge, ihr die Kasse, ihr verteilt euch um den Ring, und so weiter.

Und Aris hätte es vorher wissen können. Sie sind nicht die Typen, die irgendwas groß dem Zufall überlassen. Aber trotzdem hat er nicht damit gerechnet. Er hat gedacht, der Wikinger kommt mit einer kleinen Entourage, vier, fünf Mann, vielleicht zehn, er macht seinen Kampf und dann haut er wieder ab.

Und jetzt stehen vier Devils vor der Halle am Eingang und noch mal drei drinnen im Vorraum hinter der Kasse, und Kevin, der da vorher stand, haben sie einfach beiseitegeschoben wie das halbe Hemd, das er ist, schon in Ordnung, wir machen das. Sie haben sich die Kasse gekrallt und die besten Ringplätze, sie sind überall, sie stehen mit ihren Kutten und Zopfbärten und hochgeschobenen Sonnenbrillen zu zweit und dritt beieinander und grinsen alle an, die nicht rechtzeitig weggucken.

Der Fisch. Der Fisch. Es geht jetzt nur noch darum. Er muss ihn irgendwie abfangen. Aris springt auf, geht zwischen den parkenden Autos durch und guckt noch mal die Straße runter. Vergiss es. Er läuft zurück auf den Gehweg und guckt durch den Zaun auf den Fabrikhof, der voll mit den Motorrädern steht, keine Ahnung wie viele, vierzig, fünfzig?

Lass stecken, Keule, hat der Wikinger nur gesagt und Aris von der Seite an die Schulter getätschelt wie einem Kleinkind oder dem Dorfdeppen, wir übernehmen schon, ist kein Ding, ganz so, als würde er Aris den Gefallen seines Lebens machen, du weißt ja, damit auch hinterher alles klargeht, mit der Kohle und allem, das meiste gehört ja eh uns.

Und dann hat er Aris stehen gelassen, am Tischchen mit der Blechkasse drauf, hinter der drei feixende Gorillas schon die ersten Scheine gezählt haben, und Aris hat dem Wikinger hinterhergeguckt, der quer durch die Halle zum Kabineneingang ist, Sportbeutel über der Schulter, ein paar von seinen Lakaien im Schlepptau.

Und was willst du machen.

Allzu viel nicht.

Den Fisch abfangen, irgendwie, das ist jetzt noch das Einzige.

Wenn der Depp mal an sein Handy gehen würde. Sind denn jetzt alle am Durchdrehen oder was?

Aris kneift die Augen zusammen und guckt bis hinten zur Straßenecke, um die sie kommen müssen, der Fisch und seine zwei sauberen Kompagnons.

Aber das Einzige, was er sieht, ist ein alter Opa in Mantel und Hut. Ganz hinten, fast an der Ecke, ein alter Opi mit Schlapphut, der in Zeitlupe den Gehweg runtergeschlingert kommt und bei jedem Schritt hin- und herschwankt, als wäre er hundert Jahre alt oder voll wie tausend Russen oder beides.

Ja, Opa.

Du bist nicht der, den wir brauchen.

Aris wippt auf den Zehenspitzen und starrt auf das Handy in seiner Faust, das keinen Mucks tut. Er probiert es noch mal beim Fisch. Keine Chance. Er würde am liebsten laut schreien. Er würde das Scheißhandy am liebsten auf den Boden pfeffern und zertrampeln.

Aris versucht, klar zu denken, aber es geht nicht. Er hat Mörderdurst. Er fühlt nach dem Flachmann in seiner Innentasche. Er zuckt zurück. Nein, nicht. Nicht jetzt. Nicht das Handtuch schmeißen. Du kannst es noch deichseln. Du hast es immer irgendwie gedeichselt.

Du kannst sie noch abfangen, fang sie ab, die drei Vögel, und warn sie, sag ihnen Bescheid, irgendwie, am besten, bevor sie irgendein Devil zu Gesicht kriegt, sag ihnen einfach, passt auf,

Jungs, sorry, Kommando zurück, da drin wimmelt es von Rockern, die machen jetzt die Security, also lasst die Vogelschrecks mal im Rucksack, Freunde, steckt die Sturmhauben wieder weg, gibt nichts zu holen heute, hier, da habt ihr nen Zwanni, kauft euch ein Eis, bis zum nächsten Mal, habt einen gut bei mir, beziehungsweise, mal sehen.

So in etwa.

Aris merkt, wie ihm der Schweiß hinten in die Jacke läuft, wo bleiben die Deppen, es ist Zeit, bald geht drinnen der Hauptkampf los, sie müssten längst da sein, verdammt. Wo steckt ihr, Jungs, wo treibt ihr euch rum? Aris linst auf sein Handy und guckt wieder hoch, aber er sieht nichts außer dem alten Sack, der jetzt hinten erschöpft an einem Baum lehnt.

Aris tritt von einem Bein aufs andere, er steckt sich eine Kippe an, schmeißt sie nach drei Zügen weg und steckt sich eine neue an, er stellt sich Auswege vor, Fluchtwege, und verwirft sie gleich wieder, seine Gedanken tanzen Kirmes, er geht vor und zurück, er spricht mit sich selbst, nicht zu fassen, ist doch alles nicht zu fassen, du Esel, du Wurm, was für ein Irrsinn alles, so ein Abfuck, ein Bullshit …

Herr Andreadakis?

Was? Wie?

Aris fährt herum.

Herr Andreadakis?

Aris sieht einen gestutzten Schnäuzer. Einen gestutzten deutschen Spießerschnäuzer mit schon ein paar grauen Haaren drin. Um den Schnauzer ist ein Mallorca-braunes deutsches Spießergesicht dran mit kleinen, blauen Augen. Aris zieht die Linse auf. Dünner, brauner Hals im Karohemd. Das Karohemd steckt in einer Khakihose. Schräg hinter dem ersten ist noch ein zweiter Dauercamper, noch so ein reingestopftes Hemd, gestreift und glattrasiert.

Aristoteles Andreadakis, sagt der Typ mit dem Schnäuzer noch mal und glotzt Aris an, als wären sie alte Bekannte.

Äh …

Das sind Sie doch, oder?

Ja … Nein … Also … Wieso?

Der Schnäuzer hält Aris einen Ausweis vor die Nase.

Meier. Steuerfahndung. Wir hätten da ein paar Fragen an Sie.

68

Chips, Flips, Nüsschen.

Wein, Sixpacks, Schnaps.

Kippen. Massenweise Kippen.

Tschüss, schönes Wochenende. Hallo.

Das Viertel rüstet sich für die Partytime. Die Leute kommen und kaufen, sie kaufen das, was du brauchst für eine Nacht oder zwei, sie zahlen mit großen Scheinen, mit Fünfzigern, manchmal Hundertern, und dann ziehen sie voll bepackt los, raus in die Dämmerung, zu zweit, zu dritt, in größeren Gruppen.

Und Jessi sitzt auf ihrem Drehstuhl an der Drei, allein mit der ältesten Entscheidung der Welt.

Gleich? Später? Nach Feierabend?

Oder erst mal gar nicht?

Wann meldest du dich bei ihm? Früh genug, damit es nicht wie Desinteresse wirkt? Spät genug, damit du dich nicht zu klein machst? Aber wann ist das? Oder wartest du doch ab, bis er selbst ein Lebenszeichen gibt? Wie viel Zeit willst du ihm geben? Und dir selber?

Das sind so die Fragen, Freitagabend, um kurz nach neun, im Netto Marken-Discount am Bellermannplatz.

Eine knappe Stunde vor Schließzeit macht sich der Laden langsam nachtfertig. Neonlicht, Pappkartons und Putzmaschine. Hinten räumen sie haltbare Waren nach. Leeren den Flaschenautomaten. Schieben Paletten an den letzten Kunden vorbei durch den Gang. Alles zig Mal gesehen, zig Mal erlebt, der Geruch nach Essigreiniger und Frühlingszwiebeln, das Geräusch des eigenen Magengrummelns, das Gefühl von greller Leere.

Jessi hockt an der Drei, umgeben von tausend Fragezeichen. Und sie schwirren um sie herum wie die kleinen Falter oben ums Kassenlicht.

Jetzt oder später oder morgen oder nie?

Und da hat sich nichts geändert. Null.

Gar nichts ist anders, denkt Jessi, während sie mechanisch die Sachen über den Scanner zieht, Bulettenbällchen XXL, 1,79, Pfannengemüse, asiatische Art, 1,29, Pringles, grün, 2,15, alles ist wie früher, da kannst du es dir noch so oft vorsagen, werd erwachsen, sei vernünftig, lass es locker angehen und komm einfach klar, aber es ist eben immer noch das Gleiche, wie damals, wie immer, bei den ersten Versuchen und danach. Und ja, du bist mittlerweile 25, hast einen Vollzeitjob, einen Sozialversicherungsausweis und eine Tochter, die nächstes Jahr in die Schule kommt.

Aber einen Plan hast du immer noch nicht.

Vielleicht eine schnelle SMS nachher aus der Bahn? Oder doch warten bis morgen früh? Weder noch? Alles schon too much? Nicht vergessen, du hast ihn ja schon bei sich zuhause überfallen. Vielleicht kannst du ihn also jetzt mal 24 Stunden in Ruhe lassen. Okay, gut, also morgen irgendwann? Nach dem Aufstehen? Nachmittags? Oder lässt du ihm das ganze Wochenende Zeit? Montag? Schaffst du es bis Montag? Bis Montagfrüh?

Hilfe.

Montag klingt nach übernächstem Jahr.

Oder doch lieber keine SMS? Lieber anrufen? SMS immer schwierig. Der falsche Ton. Ein Smiley zu wenig. Ein Witz, der nicht ankommt. Ein Satz, den er für einen Witz hält, der aber gar keiner war. SMS können so schnell so falsch rüberkommen. SMS können stecken bleiben, ganz oder teilweise. Was, wenn er nur eine leere Nachricht kriegt, so wie sie von ihm Mittwochnacht? Da hat sie ja immer noch keinen Schimmer, was das sollte, und, wer weiß, er vielleicht auch nicht. Wäre bei einem Anruf sicher nicht passiert.

Also schon anrufen. Anrufen immer besser. Direkter. Und die Dinge sind ja eh schon ziemlich direkt zwischen ihnen. Oder? Ja, schon. Klar. Ich meine. Hallo?

Jaja. Ziemlich direkt. Schon.

Aber na ja. Nichts ist sicher. Ist vielleicht alles nur noch komplizierter geworden durch letzte Nacht. Pass auf. Überschätz dich nicht. Sonst machst du alles kaputt, bevor es überhaupt losgegangen ist.

Jessi wartet. Ein Typ mit fetten Kopfhörern über den Dreadlocks fummelt seine EC-Karte aus der Tasche. Während er seine Geheimnummer eingibt, streicht Jessi sich mit dem Finger eine lose Haarsträhne hinters Ohr und guckt schnell auf die Uhr, die sie immer unter der Kasse liegen hat. Eine billige Plastikarmbanduhr, die sie mal im Sonderangebot hatten, ein Kunde hat sie zurückgegeben, aber sie läuft einwandfrei, seit über einem Jahr.

Zehn nach neun, und Jessi fragt sich, wie's ihm geht. Wo er steckt. Was er macht.

Nachher mal kurz anrufen, das ist am besten. Da hörst du seine Stimme, da hörst du seine Reaktion auf das, was du sagst. Du hörst die Zwischentöne. Du musst nicht auf seine Antwort warten. Die Wartezeit ist das Schlimmste. Alle drei Sekunden das Handy rausholen. Und wieder nichts. Kannst du dir sparen. Wenn du dich einmal überwindest. Sollte ja drin sein.

Und sie weiß, sie darf ihn nicht drängen, aber sie weiß auch, dass sie ihn schon auch ein bisschen drängen muss. Sie denkt an seinen Blick und weiß, von sich aus melden wird der sich erst mal nicht.

Jessi macht ihren Dienst an der Drei, ein Kunde nach dem nächsten, das Band zuckelt vor, von Trennstab zu Trennstab, achtdreißig, fünfzehnvierundachtzig, zwanzigeins, und sie denkt an seinen Blick und an die Stille, die Stille von gestern Nacht.

Die Stille im Kopf und das Gerede, ohne was zu sagen.

Und sie hat das Gefühl, dass er das genauso nötig hatte wie sie. Neben jemandem zu liegen, ohne irgendwas erwarten zu müssen. Weder vom anderen noch von dir selbst. Da zu liegen, ohne einen vom Pferd erzählen oder den King markieren zu müssen oder was auch immer.

Und sie denkt daran, wie unruhig er spätnachts war, sie sieht ihn wieder vor sich, wie er am offenen Fenster sitzt und raucht, und dann sein Gesicht am nächsten Morgen. Wie kaputt er da ausgesehen hat. So bleich und grau und fertig mit allem.

Sein Gesicht, als sie aus dem Bad gekommen ist und sich ihre Jacke geschnappt hat, wie er seine Kippe aus dem Fenster geschnippt und ein, zwei Schritte in den Raum gemacht hat, rüber zu ihr, nirgendwohin, ein einziges verlegenes Getapse, und sein Blick, der viel gesagt hat, aber vor allem eins.

Bleib noch, ich weiß doch auch nicht.

Jessi schiebt den Trennstab zurück in die Führung neben dem Band und drückt auf die Summentaste. Zwölfsechsundvierzig, bitte. Jessi guckt hoch. Eine Frau, vielleicht Mitte, Ende vierzig. Hageres Gesicht, schwarzgefärbte Haare mit roten Strähnen drin. Macht keine Anstalten zu bezahlen. Kein Schein, keine Karte.

Jessi guckt sie an. Die Kundin guckt Jessi an.

Die Zigaretten, wie gesagt.

Ach so, sagt Jessi und steht auf. Tschuldigung. Welche noch mal?

Gauloises, rot. Dreimal.

Jessi steht hinter der Kasse und streckt sich hoch zur Kippenbox. Mit einer Hand die Klappe auf. Drei von den Roten, drei von den Roten. Jessi fährt mit der Hand über die Fächer, bis sie das richtige hat, eine automatische Bewegung auch das, hundert Mal jeden Tag, tausend Mal am Freitagabend, und trotzdem unterbricht sie jetzt die Bewegung, bevor sie in das Fach mit den roten Gauloises greift, sie zuckt kurz zurück, seltsam unwillkürlich, wie du zurückzuckst, bevor du einen Stromdraht anfasst, auch wenn du dreimal gecheckt hast, dass die Sicherung draußen ist. Jessi zuckt zurück vor den Kippen oder vor was ganz anderem, und hinterher wird sie denken, dass sie es da schon gespürt hat, dass es ihr da irgendwie schon bewusst geworden war, da hat vielleicht der Instinkt oder die Erfahrung oder was auch immer ein, zwei Sekunden Vorsprung vor der Wirklichkeit, weil sie es ja unmöglich schon hätte sehen können, nicht aus der Position, den Kopf im Kippenfach, den Rücken zum Eingang, und sie wird es sich auch nicht erklären können, aber es dauert eben doch diese ein, zwei Sekunden, bis sie ihrer Hand befohlen hat, ins Fach zu greifen und drei Päckchen von den roten Gauloises rauszuholen. Und Jessi lässt die Klappe zufallen, sie dreht sich um und setzt sich hin, es ist eine Bewegung, halbe Drehung, Knie beugen, eine Hand an der Stuhllehne, in der anderen die Kippen.

Und es erwischt sie auf dem Weg nach unten, sie sieht es schon, als sie noch steht, weil sie den Kopf schon zum Eingang gedreht hat, sie sieht es, sie sieht ihn, sie sieht ihn durch den Eingang kommen, ihr Blick streift ihn nur, aber sie weiß sofort, was los ist, sie weiß, diesmal ist es kein Bauchgefühl, kein Schattenspiel und keine gottverdammte Einbildung.

Und sie weiß, dass er sie auch gesehen hat, Zufall oder nicht, er hat sie gesehen, sie hat seinen Blick noch abgefangen, den letzten Rest von seinem Blick, bevor er sich schnell weggedreht hat, im Gehen, hinten am Eingang, und sich seine Kappe noch ein Stück tiefer ins Gesicht gezogen hat. Und Jessi sitzt wieder auf ihrem Stuhl und sie hat seine Kappe vor Augen, seine weiße Baseball-Kappe, und sie merkt, wie ihr das Blut durch den Körper jagt.

Und sie weiß, er ist es. Und mehr weiß sie nicht. Er ist es, und er hat sie auch gesehen.

Irgendwann merkt sie, dass sie immer noch die drei Kippenpäckchen in der Hand hält. Sie sieht ihre weißen Knöchel, und als sie hoch zur Kundin guckt, merkt sie, wie sie sich automatisch klein gemacht hat, wie zusammengekauert sie jetzt hinter der Kasse sitzt.

Äh …, macht die Kundin. Meine Zigaretten?

Jessi guckt sie an und irgendwann schafft sie es, dass sich ihre Arme wieder bewegen, und sie richtet sich ein bisschen in ihrem Sitz auf und zieht eine Packung über den Scanner und drückt zweimal die Wiederholen-Taste und nimmt den Fünfziger entgegen und gibt sogar das richtige Wechselgeld raus.

Jessi sieht die Kundin kopfschüttelnd abziehen, und sie denkt nach, versucht es jedenfalls.

Aber ihre Gedanken sind wie eingefroren, sie bewegen sich kein Stück, schockgefrostet in heißer Panik.

69

Wo waren Sie, als der Alarm losging?

Wer war in diesem Moment in Ihrem Blickfeld?

In welchem Abschnitt haben Sie erstmals Kontakt mit der von Ihnen beschriebenen Person gemacht? Und zu welchem Zeitpunkt?

Der Flaschenfascho ist wieder unterwegs. Ins Wochenende. Zum großen Reibach. Verschieben Richtung Industriegebiet. Endziel Alte Fabrikhalle. Tempo gemäßigt. Entfernung tausenddreihundert.

Die Fragen hat er dabei. Immer.

Welche Blickrichtung hatten Sie? Wer war an Ihrer Seite? Waren Sie allein?

Mit den Fragen ist es wie mit den Antworten. Es gibt richtige und falsche. Dazwischen gibt es nichts. Auf eine falsche Frage musst du immer die richtige Antwort parat haben.

Waren Sie allein? Nein. Der Gefreite Holzer befand sich auftragsgemäß mit mir auf Patrouille.

Sie haben ihre Fragen gestellt, und er hat gewusst, was er zu antworten hat. Sie haben alles auf Band aufgenommen und zusätzlich notiert.

Und irgendwann haben sie das Ganze beendet, sie haben ihn entlassen und er hat wieder seine Ruhe gehabt, wie man so sagt, er ist also wieder alleine gewesen, allein mit den Fragen, und das waren nicht dieselben wie ihre, aber Ruhe, na ja.

Der Flaschenfascho schiebt seinen Einkaufswagen langsam zur alten Fabrik. Der Wagen ist leer, er hat eben extra noch mal Platz geschaffen, Zwischenkasse am Bellermannplatz, auch wenn der Alte im Spätkauf blöd geguckt und ein bisschen rumgeknurrt hat, wegen den vielen einzelnen Flaschen oder was, aber der Alte vom Spätkauf knurrt immer rum und was kümmert's ihn, er hat ja auch ein paar volle Pullen mitgenommen.

Auf Marsch hat der Soldat stets für ausreichend Verproviantierung zu sorgen.

Und für alles andere brauchst du die entsprechenden Dienstjahre. Die Routine. Das Näschen. Wenn du den großen Reibach rechtzeitig aufspüren willst, darfst du nicht wenig dämlich sein.

Der Flaschenfascho schiebt langsam übers Pflaster. Der Wagen ist leer bis auf ein paar Zeitungslagen auf dem Gitterboden, Ordnung und Sauberkeit, ganz wichtig, du willst ja nicht durch die Gegend laufen wie ein Triefauge. Die vollen Pullen hängen griffbereit in einem Plastebeutel. Alle paar Meter Verpflegungspause.

Läuft. Muss laufen. Immer. Und wenn es nicht läuft, musst du es zum Laufen bringen.

Immer fleißig nachkippen. Sonst bleibst du irgendwann liegen. Gilt für Kraftfahrzeuge ebenso wie für Personenverkehr. In kleinen Schlucken nachkippen, sonst geht zu viel daneben.

Der Schütze hat immer genügend Schmierfett mit sich zu führen, um einem Stillstand des Motors gegebenenfalls vorbeugen zu können.

Du musst Bescheid wissen. Und entsprechend handeln. Beim Marschieren kommen die Gedanken und die Erinnerungen, immer, das ist Gesetz, und die Fragen kommen auch.

Wie verlief der Erstkontakt?

Was genau haben Sie gesehen?

Wie oft haben Sie geschossen?

Der Flaschenfascho nimmt noch ein paar Schluck aus der Pulle und er hat die Fragen im Ohr, als wäre gerade heute der Tag, als wäre jetzt, in dem Moment, sein Verhör, als würde er wieder drüben im Offizierstrakt hocken, am Morgen nach seinem Feindkontakt, irgendwo dahinten, im Nebel von Spandau.

Er hört ihre Fragen und seine Antworten. Zwei Schuss, hört er sich sagen. Zwei Schuss fehlen.

Sie wussten es, und er wusste es auch, und sie haben genickt und sich irgendwas notiert, und groß nachgefragt haben sie an diesem Punkt eigentlich nicht. Sie nicht und er auch nicht, obwohl sie doch ziemlich sicher mehr gewusst haben als er. Sie hatten ja sicher ihre Untersuchungen angestellt, notfalls so lange, bis sich der Nebel gelichtet hatte.

Aber was hat er schon gewusst? Zwei Schuss, nun gut. Zwei Schuss weg aus dem Magazin, das ist klar, er hat sie ja gehört, er hat sie gehört und auch gespürt, wie sie von seinem Körper weggeflogen sind, rüber in den Schatten im Nebel. Oder wohin?

Das Mitdenken und Mitwirken gehören ebenso zum Soldatenalltag wie das Gehorchen.

Der Flaschenfascho nimmt die Abkürzung über den Parkplatz von Höffner. Der Wagen klappert über die Pflasterfugen. Er hält im Laufen die Plastiktüte mit dem Nachschub fest.

Ist was kaputt gegangen? Und wenn ja wie viel? War er komplett hin? Oder nur ein bisschen? Verwundet? Leicht oder schwer? Hat er sich noch rübergeschleppt über den letzten Zaun? Haben sie ihn drüben wieder hingekriegt?

Er hat sie nicht gefragt, nicht damals, nicht später, und danach auch nicht mehr. Es hat Momente gegeben, da hätte er es dann doch ganz gerne gewusst, da ist er ehrlich, kurze Momente, ein, zwei Mollen lang, höchstens, und bald darauf ist es dann auch schon wieder gut gewesen. Da hat er dann schon wieder gedacht, lass gut sein, Walter, nun ist es ja auch zu spät, so oder so.

Verhörschluss. Sie sind entlassen. Wir werden Sie versetzen. Sie werden abgezogen. Sie verstehen. In Ordnung.

Und nach Verhörschluss die Fragen. Wie? Warum? Wer? Und wozu? Und alles, was er wusste, zwei Kugeln. Zwei Kugeln, abgefeuert auf einen Umriss im Nebel, der vielleicht sonst was gewesen ist. Ein Tier. Ein Mensch. Oder nichts von beidem. Du kannst es nie wissen.

Und vielleicht das Beste, wenn du es auch gar nicht wissen willst. So hast du deine Ruhe. Sozusagen. Und das gute Wissen, nie gegen eine Dienstvorschrift verstoßen zu haben. Außer vielleicht, den Gefreiten Holzer alleine oben auf dem Turm gepennt haben zu lassen. Aber das hat ja auch nichts geändert.

Ihr Vorgesetzter muss – auch bei härtesten Belastungsproben – immer mit Ihrem selbstlosen Einsatz rechnen können. Der Soldat muss nicht nur Waffe und technisches Gerät meisterhaft beherrschen können. Er muss auch willens und fähig sein, sich persönlich voll einzusetzen.

An der Ampel macht sich der Flaschenfascho das nächste Bier auf. Es wird grün, er nimmt einen großen Schluck und schiebt seinen Kram über die Hauptstraße.

Nachschub. Gar nicht zu überschätzen. Überhaupt nicht zu vernachlässigen. Nachschub ist immer und überall und in vollem Umfang zu gewährleisten. Der Kampf ist jeden Tag aufs Neue aufzunehmen. Im Kampf gegen sich selbst ist Feigheit unverzeihlich.

Sie haben das Verhör beendet und ihn verlegt, und irgendwann später ist er entlassen worden, und danach hat ihn nie wieder einer um eine Antwort gebeten. Es hat nie einer irgendwas dazu gefragt, drüben nicht und hier erst recht nicht, keiner hat ihn je gefragt und die Antworten hat er sich immer selbst gegeben. Und das ist ja noch immer das Gesündeste, ganz klar. Wenn du mit anderen sprichst, weißt du schließlich nie, was sie sagen werden. Gefährlich.

Kontrolle ist gut. Kontrollier deine Handlungen. Kontrollier deine Gedanken. Dann hast du alles im Griff.

An der nächsten Ecke merkt der Flaschenfascho, dass die Flasche schon wieder leer ist. Er überlegt kurz, ob er schon mal an die Reserve gehen soll, an die Klaren, die verlockend im kleinen Beutelchen am Wagengriff klimpern. Was Klares kann er jetzt brauchen. Er überlegt ein bisschen. Aber dann nimmt er sich vor, noch zu warten. Ein bisschen noch.

Kontrolle. Kontrolle ist alles. Kontrollier dich und kontrollier die anderen, genau so, wie sie es dir beigebracht haben. Es ist das Gleiche, absolut das Gleiche. So wie sie einem eingetrichtert haben, das Magazin zu kontrollieren nach jedem Nachtdienst. Dann weißt du genau, wann was fehlt, klar.

Der Flaschenfascho klappert mit seinem Wägelchen im Schatten der Eichen übers Pflaster. Er sieht es schon von weitem. Mächtig was los. Er rückt sich die Augenklappe zurecht. Er bereitet sich auf die Menschenmenge vor. Und ein Auge reicht, um das zu sehen. Er ist noch dreihundertfünfzig entfernt, aber er sieht ihn schon. Den Reibach. Und eigentlich hat er ihn sogar gestern schon gesehen, auf dem Ankündigungsplakat, hinten an der Reinickendorfer, war ja alles zugeklebt damit, jede Wand, jeder Stromkasten, mit dem riesenbunten Plakat. Und klar, dass er sich das nicht entgehen lässt.

Fight Night. Keinen Schimmer, was das heißt. Aber er hat die Boxer auf dem Plakat gesehen und gewusst, da werden sie hinpilgern. Da werden sie saufen wie die Löcher. Da fällt mächtig was ab für den guten alten Walter.

Der Flaschenfascho sieht die große Fabrikhalle und den gepflasterten Hof mit den alten Eisenbahnschienen, die ins Nichts führen, und er sieht die Motorräder in Reih und Glied und die Meute, die geduldig an der Eingangstür wartet. Und er sieht natürlich auch die Jungs mit den Lederwesten, die den Eingang kontrollieren, er erkennt sie wieder, von neulich, vom Spätkauf Schröder drüben, und er steht hinterm Zaun und lässt den Blick schweifen und sieht die verwachsenen Ahornbüsche neben der Halle, und er weiß, wo es jetzt erst mal hingeht.

Bei größeren Menschenmengen aller Art ist besondere Zurückhaltung anzuwenden. Es ist sehr schnell möglich, dass ein einzelner Soldat in Uniform ungewollt in den Fokus eines Auflaufs gerät.

Unter dem alten Torbogen hält der Flaschenfascho noch mal kurz an, nimmt einen kräftigen Schluck aus der Pulle und streicht sich den Drillich glatt. WH42, Leinen, Sumpftarn. Gute Wahl, Walter. Genau das Richtige für diese Mission.

Da hat sich nichts verändert. Eine gute Vorbereitung ist durch nichts zu ersetzen.

Der Flaschenfascho schiebt sein Wägelchen durch das Fabriktor, er geht auf der anderen Seite unauffällig am Zaun entlang und schlägt sich neben der Halle in die Büsche.

Na, dann wollen wir mal.

Da wird doch sicher ordentlich was zu holen sein.

70

Jessi sitzt an der Drei und kein Gedanke mehr an Aris.

Kurz vor halb zehn im Netto am Bellermannplatz.

Und kein Sinn mehr für ob und wann und überhaupt.

Zeitenwechsel. Das Früher ist jetzt hier. Es steht hinten am Band, keine zehn Schritte weg, es wartet geduldig und es kommt langsam näher, das so genannte Früher, Stückchen für Stückchen, Tippelschritt für Tippelschritt, mit jedem Artikel, den Jessi über den Scanner zieht.

Jessi sieht, wie sich ihre Arme bewegen, wie ihre Finger nach den Artikeln greifen, nach bunten Pappschachteln mit Schokokeksen und nach durchsichtigen Plastikbeuteln mit Schnittbrot, sie hört das Piepen des Scanners und die Worte, die aus ihrem Mund kommen, das auch noch?, Geheimzahl und bestätigen, bitte!, aber es kommt ihr anders vor, irgendwie strange. Als wäre sie das gar nicht. Als wäre das jemand ganz anderes. Als wäre sie gar nicht Teil der Szene.

Jessi sitzt nicht an der Drei, sie guckt von oben zu, von ganz oben, Perspektive Neonleuchte, sie hängt an der Decke, waagerecht, Gesicht nach unten, und sie guckt runter und sie sieht den Staub, die feine graue Staubschicht auf den Zigarettenkästen, und sie sieht den Scanner, den Laserstrahl, der senkrecht aus dem kleinen Glaskasten kommt, ein roter Strahl, rot wie ihr Poloshirt, und sie sieht sich selbst hinter der Kasse sitzen, die Haare hochgesteckt, den Kopf leicht nach vorne gebeugt, und daneben die Kunden am Band, drei, vier Kunden, eine Jeansjacke und eine Halbglatze und eine Blümchenbluse, die Kunden stehen am Band und warten, bis sie dran sind, einer nach dem anderen. Und Jessi guckt zum Ende des Laufbands, wo der letzte Kunde steht, der Typ mit der dunklen Trainingsjacke über den knochigen Schultern und der Baseball-Kappe auf dem Geierkopf, die sein Gesicht verdeckt, und Jessi sieht, wie er da steht, der letzte Kunde, hager, lauernd, eine Hand auf der Leiste, Fingertippen auf Metall.

Und Jessi klebt doch nicht an der Decke, sie sitzt auf ihrem wackligen Bürostuhl an der Drei und sie sieht sein Gesicht und sie will sich sicher sein und guckt noch mal hin und dann noch mal, und immer dann, wenn sie wieder mal schnell den Kopf hebt und rüberguckt, treffen sich ihre Blicke, ihrer und seiner, für eine Zehntelsekunde nur, vielleicht weniger, und dann guckt sie schnell wieder weg.

Und er ist es, natürlich ist er es, sie hat es schon gewusst, als sie ihn hinten am Eingang gesehen hat, und er hat sie auch gleich gesehen, auch wenn er so getan hat, als ob nicht, und sich schnell weggedreht und die Kappe noch ein Stückchen weiter ins Gesicht gezogen hat, sie hat es noch gesehen, und ob Zufall oder nicht, er ist hier, er ist einfach hier, einfach so ist er hier in ihren Laden marschiert. Sie wollte ihn nie wieder sehen, er sollte sie nie wieder sehen, und jetzt steht er fünf Meter weg von ihr und starrt sie an mit seinem verdammten Psycho-Blick, und seine Sachen ruckeln langsam vor, eine Dose Schokorosinen, eine Packung Rohschinken, es ist fast zum Lachen, noch zwei Kunden vor ihm, zwei schmale abgegriffene Trennstäbe auf dem Band.

Und Jessis Kopf glüht.

Und sie guckt hoch und runter und nach links und nach rechts, und sie merkt, wie schnell ihre Bewegungen geworden sind, in den letzten Minuten, schnell und einen Tick hektisch, merken es die Kunden auch schon?, sie guckt hoch zu dem Typen, dem sie gerade den Wochenendeinkauf abkassiert, Heringsfilet und Würzfleisch und abgepacktes Bauernbrot und zwei Flaschen Weinbrand, und er guckt aus tränenden Augen zurück und zeigt null Regung, alles wie immer, sagen seine Augen, alles wie immer, nichts groß zu erwarten, und sie nimmt sein Geld, einen Zwanziger, einen Zehner, und sie sieht ihn zum Ausgang schlurfen, und sie weiß, jetzt nur noch einer, jetzt nur noch einer, und dann, was dann?

Jessi dreht sich auf ihrem Stuhl und guckt nach links in den Kassengang von der Vier, der menschenleer ist, keine andere Kasse besetzt, sie guckt nach rechts zum Ausgang, wo der Azubi gerade die Recycling-Säcke auswechselt, und alles rast auf sie ein, von allen Seiten, es ist jetzt wieder genau so wie damals, in den Momenten, wenn sie das Quietschen der Aufzugstür gehört hat und seinen Schlüsselbund im Gang, das Klimpern vor der Tür, nachdem sie mal wieder die halbe Nacht auf ihn gewartet hatte oder die ganze, und es ist jedes Mal dasselbe Gefühl, damals, jetzt, immer, und sie sieht seine Sachen auf dem Band näher rücken und sie guckt jetzt nicht mehr hoch, sie will es nicht mehr sehen, sein Raubvogelgesicht unter dem gebogenen Schirm seines Basecaps, sie guckt nicht hoch, sie guckt auf ihre Hände, die jetzt langsam anfangen, die Sachen vom nächsten Kunden über den Scanner zu ziehen, und sie sieht ihre linke Hand, sie scheint durchsichtig zu sein, die Hand, so weiß ist sie.

Und Jessi klebt wieder unter der Decke. Sie guckt runter auf die Drei und auf den ganzen Markt, und würde sie den Kopf drehen, könnte sie die Regale sehen, die parallel bis hinten durch den Raum laufen, vier Stück, und sie könnte das Kühlregal sehen vor der Wand und die Tiefkühlboxen und den Flaschenautomaten, aber sie guckt nicht zur Seite, sie guckt gerade nach unten und sie sieht den Kunden, der gerade dran ist, einen alten Mann, der kaum noch über das Kartenlesegerät gucken kann, ein alter Mann in Latzhose und ausgewaschenem Karohemd, eingeschrumpelt vom Leben, von 70, vielleicht 80 Jahren, der geduldig darauf wartet, dass er zahlen kann, und sie sieht den Kunden hinter dem Alten, der das genaue Gegenteil von ihm ist, jung, sehnig, ungeduldig. Und sie sieht die blonden

Haare der Kassiererin, die schulterlangen Haare, die sie hinterm Kopf zusammengesteckt hat, und sie sieht das knallrote Shirt mit dem Kragen, der an der einen Seite halb hochsteht, und ihre Arme, die sich nach den Produkten strecken in den bunten, knisternden Plastikverpackungen, sie sieht die Hände auf dem Scanner, zwanzig Zentimeter vom nächsten Trennstab entfernt, sie liegen jetzt da, seit ein paar Sekunden, die Hände, und sie bewegen sich nicht mehr, und der alte Mann wartet geduldig, dass endlich seine letzten Sachen eingescannt werden.

Und Jessi sieht ihre Hände, die sich platt auf das Glas des Scanners drücken und sich abstoßen, sie merkt, wie der Stuhl hinter ihr zurückrutscht, sie steht jetzt, sie steht in ihrer kleinen Welt hinter der Kasse, zwischen den niedrigen bemalten Sperrholzwänden, und sie sieht das erstaunte Gesicht des alten Mannes und sie hört eine Stimme, es ist eine Stimme, die ihr bekannt vorkommt.

Herr Meyer, sagt die Stimme, sorry, hallo, Herr Meyer, und sie wiederholt es gleich noch mal, etwas lauter, und sie sieht, wie sich der Azubi hinten vor dem gelben Plastiksack aufrichtet und sich zu ihr umdreht und sie fragend anguckt.

Und sie hört ein Räuspern und sie hört wieder die Stimme, und sie klingt laut und fest jetzt, bei dem, was sie sagt, sie ruft ihn, Herr Meyer, kommst du mal, bitte.

Und sie sieht, wie der Junge langsam rüberkommt, sein dünner Körper, sein blasses Gesicht, in dem noch kein richtiger Bart wächst, sein langer roter Kittel bis über die Jeans, und sie wartet, bis er vor ihr steht, direkt hinter dem Alten, der mit großen Augen zu ihr hochguckt.

Und sie merkt, wie sich ihr Arm bewegt, ihr linker Arm, sie streckt ihn aus, ohne den Blick vom Azubi abzuwenden, und sie sagt, hier, hast du nicht gesehen, du hast doch die Liste, du kennst sie doch, und der ist drauf, Hausverbot, seit letzten Sommer schon.

Und sie sieht das Gesicht von Andy Meyer, zweites Lehrjahr,

er guckt sie an und dann guckt er rüber, ihrem Arm nach und sieht, auf wen er zeigt, und er dreht wieder den Kopf zurück und guckt sie an, und sie wendet den Blick nicht ab, den Arm weiter seitlich ausgestreckt, sie sieht das Gesicht des Jungen, sie sieht, wie es in ihm arbeitet, der Mann hat Hausverbot, wiederholt sie, laut genug, dass es alle hören können, der darf doch gar nicht hier sein.

Und Jessi sieht, wie Andy Meyer schluckt und nickt, ein guter Azubi, er nickt und dreht sich langsam um, hin zum Laufband, Jessi sieht, wie er sich dreht und den Mund aufmacht, um etwas zu sagen, und dann sieht sie, wie er den Mund wieder zumacht und einen halben Schritt zurückweicht, und sie sieht, wie sich jemand an ihm vorbeidrängelt, ein Schatten, ein hagerer Schatten in Trainingsjacke, er bewegt sich schnell rüber zum Ausgang, vorbei am Beutel mit den Plastikverpackungen, der halb im Gang liegt.

Und Jessi guckt ihm hinterher und sieht, wie er durch die Schiebetür geht und durch den Glaskasten und draußen im Halbdunkel verschwindet.

Die werden auch immer dreister.

Der alte Mann steht vor der Kasse und hat tadelnd die Augenbrauen hochgezogen.

Dann zwinkert er ihr zu.

Aber Jessi kann nicht mal nicken.

71

Warm ist es.

Die Luft steht.

Das Licht ist an. Und die Halle hält die Backen.

Kann langsam losgehen.

Serdar steht in seiner Ringecke und wartet auf den Wikinger.

Wo bleibt der Penner?

Serdar steht mit dem Rücken zur Ecke, ein, zwei Schritte Abstand zur Polsterung, Ivo knetet ihm die Nackenmuskeln und tut weiter so, als wüsste er, was er da macht. Serdar schüttelt die Arme aus und tänzelt von einem Bein aufs andere. Der dicke Lexi lehnt in den Seilen, das Handtuch über der Schulter, und schwitzt.

Sie sind schon eine geile Truppe.

Aber, hey, die Leute haben gejohlt.

Schon vorher, während der Ringsprecher noch seinen ewigen Sermon losgelassen hat und sie hinter der Schwingtür gewartet haben, Serdar hinter Ivo und ganz hinten der dicke Lexi. Und Serdar hat über Ivos Nackenhaare weg zum Türrahmen geguckt und den Ringsprecher gehört, der seine Daten ins Mikro gebrüllt hat, Alter, Gewicht, Kampfbilanz, sieben Kämpfe, sieben Siege, ewig hat das gedauert, der ganze Terz, bis er dann mal endlich zu Potte gekommen war, aber irgendwann war es dann endlich so weit. Meine Damen und Herren, hat der Ringsprecher geröhrt mit seiner Whiskey-Stimme, liebes Publikum, ich rufe in die blaue Ecke, aus Berlin-Wedding, und Serdar hat seinen Namen gehört, den Namen, den er so hasst, er ist im Klatschen der Leute untergegangen, richtig losgelegt haben die, und dann die Bässe, die Einlaufmusik, *Unbelievable* von Biggie, gute, ehrliche Ansage, Brooklyn-Style. Und Ivo hat die Flügeltür aufgestoßen und sie sind raus in den ganzen Lärm und das Licht und die Hitze, mitten rein in die Fight Night.

Aber für einen Fight brauchst du immer noch zwei.

Serdar macht sich von Ivo los und geht ein paar Schritte raus in den Ring. Er zieht die Schultern hoch, rollt den Kopf locker durch den Nacken und guckt aus dem Augenwinkel über die Seile. Ein paar bekannte Gesichter, die ihm zunicken. Ein paar Rocker, die stumpf durch ihn durchgucken.

Richtig was los, meine Fresse. Und alle gucken ihn an. Alle gucken hoch zu ihm. Und warten darauf, dass es losgeht. Serdar tanzt von einem Bein aufs andere wie beim Seilspringen und deutet ein Achselzucken an. Weiß der Deibel, wo der bleibt.

Er guckt extra nicht in die Richtung, wo Ella stehen muss.

Serdar sieht den Ringrichter, er hängt schwer und fett in den Seilen, als wäre er schon nach den paar Vorkämpfen fertig mit der Welt. Der Typ bringt locker 120 Kilo auf die Waage, und nicht gut, wenn der Ringrichter der Schwerste von allen ist. Serdar beobachtet ihn, wie er schlaff im Seil hängt, mit seinem grauen Haarkranz und der dunklen Zelthose über der Wampe und der schiefen Fliege um den Hals, und er sieht viel, aber keine Autorität.

Serdar nimmt die Handschuhe hoch und schlägt ein, zwei leichte Hände in die Luft. Er macht die Augen zu und geht zum tausendsten Mal die Szenen durch. Er sieht den Wikinger vor sich, er lächelt und er hat die Fäuste unten, und Serdar haut ihm einen Cross ans Kinn.

Serdar geht zurück in seine Ecke. Er legt die Arme auf die oberen Ringseile. Ivo gibt ihm einen Schluck aus der Wasserflasche.

Und dann kommt er.

Serdar merkt es daran, dass sich was ändert, die Atmo, die

Stimmung in der Halle oder was. Es wird einen Tick leiser, ein paar Köpfe drehen sich, hinten, wo es zu den Kabinen geht. Dann sieht Serdar, wie drüben die Tür aufgeht, und er hört die Gitarren losplärren, irgendein Death-Metal-Scheiß oder was. Und er sieht, wie sich jetzt auch die anderen Köpfe drehen, und er sieht den Wikinger durch die Tür kommen. Er trägt die Kapuze tief im Gesicht, hat fünf Mann um sich herum und joggt durch das Raunen der Leute, und alle starren ihn an. Die Gitarrenriffs plärren vom Band, dazu eine Bronchitisstimme, die von Tod und Verderben gurgelt, die Leute sind beeindruckt von der ganzen Rockershow, das merkt man, der Wikinger läuft mit seinen Jungs die große Runde, einmal am Ring vorbei und auf der anderen Seite zurück, die Leute machen Platz und alle glotzen ihn an und starren auf seine riesigen Schultern, die sich unter dem Stoff abzeichnen, und die schwarzen Handschuhe, die vorne aus dem Hoodie rauskommen. Der Wikinger klettert drüben auf der anderen Seite die Stufen hoch und springt mit einem Satz über das oberste Seil in den Ring. Die Jungs mit den Kutten grölen.

Serdar steht ruhig in seiner Ecke, Handschuhe über den Fäusten, zehn Unzen auf jeder Seite, Ivo hat ihm das Shirt über den Kopf gezogen und schmiert ihm Vaseline auf die Stirn. Der dicke Lexi wischt ihm die Brust trocken. Sie tun so, als wäre niemand sonst im Ring. Aber Serdar guckt trotzdem rüber, heimlich, die Augen fast ganz zu, aber durch die Wimpern sieht er, wie sie den Wikinger vorbereiten.

Er sieht, wie sie ihm den Kapuzenpulli über den Kopf und die Handschuhe ziehen, er sieht die blonden Stoppelhaare auf dem fast kahlen Schädel, den Stiernacken und die massigen Schultern. Und zum ersten Mal sieht Serdar auch das Tattoo in ganzer Pracht. Es geht wirklich über den kompletten Oberkörper, vom Bauchnabel bis hoch zum Hals. Die Füße knapp über der Gürtellinie, als würde der alte Krieger auf dem Hosenbund balancieren, die Beine gehen den Bauch hoch und landen in einer Art Lendenschurz knapp unter den Brustmuskeln. Dann die Rüstung, dann der Helm mit den beiden Hörnern unterhalb vom Schlüsselbein. Eigentliches Highlight natürlich das Schwert, das der grimmige Nordmann mit beiden Händen schwingt. Die Schwertspitze geht seitlich am Hals vom echten Wikinger hoch und hört erst knapp unter seinem Kinn auf.

Wird einiges gekostet haben, das Aquarell.

Aber scheiß drauf. Wen soll der Quatsch beeindrucken?

Ivo checkt noch mal die Handschuhe.

Der hat Schiss, Serd.

Serdar reagiert nicht.

Dann stehen sie in der Mitte. Keine Tiefschläge, keine Innenhände … Der Ringrichter zoppelt sich am Hosenbund, das Gesicht krebsrot. Mit brüchiger Stimme betet er seine Kommandos runter, keine Kopfstöße, kein Nachschlagen, alles hört auf mein Kommando. Keiner hört dem Dicken zu.

Serdar guckt dem Wikinger ins Gesicht. Er sieht die Schweißperlen auf der Stirn des anderen. Er sieht, wie er den Mund bewegt. Er hört, was der Wikinger sagt, und es gefällt ihm. Es gefällt ihm, und er zeigt keine Reaktion, er tut, als hätte er gar nichts mitgekriegt, obwohl ihre Gesichter keine 20 Zentimeter auseinander sind. Serdar guckt den Wikinger ausdruckslos an, aber innerlich freut er sich.

Er freut sich wie Bolle.

Er hört sie noch mal, die Worte. Er spielt sie im Kopf noch mal ab. Sind nur drei, und Serdar ist happy. Drei Worte, und er hat sie gehört, und jetzt ist er sich sicher.

Serdar geht zurück in seine Ecke und ist plötzlich ganz ruhig.

Er sagt sich die Worte leise selbst vor.

Er hört den Gong und schlägt die Fäuste zusammen.

Du halbe Portion.

Jetzt weiß er, dass er ihn wirklich packen kann.

72

Sie reden mit ihm.

Aber er kapiert nichts.

Er hört die Worte, das ja. Aber es ist, als ob sie eine fremde Sprache sprechen. Chinesischer Kinofilm ohne Untertitel.

Also, Herr Andreadakis, noch mal zur Gewerbesteuer ...

Sie hocken zu dritt hinten im VW-Bus. Die diskrete Nummer. Getönte Scheiben und alles. Die zwei Freizeit-Cops auf der Sitzbank gegenüber, gegen die Fahrtrichtung, ein Plastiktischchen zwischen ihnen. Kalter Kaffee und Duftbäumchen. Der Bus ist sauber eingeparkt. Aris kann über die anderen Autos weg den Gehweg sehen und die Straße. Er verrenkt unauffällig den Hals und versucht, irgendwas zu erkennen, aber er sieht nur Blech, Baumstämme und den nackten Asphalt. Und links noch einen kleinen Teil vom alten Fabriktor. Sonst nichts.

Er hat sie nicht loswerden können, diesmal nicht. Sie hatten irgendeinen Wisch dabei, es war klar, diesmal ziehen sie nicht wieder einfach so ab. Und jetzt nerven sie ihn mit ihren Bürokratenfragen und sie haben ja keine Ahnung. Aris rutscht auf seinem Sitz hin und her und behält die Straße im Auge.

Macht hin, Jungs, los! Hm? Wie?

Die Gewerbesteuer, Herr Andreadakis. Sie sagten eben, Sie hätten immer pünktlich alle Abgaben gezahlt, ja?

Während er kurz vorm Austicken ist, haben sie eine Ruhe, als wären sie gerade unterwegs zum Karpfenangeln.

Aris krallt sich am Tisch fest.

Kann ich hier rauchen?

Die beiden Knöpfkragen gucken ihn an wie den letzten Menschen.

Aris fährt sich mit der Zunge über den trockenen Gaumen und fühlt nach dem Flachmann in seiner Innentasche. Er spürt die Panik in Wellen. Als würde er bis zur Brust im Meer stehen. Und die Wellen rollen und sie schlagen über ihm zusammen und der Schlamm zerrt an seinen Füßen. Er weiß, sie wollen Antworten, er weiß, ohne ein paar Antworten lassen sie ihn hier nicht mehr raus, aber er hat keine für sie und er hat auch gerade wenig Sinn für die alte Münchhausen-Nummer.

Sie reden irgendwas. Aris passt null auf. Mit einem Auge behält er die Straße im Blick. Der Tisch ist voll mit Ordnern, Unterlagen, Formularen und was nicht.

Aris riecht das Aftershave von einem der beiden. Er stellt sich vor, wie ihm seine Frau das Weihnachten bei Karstadt holt. Jedes Jahr das gleiche. Jedes Jahr ein neues Fläschchen.

Herr Andreadakis?

Hm? Wie? Bitte? Was haben Sie gesagt?

Die Gewerbesteuer, wiederholt das Karohemd. Zeitraum ab Steuerjahr 2006. Haben Sie die nun gezahlt oder nicht?

Ach so, sagt Aris. Ja, klar. Also, logisch. Ich meine, ich bin ja nicht irre.

Aris versucht es mit einem schiefen Lächeln. Die beiden Spaßbremsen werfen sich einen schnellen Blick zu. Der Gestreifte zieht die Augenbrauen hoch.

Und wie kommt es dann, wie kommt es Ihrer Meinung nach, dass wir nie einen Zahlungseingang feststellen konnten?

Meiner Meinung nach?

Aris versucht Zeit zu gewinnen, obwohl er weiß, dass ihn das nur tiefer reinzieht, tiefer in den Schlamm.

Ja, na ja, sagt Aris. Keine Ahnung. Vielleicht haben Sie Ihr Konto gewechselt? Vielleicht hat meine Bank Mist gebaut? Wissen Sie, es geht doch so viel schief in dieser Stadt, wie soll ich da den Überblick behalten …

Es ist klar, dass er nur Blödsinn erzählt. Weiß er. Wissen sie. Aber was soll er machen?

Karo schlägt einen Aktenordner auf und tippt mit dem Zeigefinger auf eine Klarsichtfolie mit einem Stapel Blätter drin.

Und unsere Schreiben, haben Sie die denn bekommen?

Ihre Schreiben?

Aris sieht hinten auf dem Gehweg wieder den alten Opi mit seinem Hut. Er kommt näher, langsam, ganz langsam. Er schwankt und taumelt und kommt kaum vom Fleck. Aris erwartet nach jedem Schritt, dass er umkippt.

Aris sieht, wie das Karohemd ungläubig den Kopf schüttelt. Er hat schon wieder irgendwas verpasst anscheinend. Merken die Jungs nicht, dass das hier zu nichts führt? Aris schwitzt, sein Mund ist trocken, er kann an nichts anderes denken als an den Fisch, der jeden Moment hinten um die Ecke biegen muss, der Fisch tanzt in seinem Hirn rum und das billige Aftershave tut den Rest, es ist aussichtslos, das müssen sie doch merken.

Aris wischt sich den Schweiß von der Stirn und versucht, seine Gedanken zu sammeln, irgendwie, für einen Versuch, einen letzten Versuch.

Könnten wir, also, könnten wir das nicht mal in Ruhe besprechen? Ich mein, statt hier so zwischen Tür und Angel …? Ich komm gern bei euch, also bei Ihnen vorbei …

Die beiden Hemden gucken ihn streng an, und er weiß, er hat es versemmelt. Wenn das seine letzte Chance war, ist sie grad gestorben, verreckt im Dunst von Sitzpflege und Nassrasur.

Aris schielt über die Köpfe der beiden raus auf die Straße. Nichts. Gar nichts. Er merkt, wie es in ihm tobt. Am liebsten würde er die Tür aufreißen und brüllend die Straße runter. Die ganze Sache ist ja schon schlimm genug, auch ohne die zwei Zivis hier. Macht hin, Leute, schreit es in ihm, ich hab gerade echt andere Probleme als eure Scheißgewerbesteuer!

Gut, Herr Andreadakis, sagt der Karomann und seufzt, gehen wir noch mal ein Stückchen zurück.

Er schlägt im Ordner ein paar Seiten weiter.

Ihre letzte Einkommenssteuererklärung, die haben wir hier. Die ist von 2004. Also. Was haben Sie denn seitdem so gemacht?

Aris unterdrückt ein Stöhnen.

Also?, fragt der Gestreifte.

Aris sagt nichts. Er zuckt nur zusammen. Aber nicht deswegen. Nicht wegen der Frage. Nicht wegen der x-ten Nachfrage oder dem lauteren, ungeduldigen Ton, den der Gestreifte angeschlagen hat, weil es ihm anscheinend doch langsam zu bunt wird mit dem ewigen Rumgedruckse. Nein, nein.

Das Handy. Sein Handy.

Es vibriert.

Aris spürt es. Innen in seiner Jacke.

Und er sieht die nächste Welle auf sich zukommen. Sie ist größer als alle vorher. Er sieht die Welle, und er spürt den Rückruf auf seinem Handy.

Innendrin.

Genau da, wo normalerweise das Herz schlagen sollte.

73

Heinz Hönow steht hinter dem Zaun und kann sie sehen.

Er sieht sie durch die Gitterstäbe. Sie stehen drüben vor dem Halleneingang auf dem Fabrikhof, und er weiß, sie sind es, er ist sich sicher, er hat sie gleich erkannt, auch wenn sie diesmal keine Strumpfmasken über dem Schädel haben.

Heinz Hönow steht auf dem Gehweg und guckt durch die Lücke zwischen den gusseisernen Stäben. Er erkennt sie an ihren Bewegungen. An der Art, wie sie dastehen. An dem Lauten, Breitbeinigen, mit dem sie einem Angst machen wollen, an ihrem Gehabe, mit dem sie jeden Einzelnen, der reinwill, gleich ein bisschen zweifeln lassen, ob sie ihm nur das Ticket abreißen oder doch gleich auch noch den Kopf.

Heinz Hönow steht hinter dem Zaun, das Gesicht dicht an den Gitterstäben, die weit genug auseinanderstehen, dass du einen Arm durchstrecken könntest, und er weiß erst mal nicht weiter.

Er ist angekommen, so gesehen, er ist da, wo er hin wollte, seit Tagen, er hat seinen Plan durchgeführt, bis hierhin, und er sieht sie drüben, er hört ihre Stimmen, und sie klingen genauso wie damals bei ihm im Keller.

Heinz Hönow steht hinter dem Zaun, das kalte Gitter auf der Wange, er macht die Augen zu und krallt die Hände in den schweren Stoff seines Mantels.

Er merkt, es ist etwas anderes.

Pläne schmieden, das ist das eine. Zuhause sitzen an der Werkbank und alles vorbereiten, alles zusammenmischen und sägen und feilen und alles noch mal überprüfen und dann noch mal, bis du weißt, dass es gut ist. Das ist alles die Vorbereitung.

Nur worauf?

Er weiß es nicht.

Du bist da, Heinz, sagt Heinz Hönow leise zu sich selbst, die Augen zu, den Hut schwer auf dem Kopf, der Körper unter der Last verkrampft, du bist da, wo du hinwolltest. Aber angekommen bist du deswegen noch lange nicht.

Und so steht er da, am Gitterzaun, eine selbstgebastelte Panzerfaust unterm Mantel und den großen Zitterich in den Beinen.

Heinz Hönow hat die Augen zu und er hört ihre Stimmen und er spürt es, er spürt es wieder wie damals, er spürt es unten, da, wo der Erste von ihnen sein Knie reingerammt hat, gleich am Anfang, als alles losging. Er hört ihre Stimmen drüben am Eingang, vier, fünf Mann sind es von den Gleichen, die ihn damals abgeknallt haben, an dem Abend in seinem Laden, von dem er vorher nicht wusste, dass es sein letzter sein würde.

Heinz Hönow lehnt schwer am Zaun und weiß nicht weiter.

Er merkt, wie er schwitzt.

Er schwitzt und ihm ist kalt.

Er versucht, Luft zu kriegen.

Er fühlt sich müde.

Todmüde.

74

Okay.

Alles klar.

So ein Kampf wird das also.

Serdar macht sich vom Wikinger los und wischt sich mit der Linken über die brennende Stelle an der Stirn. Er merkt, wie es schon dick wird. Aber er sieht kein Blut auf dem Handschuh.

Serdar nimmt die Deckung hoch. Na gut. Da weiß er jetzt immerhin, was los ist. Der Wikinger. Das ist los.

Wie er schon aus seiner Ecke gekommen ist. Wie ein Gestörter. Der Kampf keine zwei Sekunden alt, und Serdar musste direkt unter dem ersten Heumacher durchtauchen, und er hat noch gemerkt, wie das Ding ihm knapp über den Kopf drübergezischt ist, meine Fresse, was ein Hammer. Also wegducken und zupacken und ran an den Mann, ab in den Clinch und dem Verrückten die Chance geben, sich das vielleicht doch noch mal zu überlegen. Viel mehr kannst du da erst mal überhaupt nicht machen.

Und Serdar hat die Seile in seinem Rücken gespürt und den Atem vom Wikinger auf seiner Brust, und er hat auf das Trennkommando gewartet, und vielleicht war das der Fehler, achte auf deinen Gegner und sonst auf nichts, aber gut. Beziehungsweise, nicht gut. Denn das Nächste, was Serdar gespürt hat, ist schon der Blitz gewesen, der grelle Blitz, der ihm über dem linken Auge in den Kopf geknallt ist, und er ist automatisch zurückgezuckt unter dem Gegröle der Devils, er hat sie gehört rings um den Ring, wie sie abgefeiert haben, dass ihr Mann da gerade einen fetten Kopfstoß losgelassen hat. Haben alle ganz gut sehen können, jeder in der gottverdammten Halle, jeder Einzelne außer dem Ringrichter.

Beziehungsweise, na ja. Der hat es natürlich auch gesehen. Aber er hat eben die Zähne nicht auseinandergekriegt. Hat nur groß geguckt, als Serdar sich zu ihm gedreht hat, um zu checken, ob der Dicke noch da ist oder überhaupt.

Große Augen, aber kein Wort, und Zeit für Proteste ist jetzt auch nicht, wenn der, der dir gerade seinen Eisenschädel in die Stirn gerammt hat, schon wieder auf dich losgerannt kommt, den nächsten Schwinger im Anschlag. Also hat sich Serdar wieder vom Ringrichter weggedreht und ist unter der Faust vom Wikinger weggetaucht, die schon wieder in Schallgeschwindigkeit auf sein Gesicht zukam. Und er ärgert sich, aber eigentlich nur über sich selbst. Weil er es nicht hat kommen sehen.

Hättest du wissen können, denkt Serdar und weicht weiter vor dem Irren zurück, und jetzt weißt du es wenigstens, Fetti mit der Fliege wird dir nicht helfen, der ist selber froh, wenn er hier unbeschadet aus der Halle kommt und seine paar Scheine in den nächsten Suff investieren kann, wenn ihn Aris nicht sowieso direkt in Naturalien bezahlt.

Ringrichter, vergiss es. Das ist also die erste Erkenntnis. Gibt keine Hilfe. Und während er eine linke Führhand vom Wikinger mit der rechten Faust zur Seite wegwischt, kommt Serdar auch auf die zweite Erkenntnis.

Läuft top. Läuft eigentlich ziemlich top bislang. Ernsthaft.

Denn da ist einer sauer, und zwar richtig, sonst würde er sich nicht direkt so verausgaben, und da denkt einer auch immer noch, dass er ganz alleine bestimmen kann, wie das hier läuft. Dass er sich nach Lust und Laune abreagieren kann und sich den Brass über die Felgen oder den Niedergang des Heavy Metal oder was auch immer von der Seele prügeln kann, wie er so lustig ist.

Du halbe Portion.

Serdar hört die Worte vom Wikinger, er hört sie immer dann, wenn er mal wieder auf ihn zugestürmt kommt.

Ich komm schon auf meine Kosten, du halbe Portion.

Und so soll es sein. Serdar lässt den Wikinger mit einem Sidestep ins Leere laufen und checkt noch mal schnell seine Beule. Aber auf dem Handschuh ist wirklich nur Schweiß.

Weg von den Seilen, brüllt Ivo von draußen.

Der Wikinger dreht weiter auf, und Serdar fängt sich eine Führhand, weil er nicht schnell genug wegkommt. Ivo und Lexi brüllen in der Ecke um die Wette, und er wünscht sich, sie würden die Fresse halten. Serdar bewegt sich rückwärts, und der Wikinger kommt hinter ihm her, mit gezücktem Schwert und zuckendem Bizeps und rollenden Schultern.

Serdar weicht zurück bis fast in die Ecke. Da wartet er auf die nächste Attacke. Er sieht, wie der Wikinger kurz abstoppt und durchschnauft, und er weiß, jetzt wird sie kommen, jetzt bringt er sie, die Kombination, links, rechts, den Klassiker, und Serdar sieht sie und pendelt sie mit blitzschnellen Kopfbewegungen aus, die Schläge wischen an seinem Kopf vorbei, und Serdar knallt einen rechten Cross über die runtergefallene Führhand und klammert sofort, bevor auch noch der Ansatz irgendeiner Antwort kommen kann.

Er hört, wie die Leute johlen, weil sie Action sehen wollen und Action kriegen. Und er hört, wie die Devils aufjaulen und wie der Wikinger schnauft, direkt neben seinem Ohr, und er merkt, wie der Ringrichter versucht, sie auseinanderzuziehen, und diesmal irgendwann dann doch sein BREAK murmelt, leise, mit einem kleinen Seufzer, als wollte er sich entschuldigen, dass er jetzt doch mal was machen muss. Und Serdar macht einen halben Schritt zurück und haut dem Wikinger noch einen kurzen rechten Haken ans Ohr, locker eine Sekunde nach dem Trennkommando.

Der Ringrichter zoppelt sich am Gürtel und guckt runter auf den Boden, als hätte er da gerade einen Hunderter entdeckt.

Serdar sieht, wie der Wikinger protestierend zum Ringrichter guckt und die Augen zusammenzieht, er sieht die kleinen, blauen Schlitze unter den blonden Augenbrauen und er sieht, wie sich die Kaumuskeln wölben, als der Wikinger auf seinen Mundschutz beißt.

Easy. Ganz easy. Serdar gibt dem Hass ein, zwei Momente, um sich drüben auszubreiten. Die gibt er ihm gerne.

Der Wikinger zieht die Schultern hoch, schnaubt durch die Nase, knallt die Handschuhe zusammen und stürmt wieder los.

Alright, denkt Serdar und nimmt die Fäuste hoch.

Dann mal los.

75

Oh Gott. Ohgottohgottohgott.

Die Wellen. Sie kommen jetzt im Sekundentakt, und sie reißen alles mit.

Aris rutscht tiefer in den Sitz und hält die Luft an, die Hand fest auf der Brust, er presst sie von außen auf die Jacke, als ob das irgendwas ändern würde. Als ob er es damit stoppen könnte.

Seine Brust vibriert, seine Rippen, er spürt es, im Sekundentakt, er fühlt das Handy tanzen unter dem Stoff, der Fisch ruft zurück, und er kann nicht rangehen. Hier auf keinen Fall. Unmöglich ihm alles zu erklären, unmöglich, ihn zurückzupfeifen, ohne dass die beiden Cops Wind von der Sache kriegen.

Aris überlegt, was er machen kann, er überlegt, so schnell es geht, aber besonders schnell geht es nicht, weil jedes neue Vibrieren ihn wieder aus allen Gedanken reißt und ihm einfach nichts einfallen will. Er sieht nur die Wellen kommen, viel zu schnell, eine nach der anderen, er macht die Augen zu und traut sich nicht zu atmen und alles vibriert.

Der Fisch ruft zurück, endlich, dein Handy, es steckt in deiner Innentasche, direkt unter deiner schweißnassen Hand, und du musst ran, schnell ran, ran da und alles abblasen, bevor es zu spät ist, nur wie, nur bitte wie?

Panik. Panik. Jetzt blanke Panik.

Aris blinzelt und sieht die beiden Bullen, die sich angucken, und natürlich kriegen sie auch mit, was los ist, sie sitzen ja keinen Meter weg von ihm und alles hält die Luft an.

Und sie werfen sich einen ernsten Blick zu und dann gucken sie Aris an, der ihnen gegenübersitzt, mit Schweiß auf der Stirn und Hand auf der Brust, und über einen Ausweg nachdenkt und keinen findet, er kann unmöglich rangehen, ohne dass er sich vor ihnen um Kopf und Kragen redet, er kann auch nicht raus, die Autotür ist zu und die beiden Freunde von gegenüber wollen Antworten und keine Fragen und ganz sicher wollen sie keine neuen Eskapaden jetzt, und Aris sitzt da mit großen Augen, hinten im VW-Bus der Steuerfahndung, Blick gegen die Fahrtrichtung, der Fisch ruft zurück und alle hören es.

Irgendwann räuspert sich das Karohemd.

Klingt so, als ob jemand sie anruft.

Nee, nee, ächzt Aris. Ja. Also. Ich weiß nicht.

Gehen Sie ruhig ran.

Es klingt lauernd, wie der Karo-Schnäuzer das sagt, ein bisschen fordernd auch. Aris schnappt nach Luft.

Ach, bringt er heraus. Bestimmt nicht wichtig.

Nein, wirklich, sagt der Gestreifte und sein Lächeln gefriert ihm im Gesicht. Kein Problem.

Und Aris schüttelt den Kopf und dreht den Kopf leicht zur Seite, und er macht die Augen wieder zu und er presst die Hand noch ein bisschen fester auf die Brust, und es vibriert und vibriert und dann noch ein, zwei Mal.

Und dann hört es auf.

Und keiner sagt einen Ton.

Und keiner macht irgendwas.

Und es gibt auch nichts mehr zu machen.

Aris guckt aus dem Fenster und es ist ihm, als würde er sie davonflattern sehen, da draußen vor der getönten Autoscheibe flattert sie, die letzte Hoffnung, nicht besonders eilig und eigentlich ganz vergnügt, und er guckt ihr hinterher und guckt die Straße runter und er hört die Stimmen der Fahnder und er versteht sie nicht, sorry, keine Chance.

Und er merkt, wie ihm die letzte Kraft aus dem Körper weicht, als er die Straße runterguckt, und es ist, als wäre irgendwas von ihm eben auch davongeflattert.

Aris hört nichts und er nimmt nichts sonst wahr, er guckt die Straße runter und er sieht den Audi, der hinten um die Ecke biegt, ganz hinten, wo die Bäume aufhören und die Straße knickt, ein dunkler Audi, er kommt schnell näher und Aris sieht ihn durch die Heckscheibe, er sieht die Vollbremsung fünfzig Meter die Straße runter, zweite Reihe, schräg vorm Halleneingang, klassischer Gangster-Move.

Und Aris will schreien oder Handzeichen machen, der erste Reflex, aber er merkt genauso schnell, dass beides gar nichts bringt.

Und er sieht die Türen aufgehen und wie sie sich aus den Sitzen schälen, einer nach dem anderen, Dago aus der Fahrertür, Kiki von hinten und der Fisch als Letzter, Shotgun-Sitz, sie sind es wirklich und sie gehen ums Heck und machen den Kofferraum auf und fangen an, irgendwas da hinten rumzufummeln.

Und was willst du machen?

Aris guckt ihnen zu, in Wirklichkeit geht es alles sehr schnell, aber es kommt ihm vor wie eine Superzeitlupe, er sieht jede Bewegung, Breitformat, 50 Meter Entfernung, und er sieht, wie sie sich die Strumpfmasken über den Kopf ziehen und sich was unter die Jacken stecken, wie sie den Kofferraum zuknallen und sich zwischen den parkenden Autos durchzwängen, rüber auf den Gehweg, zum alten Fabriktor mit dem runden Eisenbogen drüber.

Aris sieht das alles ganz genau von seinem Autositz aus, er sieht sie auf dem Fabrikgelände verschwinden, der Fisch vorneweg, die Sturmhaube schief auf dem Eierkopf, die Hose auf halb acht, im Watschelgang des Anführers, Dschingis Khan im Superschwergewicht, in der erhobenen Faust eine gottverdammte Scheißmachete.

Herr Andreadakis …

Aris lehnt sich nach vorne. Er lässt sich nach vorne fallen, bis seine Stirn den Tisch berührt.

Herr Andreadakis? Alles in Ordnung?

Aris kneift die Augen zu. Er sieht den Film weiter ablaufen. Er sieht die Katastrophe, die draußen nur Sekunden entfernt ist, ganz nah.

Und nichts, was er machen kann.

Original gar nichts.

76

Reiß es nicht noch mehr auf!

Halt still!

Schmier einfach Vaseline rein! So viel es geht.

Ruhe! Ich mach das schon.

Serdar sitzt auf dem Hocker in der Ringecke und versucht, den Kopf still zu halten. Er flucht leise vor sich hin. Er merkt, wie Ivo ihm zwei, drei Ohrenstäbchen in die Wunde drückt, ein seltsames Gefühl, kein Schmerz. Der dicke Lexi hält ihm die Wasserflasche hin. Serdar schüttelt den Kopf.

Ein Cross. Eine einzige verdammte Rechte. Nur einen kleinen Moment nicht aufgepasst, die Linke fallen gelassen, ein Stückchen nur, eine einzige Hand, die er nicht hat kommen sehen, und zack.

Cut.

Gar kein schlimmer oder gefährlicher Schlag, an sich, normal hätte er den locker weggesteckt, ein kurzes Bimmeln, das war's, aber der ging direkt auf die Stelle von vorhin, direkt auf die Beule vom Kopfstoß, und Serdar hat gleich gemerkt, dass der Mist jetzt doch noch aufgegangen ist, mit zwei Runden Verspätung.

Ivo hört endlich auf in der Wunde rumzurühren und wischt Serdar das Gesicht ab. Serdar blinzelt ein paar Mal. Hilft nichts. Links guckt er durch einen roten Schleier.

Ein paar Sekunden vor Ende der Dritten, und die Suppe ist ihm übers Gesicht gelaufen, der Wikinger hat natürlich selber den allerbesten Blick draufgehabt. Beim Gong hat er ihm noch mal extra zugezwinkert, den Mundschutz mit der Zunge ein Stück rausgeschoben und ein fettes Grinsen rübergeschickt. Weißt du Bescheid, sollte das wohl heißen, von wegen, ab jetzt wird's richtig lustig.

Serdar sitzt in der Ecke und lässt sich von Ivo Vaseline in die offene Wunde schmieren. Unruhe in der Halle. Die Leute tuscheln. Einigen scheint das jetzt doch ein bisschen viel zu werden, mit echtem Blut und allem. Serdar schielt mit dem guten Auge auf Ivos Finger.

Nimm so viel du kannst. Auch drumherum.

Schhht!, macht Ivo.

Und das, denkt Serdar, das sind dann so die Momente. Die Momente, in denen du dir wünschst, du hättest einen richtigen Cutman in deiner Ecke, oder auch nur einen, der so grob weiß, was er da macht. Statt einem Fantasiejugo mit Sport-Goofy-Stirnband, der dir mit ein paar Q-Tips in der zerrissenen Augenbraue rumfuhrwerkt.

Serdar kneift das linke Auge zu und guckt zum Wikinger rüber. Er hockt breitbeinig drüben in seiner Ecke, die Arme locker aufs mittlere Seil gelegt. Serdar sieht den Schweiß, der ihm auf dem pumpenden Oberkörper glänzt, und das Grinsen, das er nicht aus seiner breiten Visage rauskriegt.

Ruhig, denkt Serdar. Bleib schön ruhig. Nichts passiert. Nur ein bisschen Blut. Normale Sache. Bleib cool und pass auf deine linke Seite auf. Dreh dich rechts rum. Lass es erst mal easy angehen, beweg dich rechts rum und nimm schön die Deckung hoch. Abbrechen wird er so schnell nicht.

Serdar guckt zum Ringrichter rüber, der in der Ringmitte rumtapst, die weißen Hemdsärmel schlaff am Körper, Gesicht zu Boden, den dünnen Hals gebeugt wie ein trauriger Dinosaurier.

Du brichst hier heute gar nichts ab. Und einen Ringarzt, der sonst noch irgendwelche Ideen kriegen könnte, den gibt's ja eh erst gar nicht.

Serdar steht auf und lässt sich vom dicken Lexi den gespülten Plastikschutz in den Mund stecken. Der Zeitnehmer wartet, bis Ivo den Hocker aus dem Ring gezogen hat. Der Ringrichter tapst in die Mitte.

Gong. Der Wikinger lächelt, als er auf ihn zukommt. Serdar hält ihn sich mit ein paar schnellen Führhänden vom Leib, aber der Wikinger wischt sie weg, ohne sich irgendwie bremsen zu lassen. Er pinnt Serdar mit einem Körperhaken in die Seile.

Serdar bleibt kurz die Luft weg. Er klammert und dreht den Kopf nach rechts, um seine Stirn zu schützen. Aber schon im nächsten Infight reibt ihm der Wikinger die Handschuhbindung in die Wunde, und die Sauerei geht von vorne los.

Ivo brüllt in der Ecke, als hätte er selbst einen in die Schnauze gekriegt. Es brüllen jetzt eh alle durcheinander, Serdar hört Männerstimmen und ein paar Frauenstimmen, und für einen Moment denkt er, dass er Ella gehört hat, aber wahrscheinlich war es doch jemand anderes. Sie ist nicht da, redet sich Serdar ein, sie ist nicht hier. Eine Täuschung. Eine optische Täuschung. Sie ist noch nie zu einem Kampf von dir gekommen.

Und es bringt ja auch nichts, es geht weiter, immer weiter, Serdar nimmt unsaubere Schläge und er schlägt unsauber zurück, er erwischt den Wikinger tief und er merkt, wie sich sein Körper kurz krümmt, und er hört ihn atmen und er sieht ihn zu einem schweren Schwinger ausholen, er kommt von ganz tief unten, direkt aus dem Schmerz, eine Gegenreaktion wie von einem angeschossenen Tier, aber der Schwinger geht an Serdar vorbei, und dann clinchen sie wieder.

Sie schieben und klammern, bis einer sich losgezerrt hat, sie knallen sich die Innenhände an die Schläfe und an den Hinterkopf, es gibt keine Kommandos mehr, es gibt nur noch Geschrei. Die Halle scheint hundert Meter weit weg zu sein. Sie kämpfen in einer hundert Meter großen Seifenblase.

Das ist kein Boxkampf mehr, denkt Serdar, das ist längst eine Keilerei. Aber er ist der, der blutet. Er kriegt eine Faust in die

Rippen und erwischt praktisch gleichzeitig den Wikinger mit einem Aufwärtshaken unterm Kinn. Er sieht, wie der Kopf seines Gegners hochschnellt und Schweißtröpfchen ins Licht fliegen, ein paar hundert winzige Tropfen, und Serdar spürt die Wucht seines Schlags im Arm, und die Leute rasten aus, Serdar hört es, sie brüllen noch lauter als vorher, und er weiß auch nicht, ob es nicht vielleicht doch das Blut ist, das in seinen Ohren rauscht und in seinem Kopf, oder das Blut, das ihm übers Gesicht läuft, vielleicht ist das alles, der Lärm, das Gebrüll, auch nur Einbildung, es findet jetzt eh alles auf einer anderen Ebene statt.

Der Wikinger schüttelt den Kopf, wie um den Schmerz wegzuschleudern, er macht einfach weiter. Pass auf, sagt sich Serdar, achte nicht auf die Halle, konzentrier dich und pass auf, dass dieser blonde Gorilla dir nicht den Schädel einschlägt, weil er das garantiert macht, sobald du ihn lässt, allerspätestens seit du ihm eben voll eine auf die Nüsse gezimmert hast.

Serdar blinzelt und sieht durch rote Schlieren, er duckt sich und schlägt zurück und weicht nach rechts aus, er hört das Schnaufen seines Gegners und den Lärm in der Halle, er hört das Geschrei von ganz weit her, und er denkt für einen Moment, dass sich unten in der Halle auch alle prügeln. Und der Wikinger drückt ihn in die Seile und hämmert ihm ein paar Rechte in die Seite, und Serdar windet sich heraus und fragt sich, wo eigentlich der beknackte Ringrichter ist, er sieht ihn nicht, aber das muss auch nichts heißen, es ist jetzt alles möglich und denkbar. Auch, dass es keine Kommandos mehr gibt und keine Pausen.

Es gibt jetzt nur noch sie beide.

Und sie klammern und keuchen und drücken und schieben sich durch den Ring, Serdar steckt ein und er teilt aus, das Rauschen um ihn herum wird lauter, alles verdichtet sich. Es gibt nur noch zwei Menschen, denkt Serdar, zwei Menschen auf der Welt, und der eine hat den Hass in den Augen und der andere bist du.

Irgendwann hängen sie in den Seilen und schnappen nach

Luft. Serdar hört das Keuchen vom Wikinger. Oder ist er das selbst? Egal. Sie sind beide längst alle. Serdar hält den Wikinger umklammert und lehnt sich in die Seile. Er hört den Atem von zwei Typen, die nicht mehr können. Und das Geschrei der anderen, wie von einem fernen Planeten.

Serdar lehnt sich in den Wikinger.

Er macht die Augen zu und wartet auf den Gong.

Müsste die Runde nicht längst vorbei sein?

77

Heiß.

Zu heiß.

Viel zu heiß.

Heinz Hönow reißt sich mit einer Hand den Filzhut vom Kopf und lässt ihn hinter sich aufs Pflaster fallen. Er spürt den kühlen Luftzug über der Stirn und tastet nach dem obersten Mantelknopf.

Viel zu viel zu heiß. In seinem Kopf ist es viel zu heiß.

Der Knopf rutscht ihm durch die feuchten Finger, einmal, zweimal, ein drittes Mal, schließlich kriegt er ihn auf. Er knöpft mit der freien Hand, er fängt oben an und macht nach unten weiter und mit jedem Knopf dauert es länger. Der verdammte Mantel, er will nicht aufgehen, er kann nicht raus. Er schwitzt und zittert und er hört nichts außer einem lauten Piepen.

Heinz Hönow kauert hinterm Zaun vor dem alten Fabrikgelände, den Mantel halb aufgeknöpft, schwach wie nie in seinem Leben, und das Einzige, was durch das Piepen in seine Ohren dringt, ist seine eigene Stimme. Sie spricht mit ihm.

Du bist hier, Heinz, sagt die Stimme. Du bist hier und sie sind hier, guck nur rüber, da sind sie.

Aber Heinz Hönow guckt nicht rüber zum Halleneingang. Er guckt nicht durch den Zaun. Er sieht nicht mehr, was da drüben abläuft. Er sieht das Chaos nicht, das Gerangel, die Leute, die aus dem Halleneingang gelaufen kommen. Er kann nicht mehr hingucken.

Heinz Hönow kauert auf dem Backsteinsockel vor dem

Fabrikzaun, die Beine auf dem Gehweg, die Hände um seine Waffe geklammert, und er hört seine Stimme.

Sie sind es, Heinz, hört er sich sagen, sie sind es und sie machen es schon wieder, du hast es gesehen, sie machen schon wieder einen fertig, so wie sie dich fertiggemacht haben. Und du bist hier, du bist hier, Heinz, und du weißt warum, es gibt nur einen Grund, du hast ihn bei dir.

Heinz Hönow hört das Piepen, das Piepen in seinem Kopf, und es wird lauter und lauter und er hört seine Stimme, die ihn jetzt anbrüllt, mach was, mach endlich was, es spielt keine Rolle mehr, du bist tot, hörst du, du bist eh tot, und er merkt, dass ein letzter Rest Kraft in ihm aufkommt.

Er zieht sich am Eisengitter hoch, der Mantel hängt schwer an ihm, es ist unendlich mühsam, und er hält sich mit einer Hand am Gitter fest, und die andere Hand umklammert das, was mal das Fallrohr in seinem Hinterhof gewesen ist.

Heinz Hönow kneift die Augen zu, und er sieht die Bilder. Er sieht sie noch mal, die Bilder von damals, er sieht sie, wie sie in sein Leben kommen und ihn auf den Boden werfen und sein Leben in ihre Sporttaschen schmeißen, und er sieht sie jetzt vor dem Halleneingang, die gleichen Leute, er sieht Fäuste fliegen und Schwerter blitzen, er sieht alles und es ist dasselbe, genau dasselbe, es ist ganz einfach, weil er wieder genau dasselbe Gefühl hat wie damals in seinem Laden, das gleiche Piepen in den Ohren.

Heinz Hönow steht hinter dem Zaun, und er greift fest zu und fängt an, seine Last hochzuwuchten, und er sieht die Bilder und er hört die Stimme, seine Stimme, ganz klar, hört er sich sagen, ganz logisch und klar, nur eine Lösung, nur eine Chance, dass die Bilder weggehen.

Und Heinz Hönow sieht das Gitter vor sich, und er zieht und reißt und wuchtet sich das Riesending irgendwie auf die Schulter. Er schwankt und keucht, und er macht die Augen auf und guckt zwischen den Gitterstäben durch, er sieht die Menschen über den Hof rennen und sie hinterher, er sieht die umgestürzten Motorräder und das Chaos, das sie angerichtet haben, schon wieder, immer wieder, und es geht nicht, er weiß, dass es nicht geht, jetzt nicht mehr, und er sieht die alte Gasflasche, die fest vorne im zitternden Fallrohr steckt, und er merkt, wie der Boden unter seinen Füßen nachgibt, wie er anfängt abzurutschen, und er stemmt sich dagegen, mit dem letzten Körnchen Energie, das er noch hat.

Heinz Hönow macht die Augen zu und klammert den Finger um den Abzug. Und er merkt, wie das Pflaster unter seinen Füßen abkippt, er spürt, wie sich ein Loch auftut unter ihm, und er spannt den Körper an, die Beine, die Arme, bis vorne in die Fingerglieder, er spürt das Metall unter seinem rechten Zeigefinger, ein kaltes Stück Metall, und er krümmt seinen Finger und er hält es ganz fest.

Er hört eine Stimme.

Sie kommt von ganz weit her.

Ich bin tot, sagt die Stimme, mausetot.

Und Heinz Hönow krümmt den Finger, ein Stückchen und noch eins, weiter, immer weiter, ganz langsam, und er sieht sie und alles schwankt, das Rohr, die Halle, er selbst, und er sieht sie nicht mehr, und er merkt, wie es losgeht.

Es geht los, und er wird nach hinten gedrückt, und er fällt und fällt.

Und das Piepen hört auf.

78

Augen zu. Ohren zu.

Dann wird alles gut.

Oder nicht?

Aris hockt hinten im Polizeibus und macht es wie früher. Wie früher als Kind. Macht das, was er immer gemacht hat, wenn er mal wieder Mist gebaut hatte. Schaltet die Welt ab. Die Augen zu, die Arme um den Kopf, die Finger in die Ohren. Alles dunkel. Alles gut.

Geht ganz gut. Eine Weile geht das echt ganz gut. Dann spürt Aris was am Arm. Eine Berührung. Ein Zoppeln. Er wartet noch ein bisschen, ob es aufhört. Dann macht er die Augen auf und guckt hoch.

Er sieht den Gestreiften, den Glattrasierten. Er bewegt seinen Mund. Aris nimmt die Finger aus den Ohren.

Hm?

Herr Andreadakis. Alles in Ordnung bei Ihnen?

Ja. Ja, also. Klar. Sorry. Alles gut.

Natürlich ist gar nichts gut. Und es wird nur immer schlimmer. Mit jeder Sekunde wird alles nur noch schlimmer. Er hört ja schon das Geschrei, da drüben. Die beiden ihm gegenüber, die hören es vielleicht noch nicht, oder jedenfalls denken sie sich nichts dabei, aber Aris hört die Rufe und das Gebrüll und er weiß, was sie bedeuten, er kennt die Vorgeschichte, das Drehbuch, er hat es ja selbst geschrieben. Nur haben dann andere übernommen. Und er hat sie eben gesehen, den Fisch und seine zwei sauberen Kumpels, wie sie unter dem großen Eisentor drüben durch sind, rauf aufs Fabrikgelände, voller Tatendrang, wenn sie nur wüssten.

Und Aris hört den Lärm, der langsam lauter wird, und er weiß, was das heißt, und er fühlt sich wie der Kater, wie der Scheißkater in dem Cartoon, der fröhlich die Zündschnur anzündet, weil er die Maus aus ihrem Loch bomben will und kurz darauf feststellt, dass die Schnur an seinem eigenen Schwanz hängt.

Aris ist schlecht. Er hat Durst. Mordsdurst. Er will hier weg. Aber die beiden Cops haben die Ruhe weg. Noch.

Also gut, sagt der Gestreifte, kommen wir doch noch mal zu den Jahren 2005 bis 2010. Lassen Sie uns erst mal über diesen Zeitraum reden. Steuerjahre nullfünf bis zwozehn.

Aris schafft es irgendwie zu nicken. Und der Gestreifte redet weiter, und er hört ihre Fragen, aber er hört längst nicht mehr hin, geht nicht mehr, er hört längst nur noch was anderes, was ganz anderes, und es ist genau das, was er kommen gesehen hat, das, was er erwartet hat, er hört das Zischen der Zündschnur, und es wird immer lauter.

Aris hört es, gedämpft, durch die Scheiben und die Entfernung, und er kann nicht mehr, er kann nicht anders, als an den beiden Hemden vorbeizustarren, aus dem Heckfenster, die Straße runter bis zum Eingangstor am Fabrikgelände, von wo er kommt, der ganze Schlamassel, und Aris hört es und dann sieht er es auch.

Aris sieht den Fisch, wie er mit den Armen rudert und versucht sich loszumachen, und er sieht die beiden Devils, die ihn bearbeiten, den einen, der ihn im Schwitzkasten hat, und den anderen, der versucht, ihm die Arme einzuklemmen, damit er die Machete fallen lässt. Dem Fisch ist der Pulli hochgerutscht, und Aris sieht, wie sein Bauch schwabbelt, während er da drüben strampelt und zappelt und mit den beiden Rockern über den Gehweg taumelt und gegen ein Auto kracht, Aris hört, wie sie alle drei schwer gegen das Blech schlagen, ein Kleinwagen, der direkt gegenüber vom Fabriktor an der Straße parkt, er kriegt mächtig einen mit, ein Seat Ibiza oder Renault Clio oder wie die Scheißdinger heißen, und es rumst bis hierher.

Und Aris sieht das arme, kleine Auto wackeln vom Aufprall der drei schweren Jungs, und er hört, wie es losplärrt, und klar, jetzt wird es auch noch der Letzte mitkriegen, und es ist nicht zu fassen, seit wann haben diese kleinen Dreckssschüsseln eine Alarmanlage?

Und die Sirene heult los, und Aris guckt den beiden Fragestellern ins Gesicht, und er sieht, wie er bei ihnen ankommt, der neue Soundtrack, sie kriegen es jetzt mit, natürlich, die ganze verdammte Nachbarschaft kriegt jetzt mit, dass da was abgeht. Und die beiden Cops machen die Augen groß und gucken sich an und dann drehen sie sich, die ganze Zeit haben sie mit dem Rücken zur Action gesessen, aber jetzt drehen sie sich um, gleichzeitig, wie zwei Zwillinge, die vor der Geburt zusammengewachsen sind, so drehen sie sich, ein Körper, zwei Hemden, und sie gucken aus der Heckscheibe und sehen alles, weil es nicht mehr zu übersehen ist.

Sie sehen, wie die beiden Rocker den Fisch im Griff haben, sie haben ihn drüben an die Autotür gepinnt und bearbeiten ihn, sie hauen ihm ein paar in den dicken Bauch, und die Karre wackelt und plärrt vor sich hin, und die beiden Fahnder erkennen die Lage mit einem Blick und sie gucken sich an und dann geht alles ganz fix.

Aris sieht, wie sie von der Bank rutschen, wie die Schiebetür vom Bus aufgeht und sie rausjumpen, der Gestreifte zuerst, das Karo hinterher, und Aris will gleich mit raus, aber der Gestreifte drückt ihn zurück auf die Bank und schüttelt nur den Kopf, es geht so schnell, dass Aris gar nichts machen kann, und die Tür fällt ins Schloss und er hört, wie der Gestreifte draußen Verstärkung rantelefoniert, alles eine Sache von ein paar Sekunden, er hört die Wortfetzen, die sie durchgeben, verfügbare Einheiten, bandenmäßige Auseinandersetzung, Waffengebrauch, zur alten Fabrik, sofort.

Und Aris hämmert von innen an die Schiebetür, er will raus jetzt, raus und weg, nur weg, aber der Karierte schüttelt draußen den Kopf und hebt den Zeigefinger, nein, nein, sagt er ruhig durch die geschlossene Tür, Sie bleiben mal schön hier. Und die beiden sind schon auf dem Weg nach drüben, während sich im Hintergrund das erste Martinshorn in die Alarmanlage mischt, es geht alles sehr schnell jetzt, und Aris rüttelt von innen am Türgriff, nichts.

Er guckt sich um. Die Fenster haben keine Griffe. Vor dem Kofferraum ist ein Gitter.

Und die Scheißtüren haben Kindersicherung.

Nicht zu fassen.

Aris kneift die Augen zu, so fest es geht. Er hält sich die Hände auf die Ohren. Aber es bringt nichts.

Aris rutscht vom Sitz auf den Boden. Er rutscht so tief er kann. Er liegt quer im Wagen. Er trampelt mit den Schuhen gegen die Schiebetür. Er haut mit dem Hinterkopf gegen die Verkleidung.

Er schreit, so laut er kann.

Aber er hört es trotzdem.

Er hört das Geschrei und die Sirenen und das Chaos, und dann das Geräusch, das alles übertönt und alles verstummen lässt.

Es klingt, als wäre nebenan eine Granate eingeschlagen.

Oder eine alte Fliegerbombe hochgegangen.

Die Autoscheiben vibrieren.

Das ganze Auto.

Und Aris hört auf zu schreien.

79

Flüssiges Hinabgleiten.

Ausfallschritt linkes Bein, Oberkörper nach vorn. Rechtes Knie zum Boden. Aufstützen mit dem linken Knie, mit der rechten Hand und zuletzt mit dem linken Ellenbogen. Beine leicht spreizen, Absätze am Boden.

Der Flaschenfascho kriecht mit dem Gesicht im Unkraut durchs Gebüsch.

Gewusst wo. Und da hat er doch wieder mal genau den richtigen Riecher gehabt. Die reine Goldgrube hier. Hat er ja auch direkt gewusst. Hat er regelrecht gerochen. Und das ist überhaupt auch das Allerwichtigste. Der Gewürzprüfer ist die effektivste Waffe des Soldaten. Immer schon gewesen.

Im Guten wie im Schlechten.

Du musst eben wissen, aus welcher Richtung das Gift geweht kommt.

Der Flaschenfascho robbt durchs Gestrüpp neben der Halle und reißt auf dem Weg zu zwei leeren Bierpullen hinten an der Backsteinwand einen Löwenzahn aus der Erde.

Er ist bester Laune. Unkraut, was wissen wir über Unkraut? Jawohl. Unkraut vergeht nicht. Ach, die alten Weisheiten. Sie werden einfach nicht schlecht.

Der Flaschenfascho schmeißt den abgeknickten Löwenzahn zur Seite weg und denkt an den Spruch mit dem Unkraut und an den Gestank. Er hat ihn noch in der Nase, diesen Geruch, den du gar nicht beschreiben kannst, wenn du ihn nicht selbst erlebt hast. Er denkt daran, wie das immer gestunken hat, wenn sie wieder mal gekommen sind, um das Unkraut totzumachen.

Mit einzeln rausreißen war da nichts. Da kam die große Chemiekeule. Das gute alte Azaplant-Kombi. Auch dafür hat es natürlich eine Regel gegeben.

Der Patrouillenbereich zwischen den Grenzanlagen ist von jeglichem Bewuchs freizuhalten, damit Fußspuren und sonstige Auffälligkeiten jederzeit sichtbar sind.

Und da kam dann eben regelmäßig die große, unsichtbare Keule und hat alles plattgemacht. Und, klar, die ersten Wochen danach ist auch alles kahl geblieben. Da konntest du jeden Hasenköttel sehen. Aber bald sind dann die ersten grünen Spitzen schon wieder durchgekommen, durch den Sand und die Erde, und dann ist immer mehr gesprossen, gerade, wenn Sommer war, und spätestens nach fünf, sechs Monaten mussten die Jungs mit dem Sprühwagen schon wieder anrücken.

Es stimmt also. Unkraut vergeht nicht.

Das hat er damals zum ersten Mal richtig mitgekriegt, wie viel Weisheit in solchen Sprüchen stecken kann. Und er hat gemerkt, wenn du nur immer genügend davon parat hast, von den Sprüchen, den Weisheiten, dann kommst du schon einigermaßen durchs Leben.

Der Flaschenfascho ist da. Er angelt sich die beiden Bierflaschen, Fabrikat Pilsator, 16 Europfennig Reinerlös, und tritt den geordneten Rückzug an.

Er bahnt sich auf allen vieren den Weg durchs hohe Gras und die Farne und die Zweige, und er denkt an die Tage, an denen mal wieder der Sprühwagen im Einsatz war und es dazu richtig gewindet hat. Was haben sie da immer gelacht, wenn sie am nächsten Tag gemerkt haben, wie der gute alte Ostwind das ganze Zeug volle Möhre in die Büsche und Bäume im Westteil geweht hatte. Alles kahl. War natürlich der Brüller.

Da hast du dich doppelt gefreut, wenn du keinen Dienst geschoben hattest.

Der Soldat hat alles in seinen Kräften Stehende zu tun, um seine Gesundheit zu erhalten.

So hieß es damals. Und was damals gezählt hat, zählt auch heute noch. Und ab und zu merkst du warum. Immer wieder merkst du es.

Als der Flaschenfascho wieder bei seinem Wägelchen ankommt mit seinen beiden Pullen, da, wo die Ahornbüsche aufhören und der betonierte Fabrikhof anfängt, freut er sich nämlich schon zum zweiten Mal über seinen guten Riecher.

Da braucht er jetzt auch keine zwei Sekunden für, um zu merken, was in der Luft liegt. Er hört die Schreie und die schnellen, schweren Schritte, er sieht die Meute drüben am Eingang und er hört die Sirenen näher kommen, und er weiß, wonach es riecht.

Es riecht nach Ärger.

Er ist ja nicht wenig dämlich. Da bleibt er also lieber noch eine Runde liegen, da kraucht er lieber noch mal zwei, drei Armlängen rein ins Gebüsch und freut sich zum zweiten Mal über seine Sumpftarn-Uniform, die gute alte WH42, die ihm perfekte Tarnung gibt in dieser Lage, was einmal gut war, bleibt gut, eine einfache Regel, weil das Leben einfach ist, wenn du nur weißt, was du zu tun hast.

Hinlegen und tarnen. Bei Feindfeuer, zur Vermeidung von Geräuschen, bei Dunkelheit oder bedingt durch das Gelände.

Nasses Schuhzeug nicht am Feuer trocknen.

Der Flaschenfascho liegt unter den Ahornbüschen, ein braunes Glasmantelgeschoss in jeder Hand, und lauscht dem Lärm und dem Gebrüll. Er liegt mit dem Gesicht im Unkraut und wartet. Er will abwarten, bis sich die Lage beruhigt hat, so steht es im Handbuch, so musst du es machen, aber gleichzeitig fällt ihm was anderes auf.

Es fällt ihm auf, als er versucht zu schlucken. Und er versucht es noch mal, und es geht nicht, ganz trocken, der Mund, und kein Wunder, ist ja klar, er hat ja schon ewig nichts mehr getrunken. Weil sich das ja auch schlecht macht beim Kriechen und Gleiten da drinnen im Gebüsch.

Und er merkt, wie ihm schon ein bisschen schwach wird im Bauch vom fehlenden Proviant und er sieht auch schon wieder den Nebel aufziehen, und das gefällt ihm noch weniger.

Alles in seinen Kräften Stehende, denkt der Flaschenfascho. Und er sagt es sich noch mal leise vor, alles, alles in seinen Kräften Stehende, um seine Gesundheit zu erhalten.

Ausreichend Flüssigkeit. Es ist stets und insbesondere bei Gefechtslagen ausreichend Flüssigkeit zur Hand zu haben.

Der Flaschenfascho hört den Lärm und er versucht zu schlucken, aber es geht nicht, und er hebt den Kopf und sieht seinen Wagen mit der Tüte an der Seite, der Tüte mit den frischen Berlinern drin, und er sieht die Tüte schon näher kommen, er kriecht langsam rüber zu seinem Wagen und er ist schon da und er zieht sich halb am Gitter hoch und knippert die Tüte auf und schnappt sich ein volles Bier und reißt es auf und trinkt in großen, gierigen Schlucken.

Er trinkt und trinkt und freut sich, dass es wieder klappt mit dem Schlucken, und er sieht ihn erst, als das Berliner schon fast leer ist.

Er sieht ihn aus dem Augenwinkel, er sieht ihn, da drüben steht er, Entfernung einhundertdreißig, vielleicht weniger. Der Feind.

Und er sieht ihn hinten am Zaun stehen, Einzelperson, schwere Bewaffnung, und er sieht das riesige Mündungsrohr, das durchs Zaungitter ragt, und er sieht, wie es zittert und wackelt und wie der Feind es herumschwenkt, langsam, ganz langsam, immer weiter, bis es genau auf ihn zeigt, und er sieht die graue Flasche, die in dem Rohr steckt, er sieht sie wie eine Verlängerung der Bierpulle, die längst leer ist und die er immer noch vor dem Mund hält.

Und als sie genau auf ihn zeigt, die Flasche, ist sie nur noch ein kleiner, grauer Punkt. Und er sieht das zugekniffene

Auge dahinter. Und es ist nur ein Gedanke. Aber er ist ganz nah.

Interessant, denkt der Flaschenfascho.

So ist das dann also, so fühlt es sich an.

Und dann rast die Flasche schon auf ihn zu.

Und er sieht den Nebel.

Den verdammten Nebel.

Er ist überall.

80

Und es ist immer noch nicht vorbei.

Es geht immer weiter. Kein Ende jetzt mehr.

Sie haben sich damit abgefunden. Sie fighten beide auf Reservetank. Und viel ist nicht mehr drin.

Sie stehen fast in der Ecke. Serdar kriegt einen leichten rechten Haken ab, er feuert eine blinde Linke zurück, sie rutscht an der Stirn vom Wikinger ab. Links sieht Serdar jetzt eigentlich gar nichts mehr, das Blut, die Schwellung, aber mit dem anderen Auge sieht er, dass es beim Wikinger auch nicht viel besser aussieht, die Stirn eine einzige Beule, die Augen zwei dünne Schlitze.

Und keiner will der sein, der als Erster nichts mehr sieht, jeder Schlag kann der letzte sein, darauf setzt du, darauf hoffst du, aber dann bleibt der andere doch wieder stehen und es geht doch noch mal weiter, immer weiter, Schlag um Schlag, endlos, endlos.

Alle Taktik ist vergessen, alle Pläne hinüber. Der Wikinger wollte Serdar überrollen, und das hat nicht geklappt. Serdar wollte den Wikinger müde machen, und das hat zwar schon geklappt, aber jetzt ist er genauso müde.

Jetzt sitzen sie zusammen in der Scheiße.

Linke, Rechte, Aufwärtshaken, Ducken, Klammern, Schieben, Losmachen, und wieder von vorne, sie hauen beide alles raus, der Wikinger ist groggy, aber immer noch gefährlich, Serdar sieht ihn vor sich, er schnauft mit halb offenem Mund, und Serdar sieht den Krieger auf seiner Brust auf und ab tanzen und sein Schwert über dem Helm schwingen, als würde er selber mitmischen.

Serdar dachte schon, er hat ihn, eben, vor einer Weile, oder ist es schon eine Stunde her?, keine Ahnung, ein Uppercut jedenfalls, schön durchgezogen von ganz unten nach oben durch, und er hat ihn gespürt, den Schlag, den Aufprall seiner Faust am Kinn vom Wikinger, er hat es gehört, ein dumpfer Aufprall, wie ein Geschoss, und er hat gemerkt, wie alles vibriert hat, seine Füße, der Wikinger, der ganze Ring hat gewackelt, ein kleines Erdbeben, von einem Schlag, kann das überhaupt sein?, alles hat gebebt und er hat gewartet, dass der Wikinger umfällt, aber nichts da, es ging weiter, im Schaukeln der Ringseile, im Zucken der Muskeln.

Und sie kämpfen in einer Wolke, in einer riesigen Staubwolke, die sich um sie gelegt hat und um alles, und sie fighten gegeneinander, miteinander, und mit sich selbst, weil es mittlerweile am einfachsten wäre, nachzugeben, der Erschöpfung, dem Schmerz, dem Dunst der Stunde, der sich immer schwerer auf sie legt, aber keiner denkt auch nur daran, und sie sind alleine, ganz alleine, kein Zeitnehmer mehr, kein Ringrichter, kein Ivo, kein Lexi, keine Devils und auch sonst niemand mehr, keiner außer ihnen beiden, den Boxern, und der Moment, in dem Serdar diesen Gedanken wirklich begreift, der Moment, in dem er versteht, dass das alles keine Einbildung ist und keine Überhöhung oder Metapher, in dem Moment passiert es.

Der Wikinger versucht es wieder mit einer wilden Attacke. Er stürmt los und hat einen linken Haken im Anschlag, ohne Vorbereitung, einfach so. Und Serdar sieht den Schlag kommen, er hat Glück, rechts ist seine gute Seite, rechts sieht er noch alles kommen, und er duckt sich rechtzeitig weg und sieht den Wikinger mit dem Oberkörper voran ins Leere taumeln, und Serdar macht einen halben Schritt nach hinten und feuert gleichzeitig eine Rechte los, eine feine Rechte, das merkt er gleich, sie kommt aus der Schulter, und Serdar sieht seinen Handschuh, der sich auf die Reise macht und schnell wird und schneller, und er sieht den Kopf vom Wikinger, der schräg nach unten zeigt und sich jetzt langsam hochdreht, direkt in seine Faust, und er sieht seinen Handschuh, der dem Wikingerkopf entgegenkommt und ihn auf halbem Weg trifft und ihn zurück in die andere Richtung schickt.

Und Serdar spürt es, er spürt es direkt, im Arm und in der Schulter und dann im ganzen Körper, er spürt den Knockout, noch bevor der Wikinger auf dem Boden aufkommt.

Und dann sieht er ihn da liegen, auf dem Rücken, die Arme angewinkelt, die Augen Richtung Hallendecke oder sonst wohin.

Und Serdar dreht sich um, er dreht sich weg und springt mit einem Satz aufs unterste Ringseil, noch bevor er begreift, was er schon vorher begriffen hat, und er lehnt sich nach vorne in die Seile und reißt die Arme hoch, und erst dann sieht er es.

Die umgekippten Stühle.

Die Jacken und Plastikbecher auf dem Boden.

Der Rauch, der in Schwaden durch die Halle zieht.

Serdar spuckt den Mundschutz aus und schmeckt den Staub auf der Zunge. Er guckt entgeistert durch die leere Halle.

Er blinzelt und versucht, bis hinten zur Eingangstür zu gucken.

Er sieht sie, schemenhaft, im Dunklen, er sieht die schweren Schwingtüren und die Aufschrift auf den dunklen Westen, er sieht sie von hinten in ihren Uniformen, wie sie die letzten Leute vor sich her aus der Halle schieben und gar nicht mitkriegen, dass sie hier hinten noch zwei vergessen haben.

Sie haben geräumt, sie haben die Halle geräumt, aber warum, warum nur? Was soll das, hierbleiben, bleibt hier! Serdar starrt rüber zum Eingang, und kurz meint er, ganz hinten im Türspalt Ivos weißes Stirnband leuchten zu sehen, aber dann fällt die Tür hinter dem letzten Polizisten zu.

Serdar steht auf dem untersten Ringseil und hat keine Ahnung, was passiert ist. Aber was los ist, das weiß er schon.

Er rutscht mit den Füßen vom Ringseil. Er merkt, wie der Boden näher kommt. Dann ist er da.

Serdar guckt hoch zur Decke.

Alles dreht sich.

Er kann es nicht fassen.

Er hat den Wikinger umgehauen.

Und kein Schwein hat's gesehen.

81

Es ist still geworden. Alles gedämpft.

Blaulicht flackert durch die Scheiben. Irre Schatten tanzen auf den Kopfstützen und der Deckenverkleidung. Silent Disco im VW-Bus.

Aris kauert auf dem Boden zwischen den Sitzbänken. Er guckt hoch zur Decke, beobachtet die Schatten und fühlt sich alle, völlig erledigt. Und das ist er ja auch, nach allem, was er sich ausrechnen kann.

Aris hört, wie sie draußen versuchen, das Chaos zu sortieren. Er hört Funkgeräte knacken, drüben vor der Halle, Kommandos, Anweisungen, klar, unmissverständlich, und trotzdem ruhig, er hört leise Stimmen und Automotoren im Leerlauf. Müssen jetzt schon ein paar Wannen da sein.

Er hört die Stimmen der Leute, die am Wagen vorbeigehen, die Straße runter, nach Hause oder in die nächste Kneipe oder wohin auch immer, er hört ihre aufgeregten Sätze, die wie durch einen Schallfilter zu ihm durchkommen, in sein enges Gefängnis aus Blech, aber er muss auch nicht groß hinhören, um zu wissen, dass alles schiefgegangen ist. Dass er verschissen hat. Und zwar richtig. Sie sind schnell da gewesen. Und sie werden den Fisch gekäscht haben und seine Jungs und die Devils wahrscheinlich gleich mit, sicher ist sicher. Und was er mit denen so zu schaffen hat, das dürfte dann noch eine der harmloseren Fragen sein, die sie ihm stellen werden, nachher, wenn sie hier so weit durch sind.

Die richtigen Cops. Nicht die beiden Paragrafenreiter hier.

Aris guckt den blauen Lichtern beim Engtanz zu und wartet, aber keine Ahnung worauf.

Darauf, dass es aufhört. Dass er aufwacht. Oder endlich tot ist. Oder irgendwas.

Er versucht zu beten, aber er weiß nicht mehr wie.

Er hält sein Handy in der Hand, er hält es die ganze Zeit umklammert, er hat es schon ganz vergessen, aber jetzt merkt er, dass es summt, kurz, zweimal, dann ist es wieder still, und warum denn auch nicht.

SMS. Achim. Beerdigung, schreibt er, Montag um zehn. Alles okay bei Dir?

Und, na ja, das gibt Aris so ziemlich den Rest. Er will weinen. Aber es geht nicht.

Nicht mal das geht.

Aris hört die Stimmen von draußen, er hockt hinten im Transporter zwischen den Sitzbänken, hält sich die Hände vors Gesicht und wartet darauf, dass sie ihn wegfahren und einsperren und was nicht, und er schlägt sich die Hände vors Gesicht und macht die Augen zu, damit er das blaue Flackern nicht mehr sehen muss, weil es ihn nervös macht, und so sitzt er da eine Weile, fertig, durch, mit der Woche und allem.

Und irgendwann schreckt er auf, seine Nase, was ist das, und er braucht ein, zwei Sekunden, bis er merkt, das Handy, sein Handy, es rüttelt, es leuchtet, direkt vor seinem Gesicht, und diesmal hört es nicht auf, und Aris nimmt die Hand ein Stück weg und guckt, ein Anruf, und er guckt aufs Display und er sieht ihren Namen.

Oh Gott, nein, auf keinen Fall, nicht jetzt, weg, schnell wegdrücken, er sieht den Schieber, der links rot wird und rechts grün, nach links das Ding, und so macht er es auch.

Oder jedenfalls denkt er, dass er es so macht.

Denn dann sieht Aris, wie sich die Anzeige verändert und die Sekunden anfangen hochzuticken, und er sieht ihren Namen in weißer Schrift auf schwarzem Grund und er starrt auf das Display wie auf eine Zeitbombe und er hört ihre Stimme, sie kommt aus dem Lautsprecher und er kann sie hören, sie klingt dunkel, dunkler als heute Morgen und ein bisschen zittrig, so, als wüsste sie auch nicht.

Aris? Hey? Bist du dran?

FUCK.

Was? Hey? Hörst du mich?

Äh, nein. Also, ja.

Ich wollte – ich wollte nur – alles gut bei dir?

Aris unterdrückt einen Fluch und hält sich das Handy ans Ohr.

Ja. Also, schon, ja. Alles – alles so weit ganz gut.

Sicher? Du klingst so ein bisschen durch.

Ach ehrlich, denkt Aris, wer hätte das gedacht. Aber er sagt lieber nichts und fummelt in seiner Innentasche nach seinen Kippen. Er sucht in den anderen Taschen. Er findet sie nicht.

Ist alles gut gelaufen?, hört er sie fragen. Der Abend, die Kämpfe, ein Erfolg?

Er will fast lachen, aber stattdessen kommen ihm jetzt wirklich die Tränen. Und er lässt sie laufen, er lehnt den Kopf zurück an die Türverkleidung und lässt alles laufen, und es ist der erste Moment in dieser ganzen beschissenen Woche, der allererste Moment, in dem er sich nicht fühlt, als ob ein Zehntonner über ihn drüberrollt. Er hört ihre Stimme, und sie klingt anders als heute Morgen, und er hofft, dass sie nie auflegt.

Bist du noch dran? Also, nicht dass du denkst … Ach, egal. Also, ich wollte mich nur melden, weil ich hören wollte, ob's dir gut geht. Einfach so. Nichts weiter.

Ja, sagt Aris und zieht die Nase hoch. Ja. Danke. Danke dir.

Ich bin zuhause, hört er sie sagen, bei meiner Tochter …

Jessi?

Sie schläft neben mir auf der Couch, die Süße …

Jessi!

Ja?

Ich muss dir was sagen.

Kann das nicht warten? Vielleicht ist jetzt nicht …

Nein. Doch, doch. Also, ich wollte nur … Weißt du, ich bin nicht der, für den du mich hältst.

Er hört ihren Atem. Sie wartet.

Also, ich meine, ich bin nicht der coole Typ, der alles im Griff hat. Ich hab nichts im Griff. Überhaupt gar nichts.

Na ja, sagt sie. Wer hat das schon?

Nein, nein. Du verstehst es nicht. Sorry, ich meine, du kannst das gerade nicht verstehen. Es ist … Also, du hast echt was Besseres verdient als einen Lügner und Spritti und Loser wie mich …

Was redest du da? Bist du besoffen?

Nein, nein. Ich bin nüchtern. Ganz nüchtern. Und wie gesagt. Ich kann es dir jetzt nicht erklären. Ich – ich kann jetzt nicht reden. Ich muss gleich Schluss machen. Sorry. Ich … Ich meld mich. Später. Ja?

Und sie sagt nichts. Er merkt, dass sie was sagen will, tausend Sachen will sie sagen, er spürt es, er hört ihre Gedanken, sie brüllen ihn an, aber sie sagt kein Wort.

Okay, sagt er dann. Also, ich leg dann jetzt auf.

Er hört sie atmen. Er hört sie überlegen.

Okay, sagt sie irgendwann.

Gut, sagt Aris. Also dann. Ich … Beziehungsweise, nein, halt, Moment. Jessi? Warte. Warte kurz. Eins noch.

Ja?

Ich – es tut mir leid.

Was denn bitte?

Jetzt platzt es doch aus ihr heraus. Sie will es jetzt wissen, das merkt er, sie klingt aufgekratzt, fast gereizt.

Was denn, sagt sie, WAS tut dir denn leid?

Na ja, sagt Aris ruhig. Alles.

Alles? Was heißt das?

Dienstagabend. Damit geht es schon mal los. Dass ich dich

da angequatscht hab. Das war der erste und der größte von allen Fehlern diese Woche. Von allen Riesenscheißfehlern der allererste und allergrößte. Tut mir leid. Tut mir echt leid. Ich hab's verschissen. Richtig verschissen. Mach's gut.

Und er legt schnell auf, er legt auf, bevor sie noch irgendwas sagen kann, weil er weiß, dass es nur so geht.

Und er stopft sich das Handy in die Innentasche, und er merkt, wie es wieder anfängt zu vibrieren, und er spürt es, immer wieder und immer aufs Neue, dann Pause, und dann geht es noch mal von vorne los.

Und er merkt, wie das Handy gegen seine Rippen schlägt, aber er sitzt nur da und hat die Augen zu, und er macht nichts und denkt an nichts, und irgendwann hört es auf.

82

Serdar geht runter.

Er fällt und fällt und fällt noch ein bisschen.

Und in der alten Fabrikhalle wird es duster. So richtig.

Strom weg, Hauptleitung durchgeschmort, oder einer draußen am Schalter, was auch immer, das Licht geht aus und der Ring liegt im Halbdunkel der Notlampen an den Wänden und dem bisschen Restlicht von draußen.

Die Sekunden nach dem Knockout.

Beide Boxer am Boden.

Serdar liegt platt auf dem Rücken und sieht die Decke, er sieht die dunklen Schatten der toten Lampen und er hat das Gefühl, er fällt immer weiter und er sieht nicht wohin, und er fühlt sich wie einer, der rückwärts aus dem Flugzeug gesprungen ist und dann merkt, dass er irgendwas vergessen hat.

Scheiße.

Scheißescheiße, denkt Serdar, kann doch nicht sein. Kann doch alles bitte echt nicht wahr sein. Glaubt dir doch kein Mensch. Die lachen dich aus, die lachen sich kaputt, und was sollen sie auch sonst machen, wenn du ihnen mit der Story kommst. Ach ja, du hast also den Wikinger umgehauen? Und wovon träumst du nachts so?

Serdar guckt zur Seite, er guckt unter den Ringseilen durch in die Halle. Verschobene Bierbänke, umgekippte Stühle, dazwischen Pullover und Stoffbeutel, Bierbecher und Getränkepfützen.

Wahnsinn, denkt Serdar. Keiner. Nicht einer. Kein Einziger

hat ihn gesehen, den Schlag seines Lebens, den großen K.o., den Hammer, der den Wikinger aus den Latschen gehauen hat, alle weg, geräumt und rausgeschoben, von den Cops hinten durch die Tür gedrängt, warum auch immer.

Serdar sieht die Rauchschwaden, die in der Halle hängen, er sieht die Trümmer hinten vor der Wand, und er fragt sich, was hier eigentlich los war. Wie viel Chaos und Panik eigentlich sein muss, dass du eine komplette Halle räumst und nicht mitkriegst, dass hinten, im Ring, noch zwei ineinanderhängen.

Serdar merkt, wie sich der Ringboden unter ihm bewegt, und er hört ein Geräusch von der anderen Seite, sowas wie ein Ächzen. Er dreht sich um und sieht den Wikinger, der sich halb an den Seilen hochzieht, in die Ringecke robbt und sich mit dem Rücken dagegenfallen lässt. Serdar sieht ihm zu, wie er auf dem Hintern sitzt und mit den Zähnen versucht, sich das Tape von den Handschuhen zu knippern.

So ganz beisammen scheint er noch nicht zu sein, wie er da hockt, den Kopf schwer auf der Brust, und am Klebeband herummacht.

Serdar nimmt den Oberkörper hoch und rutscht auf der Hose zurück in seine Ecke. Er lehnt sich an die Polsterung. Er sitzt dem Wikinger jetzt genau gegenüber.

Serdar streift sich die Handschuhe ab und angelt durch die Seile nach Handtuch und Wasserflasche. Er kippt sich ein bisschen was übers Gesicht und tupft sich vorsichtig ab. Seine Stirn pocht. Das Handtuch ist rot. Serdar wischt sich die Brust ab, legt sich das Handtuch in den Nacken und guckt quer durch den Ring. Der Wikinger ist aus seinen Handschuhen raus, er sitzt reglos da, die Bandagen noch um die Hände, und stiert auf den Ringboden zwischen seinen Beinen.

Falls du dich fragst, was passiert ist, ruft Serdar halblaut durch den Ring, ich hab dich umgeknallt.

Der Wikinger bewegt langsam den Kopf und guckt hoch.

Hier, die Rechte, sagt Serdar und zeigt sie dem Wikinger

noch mal, rechter Cross ans Kinn. Hast du nie gesehen, den Schlag. Aber, na ja …

Serdar guckt weg vom Wikinger, rüber zur Wand, an der irgendein rotes Licht brennt.

Eine gute Hand, sagt er bitter und nicht mehr zum Wikinger oder irgendwem, eine echt feine Hand, und alles für den Arsch.

Serdar schüttelt den Kopf und guckt runter auf seine Bandagen, die schweißnass an seinen Händen kleben.

Ist doch nicht zu fassen. Alles nicht zu fassen.

Und jetzt?

Serdar guckt den Wikinger an.

Ja, jetzt, sagt Serdar, jetzt, jetzt, scheiße ist jetzt.

Dann heul doch.

Serdar guckt weiter rüber zum Wikinger, er sieht sein Gesicht, die Schwellung an den Backenknochen und die Beulen überm Auge, er sieht die aufgeplatzte Lippe und keine Spur von einem Lächeln.

Ja, sagt Serdar. Dir kann es ja scheißegal sein. Du gehst nachher schön zurück zu deinen Jungs, erzählst ihnen einen vom Pferd, lässt dir auf die Schulter klopfen, und nach ein paar Tagen bist du wieder auf Tour und nach wie vor der King vom Wohngebiet.

Pff, macht der Wikinger.

Weißt du, sagt Serdar, meine Leute waren auch hier. Nicht nur meine Kumpels, auch Edelmann und seine Jungs. Der Mann hat Kohle. Der hätte mich groß rausgebracht, wenn er das hier gesehen hätte, wenn die Scheißbullerei hier nicht vorher alle rausgetrieben hätte. Das kann ich jetzt alles vergessen.

Groß rausgebracht, hah.

Kannst du wissen. Aufstieg ins Schwergewicht. TV-Vertrag. In drei Jahren zum Champion. Und dann hättest du mich höchstens noch in der Zeitung zu Gesicht gekriegt, Farbe, XXL-Format.

Serdar merkt, wie schon wieder die Wut in ihm hochsteigt.

Was ein Abfuck, sagt er, so ein mieser Abfuck, wirklich. Der schlimmste Tag in meinem Leben.

Alter, was willst du?, knurrt der Wikinger durch die Zähne. Du hast den Scheißkampf doch gewonnen.

Serdar kneift die Augen zusammen und versucht, ruhig zu bleiben. Geht so.

Was ich will? Was ich will? Ich will, dass die Leute sehen, was ich kann. Dass sie checken, dass ich einen wie dich umhauen kann. Dass ich jeden umhauen kann.

Tja, sagt der Wikinger und lächelt kalt.

Serdar guckt weg und sagt nichts. Am liebsten würde er aufspringen und herumschreien und irgendwas durch die Gegend pfeffern, aber er fühlt sich müde jetzt, völlig alle.

Und wozu?

Hm?, macht Serdar.

Wozu das alles? Was soll der ganze Scheiß?

Serdar guckt den Wikinger an. Er verzieht immer noch keine Miene. Er sitzt da, den Rücken an die Ringecke gelehnt, die Handschuhe neben sich, die bandagierten Hände im Schoß, er guckt durch seine fast geschlossenen Augen und redet daher wie ein tätowierter Heiliger.

Wozu, wozu … Wegen der Kohle. Weil ich hier wegwill. Weil es das ist, was ich am besten kann. Ich meine, warum boxt du denn?

Ich hab dich gefragt.

Serdar schnaubt durch die Nase.

Ich boxe, weil ich boxe. So einfach ist das.

Du hast doch keine Ahnung.

Ach ja?, sagt Serdar. Und du laberst kompletten Müll.

Serdar kneift die Augen zusammen und starrt zum Wikinger rüber, der angefangen hat, sich die Bandagen von den Händen zu wickeln. Er hat die Finger gespreizt und rollt den Stoffwickel Lage für Lage ab.

Ist doch alles Bullshit, sagt der Wikinger, ohne hochzugucken. Hat keiner gesehen, hat keiner gesehen …

Ist doch auch so, sagt Serdar und deutet mit dem Kopf nach hinten durch die Ringseile. Guck's dir an.

Serdar nimmt die Wasserflasche, beugt den Kopf vor und schüttet sich ein bisschen was in den brennenden Nacken.

Er hört den Wikinger drüben grunzen.

Da, sagt er.

Serdar guckt hoch. Der Wikinger streckt den Arm und zeigt an ihm vorbei durch die Halle, nach hinten, zum Ausgang.

Da, sagt der Wikinger noch mal ein bisschen lauter, da draußen, da wird gefightet.

Serdar starrt ihn an. Der Wikinger guckt aus zwei hellblauen Schlitzen.

Da draußen, sagt der Wikinger noch mal. Und das, was wir hier veranstalten, das ist alles Sarrasani.

Es ist still in der Halle, ganz still, und Serdar sagt kein Wort.

Schnallst du das?, sagt der Wikinger. Kapierst du's oder nicht?

Und Serdar sieht, wie der Wikinger noch was sagt, und er merkt, wie er selber nickt, aber eigentlich hört er schon nicht mehr hin, er hat jetzt was ganz anderes vor Augen.

Er sieht einen Film, den Film einer Woche. Serdar sitzt verschwitzt und fertig in der Ringecke und sieht alles noch mal ablaufen. Er sieht sich am Montag im Laden stehen und Ella über den Platz kommen, er sieht Ivo und Lexi, wie sie die Felgen schleppen, und er sieht die Rocker im Späti und sich selbst im Chipsregal hängen, und er sieht Aris, der reinkommt und ihm den Arsch rettet mit seinem Angebot. Er sieht noch mal, wie er mit dem Alten im Späti streitet und ihm alles vor die Füße knallt, er sieht sich selbst, wie er alleine durchs Viertel zieht und nicht weiß wohin und warum, und er sieht den seltsamen Opa vor sich, den alten Türken im Anayurt, und er denkt an die komische Geschichte, die er ihm erzählt hat, und er denkt an die

Biere mit dem bekloppten Ivo unten an der Panke. Und dann sieht er auch das kleine Mädchen, das über die Ampel gelaufen kommt, und er sieht ihre Augen, groß und dunkel, und sie erinnern ihn an die Kinderaugen in Mamas Fotoalbum in seinem Nachttisch.

Und Serdar hört die Stimme vom Wikinger, er hört, wie er ihm irgendwas hinterherruft, aber er ist schon aus dem Ring und quer durch die Halle, er springt über eine umgekippte Bank und stolpert fast über einen Stuhl.

Er sieht das grüne Lämpchen überm Seitenausgang.

Die Tür knallt hinter ihm zu.

SAMSTAG

83

Willst du noch was?

Nein. Du?

Nein, nein.

Sie sitzen am Fenster und gucken sich an. Serdar sieht Ella, er sieht die Schatten unter ihren Augen, er sieht, wie sie lächelt, nur kurz, dann guckt sie schon wieder aus dem Fenster, aber trotzdem.

Sie sitzen sich gegenüber, auf weinroten Plastikpolstern, zwei Pappbecher mit Kaffeerändern vor sich auf dem Tisch, draußen sind gerade die Straßenlampen ausgegangen und sie sitzen hier drin, am Ende der Woche, am Ende der Nacht, bei Burger King, alles andere hatte schon zu.

Serdar folgt Ellas Blick und er sieht die grauen Häuser der Hauptstraße im dunkelblauen Dämmerlicht. Er sieht ein Taxi vorbeifahren und merkt, wie er unwillkürlich wieder das Pflaster an seiner Stirn betastet.

Sieben Stiche. Sie hat danebengesessen und gewartet, bis er fertig war. Sie ist dabei gewesen, und sie haben nicht Händchen gehalten oder so ein Bullshit, sie ist einfach da gewesen, mit ihm, und das ist ja auch schon mal was.

Serdar guckt rüber zu ihr und er sieht ihr Gesicht, ernst und erschöpft, er versucht ihre Gedanken zu lesen und denkt an den Moment, als er sie vor der Halle entdeckt hat, gestern Abend, sie stand ein bisschen abseits, zusammen mit Ivo und dem dicken Lexi, und sie hat ihn auch gleich gesehen, sie war wirklich da, keine Einbildung, sie hatte gewartet und sie kam ihm schöner vor denn je, hinten auf dem Fabrikhof, im blauen Flackern der Einsatzwagen.

Und er ist zu ihr rüber und sie hat ihn gesehen mit seinem vollgebluteten Handtuch und den Boxklamotten und sie hat gesagt, okay, wir fahren jetzt erst mal ins Krankenhaus.

Und danach sind sie losgelaufen, zu zweit durch die Nacht, weil keiner nach Hause wollte, und sie haben geredet, viel geredet, erst sie, dann er, und dann beide zusammen, und nein, sie haben sie nicht gefunden, die ultimative Lösung, sie haben ehrlich gesagt immer noch keine Ahnung, wie's weitergehen soll.

Vielleicht besser, hat Serdar irgendwann gesagt, wenn ich erst mal eine Weile zu Ivo ziehe, und sie hat gesagt, ja, vielleicht.

Und er hat sie angeguckt und gesehen, dass sie genauso müde ist wie er.

Und irgendwann hat er sie auch das andere gefragt, nicht gleich, erst später, als er dachte, jetzt geht es, und was ist jetzt mit dem Termin, dein Termin, war der schon? Und sie ist stehen geblieben und hat ihn angeguckt und den Kopf geschüttelt, ich hab noch gar keinen gemacht.

Und jetzt sitzen sie in der Ecke am Fenster, sie sind die Einzigen, und der Sonnenaufgang riecht nach Putzmittel und Pommesfett.

Und Serdar guckt sie an und wartet, bis sie zurückguckt.

Was?, fragt sie und lacht ein kurzes, verlegenes Lachen.

Nichts. Ich frag mich grad nur, warum.

Hm?

Warum du eigentlich gekommen bist. Zum Kampf, mein ich. Wo du es doch so sehr hasst, das Scheißboxen.

Ach so, sagt sie und dreht ihren leeren Kaffeebecher in der Hand. Weiß nicht. Vielleicht war es so einfacher.

Serdar sieht, wie sie sich eine Haarsträhne hinters Ohr streicht, und er hört den Kaffee in seinem Magen grummeln und er fühlt sich leer und leicht und elend, alles zusammen.

Schöne Scheiße, sagt sie. Oder?

Was denn?

Ich mein nur, schöne Scheiße für dich. Das ganze ewige Training und dann sowas.

Er sieht sie grinsen. Er schüttelt den Kopf und guckt an ihr vorbei.

Na ja, sagt sie. Ich kann ja allen erzählen, dass ich's gesehen hab.

Nee, lass mal. Schon okay.

Er muss jetzt auch lachen. Es ist ja auch alles zu bescheuert.

Er guckt aus dem Fenster. Kein Mensch unterwegs. Am nächsten Laternenmast hängt einer von den orangenen Mülleimern. Das ganze Zeug quillt schon oben raus. Dem Nächsten kommt wahrscheinlich alles entgegen.

Los?, sagt Ella.

Ja, sagt Serdar.

Die Luft ist kalt und klar.

Sie nehmen den direkten Weg nach Hause.

84

3:34.

Jessi sieht die Anzeige leuchten, sie sieht den Umriss ihres Weckers auf dem Nachttisch, sie sieht den Doppelpunkt blinken, jede Sekunde ein Blinken, zwischen den Zahlen, die eigentlich grüne Striche sind, und sie sieht, wie die Striche ganz hinten umspringen und aus der Vier eine Fünf wird.

Jessi rutscht ein Stückchen im Bett hoch und zieht sich das Kissen richtig unter den Kopf, langsam, vorsichtig, damit Line nicht aufwacht.

Jessi liegt auf dem Rücken und guckt in die Dunkelheit, sie hört die kurzen Atemzüge von Line neben sich, kurz nach halb vier, und die Wohnung ist ruhig, kein Geräusch, alles still, und sie sind zu zweit, sie liegen nebeneinander unter der gleichen Decke, und es reicht, dass eine schläft.

Jessi hört Line atmen, sie liegt ruhig da und guckt hoch in die Dunkelheit, ins endlose Schwarz, und sie merkt, wie sich ihre Gedanken wieder in Bewegung setzen, sie wollen wieder ein paar Stunden zurück und sie nehmen Jessi mit, und sie ist wieder im grellen Feierabendlicht im Netto und alles läuft noch mal ab, und Jessi merkt, wie sich ihr auch jetzt dabei noch der Magen umdreht.

Aber sie lässt es zu, sie lässt die Bilder ablaufen, sie sieht seinen Rücken, die kurzen Haare in seinem Nacken, den Bund seiner Kappe, sie sieht ihn von hinten, wie er abhaut, und es kommt ihr immer noch unwirklich vor, als wäre das gar nicht sie selbst gewesen, die ihm da die Stirn geboten hat, die ihn weggeschickt hat, ohne ihn auch nur eines Blickes zu würdigen, und sie fühlt die Erleichterung, aber komplett trauen kann sie ihr nicht. Sie traut sich selbst noch nicht ganz über den Weg.

Es ist vorbei, und morgen geht es weiter, aber sie weiß, wenn sie es einmal geschafft hat, kann sie es auch noch mal schaffen, und das wird er auch wissen.

Jessi liegt im dunklen Schlafzimmer und sie hört ihr Herz schlagen und sie denkt an ihren Heimweg durch die Dämmerung, sie sieht sich selbst, wie sie sich umdreht, wieder und wieder, die ganze Zeit, alle paar Meter, bis Line sie schon komisch anguckt, sie hat nichts gesagt, die Kleine, aber sie hat gespürt, dass irgendwas mit Mama los war, und die hatte nur einen Gedanken, nach Hause, nur nach Hause, die Tür zu, und dann ist endlich Ruhe.

Jessi streckt die Hand aus und tastet nach den Sachen auf dem Nachttisch und sie fragt sich, wann sie mal nicht mehr gucken muss, ob es überhaupt mal so weit sein wird.

Jessi hört die Tempopackung unter ihren Fingern knistern, sie ertastet den Wecker, streicht über seine glatte Oberfläche, und dann hat sie das Handy. Jessi dreht sich zur Seite und drückt mit dem Daumen auf den Home-Knopf. Das Display schaltet sich an und sie sieht die blanke Kopfzeile, keine neuen Nachrichten oder Anrufe. Aber sie guckt trotzdem noch mal nach.

Und sie denkt an seine Stimme am Telefon, sie denkt daran, wie er sich bei ihr entschuldigt hat, ohne zu sagen wofür, und sie denkt an den Klang seiner Stimme, abends am Telefon, bevor er aufgelegt hat, blass und brüchig, eine Stimme so elend wie sein Gesicht am Morgen, als sie von ihm los ist.

Und sie merkt, wie sie wieder die Unruhe packt, weil sie nicht weiß, was ist, mit ihm und überhaupt, und sie legt das Handy weg und weiß, sie wird es wieder probieren, morgen früh, gleich als Erstes, und danach so lange, bis sie ihn eben kriegt.

So leicht lässt sie ihn nicht davonkommen, nicht ohne eine

vernünftige Erklärung, und, mal ehrlich, was kann schon groß passiert sein? Was kann er schon für einen Scheiß gebaut haben? Glaubt er, er kann sie schocken? Hat er einen umgelegt? Wollte ihm einer an die Wäsche und er hat ihm eine Flasche übergezogen? Muss er jetzt in den Knast?

Jessi stellt sich vor, wie sie ihn im Gefängnis besucht, sie hat eine Szene wie aus einem amerikanischen Film vor Augen, sie sitzen sich gegenüber, Telefonhörer am Ohr, ihre Finger berühren sich auf beiden Seiten der Panzerglasscheibe.

Jessi liegt im Dunkeln und stellt sich das Schlimmste vor, was sie kann, Mord, Totschlag, eine halbe Tonne Koks geschmuggelt, denn aus Erfahrung gehen die schlimmsten Sachen genau dann eben nicht in Erfüllung, wenn du sie dir vorher so deutlich wie möglich ausgemalt hast.

Und das beruhigt sie und daran hält sie sich fest, an diesem Gedanken, weil sie weiß, er stimmt, oft genug ausprobiert.

Jessi merkt, wie Line sich unter der Decke bewegt und ein Stückchen näher an sie heranrutscht. Sie fühlt eine kleine Hand an ihrem Hals.

Mama?

Ja, Schatz, ich bin hier.

Jessi nimmt Lines Hand und dreht sich auf ihre Seite. Sie legt den Arm um sie und gibt ihr einen Kuss auf die Haare.

Und sie liegt noch eine Weile wach, den Arm um ihre Tochter, den Kopf voller Gedanken, und irgendwann schläft sie doch ein.

85

Eine Holzpritsche, ein Stuhl, eine Kloschlüssel aus Blech.

Schön fest verankert.

Das ist dann schon so ziemlich alles. Vier Wände, eine Tür, kein Fenster. Die Welt ist zusammengeschnurrt auf vier Quadratmeter.

Aris sitzt quer auf der Pritsche, den Rücken an der Wand, und starrt durch die Zelle. Der Horizont ist weiß gefliest.

Und da bist du also, da bist du also angekommen, am Ende der Woche, im Einzelzimmer ohne Blick, allein mit deinem Kopf. Und dem ging's auch schon mal besser.

Und Aris hockt da, die Beine angezogen, in einer winzigen Zelle hinter einer Stahltür, die von innen keine Klinke hat, ohne Kippen, ohne Handy, ohne alles, er starrt und hockt und hockt und starrt und wartet darauf, dass es weitergeht, und keine Ahnung wie, aber irgendwie wird es schon, wär ja das erste Mal, dass nicht.

Wie hätte Manne gesagt? Kriegste vorn Kopp. Kommste wieder hoch.

Aris zählt die Fliesen pro Reihe, vierundzwanzig, er zählt sie noch mal, vierundzwanzig, von links nach rechts, und dann fängt er von oben nach unten an, er zählt weiße Wandfliesen und versucht, es so zu sehen wie der alte Manne, der auf alles einen schnodderigen Spruch hatte, er versucht, es runterzuspielen, alles, was passiert ist, er versucht das Chaos zu ordnen. Er versucht sich einzureden, dass schon alles wird. Aber na ja.

Nicht ganz so easy, das mit dem Einreden, wenn du alleine

in deiner winzigen weißen Welt sitzt, in der du außer dir selbst und einem festgeschraubten Stuhl und einem Blechklo ohne Brille nicht viel finden kannst.

Aris strengt sich an, er zählt die Scheißfliesen und er versucht, ein, zwei klare Gedanken zu fassen, Gedanken, die ihm hier vielleicht wieder raushelfen, er legt sich Antworten zurecht und verwirft sie wieder, und meistens klappt nicht mal das. Sein Kopf wiegt hundert Kilo und er wummert wie eine verdammte Großraumdisko.

Er sitzt hier, bis auf weiteres, und gleich werden sie kommen, um ihn zu löchern, die richtigen Cops, nicht die vom Finanzamt, die haben ihn übergeben, mit besten Grüßen, und jetzt geht es sicher nicht mehr nur um ein paar Einkommenssteuerbescheide, so viel ist klar.

Aris kneift die Augen zusammen und schlägt sich mit der flachen Hand auf die Stirn, vielleicht hilft das, vielleicht lockert das alles ein bisschen auf da drin. Geht so. Da ist vielleicht einfach zu viel. Zu viel, was rauswill. Viel zu viel zu viel.

Kriegste vorn Kopp. Kommste wieder hoch.

Ach, Schnauze, Manne.

Noch ein paar Stunden in dem Loch und sie können dich gleich einliefern. Ab auf Bonnies Ranch. Zu den anderen Hotshots, zu den Jungs, denen das Hirn schon aus den Ohren rausläuft. Dann hättest du es wenigstens endlich nach Reinickendorf geschafft, so gesehen.

Aris denkt an den alten Hönow, den ewigen Juwelier vom Bellermannplatz, monatelang nicht gesehen, sein Laden dicht seit dem Überfall, die Fenster verrammelt, und plötzlich saß er hier auf der Wache, auf einer Bank gleich hinterm Eingang, ein Häuflein Elend in Handschellen und verschwitztem Knitterhemd, und keine Ahnung, wie es den hierher verschlagen hat.

Aris fängt wieder an zu zählen. Er versucht, seine Gedanken zu unterteilen, in kleine, weiße Quadrate, zehn mal zehn Zentimeter, er will sie sauber zerschneiden und die Lücken verfugen, aber sie brechen immer ab, schief und schräg und hässlich.

Er sucht nach den richtigen Gedanken, er weiß, er muss sich die richtigen raussuchen und die falschen rausfiltern, die Sachen, die ihn jetzt gerade null weiterbringen. Aber jetzt denkt er schon wieder an sie, an ihre Anrufe, die verpassten Anrufe, die er vorhin noch auf dem Display gesehen hat, bevor sie ihm sein Handy abgenommen haben, und den Blick aufs Handy hätte es auch gar nicht gebraucht, er hatte sie ja gespürt, jeden einzelnen, die ganze Zeit, innen in seiner Jacke.

Aris denkt an ihr letztes Gespräch, und er weiß, es war richtig, nicht noch mal ranzugehen, das hätte alles nur noch komplizierter gemacht. Und von kompliziert hat er so auch schon genug.

Aris beugt den Kopf vor und quetscht ihn zwischen seine Knie. Er drückt die Knie zusammen, so fest er kann. Macht keinen Unterschied. Er hat Durst, Bierdurst, Schnapsdurst, sein Mund ist die Wüste Gobi. Einen Schluck, nur einen Schluck, der würde helfen, aber den Flachmann haben sie natürlich auch einkassiert. Und was soll es auch bringen, das Drecksding. Der beschissenste Talisman der Welt.

Kriegste vorn Kopp. Kommste wieder hoch.

Aber was, wenn dich irgendwer bei den Haaren hat und immer wieder runterzieht?

Was dann?

Dann, irgendwann, später, ein Geräusch, eine Stimme. Aris guckt hoch. Er sieht eine Uniform im Türspalt, ein Gesicht und den Rest, ein junger Pisser, zwei Meter oder was, Brotkastenkopf und Fighterstatur.

Andreadakis?

Sprechen kann er also auch. Nur die Anrede ist anscheinend flöten gegangen, vielleicht auf dem Weg zur Wache vom Transporter gekippt.

Aris guckt den Riesen an. Mit seinem tumben, aggressiven

Mitläufergesicht sieht er aus wie einer, mit dem er sich vor 20 Jahren in der Disco extrem gerne angelegt hätte. Nur hat der Typ sich da wahrscheinlich noch in die Hose geschissen.

Aris wartet ein bisschen ab und nickt dann, ganz langsam.

Also dann. Mal mitkommen.

Aye, Aye, Käpt'n Kratzfuß.

Aris rutscht von seiner Pritsche und geht rüber zur Tür. Der Riese zeigt den Gang runter, und Aris geht vor.

Sie gehen hintereinander her, ohne groß was zu sagen, sie kommen an ein paar Büros vorbei, in denen niemand sitzt, Aris sieht Kaffeetassen und Aktenstapel und Zimmerpalmen mit hängenden Blättern, sie gehen durch eine Glastür in ein schmales Treppenhaus, nach unten, sagt der Jungbulle von hinten, und sie gehen eine Etage runter, zwei, dann wieder durch eine Tür in einen offenen Bereich, durch einen Glaskorridor, Neonlicht spiegelt sich in den Scheiben, und Aris dreht den Kopf zur Seite und guckt durch die Scheiben, die bis auf Hüfthöhe runtergehen, er guckt durch ein, zwei Räume durch und blinzelt.

Und er kann es nicht fassen. Er blinzelt noch mal und guckt noch mal genauer hin, er hat geglaubt, er hätte sich verguckt, aber ja, doch, er ist es wirklich, Wahnsinn.

Da hinten steht er, am Empfangstresen, in seinem besten dunklen Anzug, und macht wilde Pantomime, der Bruder, der kleine, große Bruder, über den Tresen gebeugt, mit beiden Armen am Rumfuchteln, als wäre er ein gottverdammter Dirigent, und Aris sieht ihn auf sie einreden, er sieht ihn das große Griechentheater aufführen, auch wenn er nichts hören kann durch die zwei, drei Scheiben, Bruder ist da, und scheißegal, was es bringt oder nicht, er macht ihnen zu schaffen, und das ist schon mal was.

Achim, Keule, schön dich zu sehen.

Sie sind im Verhörzimmer angekommen.

Hier hinsetzen, sagt der Neandertaler und lässt Aris allein. Ein Tisch und drei Stühle. Zwei auf der einen, einer auf der anderen Seite. Aris setzt sich auf den einzelnen und legt die Hände auf die Tischplatte. Er wischt sich die feuchten Hände an der Hose ab.

Wieder warten. Und leerer ist er nicht, der Kopf. Aris denkt an Achims Auftritt, an seine Performance da vorne, und er denkt an Jessis Anrufe auf seinem Handy und die Nacht mit ihr und alles, was danach gekommen ist. Er denkt an die Sätze in seinem Kopf, er denkt an das, was er sich zurechtgelegt hat, er versucht, sich zu erinnern, aber viel ist da nicht, Stummelsätze, Stammelsätze, und er denkt an die Erklärungen und Ausflüchte und die ganzen Schummeleien und das Dämlich-Getue und den ganzen Dreck, der sein Leben ist.

Und er hat wieder Mannes Spruch in den Ohren, immer noch, immer wieder, aber was hilft der ihm schon, auch wenn er natürlich weiß, wie es geht.

Jeder Boxer weiß das. Jeder, der mal im Ring gestanden hat.

Kriegst du vor den Kopp, kriegst du richtig eine rein, eine, die dir durch den Körper geht wie ein Stromschlag, eine, die dir die Füße vom Boden holt, dann lach dem anderen ins Gesicht. Setz die Maske auf, schneid Grimassen, tu so, als ob, bis die Knete aus den Beinen ist und die Bilder wieder klar, mach den Clown, bis du halbwegs wieder da bist, so musst du es machen und nicht anders, Boxer sind Schauspieler, der Ring die Bühne, und so wird es immer sein.

Aris hört, wie die Tür aufgeht. Zwei Jungs in Zivil kommen rein und setzen sich ihm gegenüber. Sie sehen gar nicht aus wie die Cops bei den Verhörszenen in den amerikanischen Filmen, sie haben keinen Pappbecher mit Kaffee dabei, keinen Zahnstocher im Mundwinkel und keine aufgekrempelten Ärmel oder Pistolengurte über der Schulter. Nichts davon. Sie sind beide etwa so alt wie Aris, aber top in Schuss, akkurate Kurzhaarfrisuren, keine Bartstoppel, kein Gramm Fett.

Die beiden sind keine Hollywood-Cops mit zerrissener Seele. Sie sind deutsche Beamte, und das macht Aris viel mehr Angst.

Sie fangen an mit ihm zu reden, und Aris merkt, wie ihm warm wird, und er fragt sich, warum diese Scheißräume hier keine Fenster haben und ob die Lüftung kaputt ist. Aris hört sie reden und versucht sich auf das zu konzentrieren, was er weiß. Auf das, was er kann. Er denkt an die Grundregeln des Boxens, an die Überlebensregeln im Ring, an das Geschauspiele nach dem harten Treffer.

Aber stattdessen ist da jetzt was anderes. Schwer zu sagen, was. Ein Moment, eine Erinnerung, ein Gefühl? Was immer es ist, es hat sich herangeschlichen und jetzt ist es da, und es verdrängt alles andere, und Aris sitzt jetzt wieder auf der Parkbank auf dem Bellermannplatz, neben seinem Bruder, seinem kleinen Bruder, der immer irgendwie der größere war, und Aris denkt daran, wie sie da zusammen gesessen haben, wie lange?, eine Stunde, zwei, länger?, ohne viel Worte und ohne sich für irgendwas zu schämen, ein langer, wahrer Moment, einer der wenigen wahren Momente in dieser ganzen miesen Woche.

Und Aris spürt ihn in sich, diesen Moment, und er sieht den Fehler, seinen Denkfehler. Die Regel stimmt, und gleichzeitig stimmt sie nicht. Denn du kannst sie alle fragen, die Federn und die Schweren, die Großen und die Kleinen, die vernarbten Alten mit den krummen Knochen, frag sie, frag all die anderen, frag den Größten höchstpersönlich, frag sie alle und sie werden dir das Gleiche sagen, jedenfalls die, die genug rumgekommen sind und gesehen haben, sie haben es begriffen, irgendwann, und die meisten zu spät, und Aris begreift es jetzt auch.

Er sieht ihn jetzt, den Denkfehler, er sieht ihn vor sich, und er ist ihm ganz nah. Das Leben, denkt Aris, ist gar kein gottverdammter Boxkampf, egal wie lange du es dir einreden willst, und der Ringrichter bist du selber. Und es ist das erste Mal, dass er sie zulässt, diese Wahrheit, und er sieht sie vor sich wie einen übermächtigen Gegner, und er weiß, es wird wehtun, aber es geht nicht anders.

Manchmal ist es andersrum. Manchmal musst du runtergehen. Runtergehen und unten bleiben. Manchmal musst du dich auszählen lassen, weil es sonst nie aufhört.

Aris guckt über den Tisch. Er sieht ihre Gesichter, er sieht vier Augen, die auf ihn gerichtet sind und warten, auf ihn, auf das, was er zu sagen hat, auf die Wahrheit.

Aris guckt ihnen in die Augen, und er hört den Ringrichter zählen. Eins, zählt der Ringrichter, zwei, drei, vier.

Als er bei neun ist, fängt Aris an zu reden.

Und er redet lange, und er sieht, wie sie alles in ihre Notizblöcke schreiben, und er lässt nichts aus. Er weiß, dass man manche Sachen komplett erzählen muss, und der Reihe nach, weil es eben einfach nicht anders geht.

Also erzählt er alles der Reihe nach.

Und er fängt ganz vorne an.

Am Montagmorgen.

86

Die Vöglein.

Die Sonne.

Das feuchte Gras.

Alles funkelt. Alles geht von Neuem los.

Der Moment, wenn der Nebel sich verzieht. Und die alte Fabrikhalle steht da wie immer, ein großer Kasten aus braunem Backstein, und wenn du von oben draufguckst, sieht alles so aus, als wäre gar nichts gewesen.

Da musst du schon ein bisschen näher ran.

Runter aufs Gelände. Quer über den Hof.

Die Eichenblätter rauschen. Eine blassrote Plastiktüte weht vorbei. Aus den Fugen der Bodenplatten quellen grüne Grasbüschel. Morgensonne auf Beton. Alles sieht ein bisschen heller aus im Licht, ein bisschen erträglicher, selbst der dunkel vermooste Backstein drüben an der Hallenwand.

Aber du musst noch ein bisschen näher ran, noch ein Stück, bis du das Absperrband hörst, das im Wind flattert. Bis du den dunklen Mund siehst, das Kraterloch im Backstein, ein Meter Durchmesser, vielleicht zwei. Ruß und Staub und Putz und kaputte Steine. Da drüben, in der Wand, kurz bevor die Büsche anfangen.

Stilles, helles Chaos. Ein umgestürzter Einkaufswagen. Braune Glassplitter auf dem Beton. Zerfetzte Plastiktüten in den Zweigen. Auf den Blättern der Büsche liegt eine dünne, graue Schicht.

Du bist jetzt ganz nah dran, stehst direkt an den Büschen, wo der Beton aufhört und die Erde anfängt, du hast den bitteren Gestank in der Nase, aber selbst von hier siehst du's noch nicht.

Du musst dich hinlegen, richtig runter, flach hin, Gesicht ins feuchte Gras, Arme unter die Zweige, hinlegen und fertigmachen und loskrauchen, unterm Absperrband durch und rein ins Grün, durchs Geäst und Gestrüpp und immer weiter, immer weiter rein ins Dickicht, bis du kaum noch vorwärts kommst, bis du fast schon hinten an der Ecke bist, wo die große, alte Halle aufhört, da, wo die Wände schon von beiden Seiten überwuchert sind.

Und erst dann, erst da hinten, wo keiner hinkommt, kannst du ihn sehen.

Der Flaschenfascho liegt zwischen zwei Büschen auf dem Rücken und weiß nicht wie und wo und warum.

Seine Beine tun weh und seine Arme tun weh und sein Kopf auch. Eigentlich alles. Es dauert, bis er sich bewegen kann, zumindest ein bisschen.

Irgendwann kriegt er es hin und er hebt den Kopf ein Stückchen, und er guckt an sich runter, er sieht das dunkle Zeug auf seinem Leinendrillich, wie eine alte, getrocknete Flüssigkeit, und er hat keine Ahnung, was das sein soll.

Der Flaschenfascho lässt den Kopf wieder ins Gras fallen. Alles pocht. Alles schmerzt. Durch die Zweige sieht er dunkelblaue Himmelsstreifen. Gut, eigentlich ganz gut hier, er will am liebsten einfach so liegen bleiben. Nicht so schlecht hier, denkt sich der Flaschenfascho, mitten im Grünen, wo dich keiner stört, Blick nach oben, angenehm hier.

Aber dann fängt er an sich zu erinnern. Er erinnert sich an seinen Auftrag. Er tastet nach seiner Brusttasche und zieht das kleine Buchbündel heraus. Er betrachtet sie liebevoll, seine Bibel, und er streicht über den verkokelten Einband und die eingelaufenen Ecken und hält sich das Bündel vors Gesicht, damit er die Schrift lesen kann, Handbuch für den deutschen Soldaten, Ausgabe Heer.

Und die Sätze kommen zurück, ohne dass er ins Buch reingucken muss.

Der Soldat hat in jeder Lage Haltung zu bewahren, so brenzlig sie auch sein mag. Dazu ist er sich selbst und seinem Vorgesetzten per Eid verpflichtet. Bequemlichkeit ist der Beginn der Wehrzersetzung von innen.

Er hat sie alle im Kopf, die Sätze, die Aufträge, die Richtlinien, sie sind in ihm drin, aber es ist ein gutes Gefühl, etwas dabeizuhaben, auf das du dich verlassen kannst. Auf dass du dich berufen kannst, im Zweifelsfall.

Der Flaschenfascho rollt sich herum, langsam, ganz langsam. Keine unnötige Hast. Irgendwann, Minuten später, oder Stunden?, hat er es geschafft. Er liegt auf der Seite, noch ein bisschen später auf dem Bauch.

Er hält den Atem an. Er nimmt Witterung auf. Er hört ein Geräusch. Ganz leise. Wie ein weit entferntes Flattern. Er kriecht los, dahin, von wo es kommt, das Geräusch.

Der Flaschenfascho kriecht langsam. Jeder Meter dauert. Er kriegt kaum den Kopf hoch. Er schleift ihn durchs hohe Gras und durchs Gestrüpp, immer dem Flattern nach, das ein bisschen lauter wird.

Er bewegt sich ganz langsam, in Zeitlupe kriecht er durch den Schmerz, und erst als er endlich den Einkaufswagen sieht mit den verschmorten Plastiktüten dran, merkt er, was für einen Durst er hat. Was für einen Mordsdurst.

Und er kriecht das letzte Stück und irgendwas kitzelt seine Nase und er guckt hoch, eine Pusteblume, ein Löwenzahn, er ist aus dem Gras und der Erde und dem Schmutz gewachsen, und der Flaschenfascho hält kurz an und betrachtet die Blume, das Unkraut, das so genannte, und er lauscht nach dem Ostwind, der die Blätter über ihm bewegt, und er hofft, dass sie nicht gerade jetzt mit dem Sprühwagen kommen und ihm das Gift über den Kopf schütten.

Und er hat den Geruch jetzt wieder in der Nase. Aber er

weiß, sie kommen nicht. Sie kommen nicht und sind nicht gekommen, sie haben ihn noch mal davonkommen lassen. Der Löwenzahn ist der Beweis.

Und als er die Pulle sieht, die intakte, volle, wunderschöne Pulle im Gras neben seinem Wägelchen, da weiß er, dass er aus dem Gröbsten raus ist.

Der Flaschenfascho hockt neben seinem verbogenen Einkaufswagen, er hockt mit dem Arsch im feuchten Gras und spürt das Bier, das ihm wunderbar warm unter die Uniform läuft, und er hört den Ostwind, der mit den Blättern spielt.

Er sitzt da und trinkt, den alten Spruch im Kopf, nur drei Worte, leicht zu merken, und er trinkt sein Bier in kleinen Schlucken und sagt sie sich laut vor.

Und er staunt über so viel Weisheit in so einem kleinen Satz, aber es ist, wie es ist, und er weiß, dass es stimmt.

Unkraut vergeht nicht.